FANNY HANSEN ist ein Kind der Achtziger, Medienfrau und Familien-mensch. Wenn keiner hinsieht, trägt sie am liebsten Jogginghosen, bei deren Anblick sich Karl Lagerfeld im Grab umdrehen würde, und bis vor Kurzem hielt sie SPANX noch für einen Stadtteil von New York. Dafür ist sie ungeschlagen im Pfannkuchenstapeln und geht auch sonst keinem Spaß aus dem Weg.

FANNY HANSEN

Alexa, bestell mir
~~nen neuen~~ ~~Mann~~
~~nen neuen~~ ~~Job~~
ein neues Leben

Roman

Ullstein

Besuchen Sie uns im Internet:

www.ullstein.de

Wir verpflichten uns zu Nachhaltigkeit
- Klimaneutrales Produkt
- Papiere aus nachhaltiger Waldwirtschaft und anderen kontrollierten Quellen
- ullstein.de/nachhaltigkeit

Originalausgabe im Ullstein Taschenbuch
1. Auflage November 2022
© Ullstein Buchverlage GmbH, Berlin 2022
Umschlaggestaltung: Sabine Kwauka
Titelabbildung: shutterstock / © toranosuke (Frau und Auto);
shutterstock / © nickfz (Cupcake); shutterstock / © robin.ph (Glas);
shutterstock / © ownk (Lippenstift);
shutterstock / © Olha Sidorova (Schuh)
Gesetzt aus der Quadraat Pro powered by *pepyrus*
Druck und Bindearbeiten: Nørhaven, Viborg-Dänemark
ISBN 978-3-548-06545-8

Mal ehrlich ...

Im Leben einer Frau gibt es unzählige Problemzonen. Ich weiß, wovon ich spreche: Ich habe selbst weit mehr, als David Hasselhoff Entzugstherapien hinter sich hat.

Wir finden unsere Nasen zu krumm und unsere Hinterteile zu flach, verfluchen die Dellen an unseren Oberschenkeln und würden ALLES dafür geben, wenn sich der Speck aus unseren Bauchringen einfach zwei Etagen höherschieben ließe, um in Zukunft als aussagekräftiges Doppel-D-Dekolleté durchzugehen.

Wir schämen uns für die Haare, die auf unseren Oberlippen sprießen, verstecken unsere Knie, die aussehen wie erntefrischer Blumenkohl, und fragen uns heimlich, ob andere Frauen sich eigentlich auch regelmäßig beim Niesen in die Hose pinkeln.

Sex haben wir zu selten/zu einfallslos/zu verzweifelt, und wir arbeiten grundsätzlich zu viel/zu schlecht bezahlt/zu belanglos (Zutreffendes bitte unterstreichen).

Zu allem Überfluss sind wir Raben-, Helikopter- oder gar keine Mütter, und egal, wie die Lösung aussieht:

Wir haben auf jeden Fall das passende Problem dazu!

Aber mal ehrlich: Soll es das wirklich sein, das Leben? Ein Hindernisparcours zwischen unseren Problemzonen? Ein Minenfeld, auf dem wir bei jedem Schritt darauf bedacht sind, ja nichts falsch zu machen?

Ich frage mich manchmal, was passiert, wenn wir auf diesem Feld danebentreten – nicht versehentlich, sondern mit voller Absicht.

Findet ihr nicht auch, dass es Zeit wird, es mal so richtig krachen zu lassen?

Mein Leben als Puszta-Schnitzel

»Ich kriege nur, was ich will, wenn ich sage, was ich will. Ich kriege nur, was ich will, wenn ich *sage*, was ich will.«

Von außen betrachtet mochte es merkwürdig aussehen, wie ich hier vor dem schmuddeligen Spiegel der Damentoilette stand und mein Gegenüber anvisierte, als wäre es John Wayne persönlich. Aber draußen am Cafétisch saß leider noch immer meine Mutter – und ich war eine Frau mit einer klaren Mission. Deshalb korrigierte ich meinen Blick noch einmal und funkelte mein Spiegelbild so entschlossen wie möglich an: *»Ich kriege nur, was ich will, wenn ich auch sage, was ich will!«*

Je öfter ich mein Mantra wiederholte, desto höher war die Wahrscheinlichkeit, dass ich irgendwann auch tatsächlich daran glauben würde. Mein Therapeut nannte das »positive Autosuggestion« und hatte mir vorsorglich gleich einen ganzen Katalog an Glaubenssätzen mitgegeben, die ich meinem Spiegelbild bei Bedarf entgegenschmettern konnte – gerne auch laut und an die zweihundertsiebenunddreißig Mal am Tag.

Das Prinzip dahinter war denkbar simpel: Ich sollte mir einfach so lange etwas einreden, bis ich selbst fest daran glaubte. Meine beste Freundin Karo nannte das »Gehirnwäsche« und sah darin nur einen weiteren Grund, Doktor Dodenbaum zu verklagen oder zumindest zur Hölle zu jagen. Aber für mich gestaltete sich die ganze Angelegenheit nicht ganz so dramatisch. Genau genommen war das alles doch ungefähr so, als würde sich ein Knollensellerie einreden, ein extrascharfes Puszta-Schnitzel zu sein, bis er irgendwann tatsächlich davon ausging, Feuer unterm Hintern zu haben. Und was konnte daran bitte schlimm sein?

Solange es um meine Mutter ging, konnte ich ein bisschen Sprengstoff unterm Hintern jedenfalls ganz gut gebrauchen. Deshalb klatschte ich mir meine nassen Hände ins Gesicht und wiederholte mein Mantra einfach ein weiteres Mal: »Ich kriege nur, was ich will, wenn ich auch ...«

Weiter kam ich leider nicht, denn hinter mir in der Toilettenkabine krachte es plötzlich dermaßen, als würde jemand mit schweren Schnürstiefeln gegen die Tür treten.

»Kannst du vielleicht mal die Klappe halten?!«

Ertappt schweifte mein Blick durch den Raum. »Meinen Sie ... etwa mich?«

»Nein«, fauchte es aus der einzigen verschlossenen Kabine. »Ich meine das Einhorn, das gerade auf der Fensterbank Polka tanzt!«

»Tut mir leid, ich ...« Wie immer in solchen Situationen schlich sich umgehend ein hilfloses Lächeln auf mein Gesicht, und ich fing an, eine eher halb intelligente Entschuldigung zu stammeln. »Es ist nur so, dass ... na ja, ich versuche mir einzureden, dass ich einfach nur *sagen* muss, was ich will. Klingt ein bisschen lächerlich, ich weiß, aber mein Therapeut hat mir das empfohlen. Ist also so was wie eine ... ärztliche Anweisung!« Das klang gut, sehr gut sogar.

»Verstehe.« Tatsächlich klang auch die Stimme aus dem Häuschen augenblicklich versöhnlicher. »Dann sage ich dir jetzt einfach mal, was *ich* will.« Mit einem beeindruckenden Ruck wurde die Tür aufgerissen, und ich blickte in das angestrengte Gesicht der Putzfrau, die eben noch die Böden vorne im Café geschrubbt hatte. Sie funkelte mich eindringlich an, öffnete dann ihre Lippen und artikulierte ihre Botschaft überdeutlich, damit mir auch ja keine Silbe entging: »Ich will, dass du die Klappe hältst und gehst, damit ich endlich in Ruhe kacken kann! Wäre das wohl möglich?«

Im Bruchteil einer Sekunde schossen schätzungsweise zweihundert Liter Blut in meinen Kopf.

»Natürlich«, stammelte ich und tastete blind nach einem Papierhandtuch. »Ich wollte sowieso gerade ...« *Gehen.* Aber das interessierte die nette Putzfee schon nicht mehr. Sie hatte ihre Tür bereits ziemlich eindrucksvoll wieder zugeknallt.

Als ich mit hochrotem Kopf an unseren Tisch zurückstolperte, hob meine Mutter heiter die Hände und brachte damit die fünfzig Silberreife an ihren Handgelenken zum Schwingen. »Na endlich, Liebes. Ich hab schon befürchtet, du wärst auf dem Klo entführt worden.«

Mit einem müden Augenrollen ließ ich mich auf meinen Stuhl sinken, bückte mich zu meiner Tasche hinunter und zog die Liste daraus hervor.

»Du wolltest ja mit mir über meinen Geburtstag reden«, sagte ich mit möglichst fester Stimme und schob ihr den Zettel zu.

Meine Mutter hob irritiert die Augenbrauen. »Was ist das?«

»*Ich kriege nur, was ich will, wenn ich auch sage, was ich will*«, fasste ich zufrieden für sie zusammen und ermutigte sie, einen Blick auf meine Notizen zu werfen.

Meine Mutter runzelte die Stirn und deutete skeptisch auf die Überschrift meiner Liste. »Aber Schätzchen, hier steht: *Was ich mir NICHT von dir zum Geburtstag wünsche ...*«

Damit hatte sie leider recht.

Die Wahrheit war nämlich, dass ich keinen blassen Schimmer hatte, was ich mir von meiner Mutter zum Geburtstag wünschen sollte – und deshalb hatte ich einfach aufgeschrieben, was sie mir dieses Jahr unter gar keinen Umständen schenken sollte.

»Na ja, ich hab mir gedacht ... Wenn ich dir sage, was ich *nicht* haben will, erleichtert dir das vielleicht die Suche nach einem passenden Geschenk.«

Ich fand das ehrlich gesagt ziemlich vorausschauend, aber meine Mutter blickte mich an, als hätte ich ihr gerade einen Vortrag über Quantenphysik gehalten – auf Suaheli.

»Lies doch einfach ganz in Ruhe«, schlug ich vor und griff nach meinem Cappuccino.

Tatsächlich nahm sie das Stück Papier in die Hand, kniff die Augen zusammen und blinzelte sich durch meine Zeilen.

Ihr Augenarzt hatte ihr schon vor drei Jahren eine Lesebrille verschrieben, die sie mit beeindruckender Entschlossenheit nicht trug. Aber als ich anbot, ihr vorzulesen, winkte sie nur hektisch ab und stieß einen empörten Zischlaut aus. Was wohl so viel wie »Nein danke« bedeuten sollte.

Wie um mich eines Besseren zu belehren, fing sie im nächsten Augenblick sogar an, meine Liste vorzulesen – und zwar so laut und deutlich, dass man es vermutlich bis auf die Damentoilette hören konnte: »Mitgliedschaft bei Online-Partnerbörsen. Erziehungsratgeber jeglicher Art. CDs mit indischer Jodelmusik. Ganzkörpermassagen bei Santosh ...?«

»Könntest du vielleicht ein bisschen leiser lesen?«, zischte ich ihr hilflos zu.

Meine Mutter strafte mich mit einem fassungslosen Blick ab und legte meine Nicht-Wunschliste ächzend zurück auf den Tisch.

»Wow.« Das war das letzte Wort, das sie hervorpresste, bevor sich ihre Lippen für eine ganze Weile schlossen und ein hartnäckiges Schweigen zwischen uns trat.

Wie konnte es bitte sein, dass meine Mutter es mit so kleinen Gesten schaffte, mich immer noch derart nervös zu machen? Ich war neununddreißig Jahre alt, besaß ein Schöner-Wohnen-Abo, einen schwindelerregend hohen Kredit bei der Bank und hatte zwei Acht-Pfund-Kinder durch meine Vagina gepresst! Wieso um alles in der Welt fühlte ich mich dann immer noch wie ein kleines Kind, sobald ich den Eindruck hatte, meine Mutter enttäuscht zu haben?

Tatsächlich verspürte ich gerade das dringende Bedürfnis, meinen Kopf (A) in einem Eimer von Kater Rubens Katzenstreu zu versenken oder mir (B) mit einer heißen Kuchengabel ein Versöhnungstattoo zu stechen.

Weil Option (A) aber hier vor Ort nicht umsetzbar war und die Leute vom Café vermutlich was dagegen gehabt hätten, wenn ich ihre Kuchengabeln zweckentfremdet hätte, entschied ich mich kurzerhand für Variante (C) und löste vier weitere Zuckerwürfel in meinem Cappuccino auf, um das Schweigen meiner Mutter zu ertragen.

Zum Glück rauschte in diesem Augenblick die Bedienung mit dem Kuchen heran.

»Wer von euch beiden Hübschen hat denn das Stück Buttercremetorte bestellt?«

Bevor ich etwas sagen konnte, hatte meine Mutter schon ihren Finger ausgefahren und deutete auf mich.

»Dann lass es dir schmecken.« Die Kellnerin stellte mir lächelnd den Kuchen vor die Nase und wollte wieder abdrehen – aber meine Mutter pfiff sie umgehend zurück.

»Moooooment! Meine Tochter wollte ein Stück mit einem Schokoplättchen obendrauf – das hat sie bei der Bestellung ausdrücklich gesagt!«

»Oh, das tut mir leid ...« Die junge Frau sah mich zerknirscht an. »Ich würde dir ja ein neues Stück bringen, aber ich habe gerade das letzte rausgegeben.« Unglücklich deutete sie auf einen Mann im Anzug, der an einem der sonnigen Plätze am Fenster

Platz genommen hatte. Er sah ein bisschen aus wie Bradley Cooper in *Hangover* – und tatsächlich schob er sich in diesem Moment genüsslich eine große Gabel voll Buttercreme in den Mund.

Ich wollte der Kellnerin gerade versichern, dass das kein Problem war, da riss meine Mutter bereits das Gesprächszepter an sich.

»Ist ja großartig! Nur weil sich dieser Kerl ein bisschen schick gemacht hat und seine Angel in der Hose spazieren führt, kriegt er das letzte Schokoplättchen?«

»Wie bitte ...?« Die Bedienung blickte meine Mutter verunsichert an, und auch Bradley schielte verstohlen zu uns rüber. Aber meine Mama war nicht mehr zu bremsen.

»Genau darum geht es doch, oder? Das hier ist ein gesamtgesellschaftliches Problem! Wenn du einen Penis hast, stehen dir alle Möglichkeiten offen, aber meine Tochter hat mal wieder das Nachsehen, weil sie keine Billardkugeln zwischen ihren Schenkeln jongliert! Das ist *Diskriminierung* – Diskriminierung der allerschlimmsten Sorte!«

»Aber ... es geht doch nur um ein Stück Schokolade«, verteidigte sich die Kellnerin kleinlaut.

»Heute geht es vielleicht nur um Schokolade – aber morgen schon legen sie uns Fesseln an und erwarten, dass wir jeden Freitag Linseneintopf kochen! Ihr jungen Leute könnt euch das nicht vorstellen, aber: Sobald ihr die Halbwertszeit mal überschritten habt, schmelzen eure Möglichkeiten schneller als die Polkappen! Ihr müsst auf der Hut sein, damit euch nichts entgeht – und zwar jeden einzelnen Tag!« Entschieden verschränkte meine Mutter die Arme vor der Brust und funkelte die junge Bedienung an. »Dass das mal klar ist: Wir zahlen auf keinen Fall für dieses Stück Kuchen!«

»Natürlich zahlen wir«, mischte ich mich beschwichtigend ein. »Meine Mutter macht nur Scherze ...«

Bradley wich meinem versöhnlichen Blick aus, und die Kellnerin versuchte sich an einem Lächeln, aber es sah eher aus, als hätte sie plötzlich schlimme Darmkrämpfe. Jedenfalls verschwand sie im Rekordtempo zurück hinter ihren Tresen.

Meine Mutter starrte mich fassungslos an. »Scherze? Findest du das etwa lustig, Lexie?«

»Nein, Mama. Wenn ich ehrlich bin, finde ich das hier höchstens peinlich.«

»Du findest mich peinlich?«

»Ich finde es unangemessen, dass du so einen Aufstand machst wegen eines winzigen Schokoplättchens!«

»Du hast das Schokoplättchen aber nun mal bestellt, Liebes! Und ist das nicht genau das, was du mir gerade erzählt hast?« Sie schnappte sich meine Liste und wedelte damit demonstrativ vor meinem Gesicht herum: »Du kriegst nur, was du willst, wenn du auch sagst, was du willst!«

»Aber ich will dieses verfluchte Stück Kuchen ja nicht einmal!«, rutschte es mir viel zu laut heraus, und schlagartig waren wieder alle Blicke im Café auf mich gerichtet.

Tatsächlich hatte ich die Buttercremetorte nur bestellt, weil meine Mutter mich dazu gedrängt hatte – so wie immer, wenn wir uns in einem Café verabredeten. Sie selbst bestellte jedes Mal nur beutellosen Yogitee, weil der am besten in ihr Ernährungskonzept passte. Sobald der Kuchen aber auf dem Tisch stand, warf sie dieses Konzept lustvoll über Bord und verdrückte die Hüftsünde schneller, als ich »Diabetes« buchstabieren konnte.

Auch diesmal zog sie Teller und Gabel schließlich zu sich hinüber, warf mir vorher aber noch einen extrafinsteren Blick zu.

»Liegt es daran, dass er Inder ist?«

»Wie bitte?«

»Santosh«, klärte meine Mutter mich auf und schob sich eine gigantische Portion Sahne in den Mund.

»Nein, natürlich nicht!«, protestierte ich schnell. »Wenn mich überhaupt etwas an Santosh stört, dann dass er rechts sechs Finger hat. Bei der letzten Massage wusste ich nie, wo sein Bonusfinger gerade steckt …«

Ich lachte hektisch auf, aber meine Mutter dachte nicht mal im Entferntesten daran, mich zu erlösen und mein Lächeln zu erwidern.

Geistesabwesend nippte ich an meinem Cappuccino – was natürlich eine unfassbar schlechte Idee war. Mittlerweile war der Kaffee nämlich nicht nur kalt, sondern auch so süß, dass meine Geschmacksnerven jedes Recht gehabt hätten, eine Gewerkschaft zu gründen und mich auf Schadensersatz zu verklagen!

Warum um Himmels willen konnte ich meiner Mutter nicht gelassener entgegentreten?

Doktor Dodenbaum redete mir schon seit Monaten ein, ich hätte ein Problem damit, mich klar zu positionieren und meine Bedürfnisse zu kommunizieren. Für hundertfünfzig Euro die Stunde führten wir alle vier Wochen dasselbe Gespräch – und dieses Gespräch lief ungefähr so ab:

Er: »Sie müssen Ihrer Mutter klarmachen, dass Sie nicht mehr ihr Kind sind.«

Ich: »Aber genau genommen bin ich doch ihr Kind …?«

Er: »Sie sind aber auch eine gestandene Frau!«

Ich: (nicke, als wüsste ich genau, wovon er spricht)

Er: (versteht, dass ich keinen blassen Schimmer habe, worauf er hinauswill, und seufzt) »Straffen Sie Ihre Schultern, Frau Ehrlich, strecken Sie Ihre Brust raus. Und dann sagen Sie Ihrer Mutter einfach ganz lässig Ihre Meinung. Zeigen Sie ihr, wo Ihre Grenzen liegen, machen Sie ihr klar, dass das Ihr Leben ist und Sie hier das Alphatier sind!«

Ich: (nicke wieder, als hätte ich es jetzt endlich (!) kapiert, anstatt ihn freundlich darauf hinzuweisen, dass dieser Lösungsansatz mindestens zwei Haken hat: Erstens habe ich kaum Brust – und zweitens liegt mir lässig nicht so richtig. Kriege dann immer streuselkuchenartigen Ausschlag am Hals, und meine Stimme klingt, als würde ich einen osteuropäischen Softporno synchronisieren. Was so ziemlich das Gegenteil von lässig ist ...)

Weil meine Mutter mich jetzt aber immer noch erwartungsvoll anstarrte und die rettende Torte beinahe vertilgt war, sah ich mich genötigt, die Sache mit Santosh noch richtigzustellen.

»Hör zu, Mama, meinetwegen kannst du mit diesem Kerl und seinen sechs Fingern treiben, was du willst, aber ...«

»Wie großzügig von dir«, unterbrach sie mich und tupfte sich mit der Serviette die letzten Cremereste aus den Mundwinkeln.

»Bei der ganzen Geburtstagssache geht es doch gar nicht um dich!« Ich holte tief Luft und konzentrierte mich noch einmal auf meine Therapiestunden. »Ich möchte grundsätzlich keine Massagen mehr von dir geschenkt bekommen – nicht bei Santosh und auch bei keinem anderen Mann. Das ist einfach nicht angemessen, genau wie die Sache mit den Partnerbörsen!«

»Ich habe dir noch nie eine Mitgliedschaft zum Geburtstag geschenkt«, verteidigte sie sich und nippte an ihrem Yogitee. »Das waren alles Weihnachtsgeschenke, meine Liebe. Ich verstehe also wirklich nicht, wo dein Problem liegt!«

»Ich bin verheiratet, Mama.«

Einen klitzekleinen Moment blickte sie mich ertappt an, dann zuckte sie mit der Schulter. »Das ist doch nur vorübergehend ...«

»Seit *fünfzehn* Jahren!«, stellte ich klar, obwohl ich genau wusste, dass sie die Fakten kannte. »Kannst du dir vorstellen, wie es für Simon ist, wenn ich zum dritten Mal in Folge eine Jahresmitgliedschaft zum Fremdgehen von dir geschenkt bekomme?«

Meine Mutter hielt inne und rollte stöhnend mit den Augen. »Erstens geht es dabei nicht ums Fremdgehen, sondern darum, dass du deine Möglichkeiten nicht aus dem Blick verlierst, Liebes. Und zweitens kann ich ja nicht wissen, dass dein Mann so ein kleingeistiger Langweiler ist …«

Das wiederum war eine glatte Lüge. In all den Jahren hatte meine Mutter nie einen Hehl daraus gemacht, dass sie Simon so aufregend fand wie eine Packung Trockenzwieback.

»Auch wenn du es dir nicht vorstellen kannst: Ich liebe diesen kleingeistigen Langweiler! Deshalb brauche ich weder die ›Möglichkeiten‹ noch die Happy-End-Massagen.«

Ein wenig eingeschnappt presste meine Mutter ihre Lippen aufeinander. »Und was hast du bitte gegen meine Erziehungsratgeber einzuwenden? Ich will doch nur, dass meine Enkelkinder die Chance haben, den Weg der Liebe zu finden.«

»Den *Weg der Liebe*?« Jetzt musste ich tatsächlich herzhaft lachen. »Karlie ist fünfzehn, Mama. Ich bin schon froh, wenn sie den Weg vom Küchentisch zur Spülmaschine findet!«

In diesem Moment vibrierte die Plastikuhr an meinem Handgelenk und erinnerte mich daran, dass ich mich heute noch nicht weiter fortbewegt hatte als eine mittelgroße Nacktschnecke – und dass ich in einer Viertelstunde Lovi vom Kindergarten abholen musste.

Ersteres kratzte mich nicht sonderlich, aber die Sache mit dem Abholen drängte. Aus eigener leidvoller Erfahrung wusste ich nämlich, dass es nicht von Vorteil für das Seelenheil eines fünfjährigen Kindes war, wenn es im Kindergarten vergessen wurde. Und auch nicht (A) in der Unterwäscheabteilung eines Kaufhauses, (B) im Zahnarzt-Wartezimmer oder (C) an einer Tankstelle kurz vor Ulm.

Ich zog kurz in Erwägung, meine Mutter an diese Vorkommnisse und ihre möglichen Konsequenzen für meinen ganz persönlichen Weg der Liebe, den ich ja offenbar *trotzdem* gefunden hatte, zu erinnern, aber ich ahnte, dass sie eine Erklärung dafür hätte, die mich an *allem* zweifeln lassen würde, was Dr. Dodenbaum je zu mir gesagt hatte.

Deshalb winkte ich jetzt auch nach der Rechnung, doch die Kellnerin blickte schnell betreten zur Seite und tat so, als hätte sie mich nicht gesehen.

»Weißt du was?«, seufzte ich und legte großzügig einen Zwanziger auf die Tischplatte. »Schenk mir dieses Jahr doch einfach gar nichts.«

Meine Mutter schnappte empört nach Luft. »Das geht nicht, Lexie – du wirst schließlich vierzig!« Sie betonte die Vierzig so, als könnten mir nun jeden Moment die Gliedmaßen abfallen.

»Ich mach mir nicht viel aus Zahlen.«

»Das solltest du aber!« Unheilvoll beugte sie sich zu mir über den Tisch. »Ich habe mich niemals so alt gefühlt wie mit vierzig – nicht mal jetzt, wo ich achtundfünfzig bin!«

»Du bist vierundsechzig, Mama.«

Natürlich ignorierte sie meinen Einwand.

»Krampfadern, Überbeine und Selbstzweifel, die so groß sind wie der Kilimandscharo! Glaub mir: Auf einmal hast du Schmerzen an Stellen, von deren Existenz du vorher nicht einmal geahnt hast«, flüsterte sie und schlürfte eindrucksvoll den letzten Rest Tee aus ihrer Tasse.

»Ich werde es schon überleben.«

»Ja, aber die Frage ist doch *wie*, mein Schatz! Wenn du so weitermachst wie bisher, steht irgendwann auf deinem Grabstein: *Sie war stets bemüht, es immer allen recht zu machen.* Ist es das, was du vom Leben erwartest?«

Hatte sie das wirklich gerade gesagt oder waren das nur die Folgen des Zuckerschocks aus meiner Cappuccino-Tasse?

Mit einem halbwegs amüsierten Kopfschütteln griff ich mir meine Handtasche.

»Erstens mache ich es keinesfalls allen recht«, wand ich ein, obwohl ich mir ziemlich sicher war, dass Doktor Dodenbaum an dieser Stelle ein Veto eingelegt hätte. »Und zweitens werde ich vierzig und nicht achtzig! Ich habe noch genügend Zeit, um darüber nachzudenken, was irgendwann auf meinem Grabstein stehen soll.«

»Du kannst gar nicht früh genug damit anfangen, dich von den Fesseln der Gesellschaft zu befreien und all die Möglichkeiten auszukosten, die dir das Leben bietet«, erwiderte meine Mutter mit einem frivolen Grinsen. »Und glaub mir, mein Schatz: Dabei kann dir jemand mit sechs Fingern durchaus behilflich sein ...«

Alexa – wo bleibt das Sondereinsatzkommando?

Zu ihrer Verteidigung muss ich sagen: Meine Mutter ist nicht immer so gewesen! Na gut, sie war schon ihr Leben lang ein wenig eigensinnig und speziell, aber bis vor acht Jahren war sie dabei zumindest mit meinem Vater verheiratet. Dann hatte sie plötzlich ihre heiß geliebten IKEA-Taschen gepackt, war ausgezogen und hatte von heute auf morgen die Scheidung eingereicht mit der Begründung, sie könne es sich nicht leisten, noch weitere von ihren »Möglichkeiten« zu verpassen.

Meinen Papa hatte die Trennung damals schwer getroffen. Er litt noch heute heftig unter dem Ende ihrer Ehe und bekam jedes Mal Atemaussetzer, wenn jemand mit einer blauen IKEA-Tasche an ihm vorbeiging.

Meine Mutter hingegen ging seitdem den Weg der freien Liebe – und das auch gerne mal, wie heute, ohne BH unterm Shirt. Genau deshalb war ich auch nicht unglücklich, dass sie jetzt keine Zeit mehr hatte, mit mir gemeinsam zur Kita zu laufen und Lovi abzuholen.

»Ich überleg mir was Schönes für dich!«, rief sie mir wild winkend zum Abschied hinterher, und ich brauchte einen Moment, bevor ich verstand, dass sie immer noch von meinem Geburtstag sprach.

Vierzig. In knapp sechs Wochen würde ich den Club der Dreißiger verlassen – und auch wenn ich wusste, dass meine Mutter leidenschaftlich gerne Mist erzählte, nagten ihre Worte auf seltsame Weise an mir.

Fühlte ich mich wie vierzig?

Konnte man ein Alter denn überhaupt fühlen?

Mit Krampfadern und Überbeinen hatte ich jedenfalls noch keine Bekanntschaft gemacht – dafür war ich mit den Selbstzweifeln bestens vertraut. Nein, mehr noch: Im Grunde war »Selbstzweifel« mein zweiter Vorname!

Außerdem war ich seit geraumer Zeit ganz schön müde. So müde sogar, dass ich mich manchmal fragte, wie es sich eigentlich anfühlte, *nicht* müde zu sein. Dabei gab es genau genommen gar keinen Grund für meine Müdigkeit, mein Fitness-Tracker bescheinigte mir sogar regelmäßig gute sieben bis acht Stunden Schlaf die Nacht. Und trotzdem fühlten sich mein Kopf und Körper morgens meist an, als hätte ich unter einem Siebentonner gelegen.

War es das, was meine Mutter mit »alt fühlen« meinte?

Und wenn ja: Kam ich da ernsthaft wieder raus, indem ich mich von sechs Fingern massieren ließ?

Unsinn! Ich schüttelte die Gedanken ab, bevor sie mich noch mehr aus dem Konzept bringen konnten. Meine Mutter mochte vielleicht Angst haben, ihre »Möglichkeiten« nicht genug auszuschöpfen, aber ich brauchte das alles nicht. Mein Leben war wunderbar, so wie es war – nicht perfekt vielleicht, aber gut genug, um glücklich zu sein. Oder zumindest so was in der Art ...

»Ich mag mein Leben. *Ich mag mein Leben!*«, redete ich mir zur Bestätigung ein, war dabei aber leider derart abgelenkt, dass ich an der Ecke zum Eppendorfer Weg blindlings in einen Radfahrer hineinrannte.

»Pass doch auf!« Er rammte mir wütend seine Lenkstange gegen den Oberarm, schlingerte ein bisschen und fuhr dann schnaubend weiter.

»Das hier ... ist eigentlich kein Fahrradweg«, presste ich zwischen zwei Schmerzwellen hervor und hoffte zumindest auf eine kleine Entschuldigung, aber der Lenkradrowdy quittierte meinen Einwand nur mit einem imposanten Mittelfinger und verschwand den Gehweg hinab.

Mein Oberarm pochte wie ein entzündeter Zahn. Spätestens morgen war er vermutlich blau und geschwollen wie ein gestrandeter Pottwal ...

Als ich tapfer den Kopf hob, bemerkte ich, dass ich beobachtet wurde. Hinter dem Schaufenster des leer stehenden Eckladens stand eine Frau und betrachtete mich eingehend. Ihre schulterlangen, rotblonden Halblocken konnten gut und gerne als gepflegtes Vogelnest durchgehen, über ihrem Hosenbund zeichnete sich ein handbreiter Rettungsreifen ab, und oben auf ihrer Schulter prangte ein heller Fleck auf ihrer dunklen Bluse. *War das Buttercreme oder Vogeldreck ...?*

So richtig alarmiert war ich aber erst, als ich verstand, dass *ich* diese Frau war. Wie um Himmels willen hatte das passieren können? Ich meinte nicht nur die Vogelkacke, sondern ... einfach alles!

Mein Entsetzen war zu groß, um es einfach runterzuschlucken.

War es das hier also, das Leben mit vierzig?

Und wenn ja: Wo bitte befand sich der Notausgang?

Andere Frauen kriegten es doch auch ganz gut hin, das mit dem Altern in Würde. Karo zum Beispiel war zwei Jahre älter als ich und noch immer schärfer als ein Extraschuss Tabasco-Sauce.

Na gut, sie hatte natürlich keine Kinder in die Welt gesetzt und obendrein nicht nur beneidenswerte Gene, sondern auch mehr Sex als Robbie Williams zu seinen Boy-Band-Zeiten. Aber das alleine konnte doch nicht der Grund dafür sein, dass ich mich im Vergleich mit ihr allenfalls wie ein Auslaufmodell fühlte.

Was zur Hölle musste ich tun, um mir mein Leben zurückzuerobern?

Zurückerobern – hatte ich das gerade ernsthaft gedacht? Das war doch lachhaft! Ich musste mir nichts zurückerobern, weil ich nämlich schon mitten im Leben stand – dem echten Leben nämlich!

Jedes junge Mädchen mochte verrückte Träume von der Zukunft haben, zuckersüße Illusionen von straffem Unterhautgewebe, schwerkraftresistenten Brüsten und auf High Heels durchtanzten Nächten. Aber dann wuchsen diese jungen Mädchen eben zu Frauen heran, die erkannten, dass die Wirklichkeit zwar weniger glamourös war als ein Hochglanzmagazin, dafür aber die Chance auf echtes Glück bereithielt.

Denn hey, ganz ehrlich: Ich liebte meinen Mann! Ich liebte meine Kinder. Und die meiste Zeit fand ich sogar meinen Job ganz erträglich.

Und genau deshalb zog ich jetzt auch meine Rettungsringe ein, lächelte einigermaßen gekonnt über den potenziellen Vogelschiss auf meiner Schulter hinweg und lief endlich weiter, um meinen Sohn aus der Kita zu holen.

Als ich fünf Minuten später völlig abgehetzt in die Garderobe der Krümelkekse stolperte, hockten schon etliche Eltern vor den kleinen Bänken und zogen ihren Kindern die Schuhe an. Ich sah vorsorglich nicht allzu genau hin, weil ich (A) schnaufte wie eine Dampflok und es mit der verbleibenden Kraft nicht mehr schaffte, den Bauch über meinem Hosenbund einzuziehen, mich jetzt (B) doch ein bisschen schämte für den Fleck auf meiner Bluse und das Nest auf meinem Kopf und (C) ohnehin keine Lust auf pädagogisch wertvolle Konversation hatte.

Stattdessen schnappte ich mir blindlings Lovis Rucksack und

steuerte auf die Tür zum Gruppenraum zu. Doch in diesem Moment ertönte plötzlich eine tiefe Stimme in meinem Rücken, die ich heute nur allzu gerne nicht gehört hätte:

»Alexa – müssen wir wieder ein Sondereinsatzkommando bestellen?«

Während ich gequält die Augen schloss und betete, betete, betete, dass er im nächsten Moment einfach verstummen würde (meinetwegen auch für immer!), lachte Kurt bereits auf und schlug seine stark behaarten Arme um mich.

»Mensch, Mädchen, du siehst ja wieder schärfer aus als 'ne Handgranate!«

Kurt war der Einzige, der mich immer noch *Alexa* nannte – und er fand es wahnsinnig witzig, mich jedes Mal mit einem anderen, nicht mal ansatzweise lustigen Sprachbefehl zu begrüßen:

»Alexa – bestell neues Klopapier!«

»Alexa – sag endlich JA!«

»Alexa – hast du dein Lächeln an der Eingangstür abgegeben?«

Natürlich konnte Kurt nichts dafür, dass ich so hieß. Nicht mal meine Mutter konnte ich in der Angelegenheit ernsthaft belangen, selbst wenn ich es gerne gewollt hätte. Sie hatte mich zwar eigenverantwortlich nach Alexis Colby vom *Denver Clan* benannt, weil sie seinerzeit ein Riesenfan von Joan Collins gewesen war, konnte aber beim besten Willen nicht ahnen, dass Amazon dreißig Jahre später seine Echo-Sprachassistentin *Alexa* nennen und meinen Namen damit zu einer wandelnden Lachnummer machen würde.

An guten Tagen dachte ich ziemlich konkret darüber nach, mich mit den anderen Alexas dieser Welt zusammenzutun und Amazon auf Schadensersatz in Millionenhöhe zu verklagen. Vielleicht würden sich uns ja sogar die paar Siris anschließen, und wir traten auch gleich noch Apple in den Allerwertesten?

An weniger guten Tagen war ich allerdings zu müde für jede Art von Protestaktion und schluckte meinen Unmut gemeinsam mit meinen Vitamin-D-Tabletten runter.

Und weil heute wohl eher einer von diesen weniger guten Tagen war, schenkte ich Kurt nur ein müdes Lächeln, anstatt ihm – wie in meiner äußerst lebhaften Fantasie – den Elternschuhlöffel über die Rübe zu ziehen.

Ich will ganz ehrlich sein. Das eigentliche Problem mit Kurt war: Wir hatten Sex. Nur ein einziges Mal, und ich konnte mich kaum noch daran erinnern, weil ich ziemlich betrunken gewesen war – aber es ließ sich leider nicht von der Hand weisen, dass es dennoch Sex gewesen war. Dieser Sex lag zwar schon neunzehn Jahre zurück, aber ich schämte mich immer noch ganz brühwarm dafür.

Das noch größere Problem mit Kurt war allerdings: Seine Tochter Ylva ging in dieselbe Kindergartengruppe wie mein Sohn Lovi. Was man einfach als dummen Zufall hätte verbuchen können, der keinerlei Auswirkungen auf mein restliches Leben hätte haben müssen, wäre da nicht das allergrößte Problem mit Kurt gewesen: Er machte nämlich kein Geheimnis daraus, dass wir mal Sex gehabt hatten! Weder vor seiner Frau Delia noch vor den anderen Müttern und Vätern in der Kita.

Ihm selber brachte die kleine Anekdote regelmäßig höfliche Lacher ein – mir wiederum die Missgunst so ziemlich jeder Frau im Stadtteil. Delia hatte zwar mehrfach sehr großmütig betont, dass sie absolut »kein Issue« damit habe, dass Kurt und ich »irgendwann vor hundert Jahren mal intim miteinander« gewesen seien, aber die Blicke der Mütter auf dem Spielplatz sprachen leider eine andere Sprache. Hätte ich sie für Doktor Dodenbaum in Worte übersetzen müssen, wäre vermutlich Folgendes dabei herausgekommen: »Zieht eure Kinder aus der Gefahrenzone und legt eure Männer an die Leine, denn dort kommt die Frau, die Penisse zum Frühstück isst!«

Ich selbst kam mittlerweile damit klar, zwischen Schaukel und Sandkuchen keine Freunde fürs Leben zu finden, aber für Lovi tat es mir wahnsinnig leid. Er war ohnehin schon ein nachdenkliches Kind und hätte ein paar unvoreingenommene Kumpels gut gebrauchen können. Deswegen fuhr ich seit ein paar Wochen auch immer mit ihm auf diesen Abenteuerspielplatz in der Hafencity. Das war zwar etwas umständlich, hatte aber den Vorteil, dass niemand in der Sandkiste die einmaligen Eskapaden seiner Mutter kannte. Außerdem arbeitete Karo in der Nähe und leistete uns manchmal Gesellschaft, was mich wiederum davor bewahrte, mit den anderen Spielplatzmüttern über den Nährstoffgehalt von laktose- und glutenfreien Waffelsnacks reden zu müssen.

Hier in der Garderobe war aber leider keine Karo in Sicht, deshalb rang ich mir endlich ein bemühtes Lächeln ab und strich mir die Haare hinters Ohr, so gut es ging.

»Ich bin spät dran, Lovi wartet sicher schon ...«

Aber Kurt interessierte sich nicht für meine Ausrede. Stattdessen setzte er sich seine Tochter auf die Schultern und ging ohne Umschweife zum nächsten Angriff über.

»Hast du über mein Angebot nachgedacht?«

Aus dem Augenwinkel konnte ich sehen, wie die Mütter von Marie und Jan-Kilian beim Schuhebinden zusammenzuckten und sich einen vielsagenden Blick zuwarfen.

»Du meinst das *Job*angebot?«, stellte ich hastig klar, um Sex-Gerüchte sofort im Keim zu ersticken.

Kurt nickte und wippte ein paarmal auf und ab, um die quengelnde Ylva auf seinen Schultern zufriedenzustellen.

»Bei dieser Zeitschrift wird dein Potenzial total verschwendet. Die wissen gar nicht, was sie an dir haben!«

Kurt hatte im letzten Jahr eine eigene PR-Agentur gegründet und versuchte seit ein paar Monaten mehr oder weniger aufdringlich, mich abzuwerben. Ehrlich gesagt wäre ich aber eher (A) nackt durch die stark frequentierte Mönckebergstraße gelaufen oder hätte (B) meine Hände in die Wurstschneidemaschine bei Edeka gesteckt, als für Kurt zu arbeiten.

Ich nahm mir ganz fest vor, ihm das bei der nächsten guten Gelegenheit auch genau so (!) zu sagen, um die Sache ein für alle Mal vom Tisch zu fegen. Da ich für diese gute Gelegenheit aber vermutlich noch etwa dreißigtausend Therapiestunden benötigte, lächelte ich jetzt einfach noch mal extrafreundlich.

»Vielen Dank für das Angebot, Kurt, aber ich brauche noch ein bisschen Bedenkzeit.« Und dann verschwand ich mit pochendem Herzen durch die Tür in den Gruppenraum.

Dem Baby geht es gut!

Als wir in der Hafencity ankamen, war der Spielplatz schon rappelvoll, aber glücklicherweise fand Lovi sofort einen Schattenplatz unter einer der Holzpalmen und fing an, seine obligatorische Ritterburg zu buddeln.

Per SMS klopfte ich bei Karo an, und tatsächlich tauchte ihr makelloser Pferdeschwanz keine fünf Minuten später hinter dem Klettergerüst auf. Mit ihrem schicken Etuikleid und den Luxuspumps passte sie ungefähr so gut auf diesen Spielplatz wie ein Vegetarier ans schlesische Grützwurst-Buffet.

Ihr Gute-Laune-Pegel fiel mit jedem Schritt, der im Sand versank, und als sie endlich neben mir stand, wirkte sie in etwa so begeistert wie kurz vor einer Wurzelbehandlung.

»Dafür hab ich was gut bei dir!«, verkündete sie ohne Umschweife und kippte sich ungefähr fünf Liter Sand aus ihren High Heels. »Ich wäre dafür, dass du morgen bei der Pediküre die Drinks übernimmst!«

Wahnsinnig gerne hätte ich einfach lässig mit der Schulter gezuckt, aber mein geprellter Oberarm tat mittlerweile derart weh, als wäre ein ausgewachsenes Nilpferd darübergetrampelt.

»Wie wär's, wenn ich dir stattdessen ein Paar Turnschuhe spendiere?«, neckte ich sie.

Karo starrte mich fassungslos an. »Klar. Wieso legst du nicht gleich noch eine karierte Steppweste obendrauf, und ich lasse mir die Achselhaare wachsen, bis ich mir daraus Zöpfe flechten kann?« Sie rollte theatralisch mit den Augen. »Echt jetzt, Lexie: Das hier ist vollkommen würdelos! Können wir uns zur Abwechslung nicht einfach mal in einer der hunderttausend Yuppiebars in der Nähe treffen?«

Natürlich bemerkte ich das aufmüpfige Lächeln um ihre Mundwinkel und deutete grinsend auf meinen buddelnden Sohn. »Tut mir leid, aber Lovi findet das Unterhaltungsprogramm in Yuppiebars nicht besonders überzeugend.«

Lachend schüttelte Karo den Kopf. Doch als ich in meine Umhängetasche mit den Wochenmarkteinkäufen griff und ihr versöhnlich einen Pfirsich reichte, verflog ihr Lächeln schneller als das Glücksgefühl beim Online-Shopping.

»Scheiße, Lexie. Sag nicht, die haben dir wieder das Gammelobst angedreht?«

»Niemand hat mir irgendwas angedreht.« Überrascht nahm ich ihr den Pfirsich wieder ab. Tatsächlich war er auf der einen Seite ganz schön matschig – aber deshalb musste man doch nicht gleich von bösen Absichten ausgehen. »Ich kaufe eben auf dem Wochenmarkt ein. Da kommt es schon mal vor, dass das Obst naturbelassen ist und ein paar Macken hat.«

Mit einem ungläubigen Lächeln schnappte Karo sich den lädierten Pfirsich zurück. »Dieses Obst ist nicht ›naturbelassen‹, sondern faul – und zwar nicht zum ersten Mal! Wenn du mich fragst, verarscht dich der Kerl am Marktstand.«

»Erstens ist der Kerl am Marktstand eine Frau«, klärte ich sie großmütig auf. »Und welchen Grund sollte sie bitte haben, mich zu verarschen?«

Karo zuckte mit der Schulter und pflückte sich eine Zigarette aus ihrer Handtasche. »Die Leute riechen das eben.«

»Was riechen sie?«

»Dass du zu nett bist.«

»Wie bitte?« Ich lachte so laut auf, dass ich selbst erschrocken zusammenzuckte. »Das ist Blödsinn. Ich bin nicht zu nett!«

Amüsiert hob Karo ihre Augenbrauen. »Du trennst deinen Müll, Lexie.«

»Na und? Das machen Millionen anderer Menschen auch. Und zufällig hat das rein gar nichts mit Nettsein zu tun, sondern mit Verantwortungsbewusstsein!« Beim letzten Wort holte ich aus und schnappte mir Karos Zigarette. Ich hatte ihr schon mindestens hundert Mal gesagt, dass es vollkommen inakzeptabel war, auf einem Spielplatz zu rauchen – aber sie war ziemlich gut darin, das immer wieder aufs Neue auszublenden.

Jetzt stieß sie ein leises Stöhnen aus und hielt mir die offene Hand hin. »Lass den Mist. Das ist meine letzte! Und nur weil wir uns auf einem Spielplatz befinden, musst du dich noch lange nicht wie eine Dreijährige aufführen!«

Ich blieb trotzdem standhaft und versteckte ihre Zigarette hinter meinem Rücken. »Ich geb dir das Ding nur zurück, wenn du mir erklärst, was ein matschiger Pfirsich mit Nettsein zu haben soll.«

»Was soll ich da groß erklären? Die Leute checken eben, wem sie die faulen Teile andrehen können und wem nicht. Ich habe jedenfalls noch nie vergammeltes Obst bekommen.«

»Das liegt daran, dass du seit mindestens drei Jahren nicht mehr einkaufen warst!« Rein zufällig wusste ich nämlich, dass Karo und Marc sich ihre Lebensmittel online bestellten.

»Na und?« Vergeblich versuchte meine beste Freundin, hinter meinen Rücken zu greifen und sich ihre Zigarette zu schnappen. »Das eigentliche Problem liegt ja nicht darin, dass sie dir die Mangelware einpacken, sondern dass du hinterher nicht hingehst, um dich zu beschweren! Die merken sich so was und wissen beim nächsten Mal genau, dass du dich mit weniger zufriedengibst.«

»Das wird ja immer schöner!« Ich versuchte, empört aufzula-

28

chen, aber es klang eher wie ein Husten. »Jetzt bin ich also nicht nur zu nett für diese Welt, sondern auch noch anspruchslos?«

»Komm schon, Lexie.« Karo legte den Kopf schief und schenkte mir einen Welpenblick – ganz offensichtlich ein schamloser Strategiewechsel. »Das hier ist die allerletzte Pause, die ich mir heute noch einrichten kann. Ich stehe nur deinetwegen bis zu den Knöcheln in der Sandkiste! Was muss ich sagen, damit ich meine verdammte Zigarette zurückbekomme?«

Entschlossen kniff ich meine Augen zusammen. »Ich bin *nicht* nett!«

Karo grinste und wiederholte mechanisch: »Ich bin nicht nett.«

»Du weißt genau, was ich meine!«, zischte ich und boxte ihr gegen die Schulter. »*Lexie Ehrlich ist nicht zu nett!* Los, sag es!«

Meine beste Freundin hob die Hände, als wollte sie sich ergeben. »Lexie Ehrlich ist nicht zu nett.« Dabei klang sie ungefähr so leidenschaftlich wie die telefonische Zeitansage.

Misstrauisch krallte ich meine Finger um ihre Zigarette. »Wieso glaube ich dir das nicht?«

»Weil ich es nicht ernst meine«, gab sie zu, und schon wanderten ihre Mundwinkel wieder zu einem Grinsen nach oben.

»Ich bin nicht zu nett, verstanden?« Am liebsten hätte ich trotzig mit den Füßen aufgestampft. »*Ich bin nicht zu nett!*« Ich wusste, dass meine Stimme dabei weit entfernt von lässig war, aber offenbar kam die Message trotzdem an. Karo betrachtete mich jedenfalls einen Augenblick eindringlich, dann schlich sich schon wieder ein verräterisches Lächeln auf ihr Gesicht.

»Also gut. Wenn du wirklich nicht zu nett bist, beweis es und wirf den Pfirsich weg.«

Sie hielt mir die matschige Frucht hin, und ich zögerte keine Sekunde, mir das faule Obststück zu greifen und auf den Mülleimer zuzumarschieren – doch in diesem Moment hielt Karo mich am Arm zurück.

»Nicht in den Abfalleimer, sondern hier ins Gebüsch.«

»Was?« Das konnte sie unmöglich ernst meinen! »Der Mülleimer ist gleich da drüben, Karo. Ich werfe das Teil doch nicht einfach ins Gebüsch, das ist wirklich nicht …«

»Nett?« Belustigt zog Karo die Augenbrauen in die Höhe.

»Angebracht!«, korrigierte ich sie und deutete auf Lovi, an dessen Seite mittlerweile zwei Mädchen saßen und mitbuddelten. »Hier sind doch überall Kinder! Was ist das denn bitte für ein Vorbild, wenn ich das Teil einfach in den Busch werfe?«

»Ich habe ja nicht von dir verlangt, ein Vorbild zu sein, sondern einfach nicht nett.« Karo grinste mich genüsslich an. »Aber keine Sorge, es ist schon in Ordnung, wenn du das nicht schaffst …«

Jetzt reichte es aber! Natürlich würde ich das hinkriegen – ich war schließlich nicht blöd!

Entschlossen presste ich meine Lippen aufeinander und pfefferte den faulen Pfirsich mit einem wütenden Grunzen ins Gebüsch. Ha!

Unglücklicherweise bemerkte ich vor lauter Entschlossenheit nicht, dass genau in diesem Moment eine andere Mutter mit ihrem Sohn an mir vorbeiging. Als sie sah, wie ich meinen Müll im Spielplatzbusch entsorgte, rutschte ihr das Perlweiß-Lächeln aus dem Gesicht. Während sie mich einen Augenblick lang sprachlos anstarrte und ich spürte, wie der Streuselkuchen meinen Hals hochkroch, hellte sich ihr Blick mit einem Mal unerwartet auf.

»Na so was, wir kennen uns doch: Sie haben mir neulich was auf eBay verkauft!«

Mist. Ich erinnerte mich …

Vor ein paar Wochen hatte ich Lovis alte Klamotten ins Netz

gestellt, und sie hatte mir gleich einen ganzen Schwung abgekauft. Sie war sogar extra bei uns zu Hause vorbeigekommen, um die Sachen persönlich abzuholen.

Ich mühte mir ein Lächeln ab, fürchtete aber, dass es in Wirklichkeit aussah, als hätte ich quälende Bauchschmerzen.

»Tut mir leid, ich ... heb ihn gleich wieder auf.« Stammelnd deutete ich auf den Pfirsich im Busch.

»Kein Problem.« Die eBay-Mami winkte großzügig ab. »Ist ja alles ökologisch.«

In meinem Rücken begann Karo zu prusten, aber die Schnäppchenmutter nahm sie gar nicht wahr.

»Und? Wie geht es dem Baby?« Mit glühender Begeisterung blickte sie auf den Rettungsring über meinem Hosenbund.

»Dem *Baby*?!« Karos Stimme überschlug sich hinter mir, und bevor das alles hier noch peinlicher werden konnte, schlug ich lieber schnell die Flucht nach vorne ein.

»Alles wunderbar, so wie es sein soll!« Vorsichtshalber legte ich noch meine Hand auf die Speckröllchen. Überzeugender konnte man sein Glück gar nicht unterstreichen – selbst wenn es erstunken und erlogen war.

Die eBay-Mami schluckte die Geste jedenfalls und strahlte ganz verträumt. Dann griff sie tatsächlich nach vorne und strich liebevoll über meine Wampe.

»Es ist doch immer wieder ein Wunder. Alles Gute weiterhin! Vielleicht sehen wir uns hier ja mal wieder?«

Ich nickte extrafreundlich und traute mich erst wieder auszuatmen, als sie mit ihrem Sohn vom Spielplatzgelände verschwunden war. Eigentlich wusste ich nicht, ob ich als Nächstes (A) lachen oder (B) weinen sollte, aber als ich mich zu Karo umdrehte, wurde mir klar, dass ich wohl erst mal (C) eine Erklärung abliefern musste.

Sie verschränkte jedenfalls die Arme vor der Brust und starrte mich erwartungsvoll an. »Willst du mir vielleicht was erzählen?«

Stöhnend verdrehte ich die Augen. »Ich bin nicht schwanger, okay?«

»Und warum erlaubst du Miss Bausparvertrag dann, deinen Bauch zu tätscheln?«

»Erstens habe ich ihr das nicht erlaubt. Und zweitens beruht das alles auf einem Missverständnis!«

»Ein Missverständnis?« Karo runzelte die Stirn.

»Ich hab ihr vor zwei Wochen ein paar Klamotten verkauft. Und dabei hat sie meinen Bauch entdeckt und gefragt, ob ich schon wüsste, was es wird.«

»Sie hat gedacht, du bist schwanger?«

»Offensichtlich …«

»Und warum hast du das dann nicht richtiggestellt?«

»Weil das verdammt unangenehm gewesen wäre – sie war echt begeistert!«

Karo schüttelte fassungslos den Kopf. »Für *sie* wäre es verdammt unangenehm gewesen, Lexie, und zwar zu Recht! Wenn du dir nicht sicher bist, ob jemand schwanger ist oder einfach nur zu tief in die Chipstüte gegriffen hat, dann hältst du gefälligst die Klappe! So eine Frage ist schlichtweg unverschämt!«

Ich wusste ja, dass sie es gut meinte – aber Karo konnte das einfach nicht nachvollziehen. Erstens hatte sie selbst keine Kinder und zweitens nicht ein Gramm Fett am Körper. Beides begründete sie mit ihrem Lebensmodell, denn Marc und sie führten eine offene Ehe. Sie liebten sich, hatten nebenbei aber Sex mit anderen Partnern – und dabei konnte Karo weder Kinder noch Bauchspeck gebrauchen.

Um das Gespräch endlich in eine andere Richtung zu lenken, hielt ich ihr die Zigarette hin. »Ich habe gedacht, es ist einfacher, das Missverständnis so stehen zu lassen. Konnte ja nicht ahnen, dass ich ihr ausgerechnet hier über den Weg laufe ...«

Karo wies mein Friedensangebot mit einem lauten Ächzen zurück. »Vergiss es. Du kannst die Fluppe viel dringender gebrauchen!«

»Aber ich rauche doch gar nicht.«

»Vielleicht solltest du endlich damit anfangen«, sagte sie und beantwortete mein *Warum* bereits, bevor ich es überhaupt aussprechen konnte: »Du hast Scheiße auf der Schulter, Lexie, und ganz eindeutig den falschen Therapeuten! Und außerdem wird Lovi grad von zwei Mädchen abgezogen, die einen Kopf kleiner sind als er.«

Alarmiert schnellte mein Blick zur Holzpalme. Tatsächlich zogen die beiden Mädchen meinen Sohn zwar nicht ab, traten aber mit bedenklicher Vehemenz die Burg kaputt, die er gebaut hatte.

Karo hatte sich unterdessen umgedreht und stakste zurück in Richtung Büro. »Unser Date morgen Abend steht aber noch, oder?«, rief sie mir anstelle eines Abschiedsgrußes zu.

Während ich bejahte, stürmte ich bereits auf Lovi zu. Ich konnte schon von Weitem sehen, dass sich seine Augen mit Tränen füllten – doch darüber hinaus schien er in eine Art Schockstarre verfallen zu sein. Jedenfalls bewegte er sich nicht einen einzigen Zentimeter und ließ die zwei Mädchen einfach voller Hingabe auf seine Burg eindreschen.

»Hey! Hey, aufhören!«, versuchte ich die wild wütenden Mädchen auszubremsen und setzte ein Mami-freundliches Lächeln auf. »Wieso macht ihr denn die schöne Burg kaputt?«

Kaum hatte ich Lovi auf meinen Arm gehoben, fing er auch schon bitterlich an zu weinen – und ich hätte am liebsten mitgeheult.

Die beiden Mädchen hielten endlich inne und blinzelten mich an, wirkten dabei aber nicht sonderlich schuldbewusst.

»Weil sie kacke ist!«, sagte eine der beiden schließlich, und die andere kreischte sofort los vor Lachen.

Ich war derart überrumpelt, dass ich für einen Augenblick vergaß weiterzulächeln. Doch Lovi schluchzte so laut auf, dass ich mich schnell wieder auf meine Mission konzentrierte: *Ich kriege nur, was ich will, wenn ich auch sage, was ich will!*

»Ihr solltet euch jetzt ganz dringend bei Lovi entschuldigen. Man macht nämlich keine fremden Ritterburgen kaputt!«

»Mach doch selber, du alte Kacke.« Die zwei Mädchen kicherten vergnügt und rasten dann glucksend davon.

Am allerliebsten wäre ich (A) wie eine Furie hinter den beiden hergestürmt und hätte sie (B) an ihren Zöpfen quer über den Spielplatz geschleift, um ihre süßen Stupsnasen anschließend (C) in den muffigen Schlamm unter der Matschpumpe zu drücken!

Aber dann besann ich mich (D) darauf, dass sie ja nur Kinder waren und obendrein vermutlich eine besonders schwere Kindheit hatten. Wahrscheinlich zwangen ihre Eltern sie, ökozertifizierte Kratzbaumwolle zu tragen und Gummibärchen ohne Zucker zu essen.

Und außerdem war ich schließlich erwachsen und hatte Stil! Na ja, zumindest war ich verantwortungsbewusst genug, ihnen keine Schlammmaske zu verpassen …

Stattdessen tröstete ich meinen Sohn, wie es sich für eine gute Mutter gehörte, und fischte anschließend den Pfirsich aus dem Gebüsch, um ihn gemeinsam mit Karos Zigarette im Mülleimer zu entsorgen. Ordnung muss sein.

Ich konnte ja auch morgen noch damit anfangen, nicht länger nett zu sein.

Oder eben übermorgen …

Mal ehrlich ...

Okay, okay, ich geb's ja zu: Ich hatte mir die ganze Sache hier anders vorgestellt!

Als ich zwanzig war, hatte ich ein ziemlich genaues Bild von meinem vierzigjährigen Ich vor Augen: stilvoll, erwachsen und sehr, sehr erfolgreich. Eine Grace Kelly des 21. Jahrhunderts sozusagen – mit einem Ehemann im George-Clooney-Format, zwei entzückenden Kindern im Hochbegabtenprogramm und einer Karriere, die selbst Oprah vor Neid erblassen lassen würde!

Aber wie um alles in der Welt lässt sich dieses Bild jetzt mit der Wirklichkeit vereinen?

Die Wahrheit ist nämlich: Selbst wenn ich ein sauberes Shirt trage und meine Haare ausnahmsweise da sitzen, wo sie hingehören, hege ich immer noch eine heimliche Vorliebe für Jogginghosen, bei deren Anblick sich Karl Lagerfeld im Grab umdrehen würde.

Außerdem wird mir schon schwindelig, wenn ich Absätze trage, die höher sind als drei Zentimeter – was sowohl den Vergleich zu Grace Kelly als auch zu Oprah hinken lässt.

An welcher Stelle hab ich die richtige Abfahrt verpasst?

Und wichtiger noch: Stand auf dieser Abfahrt wirklich *Scheiß aufs Nettsein?*

Eine(r) muss die Welt ja retten

Als ich das restliche Obst vom Wochenmarkt zu Hause in die Vorratskammer räumte, stellte ich ernüchtert fest, dass tatsächlich bereits die Hälfte der Früchte faulte. Ich hätte mir jetzt natürlich einreden können, dass das ein ganz blöder Zufall war oder an der Naturbelassenheit von Bio-Obst lag – aber nach dem Gespräch mit Karo würde ich mir beides nicht mehr glauben ...

Konnte es sein, dass sie recht hatte? War ich zu nett?

Und wenn ja: Konnten die Leute das wirklich riechen?

Zu einer befriedigenden Antwort kam ich leider nicht, denn meine Küchentätigkeit wurde mal wieder von einer von Karlies berüchtigten Wortschwallwellen begleitet.

Was Lovi an Mitteilungsbedürfnis fehlte, hatte unsere Karlotta im Überfluss. Meine Kolleginnen beklagten sich oft darüber, dass ihre Teenagerkinder nicht mehr mit ihnen reden würden, deshalb verbuchte ich es einfach als heimlichen Erfolg, dass unsere Fünfzehnjährige immer noch ihre Gefühlswelt mit uns teilte. Selbst wenn Letztere mir manchmal Rätsel aufgab ...

Auch diesmal konnte ich nicht allen Zusammenhängen folgen, schnappte aber Bruchstücke wie »Scheißkerl«, »Scheiß-Chemie« und »Scheiß-Arschloch« auf – wobei ich mir bei Letzterem nicht ganz sicher war. Konnte auch sein, dass sie in Wirklichkeit »schönen Tag noch« gesagt hatte.

Nach einer Viertelstunde hatte ich zumindest verstanden, dass es um Karlies neuen Chemielehrer ging. Und um die Strafaufgaben, die er meiner Tochter aufgebrummt hatte, obwohl sie »nur ganz millisekundenkurz« unter dem Tisch auf ihr Handy geguckt hatte.

Ich nutzte die unverhoffte Pause, die sie zum Luftholen brauchte, und warf einen Blick auf meine Fitness-Uhr. »Wo ist eigentlich Papa? Der sollte doch längst zu Hause sein ...«

Karlie starrte mich an, als hätte ich sie gerade darum gebeten, mir einen Pickel auszudrücken.

»Seh ich aus wie ein Terminkalender?«, blaffte sie dann und schüttelte fassungslos den Kopf. »Hast du mir eigentlich zugehört?«

»Natürlich!« Ich stellte schnell einen großen Topf mit Salzwasser auf den Herd – heute musste mal wieder mein Freund Mirácoli aushelfen.

Karlie verschränkte erwartungsvoll die Arme vor der Brust, sodass ich mich genötigt fühlte, eine Erklärung abzugeben. Nicht für die Sache mit dem Fertigessen, sondern für das vermeintliche Nicht-Zuhören.

»Du ärgerst dich über deinen neuen Lehrer.«

»Ärgern ist gar kein Ausdruck«, fiel Karlotta mir ins Wort. »Ich hasse den alten Scheißkerl – und er hasst mich! Und weißt du warum? Weil ich ein Mädchen bin und er ein verdammter Sexist ist!«

»So schlimm wird es schon nicht sein ...«

»Es ist sogar noch schlimmer, Mama! Er hat mich neben Okus gesetzt – Okus! ›Weil jedes Mädchen vom naturwissenschaftlichen Sachverstand eines Jungen profitieren soll!‹ Das musst du dir mal reinziehen – als wären wir im 19. Jahrhundert! Dabei hat Okus überhaupt keinen Sachverstand, im Gegenteil: Er riecht nach Mottenkugeln und pult sich im Unterricht Schmalz aus den Ohren! Und ich soll mir mit dem Kerl einen Arbeitsplatz teilen: Bunsenbrenner, Reagenzgläser, Schutzbrille – einfach alles!«

Zu gerne hätte ich meine Tochter darauf hingewiesen, andere Menschen nicht ausschließlich über Äußerlichkeiten zu beurteilen, aber für die sich anschließende Diskussion fehlte mir gerade die Kraft. Die Sache mit den Jungs-und-Mädchen-Sprüchen fand ich allerdings auch nicht in Ordnung.

»Kannst du nicht noch mal in Ruhe mit deinem Lehrer sprechen?«

Karlies Blick verfinsterte sich. »Vergiss es. Ich will den Kurs wechseln.«

»Wie bitte?«

»Ihr müsst mit der Schulleiterin reden und ihr klarmachen, dass ich da auf keinen Fall bleiben kann!«

Einfach wegzulaufen hielt ich eigentlich nicht für den richtigen Weg – trotzdem gab ich mit einem Seufzen nach. »Ich rede mit Papa darüber. Aber versprechen kann ich nichts.«

Anstelle eines Danks schlug mir nur ein weiterer von Karlies Killerblicken entgegen.

Doktor Dodenbaum meinte, das sei normal, und dass ich versuchen solle, meine Tochter dort abzuholen, wo sie sich gerade befinde. Aber wenn dieser Ort nur halb so finster war wie Karlies Laune, hatte ich ehrlich gesagt Angst, sie dort zu treffen …

Zum Glück kam mir in diesem Moment eine andere Idee.

»Hey! Ich gehe morgen Abend mit Karo zur Pediküre. Willst du nicht mitkommen?« Neckisch stieß ich sie mit dem Ellenbogen an. »Wir könnten quatschen, ein bisschen über deine Lehrer lästern … oder über Jungs reden?«

Selbstverständlich bereute ich meinen Vorstoß im nächsten Augenblick schon wieder, denn der verstörte Blick, den meine Teenietochter mir zuwarf, sagte ungefähr so viel wie: »Ich würde lieber das örtliche Telefonbuch von 1997 abschreiben und mir die Augenbrauen mit einem Bügeleisen trimmen, als freiwillig mit meiner Mutter zur Pediküre zu gehen!«

Zum Glück ersparte sie mir die Peinlichkeit, das auch genau

so auszusprechen, und zischte nur zynisch: »Ja, klar!« Dann verdrehte sie die Augen, schüttelte fassungslos den Kopf und marschierte aus der Küche.

»Warst du schon oben bei Frau Schulte?«, rief ich ihr nach, aber sie antwortete nicht mehr, sondern knallte nur extralaut ihre Zimmertür hinter sich ins Schloss.

Frau Schulte wohnte über uns im vierten Stock. Sie war mittlerweile vierundachtzig und nach einem Schlaganfall leider etwas eingeschränkt. Eigentlich stand ihr ein Pflegedienst zu, aber ihre Tochter Manuela strich das Geld lieber ein und übernahm die Pflege persönlich. Wobei ›persönlich‹ in diesem Fall nur ein anderes Wort war für ›Familie Ehrlich aus dem dritten Stock‹. Was wiederum in den meisten Fällen schlicht und ergreifend ›Lexie‹ bedeutete.

Ich gab ihr morgens und abends ihre Tabletten und sah nach dem Rechten, aber da Frau Schulte seit gestern wieder mal auf Reha war, musste ich zurzeit nur die Blumen gießen und ihren Kater Ruben füttern. Und ich fand, das war wirklich nicht zu viel verlangt – so was konnte man für seine Nachbarn schon mal tun.

Blöderweise war ich die Einzige, die die Sache so sah.

Lovi mochte zwar Frau Schulte, fürchtete sich aber vor Ruben. Karlie sah nicht ein, sich ohne Bezahlung um die Probleme anderer zu kümmern, wo sie doch nicht mal ihr »eigenes Scheiß-Leben im Griff« hatte. Und Simon konnte Manuela nicht ausstehen – was ich in Ansätzen durchaus nachvollziehen konnte. Irgendwann war Frau Schultes Tochter nämlich einfach dazu übergegangen, uns nicht nur ganz selbstverständlich mit der Versorgung ihrer Mutter zu betrauen, sondern auch noch Verbesserungswünsche und Kritik an der Umsetzung zu äußern. Aber dafür konnte schließlich Frau Schulte nichts.

Auch jetzt hatte Manuela wieder kleine, liebevoll anmutende Post-it-Zettelchen in der Wohnung verteilt.

An der Grünpflanze im Wohnzimmer stand, dass sie die Vorgängerin wegschmeißen musste, weil sie nach meinem letzten Einsatz völlig überwässert gewesen war. *Bitte maßvoll gießen!*

An der Kühlschranktür fand ich eine Notiz, dass Frau Schulte sich wahnsinnig freuen würde, wenn sie bei ihrer Rückkehr in vier Wochen ein paar Becher Schokopudding vorfinden würde. *Aber den Guten von Landliebe – nicht diesen Billig-Schnodder!*

Kater Ruben vertrug offenbar auch nur noch das gute Gourmetfutter, *sonst kriegt er Dünnpfiff.* Blöderweise reichte der Feinschmeckervorrat im Küchenschrank maximal für zwei weitere Tage. Und ein Blick in und um das Katzenklo erhärtete meinen Verdacht, dass der liebe Ruben in den letzten Tagen doch eher das weniger gut verträgliche Futter bekommen hatte ...

Als ich auch den letzten Rest Katzendreck von den Kacheln gekratzt hatte und mich mit dem prallen Müllsack zurück zur Wohnungstür bewegte, entdeckte ich neben dem Spion eine letzte Nachricht: Ob Manuela mich einer Freundin empfehlen dürfe – deren Mutter werde nämlich auch in zwei Monaten zur Kur fahren.

In diesem Moment überkam mich das starke Bedürfnis, den Sack mit der Katzenstreukacke über Manuelas Kopf auszuleeren. Aber weil Manuela ja gerade gar nicht hier war, sondern vermutlich irgendwo draußen in der Sonne saß und ihren zweiten Aperol Spritz trank, und ich ohnehin niemals jemanden mit Fäkalien bewerfen würde, tat ich einfach so, als hätte ich den Zettel gar nicht gesehen und zog die Tür hinter mir zu.

»Lässig«, hätte Doktor Dodenbaum gesagt.

»Hoffnungslos« wäre wohl Karos Ausdruck dafür ...

Wenigstens war Simon in der Zwischenzeit nach Hause gekommen. Er kratzte die letzten Nudelreste von den Tellern der Kinder und gab mir einen flüchtigen Tomatensoßenkuss.

»Ich sehe, Don Mirácoli hat wieder gekocht«, witzelte er, merkte aber offenbar schnell, dass mir gerade nicht zum Scherzen zumute war.

Liebevoll strich er mir eine Haarsträhne aus dem Gesicht. »Alles gut bei dir? Du siehst erschöpft aus.«

»War einfach ein langer Tag.« Stöhnend ließ ich mich auf einen der Küchenstühle sinken.

»Deine Mutter?«, hakte Simon nach und zog im nächsten Augenblick einen XXL-Becher Schokoladeneis aus seinem Rucksack – das mit den extragroßen Schokostückchen. Und genau in diesem Moment stellte ich mal wieder fest, dass mein Leben tatsächlich *wunderbar* war – ganz egal, was die anderen sagten! Wen störte schon eine blöde Vierzig, wenn man sie Seite an Seite mit einem Mann verbrachte, der genau wusste, was seine Frau jetzt brauchte? Und mal ehrlich: So schlimm konnte dieses *Zu-nett-Sein* gar nicht sein, wenn es mich hierhergebracht hatte, hier in das Leben dieses absolut perfekten Mannes. Er mochte zwar nicht aussehen wie Bradley Cooper und hatte auch keinen sechsten Finger, aber dafür war er ein fürsorglicher Vater und Ehemann – der mich ganz offensichtlich trotz Vogelnest und Hüftring liebte!

Dennoch zögerte ich kurz, als er mir meinen Lieblingslöffel hinhielt.

Die Begegnung mit der eBay-Mami hatte ihre Spuren hinterlassen, und wenn ich ganz ehrlich war, wollte ich in Zukunft nicht mehr ungewollt für schwanger gehalten werden. Dabei waren extracremige Chocolate-Chunks allerdings nicht sonderlich hilfreich ...

Doch als Simon mit seinem eigenen Löffel ins Eis fuhr,

schmiss ich meine letzten Zweifel über Bord und ließ mir die kalte Schokosahne auf der Zunge zergehen.

»Meine Mutter meint, ich sollte mir Gedanken über meine Grabsteininschrift machen – weil ich bald vierzig werde.«

Simon lachte auf. »Ist das nicht ein bisschen schwarzmalerisch?«

»Und Karo meint, ich wäre zu nett für diese Welt!«

Überrascht legte Simon seinen Löffel zur Seite und betrachtete mich. Dann nahm er plötzlich seine Brille ab, grinste und gab mir einen Kuss. »Wenn du mich fragst, kann man gar nicht zu nett sein für diese Welt.«

Sein Gesicht verweilte ganz dicht vor meinem, und für einen klitzekurzen Augenblick spürte ich wieder diese Spannung von früher zwischen uns.

Am liebsten hätte ich eine Dose Sprühsahne aus dem Schrank geholt und meinen Mann zum Nachtisch vernascht – doch als Simon sich die Brille zurück auf die Nase setzte und seinen Löffel wieder in mein Eis stach, war der magische Sprühsahnemoment irgendwie vorbei.

»Wie läuft es in der Redaktion?«

»Nur das Übliche.« Ich zuckte mit den Schultern und spürte, dass mein Oberarm immer noch höllisch wehtat. »K.J. hat für morgen eine außerordentliche Redaktionssitzung angesetzt. Ich schätze, das heißt nichts Gutes.«

K.J. war der Chefredakteur der GLORIA und hieß eigentlich Klaus-Jürgen. Weil er aber fand, dass man als furchtbar wichtiger Chef einer Frauenzeitschrift nicht Klaus-Jürgen heißen konnte, ließ er sich von uns allen K.J. nennen. Ich wiederum fand, dass man als Chef einer Frauenzeitschrift kein Mann sein sollte – aber mich fragte ja keiner ...

Simon lehnte sich nachdenklich auf seinem Stuhl zurück. »Machst du dir Sorgen um deinen Job?«

»Um meinen Job?« Für einen Moment war ich so überrumpelt, dass ich vergaß, das Eis von meinem Löffel zu lutschen. Ehrlich gesagt rechnete ich mit Sparmaßnahmen, ja – aber warum sollte ich mir gleich Sorgen um meinen Job machen?

»Nein, eigentlich nicht. Ich schätze, es werden wieder irgendwelche Etats gekürzt. Vielleicht will K.J. den Gratiskaffee abschaffen?« Ich tat so, als könnte ich über diesen Gedanken lachen. Dabei wäre eine solche Maßnahme in Wirklichkeit natürlich eine handfeste Katastrophe! Denn mal ehrlich: Ein Arbeitstag ohne Gratiskaffee war wie eine Darmspiegelung. Man brachte es irgendwie hinter sich, aber schön war das nicht ...

»Bei Tommy in der Redaktion wurden gerade alle Festanstellungen aufgelöst«, warf Simon ein, und ich konnte mir beim besten Willen nicht verkneifen, ein lautes Schnauben auszustoßen.

»Ich bitte dich! Tommy schreibt für ein Magazin, in dem halb nackte Männer mit Schürze ihre Steaks auf heißen Motorhauben grillen und Bison-Buletten unter ihren Achseln formen! Das kannst du mit unserem seriösen Journalismus doch gar nicht vergleichen!«

»Seriös?« Simon versuchte vergeblich, sein Grinsen zu unterdrücken.

»Meine Arbeit ist seriös, jawohl!«, verteidigte ich mich. Dabei wusste ich insgeheim natürlich selbst, dass man mit Reportagen über Mitesser und Brad Pitts Liebesleben keinen Henri-Nannen-Preis gewinnen konnte. Trotzdem mochte ich es nicht, wenn meine Arbeit kleingeredet wurde, und zum Glück verstand Simon den Wink mit dem Zaunpfahl und hob entschuldigend die Hände.

»Du hast recht. Was weiß ich schon, ich bin schließlich nur Arzt.« Er beugte sich versöhnlich zu mir vor, um mir einen weiteren Kuss zu geben, aber auf einmal hatten sowohl seine weichen Lippen als auch das Eis einen schalen Beigeschmack.

Warum ließ ich mich nur immer so leicht verunsichern?

Gedankenversunken kratzte ich mit dem Löffel über das Eis. »Du denkst also, er will Leute entlassen?«

Simon zögerte einen Augenblick, dann rieb er lächelnd über den Fleck auf meiner Schulter. »Selbst wenn, Lexie, dir wird schon nichts passieren. Du und ich wissen doch genau, dass du die allerbeste Journalistin in dieser Redaktion bist!«

Es rührte mich, dass er so dachte, trotzdem verging mir augenblicklich der Appetit. *Ich* wusste, dass ich eine gute Journalistin war. Aber ich war mir ehrlich gesagt nicht so sicher, ob die anderen das auch wussten.

Zaghaft stupste Simon mich an. »Hey. Kann ich dich so denn wirklich alleine lassen?«

Richtig, da war ja noch etwas …

Ein klitzekleiner Teil von mir wollte aufspringen und »Nein!« schreien, aber der größere, absolut erwachsene Teil bewahrte glücklicherweise die Contenance. »Du hast schließlich keine andere Wahl, oder?«

Für den Bruchteil einer Sekunde hatte ich das Gefühl, dass sich ein merkwürdiger Ausdruck auf sein Gesicht legte. Aber dann rieb er sich müde mit den Händen über die Augen. »Nein, du hast recht. Ich habe keine Wahl. Und es sind ja nur ein paar Tage.«

Um genau zu sein, waren es sieben Tage, was wiederum eine volle Woche war. Eine Woche allein mit zwei Kindern, meinen Eltern, Kindergarten-Kurt, Katzendurchfall, dem Redaktionsfragezeichen, das plötzlich in meinem Kopf aufploppte, und natürlich meinem Speckbauch – aber ich hatte mir das alles im Grunde nicht anders ausgesucht.

Na gut, für Rubens Dünnpfiff konnte ich nun wirklich nichts, aber an allen anderen Umständen hatte ich durchaus mitgewirkt. Und dass Simon nicht nur Arzt war, sondern auch noch ein guter Mensch, hatte ich schon gewusst, bevor ich ihn geheiratet hatte.

Einmal im Jahr schloss er seine Praxis und flog als Arzt ohne Grenzen aus, um die Welt zu retten. Ich fand das toll, ehrlich – aber manchmal fragte ich mich auch ganz heimlich, warum er nicht einfach meine Welt retten konnte. Was natürlich eine total egoistische und unangebrachte Frage war, deshalb begrub ich sie auch jedes Mal ganz schnell unter meinem schlechten Gewissen.

Ich habe keinen Grund, mich zu beschweren. Ich habe wirklich keinen Grund, mich zu beschweren! Und genau deshalb würde ich meinen Mann auch nicht davon abbringen, übermorgen nach Nicaragua zu fliegen, um bettelarme Waisenkinder von ihrem Wurmbefall zu befreien!

Fest entschlossen drückte ich den Deckel zurück auf den Eisbecher und stellte den Rest ins Tiefkühlfach. Simon räumte unterdessen das dreckige Geschirr in die Spüle und drehte den Wasserhahn auf.

»Meine Mutter kann Lovi übrigens am Donnerstag von der Kita abholen. Du musst ihn dann abends nur in Blankenese einsammeln.«

Das waren in der Tat mal gute Nachrichten. Donnerstag war nämlich mein langer Tag in der Redaktion, und Simon machte die Praxis in der Regel früher dicht und holte Lovi ab. Weil er diesen Donnerstag aber im Flieger nach Mittelamerika sitzen würde, hätte ich mir etwas anderes überlegen müssen. Ich war zwar nicht besonders scharf darauf, meine Schwiegereltern zu treffen, aber wenn ich dafür ein paar Stunden länger arbeiten konnte, nahm ich es gerne in Kauf.

»Hast du schon mit deiner Mutter über die Flöte gesprochen?«, hakte ich nach und sah, wie Simon am Spülbecken zusammenzuckte. Das verhieß nichts Gutes ...

Tatsächlich drehte er sich im nächsten Moment zerknirscht zu mir um. »Ich hab's vergessen, ehrlich.« Er blinzelte mich derart schuldbewusst an, dass ich kaum umhinkam, ihm das sogar zu glauben.

Trotzdem stieß ich ein Stöhnen aus. »Es ist wichtig, Simon! Oder willst du, dass Lovi sich vor all diesen Leuten blamiert?«

»Ich rufe sie morgen an, versprochen!«

»Und du vergisst es nicht wieder?«

»Ich vergesse es nicht!«, versicherte mir Simon und hob die Schaumhände zum Schwur. »Und für den absolut unwahrscheinlichen Fall, dass ich es ganz eventuell doch vergessen sollte, habe ich nach meiner Rückkehr ja auch noch eine Woche Zeit. Die goldene Hochzeit ist schließlich erst in zweieinhalb Wochen.«

Er lächelte mich hoffnungsvoll an, aber als er meinen Blick bemerkte, ebbte sein Lächeln ganz schnell wieder ab.

»Hab's verstanden«, sagte er und salutierte zwinkernd vor mir. »Ich vergesse es unter gar keinen Umständen!«

Bin ich im Arsch oder am Arsch – oder einfach nur am Ende?

Das beste Rezept gegen schlechte Laune ist bekanntlich: gute Laune! Und weil gute Laune genau genommen nur ein Synonym für Quarkbällchen ist und das Gespräch mit Simon gestern Abend doch empfindlich am Lexie-Ehrlich-Stimmungsbarometer gekratzt hatte, stoppte ich auf dem Weg zur Arbeit bei der Bäckerei meines Vertrauens und kaufte für die gesamte Redaktion ein großes Blech Quarkbällchen. Denn mal unter uns: Wie schlimm konnte so eine Sonderkonferenz schon werden, wenn dir dabei in Fett geschwenkter Kristallzucker am Gaumen klebte?

Sobald ich den wohligen Duft der frisch frittierten Hefeteigleckereien in der Nase hatte, ging es mir jedenfalls schlagartig besser. Und mehr noch: Ich war mir plötzlich ziemlich sicher, dass Simons Bedenken vollkommen unberechtigt waren. Wahrscheinlich ging es heute wirklich nur um gekürzte Reiseetats und gestrichene Raucherpausen.

Doch als ich im dritten Stock aus dem Aufzug stieg und auf unseren Redaktionsflur trat, vor der Nasenspitze noch immer eine warme Wolke aus Frittierfett, spürte ich sofort, dass eine gewisse Anspannung in der Luft lag.

Svenja am Empfangstresen sah aus, als wäre sie in einen Tuschkasten gefallen, und lächelte so angestrengt, dass mir allein vom Zusehen die Mundwinkel wehtaten.

»Großer Tag heute, Lexie«, rief sie mir zu und hob ihre beiden Fäuste, wohl um zu zeigen, dass sie mir die Daumen drückte.

Lief ich wirklich mit verschlossenen Augen durch die Welt? Bis gestern hatte ich nicht mal ansatzweise geahnt, dass ich heute gedrückte Daumen nötig haben könnte. Wie konnte es sein, dass alle anderen die Gefahr längst gewittert hatten?

Bevor ich bei Svenja nachhaken konnte, klingelte ihr Telefon, und sie widmete sich sehr engagiert ihrem Tresenjob.

Verunsichert krallte ich mich an meinen Quarkbällchen fest.

Auf dem Weg in die Küche begegneten mir noch eine Handvoll weiterer Kolleginnen. Die meisten lächelten zwar freundlich, gaben sich aber große Mühe, dabei wahnsinnig beschäftigt und absolut unentbehrlich auszusehen.

Tina aus der Beauty-Redaktion boxte mir im Vorbeigehen freundschaftlich an den Oberarm – genau dahin, wo heute ein preisverdächtiger Bluterguss vom Zusammenstoß mit der Lenkstange pochte. Meinen gequälten Gesichtsausdruck schob Tina offenbar auf die bevorstehenden Ereignisse.

»Kopf hoch, Lexie. Wird sicher halb so schlimm.«

Jetzt fing ich wirklich an, mir handfeste Sorgen zu machen. Ging es hier am Ende etwa tatsächlich um meinen Job?

Ach was. Ich würde heute Vormittag einfach brillante Arbeit leisten – als Gegenmaßnahme zu meinen Bedenken sozusagen. Und außerdem hatte ich als Joker ja immer noch die Quarkbällchen.

In der Küche schnappte ich mir einen Edding und schrieb in großen, fetten Buchstaben meinen Namen auf das Gebäckpapier. Dann schob ich das Tablett sicherheitshalber in die hinterste Ecke des Küchentresens und machte mich auf den Weg in mein Büro, um heute durch absolut fantastische Arbeit zu brillieren.

Unterwegs warf ich einen vorsichtigen Blick in K.J.s Büro und stellte überrascht fest, dass die Konferenz heute wohl doch nicht jede von uns nervös machte: Vivien jedenfalls saß mit elegant übereinandergeschlagenen Beinen auf dem Schreibtisch unseres Chefs und brach gerade in ein herzhaftes, schallendes Lachen aus, das ich bis hier draußen vor der Glastür hören konnte. Sie wirkte dabei vollkommen unbeeindruckt von den Schatten, die dieser Tag vorauswarf. Aber vielleicht hatte sie ja auch gar keinen Grund, sich Sorgen zu machen?

Vivien bewegte sich für mich ungefähr auf derselben Sympathiekurve wie Kurt – und dafür hatten wir nicht einmal Sex haben müssen.

Das Problem mit Vivien war einfach, dass sie perfekt war. Sie selbst hatte damit natürlich kein Problem, aber alle anderen eben schon.

Vivien war jung, smart, kinderlos und außerdem scharf wie ein japanisches Sushimesser. Im Grunde war sie genau so, wie ich es früher immer hatte sein wollen, bevor das Leben und ein Haufen Orangenhaut dazwischengekommen waren.

Natürlich versuchte ich mir krampfhaft einzureden, dass sie in zehn Jahren, wenn sie selber auf die Vierzig zuging, genauso ausgebrannt sein würde wie ich. Aber insgeheim fürchtete ich, dass ich mich dabei selbst belog.

Vivien war einfach alles, was ich niemals sein würde, solange ich Lexie war. Na gut, beliebt war sie nicht gerade. Was vermutlich daran lag, dass sie eiskalt für ihre Interessen einstand und dabei auch gerne mal die makellosen und völlig Schrumpelhaut-freien Ellenbogen ausfuhr.

Wäre Vivien zu Doktor Dodenbaum gegangen, hätte er ihr garantiert eine Eins plus mit Glitzersternchen verpasst, weil sie keinerlei Probleme damit hatte, ihre Bedürfnisse zu kommunizieren. Und genau deshalb hatte Vivien es auch schlichtweg nicht nötig, ihr Gehalt an jemanden wie Doktor Dodenbaum zu verschwenden und sich vor dem Spiegel einzureden, sie wäre ein Puszta-Schnitzel …

»Ich bin eine gute Journalistin. Ich bin eine gute Journalistin.

Ich bin eine verdammt gute Journalistin!«, murmelte ich mir schnell zu – für irgendetwas mussten die hundertfünfzig Euro pro Stunde schließlich gut sein.

Kaum saß ich am Schreibtisch, klingelte mein Telefon. Bevor ich auch nur die Chance hatte, meinen Namen zu nennen, flog mir K.J.s Stimme bereits durch den Hörer um die Ohren.

»Was hast du in fünf Minuten vor?«

»Ich … äh …« *Sag was Cooles, sag was Cooles, sag was Cooles!* »Ich wollte an meinem Artikel über die neue Katzenbabyklappe arbeiten …«

»Vergiss die Muschis«, trampelte K.J. mein Vorhaben über den Haufen, und im Bruchteil einer Sekunde spürte ich den Streuselkuchen an meinem Hals. »Du führst das Interview mit Justin Gerard!«

»Justin Gerard …?«, wiederholte ich, als wäre ich ein bisschen schwer von Begriff. »Aber … sollte das nicht Vivien machen?«

»Willst du Gerard jetzt, oder nicht?«, blaffte K.J. mich an, ohne auf meinen Einwand einzugehen.

»Natürlich will ich Gerard!« Verdammt. Jede Frau dieser Welt wollte Justin Gerard.

»Ich schick dir gleich die Nummer rüber«, knurrte K.J. und wollte offenbar auflegen, doch dann fiel ihm noch etwas ein. »Sex, crime and emotions, Lexie – bring uns den ganz heißen Scheiß!« Im nächsten Moment hörte ich nur noch das Tuten in der Leitung, das mit meinem Bluterguss um die Wette pochte.

Ich sollte Justin Gerard interviewen?

Gerard war so ziemlich der beste und erfolgreichste Sänger der Welt – und außerdem war er heiß wie eine Herdplatte. Der Kerl sah so unfassbar gut aus, dass schon Frauen erblindet sein sollen beim Anblick seines nackten Oberkörpers. Seine Konzerte waren Rekordhalter bei spontanen Kreislaufzusammenbrüchen, und vor ein paar Wochen hatte er nicht nur zum wiederholten Mal die Billboard Charts geknackt, sondern angeblich auch die Herzen zweier internationaler Topmodels gebrochen, die sich daraufhin in ihrer bodenlosen Verzweiflung alle Haare vom Kopf rasiert hatten – Augenbrauen inklusive.

Justin Gerard war der verfluchte Hauptgewinn! Die Frage war nur, warum ausgerechnet ich ihn interviewen sollte. Normalerweise war nämlich Vivien für die internationale A-Liga verantwortlich. Konnte es sein, dass die mich irgendwie verarschen wollten? Aber dafür war Gerard eigentlich zu wichtig …

Vielleicht war es auch einfach nur der Beweis dafür, dass ich endlich wirklich daran glauben sollte, was ich mir krampfhaft einzureden versuchte: dass ich eine echt gute Journalistin war!

Ich bin gut, ja – ich bin gut, besser, am besten!

Beschwingt durch dieses unerwartete Hochgefühl öffnete ich die Mail mit der Telefonnummer, die K.J. mir in dieser Sekunde schickte. Es war eine englische Vorwahl, vermutlich London – und dazu noch eine kurze Notiz:

Punkt 9:30!!! JG hat nur einen 5-Minuten-Slot für uns! Bring uns THE BIG SHIT!!!

Nervös rutschte ich auf meinem Schreibtischstuhl herum. Ich würde Justin Gerard ausquetschen wie eine Saftorange, o ja, und ihm mindestens eine Affäre mit Lady Di andichten!

Im nächsten Augenblick stellte ich allerdings fest, dass die Sache leider mindestens drei Haken hatte: Erstens war Lady Di vermutlich schon länger tot, als Justin Gerard sexuell aktiv war, zweitens musste ich das BIG-SHIT-Interview auf Englisch führen und mein aktiver Wortschatz war leider etwas eingerostet (*was hieß*

»Nervenzusammenbruch« *auf Englisch?*) – und drittens waren von den eben noch fünf Vorbereitungsminuten jetzt nur noch zwei übrig!

Deshalb konzentrierte ich mich hastig auf die Quarkbällchen und mein inneres Puszta-Schnitzel, rief ein Foto von Gerard auf dem Bildschirm auf (ich konnte am besten quatschen, wenn ich mein Gegenüber vor Augen hatte) und bewegte meine zitternden Finger über die Wähltasten.

Obwohl ich mich mächtig konzentrierte, verwählte ich mich zwei Mal und war jetzt schon froh, dass Mister Ladykiller meinen Streuselkuchen nicht würde sehen können. Den hysterischen Softporno-Beiklang in meiner Stimme konnte ich allerdings nicht verbergen, als ich kurz darauf Gerards Management am Apparat hatte.

»Listen, we don't buy anything«, versuchte mich eine wenig erwärmende Frauenstimme am anderen Ende der Leitung abzuwürgen.

»No, no, it's me: Lexie Ehrlich from GLORIA magazine! I have an interview with Mister Gerard!«, erklärte ich mich, und zwei stumme Klicks später hörte ich tatsächlich den großen Justin Gerard in der Leitung.

Er klang irgendwie verschlafen, aber trotzdem (oder gerade deshalb?) unheimlich sexy ...

Die Uhr tickte jetzt jedenfalls, darum beschloss ich, das Gespräch auch maximal effektiv zu gestalten.

Ich: (*hysterisch kichernd*) »Mister Gerard! So glad to have you on the phone! How are you?«

Er: »I'm fine, ya know, a little ... kkkkrrrrrrsssschhhhhh ... after all, but still ... kkkkrrrrrrsssschh ... So yeah, it's wild times in a wild world.«

52

Ich: (*mit spontanem Herzstillstand ringend*) »Mister Gerard, could you please …?«

Er: (*unterbricht mich*) »Call me Justin.«

Ich: »Justin, could you repeat your …?«

Er: »What are you saying?«

Ich: »The connection was bad and I …«

Er: (*brüllt ins Telefon*) »Are you still on the phone?«

Ich: (*brülle zurück*) »Yes! Yes, I'm right here! Let's just talk about the latest news.«

Er: (*lacht heiser auf*) »The news, yeah. I mean, it's true that … kkkkkrrrrschhhh … but there's even more I have to … kkkkkrrrschh … just between the two of us, you and me … kkkkkkrrrrssch … Probably my management is going to kill me for telling you all this crap …«

Ich: (*stimme hektisch in sein Lachen ein, obwohl ich eigentlich sterben möchte*) »Justin, could we …?«

Er: »Lucy, right?«

Ich: »No, my name is Lexie …«

Er: »Listen, Lucy, I need to … krrrrschh … so if there's no more questions … kkkkkrrrrrssscchhhh …«

Ich: »No, wait! Wait, wait, wait! I have more questions!!!«

Er: »Was a pleasure to talk to you, Lucy!«

Dann hörte ich nur noch *tut-tut-tut*. Und mein Herz sackte wie ein nasser Tafelschwamm auf den Boden unter meinem Schreibtisch.

Er hatte aufgelegt – er hatte einfach aufgelegt! Waren das etwa schon fünf Minuten gewesen?

Nein, nein, nein, das konnte nicht sein! Ich drückte auf Wahlwiederholung, aber es ging niemand mehr ran.

Krampfhaft überflog ich meine lächerliche Mitschrift und suchte nach einem klitzekleinen Hinweis auf Lady Di oder wenigstens eine mittelschwere Depression, aber leider gab mein Interview nicht mal den Hauch einer interessanten Story her. Weder sex, crime noch emotion – im Grunde reichte es ja nicht mal für einen vollständigen Satz. Das würde K.J. nicht gefallen. Ich war im Arsch – oder sagte man am Arsch? Auf jeden Fall war ich am Ende ...

Mein Blick schweifte auf die Fitnessuhr an meinem Handgelenk. Mein Puls bewegte sich in einem Bereich, in dem ich genau genommen längst hätte tot sein müssen. Außerdem fand in zwanzig Minuten die Redaktionssitzung statt.

Durchatmen, Lexie, durchatmen – es ist noch nichts verloren.

Ich schob meinen Stuhl zurück, straffte die Schultern und verschwand in Richtung Toilette. Vielleicht klappte es besser, mir gut zuzureden, wenn ich dabei mein Spiegelbild vor Augen hatte?

Als ich die Damentoilette fast erreicht hatte, traf mich bereits der nächste Schlag: K.J. trat aus dem Bad. Er sah ein bisschen zerzaust aus, darüber hinaus aber ziemlich zufrieden – vor allem jedoch wirkte er kein bisschen ertappt. Vielleicht war ihm gar nicht aufgefallen, dass er auf dem Damenklo nichts zu suchen hatte ...?

Ich widerstand dem journalistischen Drang nachzuhaken. Ehrlich gesagt war ich nämlich (A) ohnehin viel zu perplex, um auch nur ein Wort über die Lippen zu kriegen, und (B) durchaus froh, wenn sich aus unserem kleinen Zusammenstoß hier kein Gespräch über das vermasselte Interview mit Justin Gerard ergab.

Aber K.J. schien gerade ohnehin ganz andere Dinge im Kopf zu haben als Mister Gerard.

»I'll see you, Lex – I'll see you!« Mit einem fremdschämverdächtigen Robert-De-Niro-Grinsen tippte er auf seine teure Armbanduhr und verschwand summend den Flur hinab.

Vollends verstört betrat ich die Damentoilette. Kaum war die Tür hinter mir zugefallen, entdeckte ich Vivien. Sie stand vor dem

Waschbecken am Spiegel und zog sich zufrieden ihren Lipgloss nach. Als sie mich an der Tür stehen sah, legte sie noch ein eindrucksvolles Lächeln obendrauf.

»Hey, Lexie.«

In meinem Kopf liefen ungefähr zwei Millionen wild gewordener Synapsen Sturm – und sie landeten alle bei demselben beunruhigenden Gedanken: *Konnte es wirklich sein, dass K.J. und Vivien hier drin ...?*

Buäh! Ich mochte mir das Bild gar nicht vor Augen führen.

Hatte sie das Interview mit Gerard etwa nur deshalb nicht selbst führen können? Und war das am Ende der Grund, warum sie sich im Gegensatz zum Rest von uns keine Sorgen um die Zukunft machte?

Vivien schob ihren Gloss jedenfalls unbeeindruckt zurück in ihre Tasche und deutete auf meine Frisur. »Hast du irgendwas mit deinen Haaren gemacht?«

Ertappt fasste ich mir an den Kopf. Ich hatte heute Morgen keine Zeit gehabt, mir die Haare zu waschen, und hatte sie deshalb notdürftig zu einem kleinen Dutt hochgesteckt. Offenbar war ich dabei nicht ganz so gründlich gewesen wie erhofft.

»Gefällt mir«, fuhr Vivien fort. »Erinnert mich irgendwie an *Bridget Jones*. Wirkt so schön ...« Sie suchte nach dem richtigen Wort und grinste: »Unüberlegt.«

Unüberlegt? Wie schaffte sie es bitte immer wieder, Beleidigungen derart geschickt zu verpacken, dass man am Ende noch das Gefühl hatte, sich dafür bedanken zu müssen?

In Wirklichkeit hatte sie doch schlicht und ergreifend keine Ahnung, wie es war, wenn der eigene Mann mit der Suche nach dem verschwundenen Reisepass beschäftigt war, während man selbst seiner fünfzehnjährigen Tochter weismachen musste, dass ein Pickel auf der Stirn kein Grund für eine Krankmeldung war,

55

und nebenbei feststellte, dass sich kein Brot mehr für das Kita-frühstück des Fünfjährigen im Haus befand!

»Ich finde *Bridget Jones* ziemlich cool«, murmelte ich eine Spur zu trotzig und stellte mich neben sie vor den Spiegel. »Die hatte immerhin Sex mit Hugh Grant und Colin Firth – und das ist ja nun wirklich nicht nichts.«

Vivien riss ihren perfekt geformten Mund auf und lachte los. »Du bist superwitzig, Lexie, echt jetzt!«

Natürlich witterte ich sofort, dass sie mich nur veräppeln wollte, konnte aber keine weiteren Anzeichen von Ironie an ihr ausmachen. Stattdessen senkte sie plötzlich geheimnisvoll den Blick.

»Hey, hast du schon von diesen geheimen Frauenbotschaften gehört?«

»Geheime Frauenbotschaften?«

»Keiner weiß, ob sie tatsächlich von einer Frau kommen, aber es liegt nahe. Auf jeden Fall hinterlässt irgendjemand seit Wochen kleine Zettel und Schmierereien in der Stadt. Auf Cafétoiletten, Litfaßsäulen – sogar an Laternenpfählen.«

Meine Kehle war mit einem Mal staubtrocken. »Schmiere-reien …?«

»Total bissige Texte übers Frausein, richtig gutes Zeug. Ich ver-mute ja, dass irgendeine Kampagne dahintersteckt, vielleicht für ein neues Buch oder einen Film.«

Aus dem Augenwinkel bemerkte ich den heftigen Ausschlag am Hals meines Spiegelbildes. »Und … woher kennst du diese Texte?«

»Letzte Woche wurde einer davon auf Instagram gepostet und ist viral gegangen. Seitdem posten immer mehr Leute Texte – die sind echt überall in der Stadt! Es gibt sogar einen eigenen Hash-tag: #malehrlich.«

»Mal ehrlich?« Meine Stimme war jetzt kaum mehr als ein Flüstern, aber Vivien schien das nicht zu stören.

»So ist die Überschrift der Texte, wie bei einer Kolumne. Musst du dir unbedingt ansehen! Das gefällt dir ganz bestimmt.« Dann schwang sie ihren makellosen Hintern auf den schwindelerregend hohen Absätzen zur Tür hinaus.

Ich stützte mich schwer atmend am Waschbecken ab. Verflucht. *Wie hatte das denn passieren können?!*

Tatsächlich hatte ich es mir vor einiger Zeit angewöhnt, überall, wo ich ein bisschen Ruhe hatte, Dampf abzulassen. Über die Monate war es sogar zu einer Art Ventil geworden, meine Gedanken ungefiltert irgendwohin zu schmieren – jene Gedanken, die ich normalerweise niemals vor anderen Leuten ausgesprochen hätte. Ich hatte allerdings nicht damit gerechnet, dass irgendjemand das Zeug aufmerksam lesen würde. Geschweige denn, dass es auf Begeisterung stoßen und viral gehen würde!

Ich hatte ja nicht einmal einen Instagram-Account. Karo musste mir dringend zeigen, was da wirklich vor sich ging ...

Jetzt musste ich mich aber erst mal um meinen Job kümmern. Vivien war eben zwar erstaunlich nett gewesen, aber sie kämpfte ganz offensichtlich mit unlauteren Mitteln – mit Mitteln, gegen die wir anderen keine Chance hatten.

Aber vielleicht geht es ja gar nicht um unsere Jobs, versuchte ich mir einzureden. *Vielleicht will K.J. nur ein paar Ressorts zusammenlegen, um Büroflächen einzusparen?*

Außerdem hatte ich für den Notfall immer noch meine Quarkbällchen!

Allerdings beschlich mich langsam das Gefühl, dass die nicht mal ansatzweise mit Viviens »guten Argumenten« mithalten konnten ...

Als ich kurz darauf in die Küche stolperte, um meine Geheimwaffe in Gefechtsstellung zu bringen, stellte ich zu allem Überfluss fest, dass meine Quarkbällchen verschwunden waren. Fünfunddreißig Hefeteigbällchen – einfach weg.

Aber es kam noch schlimmer! Denn kaum hatte ich einen Fuß ins Konferenzzimmer gesetzt, entdeckte ich meine Quarkbällchen liebevoll angerichtet auf kleinen Servietten. Irgendjemand hatte sie großzügig über den ganzen langen Tisch verteilt!

K.J., der bereits in seinem Chefsessel am Kopfende Platz genommen hatte, beugte sich gerade vor und führte mit einem genüsslichen Stöhnen einen ganzen Zuckerball zum Mund.

»Du bist wirklich zu gut für uns«, sagte er mit vollem Mund und sah zu Vivien, die lächelnd zu seiner Rechten saß.

»Das sind meine Quarkbällchen!«, platzte die Softpornostimme quiekend aus mir heraus.

Auf einen Schlag waren etwa zwanzig Augenpaare auf mich gerichtet – deutlich zu viele jedenfalls, als dass ich mich bei der Sache auch nur annähernd hätte wohlfühlen können.

Vivien blinzelte mich betroffen an. »Das waren deine Kuchenteile? Tut mir leid, das wusste ich nicht ...«

Bleib gelassen, bleib gelassen – bleib verdammt noch mal gelassen!

»Mein Name stand obendrauf – in großen schwarzen Blockbuchstaben!«

Unglücklich verzog Vivien das Gesicht. »Sorry, Lexie. Ich dachte einfach, ich könnte uns allen eine kleine Freude machen. Das können wir schließlich ganz gut gebrauchen heute. Aber du kannst deine Quarkbällchen natürlich auch ganz alleine essen ...«

Die anderen Kolleginnen im Raum blickten mich erwartungsvoll an, sodass ich plötzlich das Gefühl hatte, ich wäre das Arschloch hier – dabei hatte ich doch für alle Quarkbällchen besorgt!

Und obwohl ich gerade am liebsten unter der Zimmerdecke

explodiert wäre wie ein Chinaböller und Vivien ihre Endlosabsätze in den Allerwertesten treten wollte, schluckte ich jetzt einfach meine Wut runter und murmelte kleinlaut: »Nein, ist schon gut ...«

Dabei fühlte sich das alles hier in Wirklichkeit kein bisschen gut an.

Einmal im Jahr ist auch regelmäßig!

Noch schlechter fühlte sich allerdings an, was K.J. uns nun mitteilte. Kaum hatte er sein viertes Quarkbällchen verdrückt, wischte er sich die Zuckerkrümel an der Hose ab und baute sich vor uns auf.

»Also gut, Ladys, lasst uns nicht lange um den heißen Brei herumreden.« Dass auch ein paar Männer am Tisch saßen, schien er gewissenhaft auszublenden – oder meinte er am Ende tatsächlich nur uns Frauen?

»Zeit ist Geld, und wenn ihr mich fragt, hab ich von beidem zu wenig.« Er lachte auf, und die meisten von uns stimmten mechanisch mit ein, getreu dem Motto: *Wenn der Keks lacht, kichern die Krümel!*

Dann versuchte er sich an einem zerknirschten Gesichtsausdruck, aber irgendwie sprang der Funke nicht so richtig über.

»Ihr wisst ja, dass die Zeiten sich ändern, und das hat Auswirkungen auf unsere Arbeit.«

»Mit unserer Arbeit meinst du unsere *Bezahlung*, oder?«, hakte Cynthia aus der Wissenschaftsredaktion nach und zog vorsorglich ihre ausdrucksstarken Augenbrauen in die Höhe. Ich bewunderte sie schon lange dafür, dass sie so angstfrei äußerte, was sie dachte. Ich selber schaffte das nur heimlich mit meinem Edding auf dem Klo ...

Natürlich schwirrte uns allen im Grunde der gleiche Gedanke durch den Kopf. Aber K.J. hob nur beschwichtigend die Hände.

»Nicht doch, ich rede ausnahmsweise nicht von Geld. Für einige von euch könnten sich die Maßnahmen sogar richtig auszahlen!«

Allein die Begriffe »Maßnahmen« und »einige von euch« brachten etwa ein Dutzend Alarmglocken in meinem Kopf zum Läuten.

Beauty-Tina rückte sich ihre gigantische Fensterglasbrille zurecht. »Und was sollen das für Maßnahmen sein?«

K.J. schob sich die Hände in die Hosentaschen, als hätten wir ihn gerade bei einem dummen Kleine-Jungen-Streich erwischt.

»Die Herren in der obersten Etage drängen auf eine Umstrukturierung. Weniger Räumlichkeiten, mehr Gleitzeit – insgesamt ein bisschen mehr Flexibilität, und das ist im Grunde ja nichts Schlechtes. Da liegen Chancen begraben, Mädels, echte Chancen!«

Mit einem Mal kamen mir Simons Worte in den Sinn, und mir wurde schlagartig klar, wie sehr er mit seiner Vermutung ins Schwarze getroffen hatte.

»Die Festanstellungen ...«, rutschte es mir ungläubig über die Lippen, und zum zweiten Mal innerhalb einer Viertelstunde blickte mich die versammelte Mannschaft verständnislos an.

»Lexie hat recht«, seufzte K.J. und erweckte damit irgendwie den Eindruck, als wäre das alles hier *meine* Idee! Mir war plötzlich so übel, dass ich nicht mal mehr an meinen Quarkbällchen schnuppern mochte ...

»Keine Sorge, ihr seid nicht gefeuert«, lenkte unser Boss die Aufmerksamkeit endlich zurück auf sich. »Wir müssen nur einen Großteil der Festanstellungen aufheben.«

»Und das heißt?« Cynthia wirkte jetzt recht schmallippig.

»Das heißt, dass ihr uns weiterhin mit Texten, Ideen und Fotostrecken beliefert. Wir rechnen in Zukunft nur projektbezogen ab.«

Eine von den Neuen aus dem Reiseressort beugte sich nach vorne. »Wir arbeiten also freiberuflich?«

K.J. nickte und wirkte jetzt tatsächlich ein wenig betroffen. »Die meisten von euch kann ich nur noch frei beschäftigen, ja. Aber *eine* Festanstellung bleibt uns glücklicherweise erhalten!«

Tina lehnte sich auf ihrem Stuhl zurück. »Und welche soll das sein?«

»*Das* ist die gute Nachricht, Ladys!« K.J. breitete verheißungsvoll die Arme aus. »Jede von euch könnte diese Festanstellung bekommen! Ich entscheide erst in den nächsten beiden Wochen. Das heißt, bei der Redaktionssitzung für die nächste Ausgabe am Montag habt ihr alle die Chance, mich zu überzeugen.« Seine Mundwinkel wanderten zu einem breiten Grinsen auseinander. »Ist das was, oder ist das was?«

Und obwohl keiner etwas sagte, war ich mir sicher, dass das für alle vor allem eines war: scheiße!

Den Rest des Tages schleppte ich mich nur noch von Programmpunkt zu Programmpunkt. Ich versuchte, das Interview zu retten, was praktisch unmöglich war, wenn ich mir keine Geschichte aus den Fingern saugen wollte, und traf mich zwischendurch spontan mit meinem Vater zum Mittagessen.

Eigentlich wollte ich ihm von meinen Problemen erzählen, aber irgendwie merkte ich, dass ihm heute selbst etwas auf der Seele brannte.

»Ich habe jemanden kennengelernt«, gab er irgendwann zu und wurde in derselben Sekunde rot wie ein Schulmädchen.

»Du meinst ... eine Frau?«

»Na ja, ich gehe zumindest davon aus«, murmelte er verlegen. »Wir haben uns übers Internet getroffen und bisher nur Nachrichten geschickt. Aber sowohl ihr Foto als auch ihr Name deuten darauf hin, dass sie eine Frau ist.«

Ich konnte es kaum glauben. Mein Vater öffnete sein Herz endlich für eine neue Beziehung?

Jahrelang hatte ich auf ihn eingeredet, doch mal zu einem Seniorentreffen zu gehen oder seine Nachbarinnen auf einen Kaffee einzuladen, aber immer hatte er entschieden abgelehnt. Und dann klemmte er sich einfach klammheimlich ans World Wide Web und angelte sich – *swutsch* – eine neue Flamme aus dem Netz?

Aufgeregt legte ich meine Hand auf seine. »Und? Wie ist sie so?«

Aber mein Papa hielt sich bedeckt. »Wir kennen uns ja noch nicht allzu lange. Sie macht aber einen wirklich netten Eindruck.«

Wenn mein Herz einen Hintern gehabt hätte, hätte es in diesem Moment ganz gewaltig damit gewackelt vor Freude! Mein Papa hatte eine neue Liebe so was von verdient, und ich wünschte ihm nichts mehr als ein puderzuckersüßes Happy End!

Allerdings traute ich mich nach seiner Offenbarung nicht mehr, ihn mit meinen Jobproblemen runterzuziehen …

Am Nachmittag holte ich Lovi aus der Kita ab und war erleichtert, dass Kurt mir diesmal nicht über den Weg lief. Bei Frau Schulte war es leider genauso »beschissen« wie am Tag zuvor – der arme Ruben musste sich offenbar erst an das Gourmetfutter gewöhnen.

Immerhin verschonte Karlie mich heute mit einer neuen »Scheiß-Berichterstattung« über die »Scheiß-Schule« und verschwand stattdessen wortlos in ihrem Zimmer.

Als dann auch noch Lovi in Richtung Kinderzimmer davonzwitscherte, fühlte ich mich plötzlich unsagbar erschöpft – und einsam. Hoffentlich würde Simon bald nach Hause kommen.

Tatsächlich schien er heute extralange in der Praxis zu bleiben. Als ich seinen Schlüssel endlich im Schloss hörte, war es für

mich eigentlich schon Zeit, zu meiner Verabredung mit Karo auf-
zubrechen.

»Sorry«, murmelte er und drückte mir einen flüchtigen Kuss
auf die Wange. »Ich musste noch ewig viel Papierkram erledigen,
damit das Zeug jetzt nicht die ganze Woche über liegen bleibt.«

*Super, dachte ich trotzig, aber mein Elend und ich können liegen blei-
ben? Stattdessen sagte ich aber:* »Kein Problem. Essen steht auf
dem Herd.«

Am meisten wurmte mich, dass er nicht nachfragte.

Eigentlich hatte ich schon den ganzen Tag damit gerechnet,
dass er anrufen würde, um sich nach der Konferenz zu erkundi-
gen, aber mein Handy hatte den gesamten Nachmittag über ge-
schwiegen.

Bis gestern hatte ich doch noch gedacht, ich wäre glücklich.
Wie konnte es dann sein, dass ich plötzlich nicht nur (A) zu alt,
sondern auch (B) zu nett für diese Welt war, und obendrein (C)
schon bald arbeitslos? Hatte ich irgendwo zwischen gestern und
heute die richtige Ausfahrt verpasst?

Während Simon sich die Hände wusch und anschließend in
die Küche eilte, um direkt aus dem Topf zu essen, beruhigte ich
mich wieder. Ich würde mich jetzt ganz sicher nicht kindisch aufführen. Er war schließlich immer noch derselbe liebe Kerl, den
ich geheiratet hatte, und ich war eine erwachsene Frau.

»Simon, ich …«, setzte ich an, aber er winkte bereits grinsend
ab.

»Sag nichts«, erklärte er mit vollem Mund. »Ich hab längst
daran gedacht.«

»Du hast an was gedacht …?«

»Na, meine Mutter anzurufen!« Er verkündete das mit derart
stolzgeschwellter Brust, dass ich befürchtete, er wollte dafür

gleich einen Orden verliehen bekommen. Dann aß er gierig weiter.

»Und ...?«, hakte ich neugierig nach.

»Problem gelöst!«

Jetzt war ich tatsächlich überrascht. »Lovi spielt also nicht auf
der goldenen Hochzeit deiner Eltern Blockflöte?«

»Meine Mutter hat vollstes Verständnis. Sie respektiert seine
Ängste und unsere Wünsche.«

Das klang alles kein bisschen nach der Sylvia, die ich kannte –
aber solange sich Lovi mit seiner Flöte nicht vor versammelter
Mannschaft blamieren musste, ließ ich mich gerne eines Besseren
belehren.

Trotzdem war ich immer noch ein bisschen enttäuscht. Simon
hatte offenbar vergessen, dass heute dieses Krisentreffen stattgefunden hatte. Oder war ihm das Ergebnis schlichtweg egal?

Beide Möglichkeiten kratzten jedenfalls empfindlich an meinem Selbstbewusstsein.

Offenbar spürte Simon das nun auch. Aufmerksam blickte er
von seinem Abendessen auf. »Du wolltest doch noch was sagen,
oder?«

»Ja«, antwortete ich und biss mir unsicher auf die Unterlippe.
»Ich ... muss jetzt los zur Pediküre. Bin ohnehin schon viel zu spät
dran.«

»Ich kann echt nicht verstehen, wie du das Zeug runterkriegst!«
Angewidert deutete Karo auf den Erdbeersekt, den ich mir während der Fußmassage genehmigte. Es war bereits mein dritter in
zwanzig Minuten, und es wäre sicher nicht mein letzter.

»Mein Leben liegt in Trümmern, also gönn mir doch das bisschen Spaß.«

Karo verdrehte die Augen. »Erstens ist das kein Spaß, sondern in Alkohol aufgelöster Kristallzucker. Und zweitens liegt dein Leben nicht in Trümmern. Er hat dich schließlich nicht rausgeschmissen, oder?«

Nein, K.J. hatte mich nicht rausgeschmissen. Aber das, was er uns angedroht hatte, lag auf der Shit-happens-Skala ehrlich gesagt nicht weit davon entfernt.

»Ich bin seit dreizehn Jahren festangestellt, Karo. Ich kann jetzt nicht noch mal ganz von vorne anfangen.«

Karo nippte lässig an ihrem Gin Tonic. »Du könntest die ganze Sache ja auch als Chance sehen.«

»Soll das jetzt etwa ein *Kein-Regenbogen-ohne-Regen*-Kalenderspruch werden?«, blaffte ich sie an, und sie musste selbst ein bisschen lachen.

»Meinetwegen«, sagte sie und zuckte mit der Schulter. »Wenn du so sehr an deinem Job hängst, musst du dir diese Festanstellung eben unter den Nagel reißen.«

»Na klar!« Mit einem Kopfnicken bestellte ich mir den nächsten Sekt. »Das mache ich, gleich nachdem ich unser Badezimmer renoviert, mir die Brüste vergrößert und für das Amt der Bundeskanzlerin kandidiert habe! Ach Moment, vielleicht kann ich vorher noch die Welt retten?«

Karo grinste mich an. »Glaub mir: Große Brüste werden total überbewertet. Und die Welt brauchst du nicht retten – das macht ja schon Simon.«

Ich warf ihr einen finsteren Blick zu, aber es konnte durchaus sein, dass ich dabei schielte, weil ich bereits beachtlich angetrunken war.

»Denk jetzt ja nicht dran, dich wieder über ihn lustig zu machen!«

»Würde ich nie tun!« Meine beste Freundin hob unschuldig

die Hände. »Aber jetzt mal im Ernst, Lexie. Es spricht doch nichts dagegen, dass du diese Stelle kriegst.«

»Doch! Ihr Name ist Vivien, sie vögelt K.J. auf dem Damenklo, und du findest ihr Bild unter ›perfekt‹, wenn du im Lexikon nachschlägst.«

»Sie mag vielleicht schön, schlau und leicht zu haben sein«, versuchte Karo mich aufzumuntern. »Aber du bist die bessere Journalistin!«

»Sagt wer?«

Karo holte aus und schlug mir stöhnend gegen den blau angelaufenen Oberarm. »Das solltest du vor allem von dir selbst sagen! Aber das wird nichts, solange man dein Bild immer noch unter ›zu nett für diese Welt‹ im Lexikon findet!«

Jetzt fing das schon wieder an …

»Ich bin nicht nett, okay?«, fauchte ich sie an, aber weil meine Freundin nur wieder skeptisch die Augenbrauen in die Höhe zog, wendete ich mich an Fußpflegekraft Cindy, die gerade meinen großen Zeh bearbeitete.

»Könntest du ihr bitte sagen, dass ich nicht nett bin?«

Cindy hielt inne und blinzelte mich an wie ein erschrockenes Rehkitz, das mitten auf der nächtlichen Landstraße von zwei Autoscheinwerfern angestrahlt wurde. »Ich finde dich schon ziemlich freundlich …«

»Freundlich ja, aber nicht nett!«, stellte ich klar und klammerte mich an meinem leeren Sektglas fest. »Innen drin bin ich … Ich bin …« Krampfhaft suchte ich nach dem richtigen Wort, fand aber – betrunken wie ich war – nichts, was auch nur ansatzweise dem Coolnessfaktor entsprach, den ich mir vorstellte. »Ich bin ein Tier, verstanden? Innen drin bin ich ein ganz wildes Tier, jawohl!«

Karo verschluckte sich an ihrem Drink, und ich befürchtete, dass sie gleich lauthals losprusten würde – aber stattdessen presste sie plötzlich ihre Lippen aufeinander und blickte mich ernst an.

»Du hast recht, Lexie.«

Wie bitte? Ich hatte mich bereits darauf eingestellt, dass sie mich (A) liebevoll auslachen, mir (B) vehement widersprechen oder mir (C) die Gurkenscheibe aus ihrem Gin Tonic an die Stirn werfen würde – aber mit Zustimmung hatte ich nun wirklich am allerwenigsten gerechnet.

»Ich habe recht?«, hakte ich verunsichert nach, weil ich als Möglichkeit (D) dringend noch abklopfen musste, ob sie mich einfach nur verarschen wollte. Karo erweckte allerdings nicht den Anschein, als würde sie mich aufziehen wollen.

»Innen drin bist du wirklich ein wildes Tier, Lexie. Und mehr noch: Du bist eine der witzigsten und scharfsinnigsten Frauen, die ich kenne. Denk doch mal an die Sache mit deinen Toiletten-schmierereien!«

Jetzt hatte ich plötzlich auch Cindys ungeteilte Aufmerksamkeit.

»Du schmierst Toiletten voll?!« Ihr Gesichtsausdruck verriet, dass sie nicht viel davon hielt, wenn jemand mutwillig fremde Toiletten besudelte.

»Euer Klo würde ich natürlich nie vollschmieren!«, stellte ich schnell klar und warf Karo einen weiteren Finsterblick zu. »Ich hätte dir nicht von der Instagram-Sache erzählen sollen.«

»Früher oder später hätte ich es sowieso mitbekommen. Und ganz ehrlich: Das ist doch eine super Bestätigung und der Beweis dafür, dass du es draufhast! Du solltest dich outen und sagen, dass du dahintersteckst!«

»Spinnst du? Auf keinen Fall!«

»Warum nicht? Alle lieben ›Mal ehrlich‹!«

»Ja, aber … ich schreibe diese Sachen doch nur, weil ich

denke, dass mich keiner sieht! Mir ist das unangenehm, wenn alle Welt weiß, dass ich die Dinge so sehe, wie ich sie sehe.«

»Und genau da liegt der Hund begraben.« Seufzend legte Karo ihre Hand auf meine. »Du hast es verdient, gesehen zu werden, Lexie. Wenn wir unter uns sind, du dich unbeobachtet fühlst oder ein bisschen angetrunken bist, bist du so schlagfertig, scharfzüngig und smart, dass ich nicht weiß, ob ich mir in die Hose machen soll vor Lachen oder dich einfach vom Fleck weg heiraten!«

Ich blinzelte sie misstrauisch an.

»Ich würde dir ja wirklich gerne glauben, aber die Sache hat mindestens zwei Haken: Erstens trägst du niemals Hosen – und zweitens stehst du nicht auf Vaginas!«

Karo prustete lauthals los. »Siehst du, das meine ich! Genau das bist du: Lexie Ehrlich! Wenn du dich nur mal trauen würdest, das auch den anderen zu zeigen, könntest du die Welt erobern!«

Mit einem leisen Stöhnen warf ich den Kopf zurück auf die Nackenstütze. »Mir würde es ja schon reichen, wenn ich einfach meinen Job behalten könnte.«

»Und ich habe keinen Zweifel daran, dass du dir diese Festanstellung krallen wirst«, erwiderte Karo vollkommen ohne Zynismus. »Du musst nur endlich dieses wilde Tier von der Kette lassen, das in dir schlummert. Ob du dich nun als Autorin dieser ›Schmierereien‹ outest oder nicht – hol dir den verdammten Job, Baby!«

Ich mochte den Gedanken kaum in Worte fassen, aber: Konnte es sein, dass sie recht hatte? Zeigte ich in der Redaktion einfach nicht, was wirklich in mir steckte? Und viel entscheidender noch: Steckte das, was Karo in mir sah, tatsächlich irgendwo da drinnen?

Im Moment war es zumindest der einzige Strohhalm, an den ich mich klammern konnte.

»Ich will mich nicht outen, das ist mir zu viel Aufmerksamkeit. Aber ich werde am Montag einfach die Story des Jahrhunderts vorlegen – dann kann K.J. gar nicht anders, als mich zu behalten!«, verkündete ich einigermaßen entschlossen.

Grinsend hielt mir Karo ihre Hand zum Abklatschen hin. »Das ist die richtige Einstellung! Du zeigst diesem Lackaffen, dass Lexie Ehrlich die beste Wahl ist. Und bis dahin siehst du dir ganz in Ruhe das hier an.« Sie zog ihr Smartphone aus der Tasche, entsperrte den Bildschirm und hielt ihn mir direkt unter die Nase.

Ich sah eindeutig einen Haufen halb nackter Männer, stellte mich aber trotzdem ahnungslos. »Was ist das?«

»Stripper«, erwiderte Karo ungeniert.

Cindy und ihre Kollegin zuckten an unseren Füßen zusammen und warfen sich vielsagende Blicke zu.

Ich versuchte, lässig zu bleiben – was ja schon nüchtern eine Herausforderung war. »Und warum soll ich mir Stripper ansehen?«

»Weil du dir einen aussuchen musst.«

»Wieso das denn?« Jetzt gab ich mir keine Mühe mehr, lässig zu klingen, und ich fürchtete, der Streuselkuchen war auch zurück.

Karo rollte mit den Augen, als läge die Antwort auf der Hand. »Für deine Party. Denkst du etwa, ich bestelle einen ganz normalen Kuchen?«

Stöhnend sank ich in den Sessel zurück. »Es gibt keine Party, Karo!«

»Das sagst du nur, bis du die Torten siehst, aus denen die Kerle herausspringen.« Sie tippte auf den Bildschirm, auf dem jetzt gigantische Cremeschnitten aufploppten.

»Du hast die Wahl zwischen Mokka-Marzipan, Schoko-Kirschsahne und Haselnuss-Eierlikör.«

Entschieden reichte ich ihr das Handy zurück. »Ich will weder die Torte noch den Stripper – und ich will auch keine Party. Simon hat gesagt, ich soll mir das Wochenende frei halten. Vielleicht fahren wir an die Ostsee oder so.«

»An die Ostsee?« Karo blickte mich an, als hätte ich gerade ein Glas Gebissreiniger geext. »Wow, das klingt aufregend. Vielleicht schenkt er dir auch Nierenwärmer im Partnerlook, und ihr guckt euch den Bingo-Nachmittag im Dritten an?«

Jetzt war ich es, die ungeniert ausholte und ihr an den Oberarm schlug.

Aber Karo zuckte nicht einmal zusammen. »Komm schon, Lexie. Das ist nicht irgendein Geburtstag. Du wirst vierzig!«

»Glaub mir, ich weiß, was das bedeutet«, winkte ich ab. »Von den Selbstzweifeln über die Krampfadern bis hin zu den Grabsteininschriften – du kannst mir nichts Neues mehr erzählen.«

»Grabsteininschriften?« Karo blickte mich verständnislos an. »Sag bloß, das hat dir der Hodenbaum eingeredet?«

Wieder kicherten Cindy und ihre Kollegin. Ich musste mir ganz dringend verkneifen, am Ende ein großzügiges Trinkgeld zu geben!

»Er heißt *Dodenbaum*«, korrigierte ich Karo, obwohl sie das natürlich bestens wusste. »Und mit den Grabsteinen hat er nichts zu tun. Ich habe erst in drei Wochen wieder einen Termin.«

Karo stöhnte. »Für die Kohle, die du dem Kerl zusteckst, könntest du wenigstens Sex verlangen.«

Ich zuckte zusammen. Wie konnte sie nur ständig solche Dinge von sich geben, ohne auch nur ansatzweise rot zu werden?

Und obwohl ich mir manchmal wirklich nicht sicher war, ob die Therapie überhaupt etwas brachte, wusste ich eines doch ganz genau: dass ich unter gar keinen Umständen Sex mit Doktor Dodenbaum haben wollte – nicht einmal, wenn *er* mir dafür Geld geben würde!

»Erstens ist der Kerl so sexy wie Buchweizenkleie«, klärte ich sie großmütig auf. »Und zweitens habe ich auch so regelmäßig Sex.«

Karo grinste schief. »Natürlich. Auch einmal im Jahr ist schließlich ›regelmäßig‹.«

Und das war der Punkt, an dem ich erkannte, dass es absolut keinen Sinn machte, diese Diskussion mit Karo zu vertiefen. Stattdessen nahm ich endlich meinen neuen Erdbeersekt entgegen und trank auf das *Tier in mir*, das sich nächste Woche die Festanstellung krallen und heute ganz sicher noch animalisch über Simon herfallen würde!

Mal ehrlich ...

Warum haben einige Frauen eigentlich alles, während ich nicht mal Augenbrauen habe?

Wieso sehen einige von uns aus wie frisch von der Kinoleinwand gesprungen – und ich sehe nicht einmal meinen Bauchnabel zwischen den Speckfalten?

Weshalb zum Teufel nehme ich schon zu, wenn nur mein Mann eine Portion Fritten verdrückt?

Und überhaupt: Aus welchem Grund können Männer auch schwerbetrunken und gemeinsam am Pissoir stehend, noch hochdotierte Chefetagen-Verträge aushandeln, während ich mit vier Erdbeersekt an Bord nicht mal mehr weiß, wie ich heiße?

Echt jetzt: Gerecht ist das nicht!

Aber vielleicht ist es ja auch alles nur eine Frage der Perspektive.

Was, wenn es gar nicht darum geht, was uns das Leben alles nicht gegeben hat – sondern vielmehr darum, was wir uns nehmen könnten ...?

Wie finde ich einen Auftragskiller?

Leider war an Sex nicht zu denken, als ich nach Hause kam. Simon schlief bereits tief und fest, und weil ich wusste, dass er morgen schon um vier Uhr rausmusste, um seinen Flieger zu bekommen, traute ich mich nicht mehr, ihn zu wecken.

Außerdem war ich selbst hundemüde. Zu müde jedenfalls, um mich jetzt noch in ein ansatzweise verführerisches Negligé zu werfen und in diesem Aufzug an der Frequenz unserer Regelmäßigkeit zu arbeiten.

Nur fürs Protokoll: Natürlich hatten wir nicht nur einmal im Jahr Sex!

Wir brachten es mindestens auf einmal im Monat. Oder zumindest alle zwei Monate ...

Mit früher – oder gar Karo – konnten wir so natürlich trotzdem nicht mithalten, das war mir durchaus bewusst. Wann war Sex eigentlich zu etwas geworden, für das man zu müde sein konnte?

Noch mehr wurmte mich allerdings die Tatsache, dass ich jetzt nicht mehr mit Simon über meinen Tag und die Sache mit dem Job reden konnte, bevor er wegfliegen würde. Vielleicht konnte ich mir den Wecker ja auf vier Uhr stellen und ihn morgen früh zumindest noch ganz kurz sprechen?

Im Badezimmer schälte ich mich in Rekordzeit aus meinen Klamotten und bereute einmal mehr, dass wir hier einen Ganzkörperspiegel angebracht hatten. Ich sah eine nackte Frau, deren ohnehin schon kleine Brüste irgendwann in den letzten Jahren ungefragt den Aufzug nach unten genommen hatten und es sich dort, wo früher mal eine Taille gewesen war, auf einem Polster aus Bauchspeck gemütlich gemacht hatten.

Meine Schultern fielen viel steiler ab, als ich es in Erinnerung hatte – und wann hatte ich mir eigentlich zum letzten Mal die Beine rasiert?

Der Bluterguss auf meinem Oberarm setzte dem Ganzen natürlich die Krone auf, aber wenigstens lenkte er ziemlich erfolgreich von den dunklen Ringen unter meinen Augen ab.

Im nächsten Moment fiel mein Blick auf das Spiegelbild der Waschmaschine in meinem Rücken. Das konnte doch nicht wahr sein! Simon hatte die Wäsche, die ich vorhin noch in die Maschine geworfen hatte, offenbar nicht wie versprochen ausgeräumt.

Natürlich hatte ich mitten in der Nacht auch keine Lust mehr, das nasse Zeug aus der Trommel zu ziehen – aber noch weniger Lust hatte ich darauf, das Elend im Spiegel noch weiter zu betrachten. Deshalb gab ich mir einen Ruck und widmete mich der Wäsche.

Plötzlich schossen mir all die Ereignisse der letzten Tage durch den Kopf. Irgendwie gefiel mir die Entwicklung, die mein Leben gerade nahm, nicht so richtig. Als ich gestern Morgen das Haus verlassen hatte, war meine Welt noch vollkommen in Ordnung gewesen. Aber dann waren meine Mutter, K.J. und Karo dazwischengekommen, und auf einmal stand ich hier um Mitternacht nackt im Bad und redete mir ein, ein »wildes Tier« zu sein, um meinen Job zu retten? Das war doch lächerlich ...

Das da im Spiegel, das war die *echte* Lexie Ehrlich. Ich war kein Raubtier – und jetzt, wo ich langsam wieder nüchtern wurde, erkannte ich auch, dass mein Leben bisher doch eigentlich ganz okay gewesen war. Immerhin hatte ich Simon, Karlie und Lovi, und außerdem ein Dach über dem Kopf und ganz offensichtlich ausreichend zu essen. War das alles nicht Grund genug, um zufrieden zu sein?

Na gut, mein Chef hatte mit seinen Sparmaßnahmen ein bisschen Unruhe in mein Berufsleben gebracht, und ich würde mich vermutlich ordentlich ins Zeug legen müssen, um mir die Festanstellung zu sichern. Aber davon mal abgesehen, gab es keinen echten Anlass, mich zu beklagen. Außer über die unausgeräumte Waschmaschine vielleicht ...

Aber irgendwie konnte ich Simon nicht einmal böse sein. Er gab sein Bestes, und ich wusste aus sicheren Quellen, dass das mehr war, als viele andere Männer taten.

Deshalb warf ich mir endlich mein Nachthemd über (leider nicht sexy), stellte mir mein Handy auf vier Uhr (verwegen) und schmiegte mich ganz dicht an Simons Rücken (mein Hafen).

Als ich die Augen wieder aufschlug, war es halb sieben, und auf meinem kreischenden Handy klebte ein Post-it-Zettel in Herzform:

Hab deinen Wecker neu gestellt – hat schon um vier geklingelt. Wünsche euch eine tolle Woche, vermiss dich jetzt schon. Kuss, Simon.

Nein, nein, nein – so hatte ich das alles nicht geplant!

Hektisch machte ich den Wecker aus und wählte seine Nummer, aber sein Handy war bereits ausgeschaltet. Vermutlich saß er schon im Flieger, und das bedeutete, dass ich jetzt noch mindestens eine Mittelamerika-Fluglänge warten musste, bis ich endlich mit ihm über die Job-Sache reden konnte.

Am liebsten hätte ich mir die Decke über den Kopf gezogen und genauso verweilt, bis er wieder erreichbar wäre, aber in diesem Moment schlurfte Lovi zu mir ins Schlafzimmer und ließ sich auf meinen Bauch fallen.

»Du bist so schön weich, Mama.«

Auch wenn es kurz zwickte, wusste ich, dass er das als Kompliment meinte. Und weil ich außerdem wusste, dass meine Kinder mich brauchten, gab ich ihm schnell einen Kuss auf die Stirn. »Zeit fürs Frühstück, was meinst du?«

Tatsächlich kam ich beinahe in Fahrt beim allmorgendlichen Pflichtprogramm. Zwischen Brotdosen, Haare kämmen und Handykabel suchen schöpfte ich plötzlich sogar neuen Mut. Heute würde ich die »beste Geschichte der Welt« finden und mir damit meinen Job sichern, jawohl! Vielleicht hatte mein betrunkenes Ich ja recht gehabt, und es schlummerte tatsächlich ein großes, wildes Tier in mir?

Als ich mich im Büro an meinen Rechner klemmte, schrumpfte dieses potenzielle wilde Tier allerdings ziemlich schnell zu einem putzigen kleinen Zwergchinchilla.

Ich kritzelte alles, was mir einfiel, auf kleine gelbe Notizzettel, und hatte bald so viele davon, dass ich damit am Ende des Arbeitstages vermutlich ohne Probleme die halbe Büroetage würde tapezieren können. Nur die Story des Jahrhunderts war leider nicht dabei.

Auf meinen Zetteln fanden sich Ansätze über fleischfressende Unterwäsche, ein Baumhaus-Projekt aus recycelten Q-tips, eine feministische Guerillagruppe, die sich seit Jahren für die Abschaffung des Mannes durch selektive Selbstbefruchtung einsetzte, und noch ein ganzer Haufen weiterer Ideen, von denen einige zweifelsohne weniger schlecht waren als andere.

Aber für die »beste Geschichte der Welt« reichte es trotzdem nicht.

Wenigstens beendete ich endlich meinen Artikel über die Katzenbabys und saugte mir obendrein noch ein überraschend unterhaltsames Interview mit Mister Ladykiller Justin Gerard aus den Fingern, das K.J. einigermaßen emotionslos abwinkte.

Während ich mir einzureden versuchte, dass das hier vielleicht doch noch ein erfolgreicher Tag werden könnte, braute sich allerdings bereits der nächste Sturm zusammen. Und dieser Sturm hieß Sylvia.

Der Vorteil daran, dass meine Schwiegermutter Lovi aus der Kita abholte und nach Blankenese mitnahm, war: Ich musste Kurt nicht treffen!

Der Nachteil daran, dass meine Schwiegermutter Lovi aus der Kita abholte und nach Blankenese mitnahm, war: Ich musste meine Schwiegermutter treffen ...

Sylvia und Karl-Heinz hatten ein nettes kleines Haus an der Elbchaussee, wobei »nett« und »klein« in diesem Fall Synonyme waren für »gigantisch groß« und »geschmacklos protzig«.

Simon konnte nichts dafür, aber er wurde praktisch mit einem goldenen Löffel im Mund geboren. Sein Großvater Hubertus war seinerzeit nämlich früh verstorben und hatte seinem einzigen Sohn ein aufstrebendes Pharmaunternehmen vererbt, welches der gute Karl-Heinz etwa zwei Wochen nach Erbantritt in Millionenhöhe verscherbelt hatte und seitdem als Privatier lebte.

Direkt vor der Tür musste ich mir meinen Parkplatz von einem aggressiven SUV-Fahrer streitig machen lassen und parkte unseren verbeulten Kombi schließlich ein Stück weiter runter in einer Seitenstraße.

Obwohl ich wusste, dass Luft holen bei Sylvia auch nicht weiterhalf, atmete ich noch ein paarmal extratief durch, bevor ich aus dem Auto stieg.

An der Haustür begrüßte meine Schwiegermutter mich mit Küsschen rechts und Küsschen links.

»Komm rein, Liebes. Lovi spielt noch hinten auf dem neuen Trampolin.«

»Ihr habt ein Trampolin für ihn gekauft – einfach so?!« Eigentlich hatten wir uns darauf geeinigt, dass die Kinder nur noch zu Weihnachten und zum Geburtstag groß beschenkt werden sollten.

»Doch nicht für Lovi ...« Sylvia lachte und drehte sich schnell weg, damit ich nicht mehr ungefiltert zusehen konnte, wie sie log. »Wir haben es in erster Linie für uns selbst gekauft.«

Klar, dachte ich mir. *Weil der Karl-Heinz mit seinem neuen Hüftgelenk am allerliebsten Dreifachsalto übt!*

Aber das sprach ich natürlich nicht aus, sondern rang mir stattdessen ein gequältes Lächeln ab. »Dann ist ja gut.«

Mit Simons Mutter zu diskutieren machte nur selten Sinn, und wenn ich mich jetzt gegen sie auflehnen würde, würde ich riskieren, dass sie loszog und aus Protest gleich ein eigenes Pony für Lovi kaufte. Welches ich ihm dann unter herzzerreißenden Tränen wieder würde wegnehmen müssen, weil es nicht in unsere Altbauwohnung passte!

Deshalb folgte ich Sylvia jetzt lieber wortlos durch das Erdgeschoss und lauschte, wie sie ihren Mann liebevoll brüllend über meine Ankunft informierte: »Heinziiiii! Die Lisa ist da!«

Natürlich versuchte ich wie immer über den Fehler hinwegzuhören – aber es klappte nicht. »Lisa« war nämlich kein dummes Versehen, sondern knallharte Absicht, und sie traf mich auch nach fünfzehn Jahren Ehe immer noch mit voller Wucht.

Bevor Simon mich auf einer Studentenparty kennengelernt

und nach ein paar unverbindlichen Dates blitzgeschwängert hatte, war er nämlich jahrelang mit besagter Lisa zusammen gewesen. Und obwohl ihre Beziehung ständig zwischen On- und Off-Modus gewechselt hatte, war die liebe Lisa wohl genau das gewesen, was sich Sylvia und Karl-Heinz als Schwiegertochter erhofft hatten.

Sie war nicht nur (A) in der Nachbarschaft aufgewachsen und kannte Simon (B) schon, »seit er nackt in den Jacuzzi gepullert hat«, nein, ihren Eltern gehörten (C) auch noch eine mittelgroße Karibikinsel sowie ein Jachtclub auf Mallorca.

Dass Lisa darüber hinaus umwerfend schön und wahnsinnig lustig gewesen sein musste, brauche ich sicher nicht erwähnen. Und dass Sylvia einen Nervenzusammenbruch erlitt, als Simon ihr von der endgültigen Trennung erzählt hatte, vermutlich auch nicht ...

Für Simons Eltern musste ich hinterher wie ein Trostpreis gewirkt haben. Jedenfalls behandelten sie mich bis heute so, als würden sie insgeheim noch immer auf den Hauptgewinn hoffen.

Ich hegte ja den leisen Verdacht, dass sie mich Lisa nannten, weil sie nach wie vor auf eine große Versöhnung spekulierten und sich dann nicht lange würden umgewöhnen müssen.

Karo hatte irgendwann mal vorgeschlagen, ich solle mir ein großes Schild mit meinem Namen um den Hals hängen – »am besten auf Nippelhöhe«, weil zumindest Karl-Heinz da garantiert zuerst hingucken würde. Aber selbstverständlich war ich dieser Empfehlung nicht nachgekommen. Simon und ich waren nämlich glücklich miteinander, und das mussten wir niemandem beweisen. Schon gar nicht seinen Eltern!

Als ich Lovi ausgelassen auf dem Trampolin auf und ab hüpfen sah, war ich sogar ganz kurz gewillt, Sylvia ihre nett verpackten Gemeinheiten zu verzeihen. Aber im nächsten Augenblick ließ meine Schwiegermutter ihren Blick bereits eine Spur zu aufmerksam an mir hinabgleiten.

»Du siehst so anders aus, meine Liebe. Hast du zugenommen?«

»Nein, Sylvia«, rutschte es unkontrolliert über meine Lippen. »Es ist alles nur etwas aufgedunsen, weil ich mir grad die Brüste hab machen lassen.«

Verdammt, hatte ich das wirklich gesagt? Eigentlich hatte ich es – wie immer – nur denken wollen! Das musste eindeutig am schlechten Einfluss der letzten Tage liegen ... Simons Mutter jedenfalls starrte mich derart verstört an, als hätte ich gerade einen hilflosen Hundewelpen in ihrem Koi-Teich ertränkt.

»War nur ein Scherz«, murmelte ich schnell. »Ich bin einfach ziemlich müde gerade.«

Sylvias Blick ließ keinen Zweifel daran, dass sie weder den Scherz noch meine Erschöpfung verstand. Sie schüttelte kurz irritiert den Kopf und sah dann wieder zu Lovi auf dem Trampolin. »Hat Simon sich schon bei dir gemeldet?«

»Nein, vermutlich ist er noch in der Luft.« Tatsächlich war ich selbst überrascht, dass ich noch nichts von ihm gehört hatte. Oder war es doch eher Enttäuschung, die sich in mir breitmachte? Eigentlich hätte er längst gelandet sein müssen, aber sein Handy war immer noch aus.

»Nicaragua ...« Mit einem tiefen Seufzen riss Sylvia mich aus meinen Gedanken. »Da wollten Karl-Heinz und ich auch immer mal hin.«

»Wieso macht ihr es dann nicht?«

Sylvia blinzelte mich verständnislos an. »Was?«

»Nach Nicaragua fliegen.«

Genauso gut hätte ich ihr wohl einen Ausflug auf den Mond

vorschlagen können, denn sie hielt erst wie versteinert inne und fing dann ungläubig an zu lachen.

»Unmöglich, meine Liebe. Der lange Flug ist Gift für Heinzis Rücken! Und dann das Klima und diese ganzen Tiere! Du weißt doch, dass ich panische Angst vor Spinnen habe.«

In der Tat hatte sie uns Letzteres im vergangenen Jahr sehr eindrucksvoll bewiesen. Wir hatten Simons Eltern nichts ahnend zu Kaffee und Kuchen eingeladen, und irgendwann hatte sich Sylvia auf die Toilette entschuldigt. Kurz darauf schallte ein ohrenbetäubender Schrei durch unsere Altbauwohnung. Simon und ich befürchteten schon, dass seine Mutter (A) einem schwer bewaffneten Einbrecher über den Weg gelaufen sein könnte oder (B) irgendwie mit den Fingern in die ungesicherte Steckdose neben der Waschmaschine geraten war. Aber zwei Sekunden später stellten wir fest, dass sich Sylvia gar nicht wie angenommen im Bad befand, sondern (C) auf unserem Ehebett im Schlafzimmer stand und um ihr Leben schrie, weil eine winzige Spinne die Wand entlanglief. Sie hatte bis dato bereits die Lampe von der Decke gerissen und meinen Nachttisch umgestoßen und ließ sich erst wieder beruhigen, als Simon die Spinne mit dem Staubsauger von der Wand entfernt hatte.

Danach war es dann leider nicht mehr darum gegangen, was in Teufels Namen sie überhaupt in unserem Schlafzimmer zu suchen hatte, sondern ausschließlich darum, wie wir denn bitte »mit solchem Ungeziefer« unter einem Dach leben konnten?!

Seit diesem Vorfall hatten Karl-Heinz und Sylvia uns jedenfalls nicht mehr besucht und empfingen uns stattdessen nur noch bei sich im Elbblick-Palais.

»Die Sache mit dem Flötenspiel habe ich übrigens geklärt«, sagte Sylvia nun plötzlich, und irgendetwas an dem kleinen süffisanten Lächeln um ihre Mundwinkel gefiel mir nicht.

»Ich weiß. Simon hat mir erzählt, dass ihr darüber gesprochen habt.«

»Ich meine doch nicht das Telefonat mit Simon«, winkte meine Schwiegermutter ab. »Ich habe mit Lovi geredet.«

»Wie bitte?« Mit einem Mal hatte ich ein ganz ungutes Gefühl – aber Sylvia lachte gekonnt darüber hinweg.

»Mach dir keine Sorgen, Liebes. Lovi und ich haben in Ruhe über die Angelegenheit gesprochen und die Eckpunkte abgesteckt.«

»Die Eckpunkte?«

Sylvia legte zufrieden ihre Hand auf meinen Arm. »Stell dir vor: Er spielt jetzt gleich *zwei* Stücke mit Klarabella! Ist das nicht wunderbar?«

Wunderbar? Mein Herz überschlug sich in einem Anflug von Panik.

Diese Vorstellung war ungefähr so »wunderbar« wie zwei Wochen Brechdurchfall!

Klarabella war die wahnsinnig talentierte Tochter von Sylvias Superreich-Nachbarn. Obwohl sie erst sieben war, sprach sie bereits drei Fremdsprachen, hatte ihren Segelschein in der Tasche und musizierte im Jugendsymphonieorchester.

Es war ja nicht so, dass ich meinen Sohn nicht absolut bezaubernd und perfekt in jeder Hinsicht fand – aber er spielte ungefähr so gut Blockflöte wie ein Elefant seiltanzen konnte!

Als Mutter konnte ich natürlich liebevoll über sein mangelndes Talent hinwegsehen, aber die zweihundert geladenen Gäste auf der goldenen Hochzeit meiner Schwiegereltern würden das sicher nicht können!

Lovi würde sich nicht nur bis auf die Knochen blamieren, er würde sich auch zum Gespött der versammelten Gesellschaft machen – und das konnte ich unter gar keinen Umständen zulassen.

»Ich glaube nicht, dass das eine gute Idee ist«, setzte ich mit der größtmöglichen Entschlossenheit an, aber Sylvia fiel mir sofort ins Wort.

»Natürlich ist das eine gute Idee, sie stammt schließlich von mir!«

»Lovi kann aber nicht ...«

»Lovi kann, und er will«, würgte mich meine Schwiegermutter ein weiteres Mal ab. »Das hat er mir selbst versichert. Und du solltest endlich aufhören, ihm nichts zuzutrauen, sonst führt er am Ende ein genauso mittelmäßiges Leben wie ...« Mitten im Satz brach sie ab und blinzelte mich ertappt an.

Einen Moment lang trafen sich unsere Blicke wie die zweier Cowboys während eines Duells – beide auf der Hut vor dem nächsten, dem alles entscheidenden Schuss. Und wenn ich ganz ehrlich war, hätte ich Sylvia jetzt tatsächlich liebend gerne über den Haufen geschossen!

Aber als sich endlich genug Wut in mir aufgestaut hatte und ich bereit war, meinen Colt zu ziehen, wendete sie sich plötzlich ab und winkte Lovi heiter zu.

»Schau mal, mein Schatz, deine Mutter ist da!«

Das Meer der verdammten Möglichkeiten

»Sie hat dir *was* versprochen?!« Ich trat auf die Bremse und klammerte mich derart energisch am Lenkrad fest, dass ich befürchtete, es gleich aus der Armatur zu reißen.

Lovi zuckte nüchtern mit den Schultern und beobachtete den Verkehr vor seinem Rückbankfenster. »Eine Nintendo DS und hundert Euro.«

Fassungslos, sprachlos, außer mir vor Wut und Empörung – das waren wohl die Begriffe, die meinen Gemütszustand gerade am treffendsten beschrieben!

Meine Schwiegermutter versuchte, meinen fünfjährigen Sohn zu bestechen? Das musste ein Scherz sein – ein verdammt schlechter Scherz!

Ich hatte Sylvia schon immer für berechnend gehalten, aber dass sie dabei sogar das seelische Wohlergehen ihres Enkelkindes aufs Spiel setzen würde, überschritt alles, was ich mir bisher hatte vorstellen können.

Erst als hinter mir ein Hupkonzert einsetzte, fuhr ich weiter.

Ich bleibe ruhig. Ich bleibe ruhig. Ich bleibe verdammt noch mal ruhig!!! Immerhin wollte ich Lovi jetzt nicht noch mehr verunsichern.

Doch leider fiel mir die Dodenbaum'sche Autosuggestion heute denkbar schwer, weil ich in Wirklichkeit unter dem Autodach explodieren wollte wie ein Schokokuss in der Mikrowelle.

»Lovi, du ... musst das nicht tun, hörst du? Ich rede mit Oma und ...«

»Aber ich habe mir schon immer eine Nintendo gewünscht«, unterbrach mich mein Sohn. »Und die hundert Euro kann ich auch ganz gut gebrauchen.«

In dieser Sekunde schossen mir genau drei Fragen durch den Kopf: Sollte ich jetzt gleich in die Innenstadt fahren und meinem Sohn einfach so eine schweineteure Spielkonsole kaufen? Wofür um Himmels willen konnte mein fünfjähriges Baby bitte hundert Euro gebrauchen? Und wo fand ich heute noch einen Auftragskiller, der Sylvia umlegen würde?!

»Darüber reden wir noch«, murmelte ich angespannt, aber Lovi starrte schon wieder aus dem Fenster und zeigte keinerlei Interesse daran, die Angelegenheit noch weiter zu besprechen.

Ich werde mit Simon reden, ja! Ich werde sobald wie möglich mit Simon reden, und er wird auf jeden Fall wissen, was zu tun ist!

Leider war sein Handy immer noch aus, als wir zu Hause durch die Tür stolperten, und so langsam wurde ich wütend. Er musste doch längst gelandet sein! Warum konnte er sein blödes Telefon nicht endlich anschalten und sich bei mir melden?

Doch dann kam mir plötzlich ein unguter Gedanke. Was, wenn er gar nicht gelandet war? Was, wenn das Flugzeug irgendwo über dem Bermudadreieck abgestürzt war, und seine sterblichen Überreste in genau diesem Moment von einem Rudel fleischfressender Fische verschlungen wurden ...?

Leider war ich oscarverdächtig gut darin, mir die schlimmsten Horrorszenarien dieser Welt beeindruckend bildlich vorzustellen. Wenn ich dasselbe Talent dafür gehabt hätte, Diäten durchzuziehen, hätte ich mittlerweile problemlos als Grashalm durchgehen können.

Anstelle eines BMI von zwanzig hatte ich jetzt aber mindestens dreißig lebhafte Kurzfilme vor Augen, wie mein Ehemann in den letzten zwölf Stunden auf spektakuläre Weise ums Leben gekommen sein konnte.

Simon geht's gut, Simon geht's gut, Simon geht's gut!, versuchte ich mir krampfhaft einzureden – aber es klappte erst, als ich mich dazu durchrang, »Flugzeugabsturz« zu googeln, und sah, dass es keine aktuellen Nachrichten über Flugunglücke gab. Kaum wusste ich, dass mein Mann wohlauf war, konnte ich wieder ganz beruhigt wütend auf ihn sein.

Wenigstens war Karlie heute erstaunlich gut drauf. Sie deckte ohne Proteste den Tisch und erklärte sich dann auch noch bereit, mit Lovi ein Buch zu lesen, damit ich in Ruhe bei Frau Schulte nach dem Rechten sehen konnte.

Ruben hatte seinen Stuhlgang heute glücklicherweise besser im Griff gehabt, sodass ich nur schnell die Näpfe auffüllte und mich dann zu einer Runde Katzenkuscheln hinreißen ließ.

»Ich hoffe, dein Tag war erfolgreicher als meiner«, murmelte ich in das Fell des alten Katers hinein. Natürlich war es etwas merkwürdig, mit einer Katze zu reden – aber hey: Es gibt Männer, die sprechen mit Kängurus, und da wundert sich auch kein Schwein! Außerdem hätte ich mir erst echte Sorgen über meine geistige Gesundheit gemacht, wenn Ruben auch geantwortet hätte. Da das aber nicht der Fall war, plapperte ich mir einfach noch ein bisschen Frust von der Seele.

»Es ist ja nicht nur der Stress auf der Arbeit, sondern auch meine Schwiegermutter. Ich habe heute ernsthaft mit dem Gedanken gespielt, sie umlegen zu lassen.«

Ruben schnurrte und schmiegte sich an meinen Hals.

»Ja, ja, ich weiß.« Ich rollte stöhnend mit den Augen. »Es bringt immer nur Probleme, Dritte mit hineinzuziehen. Wenn ich eine Katze wäre wie du, dann sähe die Sache natürlich anders aus. Ich könnte sie einfach unter den Rasenmäher jagen und hinterher auffressen, das wäre ...«

O Gott – hatte ich das wirklich gesagt? Erschrocken setzte ich

Ruben zurück auf den Boden. Dieser Kater war eindeutig kein guter Umgang für mich!

»Vergiss es!«, zischte ich und blickte ihn streng an. »Ich werde meine Schwiegermutter unter gar keinen Umständen aufessen! Und ich werde sie auch nicht unter den Rasenmäher jagen, verstanden? Ich werde einfach mit Simon reden und darauf bauen, dass er einen absolut diplomatischen Weg findet, seiner Mutter klarzumachen, dass sie sich ihre Nintendo DS in den Allerwertesten schieben kann! Ha!« Das klargestellt zu haben fühlte sich gut an!

Als ich Frau Schultes Tür hinter mir zuzog, verspürte ich trotzdem das Bedürfnis, noch etwas zu unternehmen. Irgendwie sehnte ich mich nach einer Veränderung – irgendetwas, das mir das Gefühl gab, mein Leben wieder voll im Griff zu haben. Vielleicht könnte ich mal wieder zum Friseur gehen? Karo meinte immer, dass eine neue Frisur einen ganz neuen Menschen aus mir machen könnte. Eventuell hatte sie ja recht und es klappte hinterher sogar mit der Jahrhundertstory?

Während ich zurück in unserer Wohnung den Geschirrspüler einräumte und in einem alten Jutebeutel an der Küchentür noch eine gut gefüllte Brotdose von 1999 fand, herrschte auf meinem Kopf jedenfalls Vogelnest-Chaos, und innen drin noch immer gähnende Leere. Warum fiel mir nicht endlich etwas Gutes ein, was ich K.J. am Montag präsentieren konnte? Eigentlich stand ich doch mittendrin im Leben! Im Moment stand ich sogar inmitten von Brotresten, die von alleine hätten weglaufen können ...

Wieso um alles in der Welt beschlich mich nur permanent das Gefühl, dass alle anderen die Sache mit dem erwachsenen Leben viel besser hinkriegten? Die Menschen um mich herum wirkten zumindest allesamt deutlich aufgeräumter – und damit meinte ich nicht nur das Nest auf meinem Kopf. In meinem näheren Umfeld kannte ich jedenfalls keine Frau, die von ihrer Mutter ungefragt Intimmassagen geschenkt bekam, sich von einem Kater zum Rasenmäher-Mord verleiten ließ oder mit vierzig noch um ihren Job bangte.

Vielleicht lag das alles wirklich an der Müdigkeit. Vielleicht musste ich nur mal wieder richtig ausgeschlafen sein, um eine klare Perspektive auf die Dinge zu haben?

Tatsächlich schleppte ich mich am Abend extrafrüh ins Bett. Doch an Schlaf war leider nicht zu denken. Denn kaum lag ich unter meiner Bettdecke, drehte sich das Gedankenkarussell in meinem Kopf in Schleudergeschwindigkeit. Meine Gedanken kreisten um (A) Simon, dessen Handy noch immer schwieg, (B) Sylvia, die ich nach wie vor gerne an ein Rudel Wildkatzen verfüttert hätte, (C) die Story des Jahrhunderts, die mir einfach nicht einfallen wollte, (D) die Reste im XXL-Schokoeisbecher, die ich mir ganz eventuell heute noch genehmigen würde und um (E) die erschreckende Gewissheit, dass ein Happy End der ganzen Geschichte für mich gerade so weit entfernt schien wie das Bora-Bora-Atoll.

Ich stand ganz kurz davor, aus dem Bett zu steigen und meine Seele tatsächlich mit Schokoladeneis zu streicheln, als Lovi plötzlich zu mir ins Schlafzimmer tapste und sich wortlos in meine Armbeuge rollte. Auch mit seinen fünf Jahren schlief er immer noch gerne bei mir im Arm, und selbst wenn Letzterer dabei regelmäßig taub wurde, mochte ich mein Baby nicht wegschieben. Nicht mal für extragroße Schokostückchen!

Ehrlich gesagt mochte ich es nämlich, dass Lovi mich noch so sehr brauchte. Im Grunde war das hier sogar der einzige Moment des Tages, an dem ich ganz sicher wusste, dass ich etwas richtig machte. Frei nach dem Motto: *Hey, was soll's? Selbst wenn ich meinen Job verliere, meine Brüste irgendwann von meinen Speckrollen verschluckt* werden und mein Ehemann als Fischfutter auf dem Grunde des Atlantiks endet, kann ich immer noch eine 1a-Nackenstütze für meinen Sohn sein!

Der einzige Miesepeter, der mir dabei mal wieder einen Strich durch die Rechnung machte, war meine Blase. Die wollte jetzt auf einmal nämlich ganz dringend die zwei Liter Kamillentee loswerden, die ich mir bei der Küchenarbeit genehmigt hatte.

Umständlich zog ich meinen Arm unter dem schlafenden Lovi hervor und huschte auf die Toilette. Doch kaum hatte ich meinem Harndrang grünes Licht gegeben, hörte ich ein seltsames Geräusch. War das etwa mein Handy, das auf dem Nachttisch vibrierte? *Das musste Simon sein!*

Hastig befahl ich meinem Beckenboden, die Schotten wieder dicht zu machen, aber leider hatte der seit der letzten Schwangerschaft ein handfestes Autoritätsproblem und zog sein eigenes Ding durch. Was dazu führte, dass ich (A) doch noch zehn Sekunden länger über der Schüssel hing, als mir lieb war, um dann (B) mit heruntergelassener Pyjamahose zurück ins Schlafzimmer zu taumeln, wo ich (C) an der Schlaufe von Simons Sporttasche hängen blieb und nicht mal ansatzweise elegant hinknallte.

Lovi schreckte verschlafen auf. »Ist was passiert …?«

»Nein, alles gut«, log ich leise, während ich mich zurück auf die Beine kämpfte und endlich die Hose hochzog. »Schlaf einfach weiter.« Ich gab ihm einen Kuss auf die Stirn, und tatsächlich gehorchte er deutlich besser als mein Beckenboden.

Als ich mir endlich mein Handy schnappen konnte, war die Vibration längst verstummt. Es war tatsächlich Simon gewesen, der angerufen hatte – und in diesem Augenblick schickte er auch schon eine Textnachricht:

Sorry, gab Probleme mit dem Anschlussflug. Bin gut

*gelandet. Das Netz hier ist ne Katastrophe ... Alles gut
bei euch? Kuss S.*

Ob bei uns alles gut war? Ich musste ein ungläubiges Lachen unterdrücken, um Lovi nicht noch einmal zu wecken. Nein, ehrlich
gesagt war es hier gerade ungefähr so gut wie glutenfreie Donuts
lecker waren!

Ich schlich mit dem Handy auf den Flur und wählte Simons
Nummer – nur um festzustellen, dass sein Handy schon wieder
ausgestellt war. Das konnte doch nicht sein Ernst sein!

Ich versuchte es noch mal und noch mal und noch mal, aber
jedes Mal sprang nur die Mailbox an. Natürlich hätte ich ihm einfach eine Nachricht draufsprechen können und hoffen, dass er so
schnell wie möglich zurückrief. Aber was hätte ich schon sagen
sollen?

Ich habe keine Ahnung, wie ich meinen Job retten soll?

Deine Mutter besticht unseren Sohn mit Elektrogeräten?

*Komm bitte schnell nach Hause, sonst drehe ich durch wie eine Legehenne
im Koffeinrausch?*

Nichts davon fühlte sich gerade richtig an, und so rutschte
ich irgendwann einfach an der kalten Wand auf den Dielenboden
hinab und tippte eine kurze SMS: *Vermisse dich.*

Dabei vermisste ich in diesem Moment ehrlich gesagt gar
nicht Simon, sondern das Gefühl, mein Leben wieder im Griff zu
haben. Wann würde ich die Fäden wieder selbst in der Hand halten und mich nicht fühlen wie eine Marionette, die hilflos von
Problem zu Problem geschleudert wurde, ohne jemals das Ziel zu
erreichen? Und ganz ehrlich: Gab es dieses Ziel überhaupt? Wann
immer ich zwei Punkte auf meiner To-do-Liste streichen konnte,
kamen vier neue hinzu! Schon lange fühlte sich mein Alltag eher
nach Überleben als nach Leben an ...

Wobei es mir genau genommen natürlich gut ging, ich hatte überhaupt kein Recht, mich zu beschweren! Schließlich lebte ich in einem freien, fortschrittlichen Land und hätte mir jederzeit einen doppelten, fleischfreien Cheeseburger mit veganem Käse an die Haustür liefern lassen können – bargeldlos und mitten in der Nacht. Wieso zur Hölle fühlte ich mich dann so elend, warum wollte ich gerade einfach nur losheulen?

Mein Leben war ein Meer voller Möglichkeiten.

Und ich drohte heillos darin zu versinken ...

Die Sache mit der Komfortzone

Es gibt ja ein paar Dinge, die dir keiner erzählt, wenn du ein Kind erwartest. Wie zum Beispiel, dass sie dir in der Klinik nach der Geburt gigantische Netzschlüpfer anziehen und dir Binden in der Größe von Fußmatten zwischen die Schenkel klemmen. Oder dass weitgehend unbekannte Frauen in Schwesternkleidung an dein Wochenbett stürmen und dir ungefragt in die Nippel kneifen, damit dein Baby besser andocken kann – weil Stillen natürlich das *Beste* für dein Kind ist! Und dass du im Namen der Zahnfee eines Tages den Stuhlgang deines Fünfjährigen auffängst und zerwühlst – auf der Suche nach dem ersten verfluchten Wackelzahn, der leider mit einer Handvoll Erdnüsse verschluckt wurde ...

Was mir definitiv auch niemals jemand erzählt hatte, war, dass die Polizei irgendwann an einem gewöhnlichen Freitagabend vor meiner Tür stehen könnte und mir meine fünfzehnjährige Tochter bringen würde, weil Letztere gerade in die Schule eingebrochen war, um einen mannsgroßen Penis in Neonpink an die Tür des Chemieraumes zu schmieren!

Ich war in der Tat derart fassungslos, dass ich gar nicht wusste, wo ich zuerst hingucken sollte. Immer wieder sprangen meine Augen zwischen Karlie und den zwei peinlich berührten Polizeibeamten auf meiner Fußmatte hin und her.

»Ist das dein Ernst, Karlie?!«, schaffte ich es endlich, ein paar einigermaßen verständliche Worte auszuspucken. »Ein Riesenpenis?«

Karlotta verdrehte die Augen, als hätte ich mich gerade über ihren mangelnden Einsatz beim Zimmeraufräumen beschwert.

»Eigentlich sollte es ein Mittelfinger werden. Aber dann hatte ich nicht genug Farbe für die beiden äußeren Finger ...«

»Das ist nicht witzig!«, fuhr ich sie an, aber einer der Polizisten prustete bereits verstohlen los. Wie sollte ich denn bitte meine Autorität ausüben, wenn mir nicht einmal die örtlichen Ordnungshüter zur Seite standen?

Zumindest der Größere der beiden deutete meinen finsteren Blick richtig und räusperte sich eindrucksvoll.

»Deine Mutter hat recht. Es ist definitiv eine Straftat, durch ein Fenster in die Schule einzusteigen – selbst wenn es nicht verschlossen war.«

Mit einem Mal kam mir ein beunruhigender Gedanke.

»Wird es eine Anzeige geben?« Mein Kopfkino projizierte sofort wieder die wildesten Filmfantasien – und in allen spielte meine Tochter als schwer tätowierte Insassin einer Jugendhaftanstalt die Hauptrolle.

Endlich riss sich auch der zweite Polizist zusammen.

»Die Schulleitung ist informiert und wird sich weitere Schritte überlegen, Frau Ehrlich. Ich schätze, Sie werden zeitnah in Kenntnis gesetzt.«

Das war nicht gerade die Antwort, die ich mir erhofft hatte. Denn weil das Wochenende bereits an die Tür geklopft hatte, konnte ich wohl nicht vor Montag mit weiteren Informationen rechnen. Und das wiederum bedeutete, dass meine Jugendknastfantasien noch volle zwei Tage mit mir durchbrennen konnten ...

Nachdem ich die beiden Beamten verabschiedet hatte, versuchte ich, Karlie zur Rede zu stellen. Aber anstatt wenigstens so zu tun, als wäre sie sich ihres Fehlverhaltens bewusst, verschränkte sie nur stoisch die Arme vor der Brust und funkelte mich an, als wäre ich diejenige, die hier gerade ganz großen Mist verzapft hatte.

Mal ehrlich: Was hatte ich eigentlich falsch gemacht im Leben? Oder sollte ich mich vielleicht eher fragen, was ich nicht falsch gemacht hatte? Bedauerlicherweise fielen mir auf beide Fragen im Bruchteil einer Sekunde erschreckend viele Antworten ein ...

Jeder Versuch, Karlie eine Erklärung oder gar Entschuldigung zu entlocken, wurde lediglich mit hartnäckigem Teenagerschweigen und einem gelegentlichen Augenrollen quittiert, und so blieb mir nichts anderes übrig, als sie irgendwann auf ihr Zimmer zu schicken.

»Du hast übrigens Hausarrest!«, brüllte ich ihr in einem letzten hilflosen Versuch hinterher, aber da hatte Karlie bereits die Tür hinter sich ins Schloss geworfen und ihre Musikanlage aufgedreht, dass die Wände wackelten.

Ich würde die Angelegenheit in aller Ruhe mit Simon besprechen – und dann würden wir uns gemeinsam auf Konsequenzen festlegen, o ja!

Das Problem war nur, dass Simon immer noch furchtbar schlecht erreichbar war. Entweder war sein Handy aus, oder es rauschte in der Leitung wie unter einem Wasserfall.

Diesmal verstand er nicht viel mehr als »Karlie«, »Schule« und »Penis«, was ihn zwar nicht komplett kaltließ, aber auch nicht dazu bewegte, sofort in den nächsten Flieger zu steigen und zurückzukommen.

»Ich ruf dich spä...«, verkündete er, aber im nächsten Augenblick war die Verbindung auch schon wieder weg.

Und ich war mal wieder allein.

Mittlerweile war es fast elf Uhr abends, und ich hatte keine Ahnung, ob ich ernsthaft auf dieses *Später* warten sollte ...

Gegen Mitternacht schrieb ich ihm, dass wir wirklich dringend reden mussten, und fiel dann halbtot ins Bett.

Ich liebte meine Kinder, wirklich. Aber manchmal ertappte ich mich bei der Frage, ob ich dabei irgendwann noch mal die Zeit finden würde, mich selbst zu lieben ...

Das Protokoll des restlichen Wochenendes sah ungefähr so aus: Je stärker ich versuchte, Karlie zum Reden zu bewegen, desto hartnäckiger wurde ihr Schweigen. Ich schwankte abwechselnd zwischen überschäumender Wut, grenzenloser Verzweiflung, ernst gemeinten Internatsandrohungen und großer Versöhnung – was es zugegebenermaßen weder mir noch ihr wesentlich einfacher machte.

Die einzige verwertbare Erkenntnis aus meinem Verhalten war jedenfalls, dass ich bei der nächsten Sitzung ganz dringend mit Doktor Dodenbaum über meine Erziehungsmethoden würde reden müssen.

Als Karlie am Samstagnachmittag zielstrebig auf die Wohnungstür zusteuerte, schoss ich in einem Zustand, der so ziemlich das Gegenteil von »lässig« war, aus dem Arbeitszimmer. »Du hast Hausarrest, schon vergessen?«

Mein Auftritt schien sie nicht sonderlich zu beeindrucken.

Ich stellte mich vor die Tür und versuchte, zumindest einen letzten Funken Autorität auszustrahlen: »Dann sag mir wenigstens, wo du hingehst!«

Karlie stöhnte. »Ich treffe Barack Obama.« Sie schob sich geschickt an mir vorbei und huschte ins Treppenhaus.

Ganz tief in mir drinnen wusste ich, dass ich sie jetzt (A) zurückhalten, (B) in die Wohnung zerren und (C) mit reißfester Frischhaltefolie an den Küchenstuhl fesseln sollte. Aber irgendwie erschien mir das alles nicht ansatzweise so würdevoll, wie ich es mir gewünscht hätte. Also streckte ich am Ende einfach meinen Kopf über das Treppengeländer und rief ihr nach: »Super!

Dann richte ihm doch bitte aus, dass Michelle immer noch meine Backform hat!«

Ich fand diese Reaktion ziemlich witzig und souverän, aber weil um mich herum keiner lachte, schrumpfte mein Selbstbewusstsein innerhalb weniger Sekunden auf die Größe einer Trockenpflaume. Beschämt schloss ich die Wohnungstür hinter mir.

Mein Vater glaubte nach wie vor an das Gute im Leben. Immer wenn ich ihm von Karlie und ihren Stimmungen erzählte, meinte er, ihre Wut würde sich irgendwann von alleine legen. Aber was, wenn er damit falschlag? Was, wenn das Gute einfach niemals kommen würde, während ich noch ganz naiv wartete und wartete und wartete? Was, wenn meine Tochter am Ende drogensüchtig würde oder beschloss, Performancekünstlerin zu werden? Denn mal ehrlich: Es gab nur eine Zukunft – aber so unendlich viele Möglichkeiten, wie sie gewaltig schieflaufen konnte!

Wenigstens kam mein Papa am Sonntag spontan vorbei, um mit Lovi auf den Spielplatz zu gehen. Das verschaffte mir ein bisschen Zeit, doch noch die Story des Jahrhunderts zu finden.

Insgeheim hatte ich darauf spekuliert, dass es mit dem wachsenden Druck des näher rückenden Termins einfacher würde, aber stattdessen starrte ich auch jetzt für anderthalb Stunden die knubbelige Raufasertapete hinter meinem Schreibtisch an, ohne dass der Funke übersprang.

Warum verstand mein Gehirn nicht endlich, dass das hier wichtig war?

Wenn ich K.J. morgen nichts vorlegen würde, konnte ich die Festanstellung vergessen – und das durfte einfach nicht passieren!

Mir grauste es bei der Vorstellung, nach all den Jahren plötzlich wieder frei arbeiten zu müssen. Texte anbieten, Verträge verhandeln, jede Woche an neue Türen klopfen und Klinken putzen.

Das hätte ich vielleicht mit zwanzig machen können oder wenn ich ausgesehen hätte wie Vivien. Aber jetzt, mit vierzig und meinem Reservebankkörper? Undenkbar ...

Nach einer weiteren Viertelstunde Wandstarren wusste ich zumindest, dass die Raufasertapete unbedingt runtermusste – und dass ich dringend etwas Ablenkung gebrauchen konnte.

Zum Glück hatte Karo kurzfristig Zeit und trudelte bereits nach zehn Minuten in dem kleinen französischen Café unten an der Ecke ein. Obwohl sie nur ihr Freizeitoutfit trug, sah sie absolut umwerfend aus, so als wäre sie gerade eben von der Leinwand irgendeines Hollywoodstreifens gestiegen.

Die Wahrheit ist, dass Frauen wie Karo und Vivien im Grunde auch einen Kartoffelsack tragen können und trotzdem noch heiß sind wie Knusperfritten. Wohingegen Frauen wie ich allenfalls verkleidet aussehen, wenn wir uns aufbrezeln ...

Als ich diesen Gedanken über einer großen Schale Milchkaffee mit Karo teilte, warf sie mir einen vorwurfsvollen Blick zu.

»Das liegt nur daran, dass du dich selber so siehst, Lexie. Die Menschen sind nun mal faul, sie sehen immer nur genau das, was du ihnen zeigst. Und wenn du dich selber als verkleidet wahrnimmst, dann glauben die anderen das eben auch!«

Tatsächlich lag sie in diesem Punkt gar nicht so weit von dem entfernt, was Doktor Dodenbaum mir jeden Monat einbläute. Das Problem, das beide dabei übersahen, war: Wie sollte ich die anderen bitte von etwas überzeugen, an das ich selbst nicht glaubte?

Zum Glück lenkte Karo das Gespräch im nächsten Augenblick schon in eine andere Richtung. »Ich hatte letzte Nacht den Sex meines Lebens.«

Natürlich war mir das verräterische Glühen auf ihren Wangen nicht entgangen. »Tarek?«

Karos Grinsen war Antwort genug. Mit Tarek hatte sie sich

schon ein paarmal getroffen, und wenn auch nur die Hälfte ihrer Schilderungen wahr war, musste er so was wie Mister Sexgott persönlich sein.

»Es ist der helle Wahnsinn, Lexie, nicht von dieser Welt! Ich sage dir: Wer noch keinen Sex mit Tarek hatte, weiß gar nicht, was Sex überhaupt ist.«

Belustigt löffelte ich den Milchschaum von meinem Kaffee. »Tut mir leid, dir widersprechen zu müssen, aber ich habe zwei Kinder bekommen. Das sind ja wohl handfeste Beweise dafür, dass ich Sex hatte – und glaub mir: Dein Tarek hatte seine Finger dabei garantiert nicht im Spiel!«

»Deine Kinder sind vielleicht der handfeste Beweis für die Verschmelzung zweier Geschlechtszellen«, korrigierte sie mich genüsslich. »Aber ich versichere dir: Mit dem Sex, von dem ich rede, hat das rein gar nichts zu tun.«

»Und Marc stört das alles nicht?«

Karo blinzelte mich einen Moment überrascht an. Dann lachte sie geradezu empört auf. »Warum sollte es? Wir haben ja von Anfang an die Regeln festgelegt: nur Sex, keine Gefühle. Außerdem reden wir nicht über die Details.«

Das wiederum verstand ich sehr gut. Ich hätte mich jedenfalls heftig übergeben müssen, wenn Simon mir vom Sex mit seinen Ex-Freundinnen erzählt hätte. Mir drehte sich ja schon eindrucksvoll der Magen um, wenn ich nur mit ihrem Namen angesprochen wurde.

»Und? Hast du in der Zwischenzeit über die Stripper nachgedacht?« Karo rührte in ihrem Pfefferminztee und sah mich neugierig an.

»Ich will keinen Stripper. Und eine Party will ich im Übrigen auch nicht.«

Meine beste Freundin stöhnte auf. »Jetzt stell dich nicht so an,

Lexie. Irgendwann musst du es doch mal krachen lassen! Du hattest ja nicht mal eine richtige Hochzeitsfeier – da kannst du wenigstens deine Geburtstage gebührend feiern.«

»Ich hatte sehr wohl eine Hochzeitsfeier«, erwiderte ich, aber Karo quittierte meinen Einwand mit einem Stirnrunzeln.

»Das war allerhöchstens das Schmalspurprogramm, aber ganz sicher keine richtige Hochzeit.«

»Du weißt genau, dass Simon und ich damals noch in der Ausbildung waren und kein Geld hatten! Und außerdem war ich zu dem Zeitpunkt schon schwanger mit Karlie.«

»Siehst du!« Karo grinste mich zufrieden an. »Jetzt habt ihr Kohle und du bist nicht schwanger – also gibt es auch keinen Grund, nicht so richtig auf die Kacke zu hauen.«

Stöhnend lehnte ich mich auf dem Stuhl zurück. Karo war einfach unverbesserlich.

Natürlich hatte sie nicht ganz unrecht, was unsere Hochzeit betraf. Als junges Mädchen hatte ich immer von einer Traumhochzeit am Strand geschwärmt, ganz in Weiß und mit allem möglichen Schnickschnack. Aber das Leben hatte eben ein anderes Blatt für mich bereitgehalten …

Ich hatte Simon kaum gekannt, als ich mit Karlie schwanger wurde, und ich konnte nicht einmal sagen, dass ich in ihm sofort den Mann meiner Träume erkannte. Doch als ich das erste Ultraschallbild in der Hand hielt, tat er so viele richtige Dinge, dass ich mich Hals über Kopf in ihn verliebte.

Eins dieser richtigen Dinge war, um meine Hand anzuhalten. Weil es aber schnell gehen musste, Simon noch studierte und wir kaum Kohle hatten, lief es auf eine Vermählung auf dem Standesamt hinaus, die man allenfalls als »praktisch« bezeichnen konnte. Simon hatte mir damals zwar versprochen, die große Hochzeit irgendwann nachzuholen – aber irgendwie hatte sich nie die richtige Gelegenheit ergeben. Was jedoch noch lange nicht bedeutete, dass meine Hochzeitsfeier nicht stattgefunden hatte!

Trotzig rührte ich mit meinem Löffel durch den Milchschaum. »Mir ist grad wirklich nicht zum Feiern zumute. Die Sache mit Karlie und meiner Schwiegermutter ...«

Karo blickte mich nachdenklich an. »Was sagt Simon denn dazu?«

»Er ist kaum erreichbar.«

»Kaum erreichbar?« Die Art, wie Karo ihre Augenbrauen anhob, verriet mir bereits, worauf sie hinauswollte.

»Vergiss es, Karo. Simon würde so was niemals tun!«

Sie hob unschuldig ihre Hände. »Ich habe doch gar nichts gesagt.«

»Aber dein Blick spricht Bände!«

»Komm schon, Lexie. Bist du dir wirklich ganz sicher, dass er dort nur arbeitet?«

»Natürlich arbeitet er nur! Simon ist einer von den Guten!«

»Klar, aber auch die Guten haben irgendwann Bedürfnisse ...«

Ein gequältes Stöhnen drängte sich meine Kehle hinauf. Tatsächlich war es nicht das erste Mal, dass Karo mir einreden wollte, Simon würde mich gelegentlich betrügen. In ihrem Weltbild war es einfach nicht möglich, dass er (A) Arzt war, (B) nicht komplett scheiße aussah und (C) trotzdem nicht öfter Sex hatte als ich. Aber ich würde mir jetzt ganz sicher nicht noch mehr Probleme aufschwatzen lassen, als ich ohnehin schon hatte!

»Simon und ich sind vielleicht ein bisschen müde, aber wir führen eine super Ehe!«

»Das will ich dir ja gar nicht absprechen. Ich glaube trotzdem nicht, dass er nicht gelegentlich am Buffet nascht – das macht doch jeder Mann. Und wo könnte er das besser tun als auf diesen Weltretter-Reisen? Ehrlich, Simon ist garantiert nicht so unschuldig, wie du denkst. Warum sonst sollte er so schlecht erreichbar sein?«

»Weil der Empfang da drüben mies ist?«

Wieder runzelte Karo die Stirn und nippte an ihrem Tee.

»Ich will diesen Mist nicht hören, okay?«, beendete ich die lächerliche Diskussion. »Es gibt garantiert hunderttausend Dinge, die ich nicht weiß auf dieser Welt – aber mit einem bin ich mir ganz sicher: dass Simon mich nicht betrügt! Also könnten wir jetzt bitte über etwas anderes reden?«

Karo zögerte einen Augenblick, zuckte dann mit der Schulter und klaute sich doch tatsächlich den kleinen Keks von meiner Untertasse. »Meinetwegen. Ich habe noch mal über die ganze Job-Sache nachgedacht. Und ich glaube wirklich, dass es dir ganz guttun würde, noch mal was anderes zu machen.«

»Wie bitte?« Ein fassungsloses Lachen rutschte über meine Lippen. »Ich bin nicht mehr zwanzig, Karo!«

»Aber auch noch nicht tot.«

»Ich habe zwei Kinder, muss eine Wohnung abbezahlen …«

»Ich sage ja nicht, dass du kein Geld mehr verdienen sollst«, erwiderte sie nüchtern.

»Und wie genau stellst du dir das bitte vor? Denkst du, die Journalistenjobs wachsen draußen am Straßenrand?«

»Deine kleinen Notizen kommen jedenfalls ziemlich gut an«, sagte sie und öffnete zum Beweis ihren Instagram-Account mit dem *Mal-ehrlich*-Hashtag.

»Ich glaub's echt nicht!« Mit einem Stöhnen lehnte ich mich über den Tisch zu ihr vor. »Solche Toilettenschmierereien sind vielleicht für zwei Minuten unterhaltsam.«

»Der Hype läuft schon länger als zwei Minuten.«

»Ich verdiene aber kein Geld damit!«

Jetzt stöhnte Karo zurück. »Ich finde ja nur, dass du endlich deinen Arsch hochkriegen und aus deiner Komfortzone kommen solltest – dann wirst du vielleicht auch mal wieder glücklich!«

»Ich bin glücklich!«

Karo runzelte die Stirn, bis ich mich wieder zurücklehnte.

Komfortzone? Meinte sie das wirklich ernst?

»Ich renne jeden Tag um mein Leben«, zischte ich, weil ich es auf einmal mehr als leid war, dass mir ständig alle sagten, was ich falsch machte.

»Ja, du rennst«, erwiderte Karo ernst. »Aber das Problem ist, dass du nirgendwo ankommst.«

Dann war es erst mal still am Tisch. Was vermutlich daran lag, dass ich sprachlos war.

Und verletzt.

Und wütend!

»Und du denkst ernsthaft, dass es besser wäre, wenn ich einfach auch mal ein bisschen mit Tarek rumvögeln würde?!«

Einen Augenblick wirkte Karo regelrecht überrumpelt von meinem ungewohnten Zorn, doch dann legte sie versöhnlich ihre Hand auf meine.

»Ich wollte dich nicht verletzen, Lexie. Ich will nur nicht, dass du dich weiter wie eine Spielfigur durchs Leben schubsen lässt und am Ende feststellst, dass du gar nicht richtig gelebt hast.«

Am Abend schaffte ich es immerhin, eine ganze Weile weitestgehend ungestört mit Simon zu telefonieren. Er rief von einem Münztelefon an, und im Hintergrund hämmerten aufdringliche Bässe, aber ich wollte mich nicht beschweren – wenigstens konnten wir in vollständigen Sätzen miteinander reden.

Wir sprachen über Karlie, Sylvia, Rubens Reizdarm und auch ein bisschen über Karo. Ihren wiederholten Betrugsverdacht ließ ich allerdings aus. Auch die Sache mit dem Job erwähnte ich immer noch nicht. Es fühlte sich irgendwie merkwürdig an, jetzt damit herauszurücken, wo ich so lange die Klappe gehalten hatte. Vielleicht musste ich das alles erst hinter mich bringen? Vielleicht brauchte ich erst Gewissheit, bevor ich es mit ihm teilen konnte …?

Auf jeden Fall versicherte Simon mir, dass er ja Ende der Woche wieder zurück wäre und sich dann umgehend um alles kümmern würde: um den Auftragskiller für seine Mutter, die Sache mit Karlie und dem Riesenpenis, und auch alles, was bis dahin sonst noch anfallen sollte. Seine Worte waren so was wie Nougatpralinen für meine Seele – und ich wurde nicht einmal dick davon! Doch bevor ich Simon sagen konnte, wie sehr ich ihn dafür liebte und vermisste, bildete ich mir ein, im Hintergrund eine bekannte Stimme zu hören.

»Kommst du?«

War das etwa … *Tommy?* Die Stimme sprach auf jeden Fall Deutsch, und sie klang haargenau wie die von Simons bestem Freund. Aber das konnte eigentlich nicht sein. Tommy war immer noch Journalist. Was sollte er bei Simon in Nicaragua zu suchen haben?

Plötzlich wirkte Simon hektisch, und die Verbindung wurde doch wieder schlecht.

»Ich muss jetzt«, sagte er hastig. »Gib den Kindern einen Kuss.«

Und dann war die Leitung mal wieder tot.

Mal ehrlich ...

Wir glauben daran, dass schlank sein glücklich macht.

Wir glauben, dass lügen schlecht fürs Karma ist.

Wir glauben, dass Elvis noch lebt.

Wir glauben, dass das hier wirklich der letzte, nein, der alleraller-
letzte Schokoriegel ist, den wir heimlich verdrücken!

Wir glauben daran, dass wir irgendwann auf einem zweiten
Planeten leben könnten.

Wir glauben an die Kraft der Liebe, der Vergebung und des WLAN.

Wir glauben der Deutschen Bahn, dass es keine Verspätungen
mehr geben wird.

Manchmal glauben wir an Gott.

Und erstaunlicherweise glauben wir meist sogar daran, dass am
Ende doch noch alles gut wird.

Nur eines schaffen wir bei alldem irgendwie viel zu selten:
An uns selbst zu glauben.

Sind deine Chakren schon aktiviert?

Die Nacht war ungefähr so erholsam wie eine Wurzelbehandlung. Erst konnte ich stundenlang nicht einschlafen, wurde dann von Lovi geweckt, weil er versehentlich ins Bett gemacht hatte, und fühlte mich beim Weckerklingeln am Morgen, als hätte ich unter einem Elefanten gelegen.

In der Redaktion herrschte schon in aller Herrgottsfrühe reges Treiben. Alle waren schwer um Freundlichkeit bemüht, aber die Anspannung, die schwelend in der Luft lag, ließ sich einfach nicht schönreden.

Heute hatte ich keine Quarkbällchen dabei – dafür aber Kopfschmerzen und Herzrasen. So schnell wie möglich zog ich mich hinter meinen Schreibtisch zurück. Irgendwie wurde ich das Gefühl nicht los, dass ich ein seltener Fremdkörper war – hier im Büro, aber auch im Rest der Welt.

Zum Glück fand unsere Redaktionssitzung erst um elf statt, sodass mir noch gute zwei Stunden blieben, um an meinem Gewinnerkonzept zu arbeiten.

Die ersten anderthalb Stunden davon verbrachte ich damit, mich endlich für eine der vier Ideen zu entscheiden, die ich in die engere Auswahl genommen hatte. Und die darauffolgenden zwanzig Minuten damit, mir einzugestehen, dass sie alle gleich unbrauchbar waren.

Wo steckte denn das »wilde Tier«, wenn ich es brauchte? Alles, was ich beim In-mich-Hineinhorchen aufspürte, war allenfalls ein altersschwaches Meerschweinchen mit Hinkebein und einer schlimmen Laktoseintoleranz.

In diesem Augenblick schlenderte zu allem Überfluss auch

noch Vivien an meiner Glastür vorbei. Sie sah wie immer zum An-
beißen aus. Sexy, zufrieden – und vor allem kein bisschen beunruhigt. Vermutlich musste man das auch nicht sein, wenn man mehr
oder weniger heimlich mit dem Chef schlief.

Warum tat ich mir den ganzen Stress hier eigentlich noch an?
War die Sache in Wirklichkeit nicht längst entschieden?

Während wir anderen noch völlig vergeblich auf einem mor-
schen Stück Treibholz über den Ozean der Hoffnung paddelten,
wusste Vivien garantiert schon längst, dass ihr der Job sicher war.
Hatte sie etwa Freude daran, uns beim Untergang zuzusehen?

Mit einem beeindruckenden Rumsen ließ ich meinen Kopf auf
die Schreibtischplatte knallen. Und ausgerechnet jetzt begann das
Telefon neben meinem Ohr zu klingeln ...

Ich straffte hastig die Schultern und tat so, als würde ich tatsächlich an mein neustes Mantra glauben: *Es ist noch nichts verloren.*
Es ist noch nichts verloren. Es ist noch nichts verloren!

»Lexie Ehrlich, GLORIA Magazin. Was kann ich für Sie tun?«

Im nächsten Moment hörte ich ein Kichern am anderen Ende
der Leitung. »Du musst nicht so förmlich sein, ich bin es nur.«

»Mama ...?!«

»Ich würde zwar liebend gern behaupten, ich wäre Jane
Fonda – aber ja, ich bin deine Mutter.« Wieder gluckste sie wie ein
Schulmädchen.

Mein Puls beschleunigte sich derart drastisch, dass meine Fitnessuhr am Handgelenk Alarm schlug.

»Was machst du hier in der Leitung? Das ist mein Redaktions-
anschluss!«

»Auf dem Handy nimmst du ja nicht ab, Schätzchen ...«

»Weil ich arbeite!«, klärte ich sie auf – dabei hatten wir dieses
Gespräch hier schon etwa siebzig Mal geführt! »Ich habe dir doch

gesagt, dass du diese Nummer nur im absoluten Notfall wählen darfst!«

»Und das hier ist ein Notfall«, verteidigte sich meine Mutter. »Hör jetzt gut zu, mein Schatz, denn ich sage es nur einmal: Du musst um kurz vor zwölf am Schlump sein!«

»Wie bitte?«

»Es geht um dein Geburtstagsgeschenk«, plapperte meine Mutter weiter.

»Mein Geburtstag ist erst in fünf Wochen, Mama. Aber in ein paar Minuten muss ich …«

»Ich habe eben diesen Gutschein bei eBay geschossen«, unterbrach sie mich unbeeindruckt. »Das war ein absoluter Glücksgriff, Lexie, eine einmalige Gelegenheit!«

»Ein eBay-Gutschein?!«

»Dasa Lakshmana ist der beste Reiki-Meister jenseits von Puttaparthi! Eigentlich ist er auf Monate ausgebucht, aber wie es ein glücklicher Zufall will, hat er heute um kurz vor zwölf Zeit, deine Chakren zu aktivieren.«

Ich konnte es einfach nicht fassen. Waren jetzt etwa auch die allerletzten Sicherungen bei meiner Mutter durchgebrannt?

»Du rufst mich an, weil du willst, dass irgendein eBay-Spinner an meinen Chakren rumfummelt? Ernsthaft, Mama?«

Offenbar merkte sie, dass sich mittlerweile echte Wut in meine Stimme mischte, denn mit einem Mal klang sie selbst verunsichert.

»Lakshmana ist kein Spinner, Schätzchen, er hat hervorragende Online-Kritiken. Das muss ein Zeichen sein, ein Wink des Schicksals …«

»Ein Wink des Schicksals?!« Meine Stimme überschlug sich. »Mein ›Schicksal‹ wird in nicht einmal zehn Minuten im Konferenzraum am Ende des Flurs entschieden, Mama – und das

Letzte, was ich jetzt brauche, ist so ein Lackaffe, der meine Chakren aktiviert! Ich habe nämlich gar keine Chakren, hörst du? Und wenn nicht gleich ein verdammtes Wunder geschieht, habe ich sehr bald auch keinen Job mehr!!!«

Der Hörer donnerte mit einem solchen Knall zurück auf die Station, dass ich selbst zusammenschreckte.

Atme, Lexie! Du musst einfach – nur – atmen!

Was zum Teufel hatte sie sich nur dabei gedacht?!

Natürlich konnte meine Mutter nicht ahnen, in welcher Situation ich mich gerade befand. Aber mittlerweile hätte sie doch wissen müssen, dass ich mich auch in keiner anderen Situation über einen Termin bei *Leck-mich-am-Arsch* gefreut hätte!

Ich war so wütend, dass meine Finger zitterten, nein, genau genommen war mein ganzer Körper ein einziges Beben!

In diesem Augenblick klopfte es an der Tür, und Beauty-Tina steckte ihren Kopf in mein Büro. »Bist du so weit, Lexie?«

Natürlich meinte sie die Konferenz. Und offenbar konnte sie sich die Antwort selbst zusammenreimen, nachdem sie mich durch ihre Fensterglasbrille genauer in Augenschein genommen hatte. Auf ihrem Gesicht zeichnete sich jedenfalls ein mitfühlendes Lächeln ab.

»Ich sag, du kommst gleich nach, und halte dir einen Platz frei.«

»Danke«, presste ich mühsam hervor und schloss die Augen.

Ich werde mich jetzt beruhigen und zusammenreißen. Beruhigen! Und! Zusammenreißen!

Mit einem Mal spukten mir Karos Worte durch den Kopf: *Die Leute sehen nur das, was du ihnen zeigst.*

Was ich K.J. gleich gerne gezeigt hätte, war (A) eine Königin der guten Ideen, (B) eine Göttin der Inspiration, Grazie und Gelassenheit und (C) *das verflixte Tier in mir!*

Doch stattdessen fand ich in mir nur drei andere hilflose Wesen: Angst, Wut und das Gefühl, ein Aufziehpüppchen zu sein, das auf Geheiß der anderen tanzte. Wann würde ich Takt und Richtung meines Lebens mal wieder selbst bestimmen?

Ich musste es trotzdem endlich hinter mich bringen – immerhin konnte ich schlecht weglaufen. Mittlerweile war es schon zwei Minuten vor elf, und vermutlich war mein Schicksal ohnehin längst besiegelt.

Einigermaßen gefasst griff ich nach dem Notizbuch mit meinen lächerlichen Ideen. Obwohl ich mir sicher war, dass mein Handy stumm geschaltet war, warf ich einen letzten Blick darauf – und sah, dass just in dieser Sekunde jemand anrief: *Teilnehmer unbekannt.*

Reflexartig wollte ich den Anruf wegdrücken, aber dann fiel mir auf, dass die Nummer ungewöhnlich lang war. War das nicht eine Auslandsvorwahl?

Mein Herz machte einen kleinen Aussetzer. Konnte das Simon sein?

Zögernd verweilte mein Daumen über dem Display.

Ich sollte den Anruf wegdrücken, das wusste ich. Immerhin hatte ich jetzt einen wichtigen Termin. Aber was, wenn es tatsächlich Simon war? Und schlimmer noch: Was, wenn ihm etwas zugestoßen war?

Obwohl die Zeit drängte, gab ich meinem schrillenden Alarmzentrum nach und ging ran.

Und irgendwie ahnte ich in diesem Moment bereits, dass ich gleich unendlich tief fallen würde ...

Jetzt ist Schluss!

»Du musst mir helfen, Lexie!!!«, schrillte es durch die Leitung. Tatsächlich war das da Simons Stimme in meinem Handy – nur dass Simons Stimme normalerweise nicht schrill und alarmiert klang!

Der Simon, den ich kannte, redete fast ausnahmslos ruhig und besonnen, deshalb war er auch der perfekte Mittelsmann, wenn es um seine Mutter oder riesenpenisgroße Schulprobleme ging. Dieser Kerl am anderen Ende der Leitung allerdings erreichte auf einer Panikskala von eins bis zehn problemlos eine Elf.

»Egal, was sie dir erzählen – es ist nicht so, wie es aussieht!!!«

Ich hatte keinen blassen Schimmer, wovon er eigentlich sprach.

»Wer soll mir was erzählen …?«

»Hör mir jetzt gut zu, Lexie, wir haben nicht viel Zeit!«, ratterte er hektisch weiter. »Du musst unseren Anwalt anrufen, hörst du?«

»Unseren Anwalt …?« Bei dem Gedanken an Doktor Heribert Henkel in seinem immer gleichen Pullunder musste ich unsicher auflachen. Dabei beschlich mich längst die böse Vorahnung, dass das, was hier gerade vor sich ging, weit entfernt war von »lustig«.

»Die haben mir mein Handy weggenommen und …« Plötzlich brüllten im Hintergrund ziemlich imposante Männerstimmen. Es lärmte und polterte, vor allem aber bestand spätestens jetzt kein Zweifel mehr, dass Simon in ernsthaften Schwierigkeiten steckte.

»Ruf Doktor Henkel an!!!«, schrie er ins Telefon. »Er soll die deutsche Botschaft in Bangkok anrufen!«

»Bangkok?« Es fühlte sich an, als würde mein Herzschlag aussetzen. »Aber wieso …?«

»Ich wurde verhaftet!«, fuhr Simon kreischend fort. »Aber es ist nicht so, wie es aussieht!«

»Verhaftet?« Das hier musste ein Missverständnis sein, ein ganz, ganz schlechter Scherz. War hier vielleicht irgendwo eine Kamera versteckt? »Aber du bist in Nicaragua, Simon!«

»Nein, bin ich nicht«, antwortete er, und mit einem Mal wurde es wieder erschreckend laut im Hintergrund. »Ich kann dir alles erklären, wenn ich hier raus bin! Ruf Doktor Henkel an! Und egal, was sie sagen, du musst mir glauben: Ich war nur durch einen blöden Zufall auf dieser Party! Ich habe keine Drogen genommen – und ich hatte auf gar keinen Fall Sex mit …« In diesem Moment riss die Verbindung ab, und zurück blieb nur noch das stoische Tut-tut-tut in der Leitung.

Ich ließ das warme Handy in meiner Hand sinken.

Mit einem Mal drehte sich alles um mich herum.

Obwohl ich saß, hatte ich das Gefühl, jeden Moment das Gleichgewicht zu verlieren und hilflos über den Boden zu taumeln.

Die Wände kippten bedrohlich in meine Richtung, so als wäre der ganze Raum nur ein Kartenhaus, das gerade in sich zusammenfiel. Dabei brach hier gerade genau genommen nicht nur der Raum weg, nein: Mein ganzes Leben sackte in sich zusammen wie ein angestochener Schwimmflügel. Ich befand mich im freien Fall …

Einzelne Wortfetzen schwirrten durch meinen Kopf – aber sie machten überhaupt keinen Sinn!

Bangkok?

Party?

Verhaftet …?

An meinem Handgelenk schlug die Pulsuhr Alarm und erinnerte mich daran, dass ich dringend mal wieder atmen müsste. Aber das Gefühlschaos in meinem Brustkorb ließ einfach keine Kraft mehr übrig, um jetzt auch noch Luft zu holen.

Wie kleine, unkontrollierbare Flipper-Bälle schossen die Gedanken durch meinen Kopf.

Ich war ... sprachlos.

Fassungslos.

Völlig vor den Kopf gestoßen ...

Tränen drängten sich meine Kehle hinauf und schossen weiter in meine Augenwinkel. Aber ganz plötzlich übermannte mich auch noch ein anderes Gefühl: Wut!

Was zum Teufel machte Simon in Thailand, wo er doch eigentlich ein paar Waisenkinder in Mittelamerika retten sollte? Und viel mehr noch: Wie passten Begriffe wie »Party«, »Drogen« und »Sex« in diesen Zusammenhang?!

Es gab so viele Dinge, die ich spontan nicht verstand, aber eines war auf einmal ganz sicher: Er hatte mich angelogen! Simon hatte mich belogen und betrogen, ja. Vermutlich hatte Karo die ganze Zeit recht gehabt ...

Plötzlich konnte ich nicht mehr atmen – ich konnte nicht einmal mehr denken. Am liebsten hätte ich losgeheult und alles um mich herum kurz und klein geschlagen – aber ausgerechnet in diesem Augenblick steckte Vivien ihren makellos frisierten Kopf zur Tür hinein.

»K.J. lässt fragen, ob du eine Extraeinladung brauchst oder ob du auch endlich bereit bist?«

Und in diesem Moment geschah etwas ganz Unglaubliches. Es war, als hätten ihre Worte einen Schleier von meinen Augen gezogen, und das erste Mal seit Tagen sah ich klar – ach was: Das erste Mal seit Jahren sah ich wieder klar!

Konnte es sein, dass die Story des Jahrhunderts genau hier lag, hier vor meiner Nasenspitze, und nur darauf wartete, dass ich ausholte, um nach ihr zu greifen? War das alles hier etwa gar nicht mein Untergang, sondern am Ende sogar eine Chance?

Wut und Verzweiflung, die mich eben noch gepackt hatten, verfestigten sich zu einer ungeahnten Entschlossenheit. Ich würde mir diesen Job holen – daran bestand absolut kein Zweifel mehr!

Erst würde ich mir den verdammten Job schnappen, jawohl, und dann würde ich mir endlich mein Leben zurückholen!

Am liebsten hätte ich gebrüllt wie ein Tiger, aber stattdessen pfefferte ich einfach das Buch mit meinen Notizen in den Mülleimer. Ich brauchte es nicht mehr.

Meine Geschichte fing genau hier an.

Deshalb verengte ich meine Augen zu schmalen Schlitzen und schenkte Vivien ein Raubtierlächeln. »Glaub mir, ich bin bereit.«

Ich weiß nicht, ob die Tür zum Konferenzraum tatsächlich aus den Angeln flog, als ich sie aufknallte und ins Zimmer platzte, aber auf jeden Fall war mein Auftritt so eindrucksvoll, dass die versammelte Mannschaft am Tisch erschrocken zusammenzuckte.

Ich würde wahnsinnig gerne behaupten, dass ich mich dabei nicht nur fühlte wie Wonder Woman, sondern auch ebenso elegant und bestechend aussah wie Gal Gadot in der gleichnamigen Verfilmung – aber vermutlich hätte ich mir dafür heute Morgen (A) die Haare waschen müssen, mich (B) in einen hautengen Catsuit zwängen und vorher (C) schätzungsweise dreißig Kilo abnehmen müssen.

Aber im Grunde war all das jetzt unerheblich, denn meine Kolleginnen und Kollegen waren auch ohne Ganzkörperkondom beeindruckt von meinem Wildtier-Auftritt.

K.J. rutschte verunsichert auf seinem Chefsessel herum und blinzelte mich irritiert an. »Äh ... gut, dann können wir ja ...«

Doch bevor er »anfangen« auch nur denken konnte, knallte ich bereits beide Hände auf die Tischplatte und blickte ihm tief in die Augen.

»Dieser Job gehört mir!«

Umgehend ertönte ein Raunen rund um den Tisch. Die anderen fingen an zu tuscheln, warfen einander verstörte Blicke zu, und einige sah ich aus dem Augenwinkel sogar ungläubig auflachen. Dabei war nichts hiervon auch nur ansatzweise witzig. Ich meinte das ernst – todernst!

Auch K.J.s Mundwinkel wanderten nach einer kurzen Irritationspause nach oben, allerdings wirkte sein Lächeln eher hilflos als amüsiert.

»Geht's dir nicht gut, Lexie? Du wirkst irgendwie ...«

»Jetzt ist Schluss!«, unterbrach ich ihn ein weiteres Mal.

K.J. hob verständnislos die Augenbrauen. »Aber wir fangen doch gerade erst an ...«

Ich nahm meine Handflächen von der Tischplatte und richtete mich zu meiner vollen Größe auf. Für einen kurzen Moment tat ich sogar so, als hätte ich genug Brust zum Rausstrecken – aber dann besann ich mich lieber wieder auf meine eigentliche Mission.

»Jetzt ist Schluss!«, wiederholte ich meine Worte und sah reihum in die Gesichter meiner Kolleginnen. Dann heftete sich mein Blick wieder an K.J.s Visage. »Das ist der Titel der Story, für die du mir die Festanstellung geben wirst!«

Einige meiner Kollegen husteten verlegen auf, aber ich brachte sie mit einem eiskalten Tiger-Lady-Blick zum Schweigen.

K.J. kratzte sich unsicher am Kinn. »Und was soll das genau bedeuten?«

»Dass du mir die Festanstellung gibst, heißt, dass du mir die Festanstellung gibst!«, übersetzte ich für ihn.

»Ich meine den Titel. Wofür steht der?«

»Dafür, dass ich es leid bin!« Meine Lippen bebten, während ich sprach. »Und dafür, dass ich mir endlich nehme, was ich haben will!«

Um meine Worte durch Taten zu unterstreichen, griff ich vor und schnappte mir einen Apfel, der in der Tischmitte lag. Tina riss die Augen hinter ihrer Riesenbrille auf und schüttelte warnend den Kopf, aber da hatte ich bereits kraftvoll in den Apfel hineingebissen – und stellte fest, dass er aus Plastik war ...

Alle am Tisch starrten mich fassungslos an.

Ich hätte das Plastikstück jetzt natürlich in hohem Bogen ausspucken können. Aber hätte das nicht den Eindruck erweckt, ich wäre der Sache nicht gewachsen?

Ich war ein Tier, verdammt, ein richtig wildes Tier! Ein Plastikbissen würde mich dabei schon nicht umbringen, und deshalb schluckte ich ihn kurzerhand runter.

Meine Kolleginnen schnappten nach Luft, andere vergruben ihre Gesichter in den Händen. Aber ich machte mich gerade erst warm!

»Vor ein paar Tagen dachte ich noch, ich wäre glücklich! Ich hatte kein Problem damit, vierzig zu werden und nett zu sein, immerhin hatte ich zwei tolle Kinder, einen guten Job und einen liebevollen Ehemann. Aber dann hat meine Tochter einen Riesenpenis an die Schultür gemalt, und mein Mann feiert Sexpartys in Thailand – und jetzt soll ich auch noch beruflich bei null anfangen?!«

Ich lachte nicht nur hysterisch auf, sondern setzte mich auch in Bewegung, bis ich direkt vor meinem Chef stand. Unruhig rutschte er in seinem Sessel zurück, aber ich rückte einfach nach.

116

»Nicht mit mir, Klaus-Jürgen! *Jetzt ist Schluss!* Schluss mit nett, Schluss mit rücksichtsvoll – ich will endlich mein Leben zurück!« Wieder lachte ich auf, aber keiner am Tisch traute sich, mitzulachen.

»Das Tier in mir ist erwacht, und ich garantiere dir: Es hat keine Lust mehr, hungrig zu bleiben!« Eindrucksvoll drückte ich ihm den angebissenen Plastikapfel in die Hand. »Ich nehme mir ab sofort, was ich will – und dieser Job ist das Erste! Also zieht euch warm an. Das hier ist die neue Lexie Ehrlich!«

Im Raum war es mittlerweile so still, dass man eine Stecknadel hätte fallen hören können. Ganz kurz fragte ich mich, ob ich wohl wieder ein Streuselkuchenproblem hatte, aber da meine Stimme nicht mal ansatzweise nach Softporno klang, redete ich mir ein, dass auch mein Hals fleckenfrei war. Bevor sich das jetzt noch ändern konnte, machte ich auf dem Absatz kehrt und marschierte zur Tür.

»Wir sind aber noch nicht ...«

»Fertig« wollte K.J. wohl sagen, aber da hatte ich die Tür bereits erreicht, trat auf den Flur hinaus und schleuderte sie mit einem beeindruckenden Knall zurück in den Rahmen.

Im Grunde hatte er recht. Wir waren noch nicht fertig, nein.

Ich fing gerade erst an.

Es ist noch kein Arsch vom Himmel gefallen

»Was soll das heißen – du suchst dir eine Affäre?« Karo war von den neusten Ereignissen offenbar derart überrumpelt, dass sie gar nicht wusste, wo sie zuerst nachhaken sollte.

Zum Glück war ich immer noch wütend genug, um meinen Plan nicht zu hinterfragen. Stattdessen klaute ich mir ein paar Fritten von ihrem Teller und zuckte mit der Schulter.

»Das ist nur *eine* Maßnahme von vielen! Dieser Titel bezieht sich schließlich nicht nur auf Sex, sondern auf alle Bereiche meines Lebens.«

Offensichtlich hatte Karo aber keinen blassen Schimmer, von welchem Titel ich überhaupt sprach.

»Jetzt ist *Schluss*!«, klärte ich sie bereitwillig auf.

»Jetzt ist Schluss?«, wiederholte sie, noch immer erschreckend verständnislos. So schwer von Begriff kannte ich sie gar nicht. Normalerweise war ich diejenige mit der langen Leitung.

»Schluss mit nett und allem, was dazugehört«, fuhr ich kauend fort. »Ich hole mir mein Leben zurück – wie ein richtig wildes Tier!« Am liebsten hätte ich jetzt laut aufgebrüllt, ließ es dann aber doch sein. Immerhin war ich noch ungeübt und wollte nicht gleich zu Beginn rüberkommen wie ein schielender Plüschhamster im Löwenkostüm.

Karo zog ihre Stirn in Falten. »Ein richtig wildes Tier?« Zwischen ihren Augenbrauen schwang eine gehörige Portion Skepsis mit. Aber davon würde ich mich auf keinen Fall runterziehen lassen. Ich hatte Feuer gefangen, o ja! Genau genommen brannte ich lichterloh.

»K.J. fand es jedenfalls super!« Das entsprach zwar nicht ganz der Wahrheit, denn seine Reaktion war eher verwirrt, verstört und von lang anhaltender Sprachlosigkeit geprägt. Aber hey: Wer den Tiger weckt, sollte ihn nicht mit Katzenbrekkies füttern! Ich musste groß denken, damit ich groß handeln konnte. Und dafür konnte es nicht schaden, wenn ich mir die ganz große Anerkennung von meinem Chef einredete.

Karo sah sprachlos zu, wie ich noch ein paarmal selbstbewusst auf ihren Teller rübergriff, bevor sie sich mein Kinn packte und mich nötigte, ihr in die Augen zu sehen.

»Das bist doch nicht du, Lexie!«

»Ich bin hungrig«, sagte ich zu meiner Verteidigung, aber sie rollte nur mit den Augen.

»Ich meine nicht meine Pommes, sondern die Sache mit der Affäre!«

»Das ist eben die neue Lexie«, verkündete ich stolz.

»Die neue Lexie?«

»Immer schön nett sein, immer allen gefallen und alles richtig machen – das war die alte Lexie! Du hast es ja selbst gesagt: Ich war viel zu nett für diese Welt! Und wo hat mich das hingebracht? Meine Kinder nehmen mich nicht ernst, mein Mann vögelt sich durch irgendwelche Thaipartys, und eine dreißigjährige Bohnenstange schnappt mir den Job weg? Damit ist jetzt Schluss, endgültig! Ich hab die Schnauze voll, Karo, ich will endlich die Kontrolle zurück!«

Das ältere Ehepaar am Tisch neben uns sah konsterniert zu mir hinüber. Und weil ich gerade schon dabei war und einen derartigen Lauf hatte, hob ich mein Kinn und blaffte: »Was gibt's denn da zu glotzen? Noch nie eine Frau gesehen, die dem Leben den Stinkefinger zeigt?«

Betreten starrten die beiden auf ihre Backfischteller.

Ich muss gestehen, dass ich mich augenblicklich ein kleines

bisschen mies fühlte. Aber im Grunde war das ja nicht verwunderlich, immerhin war ich fast vierzig Jahre nett gewesen. Die neue Lexie brauchte eben ein wenig Anlauf – es ist schließlich noch kein Arschloch vom Himmel gefallen!

Karo schien die ganze Angelegenheit allerdings anders zu sehen, denn sie flüsterte unseren beiden betroffenen Tischnachbarn schnell eine Entschuldigung zu. »Wir übernehmen gerne Ihre Rechnung!«

Bevor ich protestieren konnte, legte sie auch schon ihre Hand auf meine.

»Hast du es den Kindern schon erzählt?«

»Dass ich mir eine Affäre suche?«

»Dass Simon im Thaiknast sitzt!«

»Bist du verrückt geworden?« Stöhnend lehnte ich mich auf dem kleinen Plastikstuhl zurück. »Das würde sie nur unnötig verstören und verängstigen. Ursprünglich sollte er ohnehin erst Donnerstag heimkommen. Ich sage einfach, dass er noch ein bisschen länger in Nicaragua bleiben muss.«

Karo blickte mich ernst an. »Scheiße, Lexie. Das alles ... tut mir so leid.«

»Ernsthaft?« Ich lachte misstrauisch auf. »Im Grunde müsstest du dir selbst doch gratulieren. Immerhin hattest du all die Jahre recht: Simon hat heimlich am ›Buffet genascht‹ – genau, wie du vermutet hast.« Wieder schnappte ich mir ein paar Pommes.

Aber meine Freundin wirkte kein bisschen zufrieden. Sie seufzte. »Das ist aber noch lange kein Grund zu feiern ...«

»Was sollte ich deiner Meinung denn sonst tun? Mir ein Erdloch buddeln und heulend meinen Kopf hineinstecken? Nein danke! Ich habe lang genug zurückgesteckt – jetzt lass ich mir das nicht mehr gefallen!«

Nachdenklich lehnte Karo sich auf ihrem Stuhl zurück. »Hast du schon euren Anwalt angerufen?«

»Nein!«, erwiderte ich entschlossen. »Und ich habe auch nicht vor, das zu tun. Ich habe nämlich weiß Gott genug eigene Probleme, als dass ich mich jetzt auch noch um Simons kümmern kann!«

In der Tat hätte ich lieber das Plastikbesteck aus diesem Imbiss verdrückt und wäre mit meiner Schwiegermutter in die Sauna gegangen, als auch nur einen Finger für Simon krumm zu machen. Er hatte meine Hilfe nicht verdient, nein, er hatte nichts von mir verdient!

Bei diesem Gedanken schossen plötzlich heiße Tränen in meine Augen. *Bloß nicht heulen, bloß nicht heulen, bloß nicht heulen, verdammt!*

Karo starrte mich unterdessen verunsichert an.

»Willst du ihn ernsthaft da drüben im Knast versauern lassen, Lexie? In Thailand herrschen ganz andere Zustände als bei uns, das ist wirklich kein Zuckerschlecken.«

»Zuckerschlecken?« Meinte sie das ernst?! »Denkst du denn, mein Leben ist ein Zuckerschlecken? Ich kümmere mich um die Kinder, sorge dafür, dass der Kühlschrank gefüllt ist, stottere unsere Kreditraten ab und muss nebenbei noch um meinen Job kämpfen! Und was macht der Mann, den ich liebe? Erzählt mir, er würde die Welt retten, und fliegt stattdessen in den Traumurlaub, um dort auf einer Party herumzuvögeln! Glaub mir, Karo: Simon hat Zuckerschlecken gar nicht verdient – und mich auch nicht! Also soll er verdammt noch mal selbst zusehen, wie er da wieder rauskommt!«

Karo sah mich zerknirscht an. Nie im Leben hätte ich gedacht, dass sie so reagieren würde und ich sie am Ende noch von meinem Vorhaben überzeugen müsste. War sie nicht immer eine bekennende Anhängerin von »Abwechslung auf dem Speiseplan« gewesen?

»Letzte Woche hast du noch gesagt, ich wäre zu nett für die Welt. Und du wolltest mir einen Stripper andrehen, schon vergessen?«

Das Backfisch-Ehepaar neben uns winkte nun hastig selbst nach der Rechnung. Karo schenkte ihnen ein entschuldigendes Lächeln, bevor sie sich zu mir vorbeugte.

»Das stand doch in einem ganz anderen Zusammenhang!«

»Ja, damals dachte ich noch, ich wäre glücklich! Jetzt liegt meine Welt in Trümmern – und du lässt mich hängen?«

Überrascht lehnte Karo sich wieder zurück. »Wer sagt denn, dass ich dich hängen lasse?«

Ich hielt beim Kauen inne. »Heißt das, du hilfst mir?«

Sie zögerte einen Augenblick, aber dann verschränkte sie die Arme vor der Brust und atmete tief durch. »Natürlich helfe ich dir. Aber erst mal müssen wir herausfinden, was du eigentlich willst.«

»Ich will alles!«

Karo lachte ungläubig auf. »Alles?«

»Das ganze Programm! Kein faules Obst mehr, haufenweise Spaß ...«

»Und Sex natürlich«, ergänzte sie kopfschüttelnd.

»Und Sex!« Grinsend wischte ich mir die Hände an der dünnen Papiertischdecke ab. »Ich brauch dich, Karo – ab sofort noch viel mehr als sonst. Ich habe seit fünfzehn Jahren kein Date mehr gehabt und vermutlich genauso lange keinen echten Spaß mehr. Ich will mein Leben zurück, und ich will K.J. diese Story liefern. Kann ich auf dich zählen?«

Karo musterte mich zögerlich, aber dann wanderten ihre Mundwinkel endlich nach oben, und sie legte ihre Hand auf meine. Und in diesem Moment wurde mir klar, dass es kein Zurück mehr gab.

Ich hatte die Käfigtür geöffnet ...

Das Wildtier, das nun aus seinem Gefängnis trat, kehrte aber erst einmal ganz brav ins Büro zurück.

Alle wirkten denkbar verstört bei meinem Anblick. Svenja griff sogar zum Telefonhörer und tat so, als würde sie einen Anruf entgegennehmen – dabei hatte es vorher überhaupt nicht geklingelt.

Konnte es sein, dass mir wieder Vogelkacke am Kragen klebte? Guckten deshalb alle so merkwürdig ...?

Nein, meine Bluse war tadellos fäkalienfrei. Die Reaktionen meiner Kolleginnen mussten also an meinem spektakulären Auftritt von heute Vormittag liegen. Diese Erkenntnis verleitete mich dazu, eine erste Bilanz aus meiner Veränderung zu ziehen: Wilde Tiere schinden zwar Eindruck – gehen einen Großteil ihres Siegerweges aber alleine.

Den Rest des Nachmittags gingen mir meine Kolleginnen jedenfalls sehr zuverlässig aus dem Weg. Was mir durchaus gelegen kam, denn so konnte ich mich voll und ganz auf meine Liste konzentrieren. Karo hatte mir nämlich geraten, mein Vorhaben zu konkretisieren und es mir in regelmäßigen Abständen vor Augen zu führen – nur für den Fall, dass ich unterwegs vom richtigen Pfad abkommen und in alte Gewohnheiten abrutschen würde.

Und weil ich gerade so richtig im Flow war, erstellte ich gleich zwei Listen: eine mit den Dingen, die ich ab sofort nicht mehr tun würde, und eine andere mit allen Leitfäden, denen ich stattdessen zu folgen beabsichtigte.

Was ich in Zukunft NICHT mehr tun werde:

- unseren Müll trennen
- mir faules Obst andrehen lassen
- in Selbstmitleid zerfließen
- JA sagen, wenn ich eigentlich NEIN meine
- einen Jumbo-Becher Schokoeis verdrücken, wenn meine Seele mal wieder Trost braucht
- mich schämen, wenn ich das XXL-Eis doch verdrücke ...
- Kurt das Gefühl geben, ich fände seine Existenz auch nur ansatzweise erträglich
- meiner Mutter das Gefühl geben, sie könnte mich noch immer wie ein Kind behandeln
- Doktor Dodenbaum das Gefühl geben, 150 Euro wären ein absolut angemessenes Honorar für die Arbeit, die er leistet
- an Simon denken
- Simon vermissen
- mit dem Gedanken spielen, Simon zu verzeihen!
- das wilde Tier in mir wieder an die Leine legen

Was ich STATTDESSEN tun werde:

- Sex haben
- noch mehr Sex haben
- animalisch wilden Sex haben!
- Simon die kalte Schulter zeigen
- Sylvia den Stinkefinger zeigen
- Vivien mit ihren eigenen Waffen schlagen (ohne mit K.J. zu schlafen!)
- mir den Job krallen!!!
- zu meinen Speckrollen stehen

- Sport machen
- mir endlich eine Frisur zulegen
- Lovi klarmachen, dass er sich verteidigen muss
- Karlie klarmachen, dass sie keine Penisse an Schuleigentum schmieren darf
- Manuela Schulte bei der nächsten Gelegenheit mit Schokopudding bewerfen und ihr sagen, dass sie die Wohnung und Pflege ihrer Mutter gefälligst selbst übernehmen kann!
- so richtig auf die Kacke hauen!
- Sex haben!!! (Nur für den Fall, dass ich das in der Zwischenzeit irgendwie vergessen sollte ...)

Zufrieden betrachtete ich das Ergebnis meiner Arbeit. Ich hatte das Gefühl, dass das hier eine richtig gute Sache werden konnte.

Mal ehrlich ...

Wie kann es bitte sein, dass wir Frauen mit den Jahren »älter« werden und Männer im Gegenzug »besser«?

Wenn wir Falten kriegen, sind wir »verbraucht« – aber der Kerl neben uns ist »reif«?!

Wir Frauen betreten das Parkett der Welt nahezu vollkommen, die Tanzkarte voller Möglichkeiten, und bauen dann ab – Tag für Tag, Jahr für Jahr, Falte für Falte.

Und was machen die Männer in der Zwischenzeit? Mal ehrlich: Mit zwanzig sind sie im Grunde doch noch Jungs, die sich ihre Wäsche bügeln lassen und nachts heimlich in alte Socken onanieren! Aber mit jedem Lebensjahr wächst ihre erstaunliche Überzeugung, ein Geschenk zu sein, auf das die ganze Welt gewartet hat!

Warum kriegen wir Frauen das nicht hin?

Warum verwenden wir so viel Kraft darauf, die Spuren des Lebens unter den Teppich zu kehren, anstatt die Konfettikanone rauszuholen und uns selbst zu feiern wie die letzte Saftbar vor der Wüste?

Ach was, wir sind kein Fruchtsaft, Ladys: Lasst uns ein doppelter Gin Tonic auf Eis sein!

Ich könnte schließlich blind sein!

Bloß nicht zu viel nachdenken, Lexie – denk ja nicht zu viel nach!

Der größte Stolperstein auf dem Weg zum Erfolg ist bekanntlich, dass einen unterwegs der Mut verlässt. Deshalb hätte die »neue Lexie« jetzt am liebsten gleich im Turbogang damit losgelegt nicht nachzudenken, und stattdessen an der ersten Straßenecke den nächstbesten Mann aufgerissen. Immerhin hatte Sex einen besonders prominenten Platz auf meiner neuen To-do-Liste! Doch als ich das Büro nach Feierabend verließ und entschlossen zur nächsten Straßenecke schielte, stand dort ausgerechnet der Obdachlose mit den siebzehn Tauben ...

Auch wenn ich ein wahnsinnig toleranter Mensch bin, konnte ich mich beim besten Willen nicht dazu erwärmen, über den Kerl herzufallen. Es gab schließlich auch ganz praktische Gründe, die dagegensprachen: Wo hätten wir denn bitte auf die Schnelle hingehen sollen? Der Taubenkönig hatte mit Sicherheit kein gemütliches Eigenheim zu bieten, und es war absolut ausgeschlossen, dass ich mein neues Abenteuer mit nach Hause schleppen würde. Karlie und Lovi wollte ich aus der Sache raushalten, so gut es ging. Also: kein Sex mit Mister Taubenflüsterer!

Trotzdem musste ich auf dem Weg zu meinem Auto an ihm vorbeigehen, und er hob wie immer die Hand zum Gruß. Das tat er, weil er ein freundlicher Mensch war, und ich normalerweise immer etwas Kleingeld in seinen alten Pappbecher warf. Heute musste ich mir das aber verkneifen, weil ich jetzt ja nicht mehr nett war.

Im Grunde war es doch ganz simpel: *Nehmen statt geben* – so lautete das neue Credo von Lexie, dem Wildtier, Ehrlich!

Doch kaum hatte ich meinen Wagen erreicht, war mein schlechtes Gewissen größer als der Wäscheberg, der sich zu Hause vor der Waschmaschine auftürmte. Warum war es nur so verflucht schwer, nicht nett zu sein?

Bevor ich noch weiter darüber nachdenken konnte, eilte ich bereits zurück an die Straßenecke, zückte meine Geldbörse und steckte dem Obdachlosen einen Zehn-Euro-Schein zu.

Auf seinem Gesicht zeichnete sich ein ungläubiges Lächeln ab, und er strahlte mich an, als wäre ich die letzte Bratwurst vor der Fastenzeit.

»Wir haben *keinen* Sex, verstanden?!«, stellte ich schnell klar, damit er die ganze Angelegenheit nicht vollkommen falsch verstand. »Und nur fürs Protokoll: Ich bin auch *nicht* nett! Ich bin eine Frau, die sich nimmt, was sie will – eine Frau mit Visionen!«

Sein Mund klappte auf, und ein großes Fragezeichen legte sich über seinen Blick. Bevor er noch auf die Idee kommen konnte, mir den Zehner wieder zurückzugeben, drehte ich mich hastig um und rannte zurück zu meinem Auto. Keiner hatte gesagt, dass es einfach werden würde! Außerdem wusste ich nach etlichen Monaten mit Doktor Dodenbaum und etwa fünfzehn Jahren bei einem Frauenmagazin, dass es kaum eine härtere Aufgabe gab als die, an sich selbst zu arbeiten. Dass ich dem Taubenmann klipp und klar kommuniziert hatte, woran er bei mir war, verbuchte ich deshalb zumindest als Halb-Erfolg.

Auf der Fahrt zum Kindergarten schickte ich eine Eilbestellung ans Universum und wünschte mir einen Parkplatz direkt vor der Tür. Meine Mutter hätte das ziemlich stolz gemacht, weil diese seltsame Eigenart natürlich auf ihrem Mist gewachsen war. Aber ganz offensichtlich war das Universum heute mit anderen Dingen beschäftigt, als mir eine Parklücke freizuhalten. Als ich vor der

Kita auf und ab fuhr, entdeckte ich jedenfalls nicht die kleinste Parkmöglichkeit – bis auf den Behindertenparkplatz schräg gegenüber der Kita.

Normalerweise hätte ich mein Schicksal jetzt seufzend hingenommen und wäre einfach noch eine halbe Stunde durch die Gegend gekreist – aber mit einem Mal drängte sich mir ein total verwegener Gedanke auf: *Ich nehme mir, was ich will …*

Und was ich wollte, war ganz eindeutig ein Parkplatz vor der Kita-Tür!

Natürlich war mir klar, dass es nicht richtig war, auf einem Behindertenparkplatz zu stehen. Und ehrlich gesagt fühlte ich mich auch gleich wieder ein wenig mies. Aber hey: Weit und breit war gerade niemand mit einer Behinderung zu sehen! Außerdem brauchte ich ohnehin nur ein paar Minuten. Und obendrein war die neue Lexie nun mal keine Frau für Warteschleifen – dafür hatte ich nämlich gar keine Zeit, basta!

Als ich den Wagen in die Parklücke manövrierte, pochte mein Herz trotzdem, als hätte ich gerade zum ersten Mal heimlich an einer Bierflasche genippt. Tatsächlich hatte ich ganz vergessen, wie es sich anfühlte, etwas Verbotenes zu tun.

Das seltsame Kribbeln im Bauch begleitete mich sogar noch bis in die Kita hinein. Zum Glück erwarteten mich in der Garderobe weder Kurt noch die anderen Mütter, und auch im Gruppenraum wurde Lovi heute ausnahmsweise nicht mit Puppenzubehör verdroschen. Konnte es sein, dass das hier der Beginn eines ganz großartigen Laufs war – der Weg des Erfolgs?

Für eine Millisekunde schweiften meine Gedanken zu Simon, der ja im Thaiknast schmorte, weil er mich belogen hatte – aber dann stürmte Lovi auch schon auf mich zu und warf sich derart überschwänglich in meine Arme, dass ich beinahe das Gleichgewicht verlor und umfiel.

Scheiß auf Simon, schoss es mir durch den Kopf. Ich brauche keinen Mann, um glücklich zu sein. Alles, was ich dafür brauche, ist direkt hier vor meiner Nase!

»Hey, mein Schatz. Alles gut bei dir?«

Lovi nickte und lächelte. »Können wir noch auf den Spielplatz gehen?«

»Und ob wir das können! Wir parken nur schnell das Auto um. Und weißt du, was wir noch machen?«

Seine Augen weiteten sich vor Neugier, während er den Kopf schüttelte.

Ich konnte mir nicht verkneifen, extrabreit zu grinsen. »Wir holen uns ein riesengroßes Eis!«

»Ein Eis?« Lovi blinzelte mich ungläubig an – und im nächsten Moment stellte ich fest, dass auch alle anderen Kinder im Gruppenraum neidisch zu uns rüberschauten.

»Aber heute ist doch gar nicht Freitag«, flüsterte mein Fünfjähriger mir zu, weil ihm so viel Aufmerksamkeit offenbar nicht geheuer war.

Freitag war üblicherweise unser Eis- oder Kuchentag – so hatte es auch die Kita vorgeschlagen: die Kinder nur an einem festgelegten Tag in der Woche mit Süßkram zu verwöhnen.

Entsprechend begeistert blickte mich jetzt auch Katja, die Erzieherin, an.

Es fiel mir wahnsinnig schwer, mich nicht sofort reflexartig zu entschuldigen. Aber glücklicherweise widerstand ich dem Impuls und wandte mich stattdessen geheimnisvoll an Lovi: »Du kriegst sogar Schokosoße und Streusel obendrauf!«

Wie auf Knopfdruck klappten nun etwa fünfzehn Kindermünder auf.

Katja runzelte die Stirn und sah mich vorwurfsvoll an. »Das

sollte aber eine Ausnahme sein. Ihr wisst ja, dass Zucker ungesund ist!«

»Aber gar kein Zucker ist ja auch irgendwie scheiße«, rutschte es mir raus. Sofort ging ein lautes Raunen durch den Gruppenraum.

Katja starrte mich völlig fassungslos an, einige Kinder kicherten verstohlen, und wieder andere wichen vor mir zurück, als hätte ich gerade mit einer Achtzig-Zentimeter-Machete vor ihren Gesichtern herumgewedelt.

Bevor mich noch jemand maßregeln konnte, schnappte ich mir Lovi und flüchtete mit ihm auf den Flur hinaus.

In der Garderobe blickte er mich ernst an. »›Scheiße‹ sagt man nicht, Mama.«

»Du hast recht.« Ich gab mir große Mühe, zerknirscht zu wirken, aber irgendwie verspürte ich tief in mir drinnen das Bedürfnis zu grinsen. »In Zukunft sagen wir einfach ›Mistkackehaufen‹ – was meinst du?«

Ich zwinkerte ihm verschwörerisch zu, und endlich musste auch Lovi kichern.

Ich hatte ja keine Ahnung, wie es sich anfühlte, die Regeln zu brechen! Genau genommen war ich schon als Teenager viel zu brav gewesen und hatte meistens versucht, die Peinlichkeiten meiner Mutter wieder auszubügeln, anstatt selbst mal auf die Kacke zu hauen.

Sicherlich würde ich für meinen Gruppenraumauftritt keinen Orden als Supermommy verliehen bekommen, aber ich fühlte mich trotzdem beschwingt – und vor allem lebendig. Nein, mehr noch: Ich fühlte mich, als könnte ich vielleicht doch die ganze Welt erobern!

Leider löste sich dieses Gefühl schlagartig in Luft auf, als Lovi und ich Hand in Hand aus dem Kindergarten spazierten. Schräg vor unserem Auto stand nämlich ein Abschleppwagen – und ein Mann im blauen Overall ging bereits aufmerksam um unseren Kombi herum.

Besorgt zog Lovi an meiner Hand. »Gibt es jetzt Ärger, Mama?«

»Quatsch, wieso sollte es denn Ärger geben?«, flunkerte ich und ging vor ihm in die Hocke. In meinen Ohren rauschte gerade vermutlich mehr Blut, als die Niagarafälle Wasser führten – aber ich versuchte trotzdem, cool zu bleiben. »Ich krieg das schon hin. So eine Situation löst man mit Charme und Köpfchen! Tante Karo hat mir das beigebracht.«

Tatsächlich war Karo die ungeschlagene Meisterin in solchen Situationen. Sie hatte ihr Auto schon erfolgreich von Abschleppern wieder runtergeflirtet und hinterher noch Kohle kassiert – als Entschädigung für die verlorene Zeit! Einmal war ich live dabei gewesen, als sie einer Politesse so lange schöne Augen und heiße Ohren gemacht hatte, dass Letztere hinterher auch die Strafzettel auf allen anderen Autos in der Straße zurückgezogen hatte ...

Wie sie das genau angestellt hatte, wusste ich zwar nicht mehr. Aber ich war fest entschlossen, am Ende genauso erfolgreich zu sein!

Mit Lovi an der Hand und meinem schönsten Lächeln auf den Lippen eilte ich auf den Kerl im Overall zu. »Entschuldigung. Gibt es ein Problem?«

Der Mann vom Abschleppdienst musterte mich gelangweilt. »Ist das Ihr Wagen?«

»Erwischt.« Ich kicherte und hielt ertappt meinen Autoschlüssel in die Luft – allerdings schlich sich dabei schon wieder bedenklich viel Softporno in meine Stimme. »Ich fahre sofort weg! Muss nur noch schnell meinen Sohn ins Auto setzen ...«

»Das wird nicht passieren«, erwiderte der Mann nüchtern.

»Dass ich meinen Sohn reinsetze …?«

»Dass Sie hier noch wegfahren«, klärte er mich auf und winkte seinem Kollegen im Abschleppwagen zu. Im nächsten Moment setzte sich der Kran auf der Ladefläche in Bewegung.

»Halt, halt, haaalt!« Für einen kurzen Augenblick rutschte mir mein Lächeln aus dem Gesicht. Doch dann fasste ich mich schnell wieder und senkte unschuldig den Blick. »Das ist doch nicht nötig, oder?«

Der Abschleppmeister runzelte die Stirn. »Das hier ist ein Behindertenparkplatz.«

»Aber ich stand doch nur ganz kurz hier!«

»Lang genug, um einen Strafzettel und die Anordnung zum Wegschleppen zu kassieren.« Er deutete auf das Stück Papier, das unter meinem Scheibenwischer klemmte.

Aber noch war nichts verloren! Mit einem versöhnlichen Lächeln lehnte ich mich ans Dach meines Wagens, in der Hoffnung, dabei einigermaßen verführerisch zu wirken. »Hören Sie, es gibt doch sicher noch eine andere Möglichkeit, diese Angelegenheit zu regeln …«

»Und wie sollte die aussehen?«

»Ich weiß nicht. Sie könnten vielleicht … ein Auge zudrücken?«

Er zögerte einen Moment – und schüttelte dann den Kopf. »Tut mir leid. Auftrag ist Auftrag.«

»Kommen Sie schon! Sie sehen nicht aus wie ein Mann, der seine Aufträge allzu ernst nimmt.«

Was eigentlich ein Kompliment hätte werden sollen, kam jetzt irgendwie völlig falsch rüber. Jedenfalls blickte mich Meister Abschleppkönig an, als hätte ich gerade brühwarm seine Mutter beleidigt.

»Was soll das denn heißen?«, blaffte er mich an. »Wollen Sie etwa sagen, ich mache meine Arbeit nicht richtig?«

»Nein, nein, nein, auf keinen Fall!« Entwaffnend hob ich meine Hände. »Ich wollte nur sagen, Sie sehen aus wie ... ein richtig netter Mann!«

»Nett ist der kleine Bruder von scheiße«, erwiderte er angespannt und nickte seinem Kollegen ein weiteres Mal zu.

»Aber so war das doch gar nicht gemeint! Stooooopp!« Ich wedelte so wild mit den Armen, dass der Typ im Wagen tatsächlich den Kran wieder anhielt. »Ich wollte doch nur ... ich habe doch nur meinen Sohn aus der Kita geholt und ...« In diesem Moment kam mir ein richtig guter Gedanke. »Er hat heute Geburtstag!« Überschwänglich zog ich Lovi zu mir heran und legte meinen Arm um seine Schulter. Doch während ich grinste wie ein Honigkuchenpferd, versteifte Lovi sich und hielt die Luft an. Offenbar gefiel ihm meine kleine Notlüge nicht ganz so gut ...

Der Abschleppmann hingegen schien den Köder zu schlucken. Er blickte Lovi interessiert an und rang sich sogar ein kleines Lächeln ab.

»Wie alt bist du denn geworden, Kleiner?«

»Ich ... ich ...«, stotterte Lovi verlegen – und dann fing sein kleiner Körper auch schon heftig an zu beben. Verdammt, was hatte ich mir nur dabei gedacht? Hastig hob ich ihn auf meinen Arm.

»Er hat gar nicht Geburtstag, okay?«, zischte ich Mister Overall an. »Sind Sie jetzt zufrieden?!«

Von Zufriedenheit war in seinem Gesicht allerdings nichts zu sehen, er wirkte vielmehr fassungslos. »Sie haben gelogen?«

»Ich ... wollte nur verhindern, dass Sie uns wegschleppen«, erwiderte ich trotzig, merkte aber, dass meine Strategie nicht aufging. »Im Moment mache ich eine schwere Zeit durch«, versuchte ich es nun einfach mit der Wahrheit. »Jahrelang hab ich versucht, es allen recht zu machen – und hab dabei trotzdem nie was richtig gemacht. Jetzt will ich einfach nur mein Stück vom Kuchen, ich will mal wieder Chefin über mein Leben sein. Können Sie das verstehen?«

Für einen winzigen Augenblick regte sich die leise Hoffnung in mir, dass er mich tatsächlich verstehen könnte. Aber dann presste er entschlossen die Lippen aufeinander und funkelte mich an.

»Das Einzige, was ich verstehe, ist, dass Sie auf einem Behindertenparkplatz stehen!«

»Okay, okay, Sie haben recht.« Langsam reichte es mir. Gab es denn nicht noch etwas zwischen richtig und falsch? Hatte der Kerl kein Herz, keine emotionale Intelligenz? Sah er nicht, dass ich es gut meinte und eigentlich kein schlechter Mensch war, sondern einfach etwas Bestätigung brauchte? »Wer sagt denn, dass ich nicht behindert bin?«

Keine Ahnung, warum mir dieser Satz so plötzlich über die Lippen gerutscht war – aber jetzt steckte ich schon mittendrin, also konnte ich auch weitermachen. Ich setzte Lovi wieder ab und starrte den Blaumannträger wütend an. »Klebt hier irgendwo ein Zettel auf meiner Stirn, der sagt: *Diese Frau ist nicht behindert*?«

Tatsächlich wirkte der Kerl einen Moment lang verunsichert. »Sie wollen sagen ... Sie haben eine Behinderung?«

»Ich will sagen, dass es diskriminierend ist, davon auszugehen, dass ich *keine* habe!«

Jetzt war seine Verwirrung perfekt. Ich konnte sehen, wie es hinter seiner Stirn ratterte.

»Und was soll das für eine Behinderung sein?«

»Ich könnte zum Beispiel blind sein!«, schlug ich vor.

»Blind?«

»Blind wie ein Maulwurf! Das könnten Sie mir doch gar nicht ansehen!«

Verstört verzog er das Gesicht. »Und wie wollen Sie bitte Auto fahren, wenn Sie blind sind?«

Mist. Ich ließ mich trotzdem nicht so schnell einschüchtern. »Vielleicht bin ich ja auch taub?«

»Sie unterhalten sich doch die ganze Zeit mit mir.«

»Ich spreche mit Ihnen, ja. Aber wer sagt denn, dass ich Ihnen dabei auch zuhöre?« Zufrieden verschränkte ich die Arme vor der Brust.

Der Abschleppkönig sah mich einen Moment lang ungläubig an, dann wendete er sich direkt an Lovi: »Ist deine Mama taub?«

Mein Sohn schüttelte schneller den Kopf, als ich nach Luft schnappen konnte.

Fassungslos starrte ich den Kerl an. »Hey! Sie können doch nicht einfach ein Kind mit hineinziehen!«

»Sie haben mir eben noch erzählt, er hätte Geburtstag!«

»Weil ich seine Mutter bin, ich darf das!«

»Sie dürfen Ihr Kind benutzen, um zu lügen?«

So wie er das sagte, klang das leider wirklich total unangemessen.

Wie um Himmels willen hatte ich nur so tief in diesen Schlamassel geraten können? Eigentlich hatte ich doch nur ein bisschen flirten wollen …

»Okay, okay, ich mache Ihnen einen Vorschlag«, versuchte ich die Angelegenheit doch noch in die richtige Bahn zu lenken. »Ich entschuldige mich hiermit offiziell bei Ihnen, und dafür schleppen Sie meinen Wagen nicht ab.«

Er überlegte einen Augenblick lang und zuckte dann mit den Schultern. »Entschuldigung angenommen.«

»Wirklich …?« Ich konnte gar nicht glauben, dass es funktioniert hatte! Ungläubig starrte ich vom Fremden zu Lovi und wieder zurück. Doch gerade, als sich ein dickes, fettes Grinsen auf meinem Gesicht breitmachen wollte, winkte Mister Abschlepper seinem Kollegen zu.

»Gib Stoff, Klaus, wir haben noch drei weitere auf dem Zettel!«

Und Klaus ließ sich tatsächlich nicht zweimal bitten. In Windeseile legten sie meinen verbeulten Wagen in Ketten und hoben ihn auf die Ladefläche.

»Aber ... Sie haben versprochen, mein Auto nicht abzuschleppen!«, wagte ich mich an einen letzten hilflosen Protest.

»Nein«, widersprach mir der Kerl mit einem zufriedenen Grinsen. »Ich habe lediglich Ihre Entschuldigung akzeptiert.«

Ich war sprachlos, fassungslos, völlig perplex. Aber bevor ich noch etwas sagen konnte, griff Lovi zaghaft nach meiner Hand.

»Können wir nicht einfach zu Fuß gehen, Mama?«

»Natürlich, mein Schatz«, gab ich resigniert auf und seufzte. »Zu Fuß gehen ist ohnehin viel gesünder ...«

Die besten Fehler meines Lebens

Natürlich hatte Lovi jetzt keine Lust mehr, noch auf den Spielplatz zu gehen. Er hatte nicht mal mehr Appetit auf das Eis, das ich ihm in Aussicht gestellt hatte. Trotzdem bestand ich darauf, wenigstens noch am Supermarkt vorbeizuschauen und eine Packung für zu Hause zu besorgen.

Wir verließen den Laden am Ende sogar mit drei Packungen Eis, aber ich wurde das Gefühl nicht los, dass heute auch zweihundert Eissorten nicht gereicht hätten, um Lovis Stimmung wieder zu heben.

Ich fühlte mich mies. Nein, ich fühle mich *extramies!*

Warum fiel es mir nur so wahnsinnig schwer, mich für meine Interessen einzusetzen? Und wieso musste mein Baby jetzt darunter leiden, dass ich so kläglich dabei versagt hatte?

Für die Zukunft war jedenfalls verbucht, dass ich die Kinder besser würde schützen müssen. Es würde schon schwer genug für sie werden, wenn sie erfuhren, was ihr Vater verbockt hatte, während er alle Welt hatte glauben lassen, er wäre ein guter Mensch. Als ihre Mutter musste ich ihr Rettungsanker sein, das wurde mir jetzt noch einmal schmerzlich bewusst. Wenn ich in den kommenden Tagen also das »wilde Tier« in mir rauslassen wollte, sollte ich vorher sicherstellen, dass die Kinder in Sicherheit waren.

Zu Hause verkrümelte sich Lovi sofort in sein Zimmer. Karlie war noch unterwegs – und ich hoffte inständig, dass sie sich dabei auf Pfaden der Tugend befand.

Nachdem ich die Eispackungen ins Gefrierfach gestopft hatte, gab ich Lovi Bescheid und verschwand kurz nach oben zu Frau Schulte.

Rubens Darm machte immer noch Probleme, aber ein bisschen Katzenkacke konnte mich jetzt auch nicht mehr erschüttern. Als der Kater sich allerdings schnurrend an meine Beine schmiegte, brachen bei mir plötzlich alle Dämme, und ich begann, hemmungslos zu heulen.

»Tut mir leid«, schniefte ich, ließ mich auf den Boden sinken und drückte das Fellknäuel an mich. »Mein Leben läuft irgendwie völlig aus dem Ruder. Mein Wagen wurde abgeschleppt, mein Job ist in Gefahr und … *Simon betrügt mich!*« Ein hilfloses Schluchzen kämpfte sich meine Kehle hinauf.

Tatsächlich hatte ich meinen Kummer bisher in Wut erstickt – aber jetzt bahnte er sich geradezu erbarmungslos einen Weg an die Oberfläche.

»Ich wusste ja, dass nicht alles perfekt ist in meinem Leben. Aber ich dachte immerhin, dass ich mich auf den Mann an meiner Seite verlassen kann. Ich dachte, Simon wäre der Hauptgewinn! Und jetzt wache ich plötzlich auf und stelle fest, dass ich einfach nur zu blind war, die Wahrheit zu erkennen. Was, wenn das schon Jahre so geht?« Ein weiteres Mal schluchzte ich kläglich auf. Es tat erstaunlich gut, das alles auszusprechen – vor allem, weil Ruben keine Möglichkeit hatte, etwas Unpassendes zu erwidern.

Seit Simons Anruf am Vormittag war ich vor allem von Wut und Entschlossenheit durch den Tag getragen worden. Jetzt aber, mit dem flauschigen Kater im Schoß, merkte ich, wie tief mir die Ereignisse des Tages in den Gliedern steckten.

Ich war müde, traurig – und dass Simon mich derart betrogen hatte, tat unfassbar weh. Am liebsten wollte ich ihn aus vollstem Herzen hassen, aber selbst dieses Bedürfnis schmerzte. Vielleicht gab es ja doch irgendeine plausible Erklärung dafür, dass er nicht in Nicaragua war und stattdessen auf einer verbotenen Sexparty in Thailand verhaftet worden war …?

Aber nein, diese Hoffnung war nicht nur unrealistisch, sondern auch dumm. Und die neue Lexie würde sich ganz bestimmt nicht mehr an der Nase herumführen lassen! Erst recht nicht von sich selbst und ihrem lächerlichen Bedürfnis nach Harmonie und Sicherheit.

Eines war klar: Jetzt war ich endlich dran mit Leben und Spaß-haben!

Allerdings konnte ich kaum die Augen davor verschließen, dass die Spaß-Bilanz des ersten Tages nicht allzu rosig war. Statt Sex, Erfolg und knackigem Obst konnte ich heute nur (A) einen Abschleppbescheid über dreihundertfünfzig Euro, (B) eine absolut peinliche Diskussion über Behinderungen und (C) einen schwer enttäuschten Sohn verbuchen. Aber hey: Natürlich wusste ich, dass noch kein Meister vom Himmel gefallen war!

Als Rubens Fell all meine Tränen aufgesaugt hatte, beendete ich die Badreinigung, versorgte den Kater mit frischem Futter und Wasser und brachte noch schnell den Müll runter.

Karlie war nun auch endlich zu Hause. Zumindest stolperte ich im Flur über ihre Turnschuhe und hörte das Wummern der Stereoanlage aus ihrem Zimmer. Ihre Tür hatte sie allerdings verrammelt, und als ich ihr hilflos etwas zubrüllte, bekam ich keine Antwort.

Ich hätte jetzt natürlich das Alphatier in mir animieren können, ihre Tür aus den Angeln zu montieren, aber ich fürchtete, dass das nicht ohne Lärm vonstattengehen würde. Und das Letzte, was ich jetzt wollte, war, Lovi noch weiter zu verunsichern.

Warum war es eigentlich so verdammt schwer, den richtigen Ton zu treffen? Der Grat zwischen nett und wild war schwindelerregend schmal, und ich fühlte mich wie ein unbeholfener Elefant, der mit jedem Schritt dazu verdammt war, daneben zu treten.

In der Küche sah ich immerhin, dass Karlie mir einen Zettel hingelegt hatte. Die Schulleiterin bat um ein Gespräch wegen der Penisangelegenheit in Anwesenheit des neuen Chemielehrers und hatte dafür auch gleich einen Termin festgelegt: am Mittwoch um halb zwölf vor dem Schulbüro. Übermorgen also.

Einerseits war es gut, wenn diese Angelegenheit endlich vom Tisch kam, andererseits fragte ich mich, wie die auf die Idee kamen, dass ein normal arbeitender Mensch an einem Wochentag einfach mal eben gegen elf Uhr dreißig in die Schule kommen konnte? Lehrer mochten um diese Uhrzeit vielleicht Feierabend haben – aber ich hatte einen echten Job! Noch dazu einen, der gerade gewaltig auf der Kippe stand.

Kurz spielte ich mit dem Gedanken, die »neue Lexie« von der Leine zu lassen, aber ehrlich gesagt hatte die heute schon genug Chaos angerichtet. Deshalb klappte ich einfach müde meinen Laptop auf und bestätigte Karlies Schulleitung per Mail, dass ich übermorgen um halb zwölf vor dem Schulbüro warten würde.

Als ich den Laptop wieder zuklappte, ertappte ich mich dabei, Simon zu vermissen. Verdammt.

Ich musste mir einfach immer wieder knallhart vor Augen führen, dass er mich schamlos angelogen hatte, um sich irgendwo an einem Thaistrand zu amüsieren, während mir hier mal wieder das Leben um die Ohren flog! Es geschah ihm nur recht, dass er jetzt in einem zwielichtigen Gefängnis schmorte – wer wusste schon, wie lange das sonst noch so weitergegangen wäre!

Und trotzdem tat es weh. Es tat weh, ihn dafür zu hassen, es tat weh, ihm nicht zu helfen, und es tat weh, ihn zu vermissen.

Außerdem hätte ich gerade für die Sache mit Karlie und ihrem Riesenpenis ein bisschen Rückendeckung und Unterstützung gebrauchen können. Eigentlich übernahm Simon in unserer Familie derartige Angelegenheiten, immerhin war er als Arzt daran gewöhnt, schwierige Gespräche zu führen. Er kriegte dabei zumindest keinen Ausschlag, und eine Softpornostimme war mir aus seinem Mund auch noch nicht zu Ohren gekommen.

Natürlich hatte ich Karo längst in die Geschichte eingeweiht, aber sie fand Karlies Aktion einfach nur witzig. Es dauerte eine ganze Weile, bis sie verstand, dass ich die ganze Sache höchstens so amüsant fand wie Dellwarzen.

»Komm schon, jeder macht mal Blödsinn«, hatte sie versucht, mich aufzuheitern. »Du weißt schon: *Die besten Fehler deines Lebens!* Das sind doch genau die Geschichten, an die du dich in dreißig Jahren zurückerinnerst und herzhaft lachst.«

»Ich glaube nicht, dass ich jemals darüber lachen werde, wenn das hier Karlies erster Schritt über die Schwelle der Gesetzlosen ist«, hatte ich meine Besorgtheit verteidigt. »Was, wenn sie später mal im Gefängnis landet?« Aber daraufhin hatte Karo nur noch herzhafter gelacht.

Auch jetzt fand ich die Idee von meiner Tochter in einer schmuddeligen Gefängniszelle nicht sonderlich erheiternd. Aber trotzdem packte mich gleichzeitig eine gewisse Wehmut.

Karo hatte schon recht. Die meisten Menschen hatten eine Handvoll Jugendsünden im Gepäck, über die sie sich rückblickend herzhaft amüsieren konnten. Aber was hatte ich? Wo blieben die »besten Fehler meines Lebens«?

Die einzigen Jugendsünden, an die ich mich erinnern konnte, waren die Turnschuhe mit den hässlichen Blockabsätzen, die ich mir in der achten Klasse von meinem Taschengeld gekauft hatte, und der lilafarbene Lippenstift, den ich in der Oberstufe etwa ein Jahr lang getragen hatte, weil ich dachte, die Farbe würde mir einen intellektuellen Touch verleihen. Abgesehen davon hatte ich in meiner wilden Jugend absolut keinen Blödsinn veranstaltet.

Aber das würde sich jetzt ändern! Ich würde endlich nachholen, was ich verpasst hatte, bis ich gar nicht mehr wissen würde, worüber ich eigentlich zuerst lachen sollte! O ja, die besten Fehler meines Lebens lagen definitiv noch vor mir!

Zuallererst rief ich allerdings meinen Vater an. Nicht, um ihn zu einer gemeinsamen Dummheit zu überreden, sondern damit er mir ein bisschen Seelentrost spenden konnte.

Auch wenn ich fast vierzig war, wirkte die Stimme meines Vaters noch immer wie eine Wärmflasche auf mich. Und gerade jetzt sehnte ich mich ganz stark danach, wieder das kleine Kind zu sein, dessen Welt auf einen Schlag wieder in Ordnung war, sobald mein Papa den Arm um mich legte.

Sein Arm war nun zwar nicht zur Stelle, aber immerhin ging er bereits nach dem zweiten Klingeln ans Telefon.

»Geht es dir gut, Schätzchen?« Irgendwie klang er seltsam abgehetzt, so als hätte er gerade keine Zeit. Deshalb änderte ich kurzfristig meine Strategie, log einfach und sagte Ja.

»Stör ich dich bei irgendwas?«

»Du störst mich nie«, beschwichtigte er mich. »Ich mache nur ein bisschen Workout.«

»Workout?« Überrascht lachte ich auf. »Du bist doch ein totaler Sportmuffel, Papa.« Tatsächlich konnte ich das ohne Vorbehalte sagen, weil ich das dazugehörige Gen von ihm geerbt hatte.

»Es ist nie zu spät, etwas für sich zu tun, Schätzchen. Ich will schließlich noch ein paar Jahre fit bleiben.«

»Hat das etwa was mit dieser Frau aus dem Internet zu tun, Papa?«

Mit einem Mal war es still am anderen Ende der Leitung. »Findest du mich lächerlich?«, fragte mein Vater und wirkte plötzlich verunsichert.

»Nein, nein!« Ich ruderte schnell zurück. »Ich finde, du machst das genau richtig!«

»Wirklich ...?«

»Absolut!«, versicherte ich ihm. In Wahrheit beneidete ich ihn sogar ein bisschen. Er hatte das tiefe Tal der Enttäuschung bereits hinter sich gelassen und endlich den Glauben an die Liebe wiedergefunden, während ich meinen gerade erst brühwarm verloren hatte.

»Ob mit Bauch oder ohne: Diese Frau wäre eine Idiotin, wenn sie sich nicht vom Fleck weg in dich verlieben würde!«

Mein Vater kicherte verlegen. »Na ja, für die Liebe ist es vielleicht ein bisschen früh. Wir haben uns ja noch nicht einmal getroffen. Ich will einfach bereit sein.«

»Bereit sein klingt super, Papa. Ich hab dich lieb!« Dann verabschiedete ich mich und legte auf.

Ich gönnte meinem Vater sein neues Glück aus vollstem Herzen, er hatte lange genug darauf warten müssen. Aber gleichzeitig ertappte ich mich bei dem Gedanken, wie schön es doch wäre, wenn das Glück zur Abwechslung auch mal wieder an *meine* Tür klopfen würde ...

Tatsächlich bollerte es in diesem Moment heftig an unserer Wohnungstür.

Alarmiert sprang ich auf. Auch Lovi schoss aus seinem Zimmer und blickte mich verängstigt an.

»Kommt jetzt wieder die Polizei, Mama? Sind die wegen dem Auto da?« In seinen Augen blitzte blanke Panik auf.

»Nein, mein Schatz«, beruhigte ich ihn schnell. »Das Auto hole ich in den nächsten Tagen ab, deswegen kommt ganz sicher niemand her.« Was ich hingegen nicht ausschließen konnte, war, dass Karlie wieder auf dumme Gedanken gekommen war. Deshalb wartete ich vorsichtshalber, bis Lovi wieder in seinem Zimmer verschwunden war, bevor ich die Tür öffnete. Kaum hatte ich die Klinke ein Stück nach unten gedrückt, schob sich auch schon ein schlanker Unterschenkel über die Schwelle – und den erkannte ich nur allzu gut.

»Mama?!«

»Gott sei Dank, ihr seid zu Hause.« Meine Mutter drängte sich schwer atmend an mir vorbei.

Irritiert schloss ich die Tür hinter ihr. »Wo sollten wir denn sonst sein? Auf einer Nilkreuzfahrt?«

Meine Mutter warf mir einen vorwurfsvollen Blick zu. »Ich habe etwa hundertmal angerufen, aber du gehst nicht an dein Handy!«

Tatsächlich war mein Handy immer noch lautlos gestellt. Als ich jetzt einen Blick darauf warf, sah ich, dass meine Mutter wirklich siebzehnmal angerufen hatte.

Plötzlich schoss mein Puls in die Höhe. »Ist irgendwas passiert, Mama?«

Aber meine Mutter legte nur empört ihre Stirn in Falten.

»Warum muss denn etwas passiert sein?«, erwiderte sie eingeschnappt. »Kann eine Frau im besten Alter nicht einfach mal Sehnsucht haben nach ihrer einzigen Tochter und ihren wundervollen Enkelkindern?«

»Sehnsucht?«

»Sehnsucht, jawohl«, wiederholte sie äußerst entschieden.

Ich konnte mir eine gewisse Skepsis trotzdem nicht verkneifen. »Und wegen ein bisschen Sehnsucht bombardierst du mein Handy mit Anrufen?«

»Wenn du mich ignorierst, habe ich ja keine andere Wahl«, erwiderte sie noch immer schnippisch. Doch als ich sie weiter erwartungsvoll anstarrte, knickte sie schließlich ein.

»Ich ... wollte einfach mal nach dem Rechten sehen. Und mich entschuldigen. Wegen heute Morgen ...«

»Heute Morgen?«

»Der Anruf in der Redaktion«, murmelte sie schuldbewusst. »Ich weiß ja, dass du bei der Arbeit nicht gestört werden willst.«

Ihren seltsamen Anruf hatte ich tatsächlich bereits vergessen. Dieses verrückte Gespräch fühlte sich so weit entfernt an, als lägen mindestens zwei Wochen und drei Kontinente zwischen »dann« und »jetzt« – dabei war es in Wirklichkeit nur ein halber Tag. Ein halber Tag, der meine ganze Welt auf den Kopf gestellt hatte ...

»Bist du noch böse?« Zerknirscht ließ meine Mutter die Schultern hängen.

Ihr Auftritt verwirrte mich in vielerlei Hinsicht. Es lag nämlich eigentlich nicht in ihrer Natur, sich zu entschuldigen und den Kopf darüber zu zerbrechen, ob andere noch »böse« auf sie sein könnten. Was ihre Mitmenschen von ihr dachten, war ihr in der Regel sogar denkbar egal.

Jetzt sah sie allerdings tatsächlich ziemlich betroffen aus.

»Alles wieder gut ...?«

Ob alles gut war? Am liebsten hätte ich laut losgelacht über diese absurde Frage. Stattdessen nahm ich meiner Mutter den Mantel ab und seufzte. »Hast du Lust auf einen Tee?«

Während ich Teewasser für uns aufsetzte, ließ meine Mutter sich auf einen der Küchenstühle plumpsen. Ich musterte sie nachdenklich.

»Wusstest du, dass Papa jemanden kennengelernt hat?« Keine Ahnung, warum ich dieses Thema überhaupt anschnitt – vielleicht, um am Ende doch noch ein bisschen von meinem eigenen Elend abzulenken?

Meine Mutter zuckte kurz zusammen. Sie wirkte überrascht.

»Nein, das wusste ich nicht. Wie schön für ihn ...« Sie räusperte sich und lächelte dann eine Spur zu intensiv. Irgendwas an ihrer Reaktion gefiel mir nicht. Konnte es etwa sein, dass sie eifersüchtig war?

»Das macht dir doch nichts aus, oder?«

»Was?«

»Dass Papa dabei ist, sich neu zu verlieben?«

»Unsinn!«, widersprach meine Mutter vehement. »Ich freue mich für ihn. Jeder von uns sollte seine Möglichkeiten nutzen, findest du nicht?« Sie griff sich hastig einen Keks aus der Schale auf dem Tisch. »Aber eigentlich bin ich nicht gekommen, um über Roland zu sprechen. Ich wollte wissen, ob alles in Ordnung ist – zwischen uns beiden.«

Mit einem gequälten Ächzen setzte ich mich zu ihr an den Tisch.

Meine Mutter runzelte die Stirn. »Also bist du mir tatsächlich noch böse?«

»Nein, bin ich nicht. Es geht um etwas ganz anderes.« Und dann erzählte ich ihr von Simon ...

Natürlich konnte meine Mutter das alles nicht glauben – wer konnte das schon?

»Das sieht Simon doch überhaupt nicht ähnlich«, murmelte sie irgendwann und sah tatsächlich ziemlich mitgenommen aus.

Ich schlürfte an meinem viel zu heißen Tee, um meine Fassung zu wahren und mich nicht schon wieder in Verzweiflung oder Wut zu verlieren. »Offenbar haben wir uns all die Jahre in Simon geirrt – wir alle.«

»Und was willst du jetzt tun?«

»Keine Ahnung.« Ich zuckte mit den Schultern. »Mein erster Impuls war, dass ich mir jetzt erst mal ein bisschen Spaß gönne.«

»Spaß?« Meine Mutter sah mich irritiert an.

»Spaß, ja. Das hast du mir doch von Anfang an geraten, oder? Dass ich meine ›Möglichkeiten‹ auskosten soll.«

Meine Mutter hustete verlegen. »Na ja, die Umstände waren ein bisschen anders ...«

»Willst du jetzt etwa sagen, ich soll keinen Spaß mehr haben, weil Simon mich betrogen hat?«

»Nein, natürlich nicht«, korrigierte sie sich schnell. »Ich finde nur, das ist ... eine wirklich große Sache. Das musst du doch erst mal ... verarbeiten, bevor du etwas Unüberlegtes tust.«

Wie bitte? War das wirklich meine Mutter, die hier gerade vor mir saß?

Fassungslos schüttelte ich den Kopf. »Wie lange hast du denn überlegt, bevor du die Kellnerin neulich auf die Billardkugeln des Anzugtypen angesprochen hast? Oder bevor du Papa verlassen und einfach mal dreiunddreißig Jahre Ehe in den Wind geschossen hast?«

Ertappt sah meine Mutter mich an. Glücklich wirkte sie bei alledem nicht. Sie öffnete ihren Mund, sagte aber nichts. Erst als sie ihn ein weiteres Mal aufmachte, kamen ein paar Worte heraus – allerdings waren es nicht gerade die, mit denen ich gerechnet hätte.

»Es tut mir leid, Lexie.«

»Was ...?« Mit einem Mal schossen mir wieder Tränen in die Augen, und ich konnte überhaupt nichts dagegen tun.

Behutsam legte meine Mutter ihre Hand auf meine und sah mich ernst an.

»Es tut mir leid, mein Schatz, alles. Das hast du wirklich nicht verdient.«

Jetzt war es endgültig um meine Contenance geschehen. Im Bruchteil einer Sekunde war ich nur noch ein heulendes, schluchzendes Etwas.

Meine Mutter schob ihren Stuhl zurück, stand auf und drückte mich an sich, wie sie es seit mindestens dreißig Jahren nicht mehr getan hatte: Sie drückte mich so fest, dass mir kaum noch Luft zum Schluchzen und Atmen blieb.

Eine ganze Weile heulte ich hemmungslos in ihr Batikshirt hinein, dann rückte ich schniefend ein Stück von ihr ab.

»Ich werde es schon überleben.«

Fürsorglich ging meine Mama vor mir in die Hocke. »Und wie kommt Simon wieder zurück?«

»Keine Ahnung«, schnaubte ich trotzig. »Ich hole ihn jedenfalls nicht da raus! Ich kümmere mich jetzt nur noch um mich und meine ›Möglichkeiten‹ – so wie du es immer gesagt hast! In mir drin schlummert nämlich ein wildes Tier, und dieses Tier lass ich jetzt von der Leine!«

Ganz kurz befürchtete ich, dass meine Mutter mich nun doch noch auslachen würde, aber sie blieb erstaunlich ernst.

Insgeheim hätte ich mir natürlich gewünscht, dass sie in einem Fall wie diesem ein ganzes Feuerwerk an Aufheiterungsmanövern aus dem Ärmel schütteln würde – wie zum Beispiel (A) eine Akutmassage bei Santosh, (B) zwei Stripper in Uniform oder zumindest (C) ein extragroßes Stück Torte mit Schokoplättchen!

Wenn ich ehrlich war, hätte ich jetzt sogar die verdammte Chakren-Aktivierung in Anspruch genommen. Aber stattdessen griff sie noch einmal nach meinen Händen und blickte mir tief in die Augen.

»Du musst ihn da irgendwie rausholen, Schätzchen.«

»Wie bitte?« Hatte ich mich gerade verhört? Oder schlimmer noch: Hatte sie mir etwa nicht zugehört?

»Simon hat mich belogen, Mama! Er wurde verhaftet – auf irgendeiner Bunga-Bunga-Party in Thailand! Da war die Rede von Drogen – und Sex!«

Meine Mutter seufzte und rieb sich mit der Hand über die Augen. Dann sah sie mich wieder an.

»Jeder macht mal Fehler, Lexie. Und selbst wenn er es jetzt so richtig verbockt hat, ist er immer noch der Vater deiner Kinder. Du musst irgendwie dafür sorgen, dass er da rauskommt.«

War das hier ein schlechter Scherz, ein blöder Sketch? Wie konnte es bitte sein, dass er mich belog und betrog und nicht einmal meine Mutter ihm richtig böse war?! Ich hatte die Schnauze voll, ehrlich. Und endlich waren auch meine Wut und Entschlossenheit zurück. Vorhin hatte ich vielleicht noch kurz daran gezweifelt, was das Richtige war – aber jetzt war ich mir plötzlich ganz sicher, wie mein Weg aussah.

»Simon hat unser Mitleid nicht verdient, Mama!«

»Und was soll das heißen?«, hakte sie nach, ahnte aber offenbar schon, dass ihr meine Antwort nicht gefallen würde.

»Das bedeutet, dass ich endlich bereit bin, die besten Fehler meines Lebens zu machen!«

Ich passe da rein – ich passe da auf jeden Fall rein!!!

Am nächsten Morgen klingelte mich mein Handy in aller Herrgottsfrühe aus dem Bett. Es war erst kurz nach fünf, viel zu früh zum Aufstehen, und Lovi lag mal wieder in meiner Armbeuge. Tatsächlich schaffte ich es, ihn auf die Matratze zu schieben, ohne dass er aufwachte, und huschte mit dem klingelnden Telefon in den Flur. Mein Herz klopfte wie verrückt, aber ich sah auf den ersten Blick, dass es keine endlos lange Auslandsnummer war, sondern Karo.

»Bist du verrückt geworden?«, zischte ich in den Hörer. »Hast du mal auf die Uhr gesehen?«

»Sorry«, antwortete sie nüchtern, wirkte dabei in Wirklichkeit aber kein bisschen schuldbewusst. »Ich komme gerade vom Frühsport und habe gute Neuigkeiten für dich.«

»Seit wann machst du denn bitte Frühsport?«

»Tarek ...«, antwortete sie vielsagend, und ich bereute sofort, überhaupt gefragt zu haben.

»Ich will nichts hören über den Sex des Jahrhunderts, okay?«, stellte ich klar, aber Karo wies mich umgehend zurecht.

»Es geht nicht um Sex. Na ja, zumindest nicht um *meinen* Sex.«

Obwohl sie mich gar nicht sehen konnte, verdrehte ich die Augen. »Wenn du jetzt auf Berichterstattung von mir wartest, können wir die Sache abkürzen und direkt zurück ins Bett kriechen. Mein Sexleben ist so aufregend wie eingeschlafene Füße!«

»Aber nicht mehr lange«, erwiderte Karo entschieden.

»Wie bitte?«

»Tarek hat einen Freund für dich.«

»Was?« Mein Herz machte einen kleinen Aussetzer, und plötzlich klang meine Stimme schon wieder verdächtig nach Softporno. »Was soll das heißen, Tarek hat einen Freund für mich?«

»Keine Panik. Der Kerl ist neu in der Stadt und sucht Anschluss. Nichts Festes, nur ein bisschen Spaß.«

»Vergiss es, Karo. Ich treffe mich auf gar keinen Fall mit irgendeinem wildfremden Typen!«

»Komm schon, Lexie! Erstens ist jeder Mensch fremd, bevor du ihn zum ersten Mal triffst, zweitens legt Tarek für seinen Freund die Hand ins Feuer.«

»Und drittens?«, rutschte es mir raus, aber ich ahnte in diesem Moment bereits, dass das keine gute Idee war.

»Drittens seid ihr bereits verabredet!«, verkündete Karo stolz. »Heute Abend um acht in der Verandabar.«

»Du willst mich verarschen, oder?« Ich zuckte zusammen, als ich merkte, wie laut ich geworden war. »Du kannst mich doch nicht einfach verabreden, ohne mich zu fragen!«

»Gestern hast du gesagt, du brauchst meine Hilfe bei der Sache.«

»Gestern war ich ... verwirrt!«

»Du warst *entschlossen*«, korrigierte mich Karo, und dann trat tatsächlich einen Moment lang Stille zwischen uns. »Also war das alles nur ein Irrtum – die ›neue Lexie‹? Alles nur eine blöde Idee, die heute schon wieder in einer Schublade vergraben wird? Willst du das?«

Ich biss mir auf die Unterlippe. Ehrlich gesagt hatte ich mal wieder keine Ahnung, was ich wollte. Es war fünf Uhr morgens, verdammt, ich war ja noch nicht einmal richtig wach. Aber so langsam sickerte die Erinnerung an gestern zurück in mein Gedächtnis.

Ich war dabei, meinen Job zu verlieren.

Simon hatte mich betrogen ...

»Nein, ich will die neue Lexie natürlich nicht gleich wieder begraben«, knickte ich schließlich mit einem leisen Seufzen ein.

»Die neue Lexie will Sex!«

»Ja, das will sie«, bestätigte ich und gab mir Mühe, zumindest halb überzeugend zu klingen. »Aber muss es denn gleich irgendein fremder Mann sein?«

Karo lachte am anderen Ende der Leitung auf. »Willst du etwa in eurem Bekanntenkreis nach einer Affäre suchen? Nach der Sache mit Kurt hätte ich dir dringend davon abgeraten ...«

Verdammt. Sie hatte natürlich recht. Wenn ich Sex haben wollte, musste es jemand Fremdes sein – sonst konnte ich am Ende nicht einmal mehr hier im Stadtteil einkaufen gehen.

Trotzdem hatte ich plötzlich ein flaues Gefühl im Bauch.

»Hör zu, Karo, vielleicht ist das alles ein bisschen früh für ...«

»Du willst also doch keinen Sex?«, unterbrach sie mich.

»Doch, natürlich will ich Sex. Ich will nur nicht ...«

»Du klingst nicht gerade wie ein wildes Tier«, unterbrach sie mich ein weiteres Mal, und langsam wurde ich wütend.

»Ich bin ein wildes Tier!«, blaffte ich sie viel zu laut an. »Aber jetzt gerade bin ich einfach noch etwas müde!«

»Du triffst den Kerl ja auch nicht jetzt gleich – hast also noch den ganzen Tag Zeit, um wach zu werden.« Ich konnte förmlich spüren, wie sie dabei grinste.

Gegen Karo war ich einfach chancenlos, sie argumentierte mich im Zweifelsfall gegen die Wand. Offenbar hörte sie, dass ich wieder leise stöhnte, und schlug einen versöhnlicheren Ton an.

»Du musst keine Angst haben, Lexie. Die Sache läuft absolut anonym ab.«

»Was soll das heißen, *anonym*?«

»Keine Namen, nichts Privates – hat Tarek bereits für dich abgesteckt. Ihr trefft euch, genehmigt euch ein, zwei Drinks, und wenn keiner von euch schwerwiegende Bedenken hat, sucht ihr euch hinterher ein nettes Plätzchen.«

Am liebsten hätte ich in den Hörer gebrüllt, dass ich *jetzt* bereits erhebliche Bedenken hatte, aber ich wusste, dass das nirgendwohin führen würde. Außerdem redete Karo bereits weiter.

»Hinterher seht ihr euch nie wieder. Du kannst dir einreden, die ganze Sache wäre nie geschehen. Oder du verbuchst es einfach als Beginn einer wundervollen neuen Karriere.«

»Einer Karriere im Affärengeschäft?«

»Einer Karriere als wildes Tier! Das Date heute Abend könnte der Grundstein sein.«

Müde lehnte ich mich mit dem Rücken gegen die Wand im Flur. »Du hast nur eine Kleinigkeit vergessen: Ich bin Mutter.«

»Und Mütter haben keinen Sex, oder was?«

»Mütter haben *Kinder*«, korrigierte ich sie, obwohl ehrlich gesagt auch an der Sache mit dem Sex was dran war. »Und meine Kinder müssen heute Abend von irgendjemandem betreut werden.«

»Ich bitte dich«, erwiderte Karo lachend. »Karlie ist alt genug, die wird doch wohl eine Stunde auf ihren kleinen Bruder aufpassen können!«

»Eine Stunde?«

»Mehr braucht ihr nicht, glaub mir. Wenn ihr fix seid, kannst du auf dem Rückweg sogar noch einen Cheeseburger-Stopp einlegen.«

»Ich ... ich ...« Ich war sprachlos.

»Pass auf«, ergriff meine beste Freundin schon wieder heiter das Wort. »Wenn es dich beruhigt, komme ich heute Abend vorbei und passe auf die beiden auf. Dann kannst du mir hinterher auch gleich heiß und fettig erzählen, wie es war.«

»Karo, ich ...«

»Keine Widerrede! Du kannst mich nicht um Hilfe bitten und sie dann einfach nicht annehmen. Das widerspricht dem Freundinnenkodex.«

Einen solchen Freundinnenkodex kannte ich gar nicht – aber bevor ich noch irgendetwas sagen konnte, hatte Karo auch schon aufgelegt.

Und ich hatte wohl ein Date ...

Die ersten Stunden des Tages redete ich mir hingebungsvoll ein, dass ich auf gar keinen Fall zu dieser Verabredung gehen würde!

Ich hatte keine Angst davor, dem geheimnisvollen Fremden einen Korb zu geben, aber für Karo musste ich mir dringend irgendwas einfallen lassen. Kopfschmerzen würden nicht reichen, es müsste schon ein mittelschwerer Blinddarmdurchbruch sein, um ihr glaubhaft weiszumachen, dass ich mich nicht noch in diese Bar schleppen könnte.

Leider war das Einzige, was gerade in meinem Bauch rumorte, mein schlechtes Gewissen. Das hatte ich nämlich einfach schon mal vorsorglich, weil ich bereits wusste, dass ich sie würde belügen müssen.

Aber egal, wie ich es drehte und wendete: Ich konnte einfach nicht zu diesem Sex-Date gehen! *Ich kann nicht, ich kann nicht, ich kann nicht!*

Ich wollte mein Leben ändern, ja, und ich hatte auch jedes Recht dazu, es endlich krachen zu lassen. Aber gleich blindlings mit einem wildfremden Kerl in die Kiste zu hüpfen fühlte sich einfach nicht richtig an.

Was sich außerdem nicht richtig anfühlte, war (A) das Zwicken an meinem Hosenbund, (B) das Pochen unter meiner Schädeldecke und (C) die Leere in meinem Kopf, was meine Arbeit anging ...

Erst als Vivien ein paarmal an meinem Büro vorbeistolzierte, begann meine Entschlossenheit zu bröckeln. Sie sah nicht nur fantastisch aus, sondern auch noch ziemlich siegessicher.

Als dann auch noch K.J. an meine Scheibe klopfte und mir aufdringlich zuzwinkerte, als würden wir ein ultradreckiges Geheimnis teilen, waren meine Zweifel größer als mein Kaffeedurst. Vielleicht sollte ich die Gelegenheit doch beim Schopfe packen und zu dieser ominösen Verabredung gehen? Wenn ich tatsächlich die Geschichte erzählen wollte, die ich meinem Chef versprochen hatte, musste ich das »wilde Tier« ja auch mit irgendetwas füttern. Und animalischer, komplett anonymer Sex wäre dafür vermutlich nicht der schlechteste Anfang ...

Kurz vor der Mittagspause warf ich einen Blick auf mein Handy und sah, dass wieder eine unbekannte Auslandsnummer angerufen hatte. Sofort spürte ich einen Stich im Herzen. *Simon ...*

Ich hätte mich selbst dafür ohrfeigen können, dass mich immer noch zuerst die Sehnsucht packte, wenn ich an meinen Mann dachte – die Sehnsucht nach dem, was er bis vor Kurzem für mich gewesen war.

Aber dieses »bis vor Kurzem« gab es jetzt nicht mehr, ihn gab es so nicht mehr – und deshalb gab es auch uns nicht mehr! Ich war auf mich alleine gestellt, und mehr noch: Ich war verletzt und wütend! Wütend, wütend, wütend! Tatsächlich knallte ich beide Hände auf die Tischplatte, als wollte ich damit das Monster aus seinem Käfig lassen. Ich würde zu dieser Verabredung gehen, o ja! Und nicht nur das: Ich würde dabei auch unendlich viel Spaß haben und den weltallerbesten Sex, ohne auch nur eine einzige, winzige Sekunde an meinen Mann zu denken! Und dann würde

156

ich daraus eine Geschichte basteln, die mir meinen Job und meine Zukunft sichern würde! Ha!

Mit dem Selbstbewusstsein einer männerfressenden Amazone schritt ich durch den restlichen Arbeitstag. Ich verließ mein Büro nur, um mir am Automaten im Erdgeschoss ein Sandwich zu ziehen, aß zurück am Schreibtisch aber lediglich den Belag, weil mir brühwarm einfiel, dass Kohlenhydrate bekanntlich der größte Freund von hartnäckigem Bauchspeck waren. Und weil Bauchspeck wiederum der größte Feind von animalischen Sexdates war, musste das Weißbrot leider vorerst von meinem Ernährungsplan gestrichen werden.

Als ich Lovi nach der Arbeit aus der Kita holte, knurrte mein Magen wie ein ausgewachsener Löwe. Aber das passte im Grunde ja ganz gut zu meiner Grundstimmung: *Ich bin ein Raubtier – also stellt euch ja nicht in meinen Weg!*

Kurt schien von der Gefahr, die neuerdings von mir ausging, jedoch nicht sonderlich viel zu spüren. Während er Ylva in die Schuhe half, strahlte er Lovi und mich an, als wären wir zwei Blumenmädchen auf dem Weg zum Traualtar.

»Na, ihr beiden Hübschen. Was steht bei euch noch an? Lust auf eine Runde Spielplatz?«

Ich hätte ihm wahnsinnig gerne gesagt, dass ich lieber in einen großen Haufen Hundekacke treten oder mir einen fremden Popel ins Gesicht kleben würde, als freiwillig mit ihm auf dem Spielplatz rumzuhängen, aber Lovi kam mir zuvor.

»Mama wurde abgeschleppt.«

»Abgeschleppt?« Nicht nur Kurt zog seine Stirn kraus, auch die beiden anderen Mamas in der Garderobe sahen mich beunruhigt an.

Plötzlich kam mir die Doppeldeutigkeit des Wortes in den Sinn, und ich spürte, dass der Streuselkuchen zurück war.

»Nicht im Sinne von … ihr wisst schon. Mein *Auto* wurde abgeschleppt, unser Wagen, nicht mein …« *Körper* wollte ich sagen, kam mir aber sofort unfassbar dämlich vor. Warum konnte ich nicht einfach mal die Klappe halten? Wieso quatschte ich mich immer nur noch tiefer in den Mist hinein? Vermutlich hatte keiner der Anwesenden auch nur an Sex gedacht, bevor ich mich um Kopf und Kragen geredet hatte.

Irgendwann räusperte sich Kurt und erlöste mich von dem peinlichen Schweigen. »Das ist natürlich ärgerlich. Soll ich dich zu diesem Parkplatz fahren, wo man den Wagen abholen kann? Der liegt ziemlich abgelegen und …«

»Nein!«, fiel ich ihm laut und entschieden ins Wort. Das Letzte, was ich jetzt noch gebrauchen konnte, war, dass die anderen Mütter Zeuginnen wurden, wie Kurt mir anbot, mich zu einem abgelegenen Parkplatz zu begleiten.

»Ich habe heute überhaupt keine Zeit«, schob ich schnell hinterher. Und das war nicht mal gelogen! Eigentlich hatte ich den Wagen tatsächlich heute Nachmittag abholen wollen – aber dann war die Sache mit dem Date dazwischengekommen. Ich brauchte dringend noch ein paar Stunden, um mich gebührend darauf vorzubereiten. Deshalb schnappte ich mir jetzt auch Lovi und zog ihn ohne seine Jacke aus der Garderobe.

Zu Hause drückte ich ihm erst mal ein Eis von gestern in die Hand, denn ich brauchte ein bisschen Ruhe.

Karlie war erstaunlicherweise nicht nur zu Hause, sondern hatte auch ihr Zimmer nicht verrammelt. Als sie dann auch noch von ihrer Zeitschrift aufsah, als ich ihr ein kurzes Hallo zuwarf, war ich vollends verwirrt. Ich musste diese Gelegenheit unbedingt ausnutzen.

»Kann ich mir deinen Ladyshaver ausleihen?«

Meine Tochter runzelte die Stirn. »Wozu?«

»Zum Rasieren natürlich.«

»Vergiss es!« Sie starrte mich derart angewidert an, als hätte ich mir einen toten Fisch vors Gesicht geklebt.

»Komm schon. Ich rasiere mir auch nur die Beine! Und ganz vielleicht meine Achseln ...«

Das Entsetzen auf ihrem Gesicht wurde nicht kleiner. »Du hast doch selbst einen!«

»Der ist total verrostet.«

»Ja, weil er seit drei Jahren auf dem Boden der Dusche liegt«, belehrte sie mich und widmete sich wieder ihrer Teenie-Lektüre.

Inhaltlich hatte sie zwar recht. Aber das half mir jetzt ja auch nicht weiter.

»Hast du denn gar kein Mitleid mit deiner armen Mutter?« Ich warf ihr einen extraflehenden Hundewelpenblick zu, und tatsächlich senkte sie ihr Heftchen und blickte mich misstrauisch an.

»Wieso willst du dich denn jetzt auf einmal unbedingt rasieren?«

»Weil ich eine Verabredung habe.«

»Mit wem?«

Ich grinste. »Barack Obama.«

Karlie klappte der Mund auf, aber dann wich ihre Verblüffung, und es schlich sich tatsächlich ein Lächeln auf ihr Gesicht.

Ich hatte ja keine Ahnung gehabt, wie es sich anfühlte, cool und geheimnisvoll rüberzukommen. Wenn das so weiterging, würde dieser Abend vielleicht wirklich noch ein voller Erfolg.

»Und wer kümmert sich um uns, wenn du den Präsidenten triffst?«, hakte Karlie nach.

»Erstens ist er nur der Ex-Präsident«, klärte ich sie auf. »Und zweitens hat Karo versprochen, auf euch aufzupassen.«

»Karo?« Die Augen meiner Tochter leuchteten auf. Sie liebte

159

Karo – genau wie Lovi. Was vermutlich daran liegen mochte, dass Karo keine Ahnung von Kindern hatte und ihnen deshalb so ziemlich alles erlaubte, was ich ihnen als verantwortungsbewusste Mutter verbieten musste.

»Kann ich deinen Rasierer jetzt haben oder nicht?«

»Auf keinen Fall!«, erwiderte Karlie. »Im Schrank unter dem Waschbecken ist noch Enthaarungscreme. Die kannst du doch benutzen.«

»Die ist von 1999!«

Ich sah genau, dass sie sich ein Kichern verkneifen musste. Dann legte sie ihre Zeitschrift weg und musterte mich nachdenklich.

»Unter zwei Bedingungen«, sagte sie schließlich.

»Du willst ernsthaft mit deiner Mutter verhandeln?«

Ihr Blick ließ keinen Zweifel daran, dass sie genau das vorhatte. Ich zuckte stöhnend mit den Schultern. »Also gut, schieß los.«

»Du kaufst mir einen neuen Ladyshaver – gleich morgen!«, stellte sie klar.

»Okay. Und die zweite Bedingung?«

Jetzt wirkte sie tatsächlich ein wenig verunsichert. »Du bist morgen auf meiner Seite.«

»Auf deiner Seite?« Es dauerte ein bisschen, bis mir klar wurde, wovon sie eigentlich sprach. »Du meinst bei dem Gespräch in der Schule?«

Karlie nickte. Plötzlich wirkte sie gar nicht mehr wie die selbstbewusste Fünfzehnjährige, die Penisse an fremde Türen schmierte, sondern eher wieder wie ein kleines Mädchen – mein kleines Mädchen.

Ich setzte mich zu ihr aufs Bett und legte meine Hand auf ihre.

»Natürlich bin ich auf deiner Seite, wo sollte ich denn sonst sein? Ich bin schließlich deine Mutter.«

»Na ja, manchmal bist du eben ziemlich ...«

» ... streng?«, versuchte ich ihr bei der Wortwahl zu helfen, aber sie verzog nur das Gesicht.

»Ich wollte eigentlich ›merkwürdig‹ sagen.«

»Merkwürdig?« Ich lachte auf, aber es klang eher hilflos. »In welcher Hinsicht bin ich denn bitte merkwürdig?«

Karlie seufzte. »Manchmal sagst du Sachen, um anderen Leuten zu gefallen. Und das sind dann nicht unbedingt die Sachen, die mir helfen würden.«

Das hatte gesessen. Ich musste erst einmal kräftig schlucken. Dann verstärkte ich den Druck auf Karlies Hand.

»Ich verspreche dir hoch und heilig, dass ich morgen nur Sachen sage, die dir helfen! Und es tut mir leid, dass du das Gefühl hast, ich wäre nicht immer auf deiner Seite. Aber weißt du was? In Zukunft bin ich eine Raubtiermama!«

Meine Tochter sah mich halb irritiert, halb amüsiert an. »Eine Raubtiermama?«

»Eine richtig wilde Raubtiermama sogar! Und ich werde da sein und für dich kämpfen, okay?«

Karlie nickte und drückte sich dann völlig überraschend an mich.

Und ich stellte wieder einmal fest, wie gut es sich anfühlte, die neue Lexie zu sein.

Die anschließende Bestandsaufnahme meines Kleiderschranks fühlte sich allerdings nicht mehr ganz so gut an. Die meisten Klamotten, die mir ins Auge sprangen, schrien eher nach Netflix-Abend auf der Couch als nach heißem, unverbindlichem Sex auf einer Bartoilette.

Meine Blusen waren leider alle ungewaschen oder stark verknittert, und bei meinem einzigen passenden Rock war der Reißverschluss kaputt. Ich fand zwei alte Cocktailkleider, aber als ich sie mir vor dem Spiegel überstreifte, stellte ich fest, dass ich darin aussah wie ein Rollschinken auf zwei Beinen.

Ich hätte natürlich Karo anrufen können und sie fragen, ob sie mir von sich etwas mitbringen könnte, aber das war genauso aussichtslos. Karo war anderthalb Köpfe größer als ich und gertenschlank. Dass ich in eines ihrer Kleider passen würde, war so wahrscheinlich wie ein überraschendes Ende des Klimawandels. Ich musste also irgendwie mit meinen eigenen Kleidungsstücken klarkommen.

Auf einmal kam mir ein brandheißer Gedanke: *Shapewear!* Mit körperformender Unterwäsche konnte ich meine Speckrollen vielleicht derart zusammenschnüren, dass sie unter dem alten Kleid zumindest nicht sofort alle Aufmerksamkeit auf sich ziehen würden. Und hatte Karo nicht gesagt, die Leute würden nur das sehen, was ich ihnen zeigte? Ich würde mich jedenfalls bedeutend schärfer fühlen, wenn der Schinken einigermaßen in Form gebracht war.

Vor einigen Jahren hatte ich in der Redaktion mal eine Spanx-Panty geschenkt bekommen – und tatsächlich fand ich den fleischfarbenen Riesenschlüpfer in der hintersten Ecke meiner Unterwäscheschublade.

Ich hatte ihn bisher noch nie getragen. Was nicht nur daran gelegen haben mochte, dass er unfassbar hässlich war, sondern beim Blick auf das Etikett auch die Konfektionsgröße XS offenbarte ...

Ich passe da rein, ich passe da rein, ich passe da auf jeden Fall rein!!!

Unglücklicherweise zeigte sich der Fleischschlüpfer von meiner Autosuggestion allerdings reichlich unbeeindruckt und belehrte mich schnell eines Besseren: In diesen Wurstschlauch würde nicht einmal mein linker Oberschenkel hineinpassen.

Trotzdem war ich nicht gewillt aufzugeben. Ich war Lexie Ehrlich, verdammt, ein richtig wildes Tier! Ich hatte fest vor, heute noch einen vollkommen fremden Mann zu vernaschen – da würde ich mich von einem fleischfarbenen Latexstrumpf doch nicht aufhalten lassen!

Genau genommen war XS ja gar nicht so schlecht. Im besten Fall sah mein Körper nämlich auch nach *extraschmal* aus, wenn ich ihn in dieses Ding hineinzwängte.

Ich würde also in den Kampf ziehen, o ja, und verschwand dafür mit Kleid und Riesenschlüpfer im Bad. Als ich die nötige Körperpflege hinter mich gebracht hatte, war ich allerdings heilfroh, dass kein Kriegsberichterstatter vor Ort war, der meine jämmerliche Schlacht hätte dokumentieren können.

Irgendwann schaffte ich es zwar tatsächlich, mit dem linken Schenkel in den Schlauch zu schlüpfen, musste mich dann aber auf der Kloschüssel verdrehen, um den rechten Fuß auch nur annähernd in Richtung der zweiten Beinöffnung zu manövrieren. Anschließend blieb ich mit dem großen Zeh im Latexstoff hängen, verlor das Gleichgewicht und fiel wie ein Kartoffelkäfer vom Klo auf den Rücken.

Hier lag ich nun nackt auf dem kalten Kachelboden, beide Beine in einem tückischen Unterwäscheschlauch verhakt, und fragte mich, ob das eine von diesen Situationen war, von denen Karo gesprochen hatte. War das hier eine dieser Geschichten, über die ich später mal herzhaft lachen würde?

Noch hatte ich zumindest keinen Anlass zum Fröhlichsein. Diese Schlacht war noch nicht vorbei! Weil ich nun schon mal lag, zog ich den Bauch ein und zerrte mit aller Kraft am Fleischgurt. Dabei grunzte und ächzte ich, als würde ich gerade ein drittes

Kind gebären – und tatsächlich saß der Schlauch irgendwann da, wo er hingehörte!

Ich hätte irrsinnig gerne laut aufgeschrien, um meinen Sieg über die Shapewear gebührend zu feiern, aber leider fehlte mir dazu die Luft. Bedauerlicherweise machte das Riesenhöschen nämlich genau das, was es tun sollte, und schnürte mir zwischen Hüfte und Brustansatz so ziemlich alles ab. Unter anderem auch den Zugriff auf meine Lungenflügel. *Verdammt, war das eng ...*

Umständlich rollte ich mich vom Rücken auf den Bauch und stützte mich stöhnend an der Kloschüssel ab, um wieder auf die Beine zu kommen.

Einen Moment lang wurde mir ein wenig schwindelig, aber als mein Körper sich an den Sauerstoffmangel gewöhnt hatte, betrachtete ich das Ergebnis meines Großkampfes mit allergrößter Zufriedenheit im Spiegel. So schlank war ich nicht mehr gewesen seit ... ach was, so schlank war ich überhaupt noch nie gewesen, in meinem ganzen Leben nicht!

Am liebsten hätte ich einen kleinen Freudentanz hingelegt, aber die Unterwäsche schnürte mir nicht nur die Luft ab, sondern schränkte auch die Beweglichkeit meiner Hüften maßgeblich ein. Aber hey: Wer muss schon tanzen, wenn er plötzlich wieder eine Taille hat?!

Mittlerweile verstand ich auch, dass diese Dinger durchaus ihre Berechtigung hatten – alleine beim Anziehen des Schlüpfers hatte ich mindestens zweitausend Kalorien verbrannt. Kein Wunder, dass die Teile als »Schlankmacher« bezeichnet wurden.

Es erforderte noch mal erhebliche Anstrengungen, mir hinterher auch das Kleid überzustreifen, aber das Ergebnis konnte sich sehen lassen. Keine Spur von Rollschinken, im Gegenteil.
Ich fühlte mich endlich mal wieder beschwingt und siegessicher: Lexie Ehrlich war eine Frau, die einfach *alles* schaffen konnte!

Das Einzige, was auch nachhaltig nicht so richtig klappte, war atmen. Aber wenigstens sah ich dabei fantastisch aus.

Mal ehrlich ...

Manchmal habe ich das Gefühl, es sind gar nicht die Männer, die uns Steine in den Weg legen, sondern wir Frauen selbst. Als ich nach der Geburt wieder arbeiten gegangen bin, waren es jedenfalls nicht die Männer, die mir seltsame Blicke zugeworfen haben ...

Wieso gönnen wir der anderen nicht, woran wir selbst vielleicht scheitern: Karriere, Mutterschaft, einen makellosen Körper?

Und mehr noch: Warum unterstützen wir einander nicht viel stärker dabei, erfolgreich unseren eigenen Weg zu gehen?

Weshalb hören wir nicht endlich auf, uns zu vergleichen, und arbeiten stattdessen Hand in Hand, Schulter an Schulter an einer neuen, einer schöneren und gerechteren Welt?

Männer kriegen das mit der gegenseitigen Unterstützung doch auch ganz gut hin. Sie betrinken sich ein paarmal mit ihren Skatbrüdern, pinkeln gemeinsam ihre Initialen in den Neuschnee und schwören sich dann ewige Treue.

Wird es nicht endlich Zeit für eine »Schwesternschaft« – auch ohne gelben Schnee und Kartenspiele?

Finden Sie allein nach Hause?

Als ich endlich aus dem Badezimmer trat, ließ Karlie gerade Karo zur Tür herein. Sowohl meiner besten Freundin als auch meinen Kindern klappten die Münder auf bei meinem Anblick.

»Tsss – du bist ja heiß wie ein Vulkan!«, sagte Karo schließlich anerkennend und warf ihren Mantel über die Garderobe.

Sofort runzelte Lovi besorgt die Stirn.

»Heiß? Ist Mama etwa krank?«

»Nein, Schätzchen.« Karo strich ihm beruhigend über den Kopf. »Ich wollte damit sagen, dass deine Mama heute ausgesprochen gut aussieht.«

Lovi dachte einen Augenblick angestrengt über ihre Worte nach, dann zuckte er verständnislos mit den Schultern. »Aber Mama sieht doch immer gut aus.«

Mein Mutterherz schmolz innerhalb eines Wimpernschlags dahin. Warum nur konnte der Rest der Welt mich nicht durch die Augen meines fünfjährigen Sohnes sehen? Das hätte vieles so bedeutend einfacher gemacht …

»Ich muss los«, sagte ich schnell, bevor mir die Tränen noch das amateurhafte Make-up ruinieren konnten oder ich mir die Sache am Ende doch noch anders überlegte. Immerhin war es durchaus verlockend, einfach hierzubleiben, mir einen gemütlichen Abend mit meinen Kindern zu machen, drei Packungen Supermarkteis zu verdrücken und mir dabei von meinem Fünfjährigen sagen zu lassen, wie weich und warm und schön ich war.

Nein! Du ziehst das jetzt durch, du ziehst das jetzt durch, du ziehst das jetzt verdammt noch mal durch, Lexie! Der Kampf mit dem Fleischschlüpfer sollte nicht umsonst gewesen sein – und wer wusste schon, wann ich mich jemals wieder so hübsch finden würde!

Als ich meine Sneakers aus dem Schrank zog, verfiel Karo in Schnappatmung.

»Sag bitte nicht, dass du die Dinger da anziehen willst?«

»Sie sind sauber und bequem – und ich bin ein bisschen spät dran.«

»Mit den Dingern siehst du aus wie Dumbo.«

In meinem Rücken hörte ich, wie Karlie losprustete. Lovi griff nach meiner Hand.

»Ich mag Dumbo.«

»Ich weiß, mein Schatz.« Dankbar drückte ich ihm einen Kuss auf die Stirn und funkelte dann meine beste Freundin an.

»Erstens besitze ich keine wesentlich schickeren Schuhe. Und zweitens sind Sneakers zu Kleidern durchaus angesagt! Wir hatten gerade erst einen großen Artikel darüber in der GLORIA.«

Karo verdrehte die Augen. »Klar, wieso wirfst du dir nicht gleich noch einen gigantischen Jutebeutel über – das ist sicher auch total angesagt.«

Bevor ich noch überlegen konnte, was ich darauf erwidern sollte, kickte sie mir auch schon ihre High Heels zu.

»Nimm die hier.«

»Vergiss es.« Ein ungläubiges Lachen rutschte über meine Lippen.

»Wieso nicht? Die sind extrem schick.«

»Die sind vor allem extrem *hoch*!«

»Das macht schlanke Beine«, ermutigte mich Karo.

»Mir machen die Dinger höchstens gebrochene Beine!«, stellte ich klar. »Ich kann auf so was überhaupt nicht laufen. Da brauche ich eine Gehhilfe!«

Jetzt mischte sich auch noch Karlie ein und ignorierte meinen

Einwand. »Die Schuhe sind echt heiß, Mama. Mister Obama werden die sicher gefallen.«

»Mister Obama?« Karo blickte mich irritiert an, aber ich stieß nur ein Stöhnen aus.

»Also ich find die Schuhe auch ganz schön«, sagte da plötzlich mein Fünfjähriger.

»Siehst du!« Karo grinste, als hätte sie im Lotto gewonnen. »Hör auf deinen Sohn. Er ist schließlich der Mann im Haus.«

Ich warf ihr einen giftigen Blick zu. »Seit wann hörst du denn bitte auf einen Mann im Haus?«

»Wenn er so süß ist wie dieser hier, kann selbst ich nicht widerstehen.« Sie nahm Lovi zwinkernd auf ihren Arm und drückte ihn an sich. Dann sah sie wieder zu mir. »Komm schon, Lexie. Am Anfang ist es vielleicht ein bisschen wackelig, aber sobald du den Dreh raushast, fühlst du dich wie eine Göttin.«

Eine Göttin? Ich fürchtete, dass ich auf diesen Dingern höchstens göttlich komisch war – vor allem für alle anderen. Aber weil Karo und meine Kinder mich noch immer erwartungsvoll anblickten, gab ich mir schließlich einen Ruck und stieg in die Schuhe hinein. Die Luft hier oben war ganz schön dünn ...

Bevor ich es mir jetzt wirklich noch anders überlegen konnte, schnappte ich mir meine Handtasche und stakste aus der Wohnung.

Als ich vor der Verandabar aus dem Taxi steigen wollte, stellte ich ernüchtert fest, dass die Sache mit der Shapewear ganz offensichtlich ein Schuss in den Ofen gewesen war, weil ich jetzt (A) so bewegungseingeschränkt war, dass ich nicht mal ohne fremde Hilfe von der Rückbank des Taxis kam, und mir (B) brühwarm einfiel, dass ich ja hier war, um heute noch Sex zu haben. Was wiederum (C) bedeutete, dass der Kerl mich irgendwann im Laufe des Abends ausziehen würde, um mich (D) in einem fleischfarbenen Liebestöter vorzufinden ...

Allerdings hätte ich für (D) erst mal in die Bar hineinkommen müssen – und das gestaltete sich auf Karos Höhenluftschuhen durchaus kompliziert.

Nachdem der irritierte Taxifahrer mir aus seinem Wagen geholfen hatte, knickte ich auf dem Weg zur Bartür drei Mal um. Nach dem vierten Mal streifte ich mir die High Heels einfach von den Füßen und ging barfuß weiter.

Mein Herz pochte so heftig, dass es nicht mal von der laut wummernden Musik in der Bar übertönt wurde. Außerdem wurde mein Versuch, tief Luft zu holen, vom Schlauchschlüpfer unterbunden, und so sah ich mich eben atemlos im kleinen Gastraum um.

Obwohl heute Dienstag war, war die Bar gut gefüllt. Karo hatte mir gesagt, ich solle nach einer Papierblume Ausschau halten, und tatsächlich entdeckte ich an einem der Tische ganz hinten einen Mann, der an seiner Serviette herumfaltete.

Der Kerl sah nett aus – nein, ehrlich gesagt viel mehr als das: Dieser Kerl dahinten sah richtig, richtig gut aus! Er trug seine dunkelblonden Haare etwas länger als Simon und trieb offensichtlich auch mehr Sport als mein Mann, denn unter dem engen dunkelgrünen Wollpullover zeichnet sich ein durchaus muskulöser Oberkörper ab.

Trotzdem wirkte dieser Kerl nicht so, als würde er jeden Tag fremde Frauen zum Nachtisch verspeisen, und das machte mir ein bisschen Mut, mich nicht vollkommen zu blamieren.

Mein Herz schlug allerdings noch immer bis zum Hals, als ich leise an seinen Tisch herantrat.

»Vielleicht hätten wir uns einfach auf ein Papierboot einigen sollen.«

Der Fremde sah überrascht von seiner Bastelei auf.

»Wie bitte?«

Ich zog mir den Stuhl zurück, ließ Karos Schuhe lautlos auf den Boden gleiten und setzte mich zu ihm an den Tisch.

»Na ja, ein Boot geht viel einfacher als eine Blume.«

Er sah noch immer irritiert aus, als ich mir die Serviette schnappte und daraus in Windeseile ein kleines Papierboot faltete. Auf diesem Gebiet war ich unschlagbar – Lovi wünschte sich Boote von mir, seit er sprechen konnte.

Natürlich konnte ich dem Fremden jetzt nicht sagen, warum ich bei Faltfiguren derart brillierte, denn das wäre eine Privatinformation gewesen, und die hatten wir ja ausdrücklich aus dem Affärenkodex gestrichen. *Keine Namen, keine privaten Details* – so hatte Karo es mir erklärt.

Dass dieser Typ jetzt allerdings so gar nichts sagte, verunsicherte mich auch …

»Ein bisschen Smalltalk ist sicher nicht verboten, bevor wir zur Sache kommen, oder?«, wagte ich den Vorstoß und zwinkerte – wurde aber das Gefühl nicht los, dass hier irgendetwas nicht stimmte. Erstens sah mich der Fremde noch immer denkbar verstört an, was mich sofort befürchten ließ, dass ihm nicht gefiel, was er sah. Und zweitens begannen meine Finger plötzlich ganz merkwürdig zu kribbeln, so als würden sie taub werden. Auch das Luftholen fiel mir noch schwerer als zuvor. Vermutlich war die aufrechte Sitzposition auf dem Stuhl nicht förderlich für meine Luftzufuhr.

»Entschuldigung, ich muss kurz …«, hörte ich mich noch sagen, während ich aufstand – aber im nächsten Moment wurde mir bereits schwarz vor Augen und ich verlor das Bewusstsein …

Das Nächste, was ich wahrnahm, war ein schmerzhaft grelles Licht, das erst wieder verschwand, als sich eine fremde Frau gefährlich dicht über mein Gesicht beugte.

»Alles okay!«, brüllte sie jemandem zu, als sie wieder hochfuhr. »Sie kommt gerade wieder zu sich!«

Ich hatte zwar keine Ahnung, wo ich mich befand oder wie ich hierhergekommen war – aber eines war sicher: Das hier war nicht mehr die Verandabar! Statt Musik dröhnten seltsame Alarmlaute von allen Seiten, und die grelle Deckenbeleuchtung tat nicht nur in den Augen weh, sondern setzte ganz gewiss auch keinen Körper dieser Welt in ein schmeichelhaftes Licht.

»Was … ist denn passiert?« Vorsichtig versuchte ich mich aufzurichten, aber die Frau in Weiß drückte mich umgehend zurück.

»Sie sind ohnmächtig geworden.«

»Ohnmächtig?«

»Sie wurden ins Krankenhaus eingeliefert und medizinisch versorgt«, klärte mich die Frau auf – offenbar eine Krankenschwester. »Aber aus dem Ding hier mussten wir Sie leider rausschneiden.« Mit der rechten Hand hob sie einen fleischfarbenen Lappen in die Höhe. Ich hörte, wie im Hintergrund jemand zu kichern begann – und ganz ehrlich: Wenn ich nicht ich gewesen wäre, hätte ich mich in diesem Moment selbst ausgelacht.

Zu gerne hätte ich jetzt etwas total Entwaffnendes oder Geistreiches zu meiner Verteidigung gesagt – aber mir fiel leider beim besten Willen nichts ein.

»So was ist wirklich nicht gesund, Frau Ehrlich«, fuhr die Schwester belehrend fort. »Das Teil hat Ihnen die Luftzufuhr abgedrückt. Das hätte wirklich schlimm enden können!«

Ich schloss die Augen – und auf einmal sah ich meine Grabsteininschrift ganz deutlich vor mir:

ALEXA EHRLICH – sie war stets bemüht, doch am Ende
wurde sie von einem Riesenschlüpfer erwürgt ...

Bei diesem Bild drängte sich ein heiseres Lachen meine Kehle hinauf.

»Sind Sie betrunken?«, funkelte mich die Schwester streng an.

»Schön wär's. Wo ist denn eigentlich ...?« Ich verstummte schnell, als mir einfiel, dass ich nicht einmal seinen Namen kannte.

Doch die Krankenschwester heftete bereits ihren Blick auf mich. »Waren Sie mit jemandem verabredet?«

Ich nickte ertappt.

Die Schwester griff nach ihrem Block. »Und wie heißt der Herr?«

»Keine Ahnung«, gab ich seufzend zu und rieb mir mit den Händen über das Gesicht. »Es war ein ... anonymes Arrangement.«

»Ein anonymes Arrangement?« Sie sah mich an, als hätte ich gerade meine Brüste vor einer Grundschulklasse entblößt. Kein Zweifel, dass sie mich für ein Flittchen hielt. Und das Schlimmste daran war leider, dass ich bei der ganzen Schmach nicht einmal Sex gehabt hatte!

»Finden Sie allein nach Hause, Frau Ehrlich?«, sagte sie nun und steckte ihren Block wieder weg. Und dann verschwand sie tatsächlich, ohne meine Antwort abzuwarten.

Zum Glück hatten sie mein Kleid nicht zerschnitten. Es lag über einem Stuhl in der Ecke, und ich streifte es mir hastig über. Da mein körperformender Riesenschlüpfer ja der Schere zum Opfer gefallen war, sah ich jetzt nicht nur aus wie eine Presswurst auf Beinen, sondern musste auch ohne Unterhöschen darunter nach Hause fahren. Zum Glück war mein Mantel mit ins

Krankenhaus gekommen. So konnte ich die Presswurst wenigstens verhüllen.

Karos Schuhe hingegen hatten offenbar nicht den Weg in die Klinik gefunden. Ich schuldete ihr jetzt also nicht nur eine total peinliche Zusammenfassung meiner Blamage, sondern auch ein paar High Heels, die vermutlich drei Monatsgehälter kosteten.

Vor dem Krankenhaus winkte ich mir ein Taxi heran und ließ mich ächzend auf die Rückbank sinken. Ein Blick auf mein Handy verriet, dass es noch nicht einmal elf war – und Karo mich offenbar nicht vermisste. Bisher waren zumindest weder Anrufe noch Textnachrichten eingetroffen. Vermutlich ging sie davon aus, dass ich gerade den Sex meines Lebens hatte. Und vielleicht hätte ich den sogar haben können, wenn ich mich nicht in diesen Latexschlauch gezwängt hätte. Wenn es nicht so tragisch und unfassbar peinlich gewesen wäre, hätte ich beinahe darüber lachen können: Dieses straffe Höschen hatte mir helfen sollen, sexy rüberzukommen – und hatte mir stattdessen jegliche Aussicht auf Sex vermiest!

Besonders ärgerlich war, dass ich den geheimnisvollen Fremden tatsächlich erstaunlich anziehend gefunden hatte. Vor der Begegnung hatte ich mir noch Sorgen gemacht. Nur weil ich Sex haben wollte, hieß das immerhin noch lange nicht, dass ich auch mit *jedem* Sex haben wollte.

Seufzend ließ ich mich in den Sitz zurücksinken, und ohne dass ich es beabsichtigte, wanderten meine Gedanken zu Simon.

Simon, der in seiner Zelle im Thaiknast schmorte.

Simon, der mich angelogen hatte.

Simon, der mir letzte Woche noch mein Lieblingseis mitgebracht hatte …

Verdammt. Wieso schaffte ich es nicht, dauerhaft böse auf ihn zu sein? Warum drängten sich immer wieder Bilder von liebevollen Gesten in meinen Kopf, die ich gerade absolut nicht gebrauchen konnte?

Simon war nicht mein Freund, nein, er hatte mich eiskalt belogen und betrogen! Und deshalb hatte er es auch nicht verdient, dass ich ihm nun half – selbst wenn meine Mutter das Gegenteil behauptete. Ich war nicht länger nett, vor allem aber war ich nicht länger blind und blöd!

»Ich bin Lexie Ehrlich«, zischte ich wütend. »Ein verdammter Vulkan!«

Der Taxifahrer sah mich irritiert durch den Rückspiegel an.

»Alles in Ordnung bei Ihnen?«

Alles in Ordnung? Meinte der das ernst?

»Klar ist alles in Ordnung!«, schnaufte ich trotzig. »Ich wurde gerade aus meiner Unterwäsche geschnitten und habe meine Schuhe verloren – dabei gehören sie nicht einmal mir! Außerdem verliere ich vermutlich meinen Job, weil ich an meiner eigenen Geschichte scheitere, und hey: Mein Mann verreckt in einem Thaigefängnis! Könnte es denn noch irgendwie mehr *in Ordnung* sein?!«

Einen Augenblick lang starrte er mich völlig verstört an. Ich überlegte noch, ob er mich gleich (A) hochkant aus seinem Wagen schmeißen, (B) bei der nächsten Polizeiwache abliefern oder (C) überschwänglich auf einen Drink einladen würde, in der Hoffnung, einen Blick unter mein Kleid werfen zu können.

Aber stattdessen griff er einfach zur Seite, räusperte sich peinlich berührt und schaltete das Radio ein. Gespräch beendet. Vielen Dank auch ...

Zu Hause war alles erstaunlich still, als ich die Tür hinter mir zuzog. Karlie schlief bereits tief und fest – oder sie täuschte es zumindest erfolgreich vor.

Eigentlich hatte ich damit gerechnet, dass mir Karo direkt hinter der Türschwelle auflauern würde, um jedes noch so kleine, schmutzige Detail aus mir herauszupressen. Aber jetzt stellte ich überrascht fest, dass sie sich zu Lovi ins Bett gelegt hatte und dabei offenbar selbst eingeschlafen war. Süß sah das aus, wie sie so Arm in Arm mit meinem Fünfjährigen in dem viel zu kleinen Bett lag. Karo versuchte sich seit Jahren das Gegenteil einzureden, aber ich fand, dass ihr ein Kind wirklich gut stehen würde. Aber wen wunderte das schon: Karo stand einfach alles.

Einerseits war ich erleichtert, dass ich ihr jetzt nicht brühwarm von meiner Schmach erzählen musste. Andererseits wäre es mir ganz lieb gewesen, die Sache so schnell wie möglich hinter mich zu bringen. Die ganze Angelegenheit würde sicher nicht weniger peinlich, wenn ich noch ein paar Tage darauf herumbrütete. Vielleicht konnte ich Karo ja einfach irgendeine Geschichte auftischen? Ich war Journalistin – ich könnte die Wahrheit ein bisschen verdrehen oder aufhübschen.

Allerdings hatte die Sache einen entscheidenden Haken: Der geheimnisvolle Fremde kannte die echte Wahrheit, und außerdem kannte er Tarek – der wiederum Karo kannte. Es war also nicht sehr wahrscheinlich, dass ich mit meiner geschönten Wahrheit besonders weit kommen würde.

Plötzlich war ich zu müde, um mich überhaupt noch abzuschminken. Das Ausziehen lief glücklicherweise komplikationslos und schnell – die Schwestern hatten mich ja freundlicherweise bereits aus meiner Unterwäsche geschnitten, sodass ich jetzt nur noch aus dem Kleid schlüpfen musste, um mich hinterher quer auf unser Ehebett plumpsen zu lassen. Dort blinzelte ich noch zweimal beschämt, bevor ich in einen traumlosen Schlaf fiel.

Blamieren für Anfänger

Am nächsten Morgen war Karo bereits in aller Herrgottsfrühe ausgeflogen. Immerhin hatte sie mir noch einen Post-it-Zettel an die Stirn geklebt, bevor sie verschwunden war: *Will alles wissen, du Vulkan!*

Statt eines Abschiedsgrußes hatte sie einen knallroten Lippenstiftkuss daruntergesetzt. Ich ließ den kleinen Notizzettel auf den Boden segeln und schlüpfte verschlafen in meinen Morgenmantel. Dafür, dass ich gestern verdammt nüchtern geblieben war, hatte ich nun einen erstaunlichen Kater.

In der Küche erwartete mich bereits die nächste Überraschung: Karlie war schon auf und bereitete das Frühstück für Lovi und mich vor.

»Guten Morgen«, flötete sie verdächtig gut gelaunt und drückte mir im nächsten Augenblick einen Teller mit angebrannten Pancakes in die Hand. »Wie war dein Date mit den Obamas?«

»Versuch nicht abzulenken, Karlie.« Ich blinzelte sie misstrauisch an. »Was ist hier los?«

Selbstverständlich schossen mir sofort drei Dutzend Schwierigkeiten durch den Kopf, in denen meine Teenagertochter stecken konnte. Konnte es etwa sein, dass sie (A) die Anti-Baby-Pille verschrieben bekommen wollte, (B) einen Antrag auf neue Eltern stellen oder mir (C) mitteilen wollte, dass sie vorhatte, mit einem schwer tätowierten Bandenchef durchzubrennen und deshalb nicht mehr in die Schule gehen konnte?

Während ich noch rabenschwarze Zukunftsvisionen in meinem Kopf zeichnete, lachte Karlie schon ungläubig auf.

»Darf ich nicht einfach mal meine Lieblingsmutter mit Frühstück verwöhnen?«

Jetzt war ich erst recht alarmiert. Offenbar verriet das auch mein Blick, denn irgendwann stöhnte meine Tochter laut auf und griff sich ihren Pfannkuchenteller zurück.

»Ich hab mir nur gedacht, ich sorge schon mal für gute Stimmung.«

»Gute Stimmung?«

»Weil heute Mittag doch das Gespräch ist. In der Schule.«

Richtig, das Gespräch! Ich tat schnell so, als hätte ich das nicht vergessen, aber Karlie blickte mich bereits misstrauisch an.

»Du darfst mich da auf keinen Fall hängen lassen, Mama. Man sieht es ihm auf den ersten Blick nicht an, aber Herr Lohmeyer ist eine echte Arschgeige! ›Ist das Mädchen brav, ist sie schön konkav! Hat das Mädchen Sex, wird sie bald konvex‹!«

Beim Wort »Sex« verschluckte ich mich und hustete heftig – dabei hatte ich noch nicht einmal Kaffee im Mund. »Was soll das denn schon wieder bedeuten?«

Karlie rollte mit den Augen. »Das ist der bescheuerte Merksatz, den er uns beigebracht hat, um uns die Begriffe ›konkav‹ und ›konvex‹ zu erklären. Ich sag ja, der Kerl ist ein Idiot. Und noch dazu ist er ein totaler Mädchenhasser. Der haut einen sexistischen Spruch nach dem anderen raus.«

Auch wenn ich keinen blassen Schimmer hatte, was »konkav« oder »konvex« genau bedeuteten, wusste ich eines doch plötzlich ganz sicher: Meine Tochter hatte recht. Dieser Kerl war ein echter Spinner! Und keine Frau dieser Welt sollte sich von einem Mann solche dummen Sprüche um die Ohren hauen lassen – erst recht wenn sie noch nicht volljährig war und er ihr Chemielehrer!

»Ich lass dich nicht hängen, versprochen.« Ich schnappte mir einen Pancake von ihrem Teller und biss lustvoll hinein. Das Talent zum Nicht-Kochen-Können hatte sie offenbar von mir ...

»Ich mein es ernst, Mama. Der Kerl sieht zunächst vielleicht nett aus, aber er hat ein ziemlich hinterhältiges Talent dafür, dir die größten Sauereien anzuhängen!«

»Na ja, ganz unschuldig bist du ja auch nicht. Du hast immerhin einen Penis an seine Tür gemalt«, gab ich zu bedenken, wurde aber umgehend mit einem Killerblick abgestraft.

»So darfst du nachher auf keinen Fall an die Sache rangehen. Dann haben wir schon verloren, bevor du den Mund auch nur aufmachen kannst!« Karlie gab sich entschlossen und kampfbereit, aber natürlich verriet ihr Blick, dass auch sie die Hosen gehörig voll hatte.

Fürsorglich drückte ich sie an mich. »Ich steh hinter dir, keine Sorge. Und wenn der Kerl dich fertigmachen will, muss er erst an mir vorbei!«

Sie löste sich aus meiner Umarmung und sah mich dankbar an. Doch dann rutschte ihr Blick an meinem Morgenmantel herab. »Scheiße, Mama – bist du darunter etwa nackt?!«

Ich zuckte einigermaßen lässig mit der Schulter und zog den Morgenmantel ein bisschen strammer zu. »Keine Sorge, nachher bin ich richtig angezogen. Obwohl ... Vielleicht würde es deinen Lehrer ja beeindrucken, wenn ich in diesem Aufzug käme?« Ich zwinkerte eine Spur zu aufdringlich, als dass Karlie darüber hätte lachen können.

»Nicht lustig, Mama!«, zischte sie und schüttelte ungläubig den Kopf. »Und sei bitte pünktlich.«

»Natürlich«, antwortete ich und stand stramm. »Ich werde pünktlich um eins vor dem Schulbüro auflaufen!«

Karlie funkelte mich wütend an, bis ich entschuldigend die Hände hob.

»War nur ein Scherz, okay? Ich weiß, dass der Termin um halb zwölf ist! Ich wollte dir nur beweisen, dass ich auch locker und lustig sein kann.«

»Es reicht mir schon, wenn du einfach komplett bekleidet bist. Und versuch bitte nicht, witzig zu sein«, erwiderte meine Tochter streng. Dann schnappte sie sich ihren Rucksack und einen verbrannten Pfannkuchen und schwebte zur Wohnungstür hinaus.

Tatsächlich war es bereits halb acht – und das bedeutete, dass auch ich mich beeilen musste. In der Redaktion hätte ich zwar auch etwas später aufkreuzen können, aber in der Kita gab es strikte Lieferzeiten. Lovi musste bis spätestens halb neun gebracht werden, damit er am Morgenkreis teilnehmen konnte, und deshalb tapste ich jetzt auch zügig ins Kinderzimmer und weckte meinen Fünfjährigen aus seinen Träumen.

Karlies Pfannkuchen wollte ich ihm nicht zumuten. Stattdessen zogen wir uns beide extraschnell an und holten uns unten an der Ecke ein Croissant beim Portugiesen.

»Ich freu mich schon auf Papa«, murmelte Lovi mit vollem Mund, während wir zum Kindergarten spazierten.

Sofort bildete sich ein fetter Kloß in meiner Kehle.

»Ist dir deine Mama etwa nicht genug?«, neckte ich ihn und zupfte an seiner Hand.

»Doch«, beruhigte er mich schnell. »Aber am schönsten ist es, wenn wir alle zusammen sind.«

Ich musste mich stark zusammenreißen, um nicht auf der Stelle loszuheulen. Weil Lovi natürlich vollkommen recht hatte, ich aber bereits wusste, dass sein Vater morgen nicht wie geplant zurückkommen würde, und es auch danach vermutlich nie wieder so werden würde wie früher …

Ernüchtert schob ich mein angebissenes Croissant zurück in

die Papiertüte. »Es kann sein, dass Papa morgen nicht wieder-kommt.«

»Aber er hat gesagt, dass er am Donnerstag zurück ist. Und morgen ist Donnerstag.«

Behutsam ging ich vor Lovi in die Hocke. »Du hast recht. Aber bei Papa hat sich leider ... ein kleiner Notfall ergeben.«

Die Knopfaugen meines Fünfjährigen weiteten sich vor Schreck. »Ist er verletzt?«

»Nein«, erwiderte ich schnell, obwohl ich eigentlich keine Ah-nung hatte, wie Simons Allgemeinzustand war. »Es ist nur ... noch ein Termin dazwischengekommen.«

»Ein Termin?«

»Ein ganz, ganz wichtiger Termin!«

Lovi schien diesen Gedanken gründlich abzuwägen. »Aber übernächstes Wochenende ist er doch zurück, oder? Wenn ich auf Omas und Opas Goldhochzeit Flöte spiele?«

So ein Mist. Die goldene Hochzeit meiner Schwiegereltern hatte ich vollkommen verdrängt. Natürlich war ich weder gewillt, meinen armen Sohn mit seiner Blockflöte ins offene Messer lau-fen zu lassen, noch dazu bereit, der Feierlichkeit überhaupt beizu-wohnen, solange Simon im Thaigefängnis saß. Ich musste mich also ganz dringend um die Angelegenheit kümmern.

Meinem Sohn gab ich zur Beruhigung aber einfach einen Kuss. »Mach dir keine Sorgen. Es wird alles gut!« Und schämte mich sofort ein bisschen. Wie konnte ich so etwas nur sagen, wo ich doch eigentlich genau wusste, dass nichts wieder gut werden würde?

Lovi zumindest schluckte den lapidar ausgeworfenen Köder. Als wir den Gruppenraum der Kita betraten, wirkte er sogar gera-dezu überschwänglich und grinste seine Erzieherin zufrieden an.

»Katja, du bist ja heiß wie ein Vulkan!«

Der guten Katja fiel prompt die Kinnlade runter. Erwartungsvoll suchte sie meinen Blick. Ich überlegte noch krampfhaft, was
ich zu meiner Verteidigung sagen könnte, als Lovi bereits weiter-
sprach.

»Das heißt, du siehst gut aus«, erklärte er ihr hilfsbereit und
verschwand dann heiter in der Puppenecke. Ich verzog mein Gesicht zu einem gequälten Lächeln und suchte, so schnell mich
meine Beine trugen, das Weite.

Auf meinem Schreibtisch in der Redaktion stapelten sich bereits
etliche Anfragen, und nach zehn Minuten platzte zu allem Überfluss auch noch K.J. durch die Tür.

»Bist spät dran heute, Lexie. Wo hast du so lange gesteckt?«

Mein erster Impuls war, möglichst schnell eine Entschuldigung zu stammeln – aber das war wohl kaum das, was die neue
Lexie in so einer Situation getan hätte. Deshalb zuckte ich nur
möglichst unbeteiligt mit den Schultern.

»War beschäftigt ...«

K.J. ließ sich neugierig auf meiner Tischkante nieder. »Beschäftigt womit?«

»Mit meiner Story«, blaffte ich ihn ein bisschen zu trotzig an.
»Ich hatte gestern ein Date und ...« Ich versuchte, es irgendwie geheimnisvoll klingen zu lassen, aber mein Chef runzelte eher besorgt die Stirn.

»Ein Date? Mit einem Mann?«

»Nein, mit einem sprechenden Dildo!« Fassungslos rollte ich
mit den Augen. »Natürlich mit einem Mann, was denkst du
denn?«

K.J. schien noch immer nicht überzeugt. »Und wie war es?«

Einen Moment lang schossen mir etwa hunderttausend aufregende Lügen durch den Kopf. Aber dann fiel mir der eine Begriff ein, der sogar die Wahrheit widerspiegelte: »Atemberaubend!«

Mein Chef starrte mich ein weiteres Mal beunruhigt an, dann aber zuckte er mit den Schultern. »Kannst du heute Mittag dieses Interview mit der Hula-Hoop-Königin übernehmen?«

»Keine Zeit«, bügelte ich ihn ab, ohne meinen Blick zu heben.

K.J. lachte auf. »Sag bloß, du hast schon wieder ein Date?«

Jetzt sah ich ihm doch direkt in die Augen. »Kann man so sagen.«

Er runzelte allerdings so lange misstrauisch die Stirn, bis ich mit einem leisen Stöhnen nachgab.

»Ich muss meine Tochter aus einer Sache raushauen. Sie hat einen Penis an die Schultür geschmiert.«

»Scheiße, Lexie.« Mein Chef starrte mich überrascht an, dann prustete er plötzlich los vor Lachen. »Ich dachte, das wäre ein Scherz, als du das am Montag in der Konferenz erwähnt hast!«

»Leider kein Scherz.« Ich hätte wahnsinnig gerne in sein Lachen mit eingestimmt, aber irgendwie gelang mir nur ein halbherziges Lächeln. Und dann verstummte auch er plötzlich und sah mich fassungslos an.

»Warte, warte. Wenn die Sache mit deiner Tochter stimmt, dann ... hast du das mit deinem Mann auch ernst gemeint? Dass er in Thailand ...?«

Ich blickte ihn vollkommen entgeistert an. Wie kam er denn bitte darauf, dass ich das nicht ernst gemeint haben könnte?! Dachte er denn ernsthaft, ich würde mir so einen Müll ausdenken?

»Ja, Simon schmort in einem Thaigefängnis – und ich habe nicht den leisesten Funken Mitleid mit ihm! Deshalb ziehe ich diese Sache hier auch durch, hörst du? Wenn ich mit dieser Geschichte fertig bin, wirst du mir vermutlich den Chefsessel anbieten!«

Das wiederum war nicht sonderlich wahrscheinlich, weil er ja selbst auf diesem Sessel saß – aber ich fand, es klang zumindest ziemlich gut.

Und tatsächlich verzog K.J. im nächsten Augenblick auch schon seine Mundwinkel zu einem anerkennenden Grinsen.

»Lexie, Lexie. Ich muss schon sagen: Mir gefällt dein neuer Sinn für Humor.« Dann spazierte er kopfschüttelnd aus meinem Büro und zog die Tür hinter sich zu. Und ich stellte erschrocken fest: Nie hatten die Leute mich witziger gefunden als jetzt, wo ich versuchte, es ernst zu meinen ...

Vorsichtshalber stellte ich mir den Handywecker, damit ich auch wirklich nicht verpasste, pünktlich in der Schule zu sein, um meine Tochter gegen diesen miesen Chauvinisten zu verteidigen. Weil unser Auto noch immer im Abschleppknast eingebuchtet war, nahm ich die U-Bahn und kaufte mir am Bahnhof noch einen Kaffee. Doch als ich am Schlump auf die Rolltreppe trat, rempelte mich jemand von hinten an, und ich kleckerte großzügig auf meinen Mantel.

»Pass doch auf, du ... Idiot!«, pfefferte ich dem Kerl hinterher, aber er trug große bunte Kopfhörer und drehte sich nicht einmal zu mir um. Ich verbuchte die Angelegenheit trotzdem als Erfolg – immerhin hatte ich mich beschwert. *Es ist alles nur eine Sache der Übung – alles eine Sache der Übung!*

Zum Glück war ich dank meines Weckers so früh dran, dass ich ganz in Ruhe zur Schule spazieren konnte und am Ende immer noch zehn Minuten vor der vereinbarten Zeit durch das Schultor trat. Von Karlie oder irgendwelchen Chemielehrern war weit und breit nichts zu sehen, also huschte ich schnell über den Flur und verschwand in der Mädchentoilette.

Wenn man den Schmiereien auf Schultoiletten Glauben schenken konnte, hatte sich in den letzten dreißig Jahren nicht viel geändert: *Irgendwer* liebte immer noch *irgendwen*, *Mathe sucks* und *Melanie hatte ihren Tanga letzte Woche bei Mike im Kühlschrank vergessen!!!*

Beim Anblick der Klobrillen war ich sehr erleichtert, dass ich gerade nicht musste ... Stattdessen rollte ich mir nur etwas Klopapier ab, zog den Mantel aus und betupfte behutsam den Kaffeefleck mit Wasser.

Als ich wieder aus der Toilette trat, sah ich, dass Karlie tatsächlich schon am anderen Ende des Flurs vor dem Schulbüro stand und auf mich wartete. Sie dachte natürlich, ich würde von draußen reinkommen, und blickte deshalb zur Treppe. Trotz der Entfernung konnte ich genau sehen, dass sie angespannt war. Ich wollte gerade winken und nach ihr rufen, um ihre Aufregung zu schmälern, als ich noch jemand anderen bei ihr entdeckte. Das musste ihr Chemielehrer sein.

Im Bruchteil einer Sekunde rutschte mir alles in die Hose, was runterrutschen konnte: mein Herz, mein Gehirn – vor allem aber meine Entschlossenheit.

Das konnte doch nicht wahr sein, das musste ein ganz, ganz mieser Scherz sein – eine Täuschung! Ich kniff ein paarmal die Augen zusammen, aber auch dadurch änderte sich nicht, was ich sah.

Ich kannte diesen Kerl, o ja. Aber diese Erkenntnis gefiel mir gar nicht, denn: Karlies Chemielehrer war ganz eindeutig und ohne jeden Zweifel mein Fremddate aus der Verandabar!

Ich sah, wie meine Tochter ihren Kopf zur Seite drehte, und sprang gerade noch rechtzeitig zurück in die Schülertoilette.

Verdammt! Ich hatte doch hoch und heilig versprochen, ihr beizustehen. Aber ausgerechnet diesem Typen da konnte ich unter gar keinen Umständen unter die Augen treten. Das wäre am Ende doch die noch größere Blamage für meine Tochter gewesen!

Nein, ich konnte ihr und mir diese Peinlichkeit unmöglich antun. Wenn ich jetzt herauskäme und in dieses Gespräch ginge, würde ich ewig als die Mutter-die-den-Chemielehrer-flachlegen-wollte-und-dabei-aus-einem-Spanx-geschnitten-werden-musste verschrien sein – und das konnte Karlie nicht wollen! Egal, wie ich es drehte und wendete: Mir fiel nur eine einzige Lösung für all das hier ein …

»Du hast dich in der Schülertoilette eingeschlossen?!« Karo runzelte fassungslos die Stirn, während ihre Endlosbeine einfach auf dem Laufband weiterliefen, als wäre nichts gewesen.

»Für über eine Stunde, ja. Was hätte ich denn sonst tun sollen?« Stöhnend lehnte ich mich in ihrem Bürosessel zurück. Er war so weich, dass ich am liebsten für den Rest meines Lebens darin versinken wollte – schon allein deshalb, weil ich mich dann niemals dem Zorn meiner Teenietochter würde stellen müssen.

Während ich mich noch brühwarm in meinem Elend suhlte, fing Karo plötzlich an zu kichern. Ich konnte nicht fassen, dass sie (A) überhaupt genug Luft hatte zum Kichern, während sie im Eiltempo über dieses Laufband joggte, und es (B) wagte zu lachen, wo an dieser Geschichte doch ganz offensichtlich nichts, aber auch gar nichts witzig war.

»Du hättest mir wenigstens sagen können, dass der Typ Lehrer ist! Dann hätte ich mich niemals auf die Sache eingelassen!«

Jetzt knickte meine Freundin doch noch ein und stieg von ihrem Trainingsgerät. Allerdings nicht, weil sie erschöpft war, sondern weil sie sich kaum noch halten konnte vor Lachen.

»Aber er ist gar kein Lehrer«, japste sie und vergrub ihr verschwitztes Gesicht in einem Handtuch.

»Was soll das heißen, er ist kein Lehrer? Ich hab den Kerl doch gesehen! Karlies Chemielehrer war eindeutig der Typ aus der Bar gestern!«

»Mag sein. Aber der Typ aus der Bar, den du gestern angegraben hast, ist nicht der Mann, mit dem du ursprünglich verabredet warst.«

»Wie bitte?« Ich starrte meine glucksende Freundin verständnislos an. Karo lachte mittlerweile so heftig, dass sie sich kaum noch auf den Beinen halten konnte.

»Natürlich waren wir verabredet! Du hast die Sache doch eingefädelt, Karo. Er war dabei, eine Serviette zu falten!«

Obwohl ich hartnäckig versuchte mir einzureden, dass meine Worte Sinn ergaben, beschlich mich plötzlich ein ganz ungutes Gefühl.

»Scheiße. Ich hab den falschen Kerl erwischt ...?«

Endlich gab Karo sich geschlagen, zog sich einen zweiten Stuhl heran und ließ sich schwer atmend darauf fallen. »Ich fürchte ja. Kurz bevor du hier reingeschneit bist, hat Tarek mir zumindest eine Nachricht geschickt, dass du nicht aufgekreuzt wärst und seinen Freund gestern versetzt hättest. Ich hätte dich nach meiner Trainingseinheit ohnehin angerufen und eine Erklärung verlangt. Aber dass die so unterhaltsam ausfallen würde ...«

O Gott. Konnte diese Sache denn noch peinlicher werden?

Ich stieß einen Schrei aus und vergrub das Gesicht in meinen Händen.

»Hey«, versuchte Karo mich aufzumuntern. »Sieh's doch mal positiv.«

»Positiv?« Ich funkelte sie fassungslos an. »Welchen Teil von dieser Scheißgeschichte soll ich denn bitte positiv sehen? Dass ich meine Tochter versetzt habe, obwohl ich ihr hoch und heilig versprochen hatte, ihr den Rücken zu stärken? Oder dass ich den falschen Mann angegraben habe – der zufällig Karlies Lehrer ist? Oder meinst du die Tatsache, dass ich beim Flirten das Bewusstsein verloren habe und aus einem fleischfarbenen Ungetüm geschnitten werden musste, um nicht zu verrecken?« Eigentlich sollte mein Blick einschüchternd wirken – aber Karo brach stattdessen schon wieder in schallendes Gelächter aus. Irgendwann beruhigte sie sich zumindest so weit, dass sie ein paar verständliche Worte hervorbrachte.

»Positiv ist doch der Umstand, dass Karlies Lehrer nicht davon ausgeht, dass ihr für anonymen Sex verabredet wart – weil ihr beide nämlich überhaupt nicht verabredet wart!«

»Ich hab mich ungefragt an seinen Tisch gesetzt, Karo. Und ich habe mit ihm geflirtet!«

Meine Freundin blickte mich skeptisch an. »Ich bezweifle ehrlich gesagt, dass du überhaupt flirten kannst, Lexie.«

Sie drohte schon wieder einem Lachkrampf zu erliegen, deshalb boxte ich so lange gegen ihren Oberarm, bis sie entschuldigend die Hände hob.

»Okay, okay! Sagen wir mal, du hast geflirtet. Was wäre denn so schlimm daran?«

»Er ist Karlies Lehrer!«

»Was du nicht wusstest.«

»Ich bin verheiratet!«

»Was er nicht weiß.«

»Verdammt, Karo, das ist nicht so einfach!«, platzte es aus mir heraus. »Das hier ist nicht irgendeine Werbung oder Soap – das ist mein Leben! Und ja, Simon hat mich beschissen, und Doppelja, ich will was ändern! Aber es muss doch möglich sein, dass ich hinterher trotzdem noch in den Spiegel schauen kann. Oder zumindest meinen Kindern unter die Augen treten.«

Karo sah mich nachdenklich an und legte dann ihre Hand auf mein Knie. »Das wird schon, Lexie. Wenn du willst ... könnte ich ja mit Karlies Lehrer reden.«

Ich blickte sie überrascht an. Meinte sie das ernst? »Und was willst du ihm sagen?«

»Ich ... könnte behaupten, ich wäre ihre Mutter. Und dann kicke ich Karlie aus dieser Penisgeschichte raus, und ihr könnt euch alle wieder lieb haben.«

Jetzt war ich es, die laut loslachte.

»Was denn?«, fragte Karo eingeschnappt. »Ich find die Idee gar nicht so schlecht.«

Natürlich war die Idee schlecht – grottenschlecht sogar! Aber ich wusste, dass sie es gut meinte, und konnte ihr deshalb nicht böse sein. Mal ehrlich: Wofür brauchte ich schon einen Ehemann, wenn ich eine beste Freundin wie Karo hatte? Dankbar griff ich nach ihrer Hand.

»Heißt das, du nimmst mein Angebot an?«, fragte sie.

»Auf keinen Fall. Dir würde ohnehin niemand abnehmen, dass du Karlies Mutter bist. Du bist viel zu scharf, um Kinder zu haben!«

Bist du taub, oder was?

Bevor ich Karos Büro verließ, damit sie weiterarbeiten konnte, versprach sie, noch heute Abend vorbeizuschauen und mir ein Profil bei ihrer Lieblings-Partnerbörse einzurichten. Ich war mir zwar nicht sicher, ob ich schon bereit war für das nächste Potpourri aus Peinlichkeiten, aber andererseits wusste ich auch, dass mein Leben nicht besser wurde, wenn ich nicht endlich etwas änderte. Und bedeutungsloser Sex stand ganz nebenbei ja immer noch weit oben auf meiner To-do-Liste!

In die Redaktion mochte ich jetzt trotzdem nicht zurückkehren. Dort lief ich nämlich nicht nur Gefahr, Vivien zu begegnen, die mir vorführte, was ich alles *nicht* war, sondern auch noch auf ein leeres Blatt Papier zu starren, wo doch eigentlich meine Story des Jahrhunderts hätte überzeugen sollen.

Zum Glück hatte mein Vater spontan Zeit für mich. Wir trafen uns in einem der kleinen Cafés im Portugiesenviertel am Hafen.

Mein Papa drückte mich wie immer überschwänglich an sich und ließ dann seinen Blick an mir herabgleiten. »Du siehst irgendwie müde aus, Schätzchen.«

Müde war natürlich nur ein freundliches Synonym für »extramies«, »superscheiße« und »halbtot«.

Aber mein Vater war schon immer ein Mann der feinen Töne gewesen, deshalb nahm ich ihm sein Täuschungsmanöver nicht übel. Ganz kurz war ich sogar geneigt, ihm von der Sache mit Simon und dem Riesenschlüpfervorfall zu erzählen, aber dann überlegte ich es mir doch anders. Meinen Papa würde das alles nur runterziehen – und außerdem würde er sich hinterher vermutlich ernsthafte Sorgen um mich machen.

Stattdessen schoss ich mich lieber auf ein anderes Thema ein.

»Und, was macht die Liebe?«

Mein Vater senkte den Blick und wurde zweifelsohne ein bisschen rot. »Nun ja, Liebe ist vielleicht etwas hochgegriffen. Ich kenne sie ja noch gar nicht richtig. Aber sie ist wirklich nett.«

Nett ist der kleine Bruder von scheiße, schossen mir die Worte vom Abschleppkönig durch den Kopf, aber das konnte ich meinem Vater natürlich nicht sagen. Stattdessen legte ich neugierig meine Hand auf seine. »Komm schon, erzähl mal ein bisschen was von ihr.«

Verlegen zuckte er mit den Schultern. »Was soll ich denn groß erzählen? Wir kennen uns ja kaum.« An dem Leuchten, das ich nun in seinen Augen bemerkte, sah ich zumindest, dass er volle Kanne verknallt war.

»Du könntest mir zum Beispiel ihren Namen verraten.«

»Brigitta.«

»Und wie alt ist sie?«

Mein Papa sah mich beinahe empört an und nahm von der Bedienung seinen Milchkaffee entgegen. »Ich bitte dich, Lexie. Das Alter ist ein sensibles Thema bei Frauen. Da fällt man doch nicht gleich mit der Tür ins Haus.«

Verdammt. Konnte es etwa sein, dass mein Vater mehr Ahnung von den Spielregeln des Datings hatte als ich?

»Sie ist jedenfalls sehr freundlich«, sagte er schließlich.

»Und hübsch?«

»Und hübsch«, bestätigte er. »Zumindest, wenn ich ihrem Foto Glauben schenken darf.« Mit dem schelmischen Grinsen auf seinen Wangen sah er beinahe wieder aus wie ein kleiner Junge.

Dass mein Papa so glücklich war, ließ mein Herz tanzen. Und es ließ mich zumindest kurz über meinen eigenen erbärmlichen Zustand hinwegsehen. Denn hey: Wenn mein Vater es aus dem tiefen Tal der Tränen geschafft hatte, dann gab es für mich sicher auch noch einen Funken Hoffnung.

Ich wollte ihm gerade versichern, wie sehr ich mich für ihn freute, als sein Handy klingelte. Er nahm den Anruf mit einem vertrauten »Ja?« entgegen und hörte dann eine ganze Weile konzentriert zu. Nach einer gefühlten Ewigkeit stieß er ein leises Seufzen aus. »In Ordnung, ich komme gleich vorbei.«

Als er auflegte, sah er besorgt aus.

»Ist alles okay, Papa?«

Mein Vater verzog zerknirscht das Gesicht. »Ich muss leider schon wieder los. Ein kleiner Notfall mit der Spülmaschine.«

»Mit deiner Spülmaschine?«, hakte ich überrascht nach, aber er schüttelte bereits den Kopf.

»Nein, mit der deiner Mutter.«

»Wie bitte?« Vor Schreck verschluckte ich mich an meinem portugiesischen Puddingteilchen. »Was hast du denn mit Mamas Spülmaschine zu tun?«

»Sie sagt, die Maschine gurgelt so komisch. Das schaue ich mir besser mal an.« Er winkte der Bedienung, um zu zahlen, aber ich fasste blitzschnell nach seinem Handgelenk.

»Du musst das nicht machen!«

»Ich will dich aber einladen, wenn ich dich schon sitzenlasse.«

»Ich meine die Sache mit der Spülmaschine«, korrigierte ich ihn. »Ihr seid nicht mehr verheiratet, Papa. Du musst dich nicht um ihren Haushalt kümmern!«

»Ich weiß«, sagte er und zückte jetzt tatsächlich seine Börse, um einen Zehner für Kaffee und Kuchen auf den Tisch zu legen. »Aber wenn es ein Notfall ist, bin ich trotzdem für sie da.«

»Aber ... das ist kein Notfall!«, presste ich fassungslos hervor. »Es ist nur eine gurgelnde Spülmaschine!«

»Wir sind eine Familie«, sagte mein Papa und gab mir einen

flüchtigen Kuss. »Das werden wir immer sein, Lexie.« Dann verschwand er zur Tür hinaus.

Keine Ahnung, was genau mich in diesem Moment so wahnsinnig wütend machte, aber ich bebte innerlich vor Empörung! War es der Umstand, dass meine Mutter meinen Vater auch acht Jahre nach der Trennung noch ausnutzte? Oder eher meine Vermutung, dass sie sich gerade jetzt wieder in sein Leben drängte, weil er endlich jemand Neues kennengelernt hatte? Oder war ich in Wirklichkeit nur wütend, weil mir dasselbe bevorstand? Irgendwann würde auch Simon aus diesem Thaigefängnis rauskommen und zurück nach Deutschland reisen. Nichts würde so sein wie früher. Aber würden wir trotz alledem eine Familie bleiben müssen ...?

Ich glaubte nicht, dass ich ihm jemals würde verzeihen können, was er mir angetan hatte. Würde er mir verzeihen können, was ich ihm bis dahin angetan hatte?

Eines stand jedenfalls felsenfest: Bevor ich irgendetwas bereuen konnte, würde ich es erst mal richtig krachen lassen!

Allerdings konnten mich auch meine Wut und Entschlossenheit nicht dazu bewegen, noch einmal ins Büro zurückzukehren. Stattdessen beschloss ich einfach, zur Kita zu spazieren und Lovi heute etwas früher abzuholen.

Er freute sich wahnsinnig und wäre am liebsten direkt nach Hause verschwunden, um an seinem Legoturm weiterzubauen, aber ich hatte ehrlich gesagt Angst, jetzt schon nach Hause zu gehen. Es erfüllte mich nicht gerade mit Stolz, aber ja: Ich war eine neununddreißigjährige Frau, die sich nicht traute, die eigene Wohnung zu betreten, weil dort ihre Tochter warten könnte und eine Erklärung für das verpasste Schulgespräch fordern oder mir eine oscarreife Szene machen könnte. Vermutlich passierte am Ende sowieso beides …

Dafür war ich jetzt aber noch nicht bereit, nein: Jetzt brauchte ich erst mal ein Erfolgserlebnis.

»Was hältst du davon, wenn wir auf den Spielplatz gehen?«, schlug ich Lovi deshalb vor.

Er verzog unsicher das Gesicht. »Müssen wir dafür wieder durch die halbe Stadt fahren?«

»Heute nicht«, sagte ich und ließ heiter seine kleine Hand an meiner hin- und herschaukeln. »Wir könnten einfach auf den Spielplatz hier um die Ecke gehen.«

»Wirklich?« Lovi hob ungläubig seine Augenbrauen.

»Wenn du darauf Lust hast …«

Er zögerte einen Augenblick, aber dann wanderten seine Mundwinkel langsam nach oben. »Ich glaube schon.«

»Dann haben wir jetzt wohl ein Date!« Grinsend ging ich vor ihm in die Hocke. »Du weißt, dass ich dich ganz doll lieb habe, oder?«

»Klar«, erwiderte er.

»Und dass Papa dich auch lieb hat – selbst wenn wir beide uns irgendwann vielleicht nicht mehr lieb haben sollten?«

Lovis erschrockener Blick verriet mir, dass die Frage ein Schuss in den Ofen war. Eigentlich wollte ich nur, dass er wusste, dass wir immer hinter ihm stehen würden – egal, was passierte. Aber jetzt sah er aus, als hätte ich sein Lieblingskuscheltier verbrannt.

»Habt ihr euch etwa nicht mehr lieb?« Seine Stimme klang plötzlich ganz dünn und wackelig.

»Doch«, sagte ich eine Spur zu schnell. »Aber manchmal … reicht Liebe allein eben nicht aus.«

Verdammt. Auch das hatte ich so eigentlich nicht sagen wollen!

»Wieso nicht, Mama?« In seinen Knopfaugen sammelten sich dicke Krokodilstränen, und ich musste mich stark zusammenreißen, um nicht gleich mitzuheulen.

»Du ... du musst ...« Verzweifelt suchte ich nach den richtigen Worten. »Du musst lernen, dich zu wehren, Lovi!«

»Gegen die Liebe?« Mein Fünfjähriger sah mich überrascht an.

Tatsächlich musste ich jetzt leise lachen. »Nicht gegen die Liebe – nur gegen die anderen. Die, die dir was wegnehmen wollen zum Beispiel. Oder die, die dich mit dem Kochlöffel in der Puppenecke hauen.«

Lovi dachte einen Moment nach, dann nickte er, als hätte er verstanden, worauf ich hinauswollte.

»Weißt du denn, wie das geht, dich wehren?«, fragte ich und stupste ihn behutsam an.

Er öffnete den Mund, als wollte er etwas sagen – schüttelte dann aber unsicher den Kopf.

»Das ist kein Problem«, munterte ich ihn auf. »Du hast schließlich deine Mutter. Ich bin Meisterin auf diesem Gebiet!«

»Auf welchem Gebiet?«

»Im Michwehren«, klärte ich ihn auf, aber jetzt starrte er mich tatsächlich völlig verständnislos an.

»Okay, okay«, ruderte ich ertappt zurück. »Es braucht auf jeden Fall ein wenig Übung, das gebe ich zu. Ist schließlich noch kein Meister vom Himmel gefallen! Aber ich habe in letzter Zeit bedeutende Fortschritte auf dem Gebiet gemacht. Und ich bin gerne bereit, sie mit dir zu teilen.« Ich grinste so breit, dass Lovi gar nichts anderes übrig blieb, als mit einzustimmen.

»Der erste Schritt auf dem Weg zum Glück ist, dass du sagst, was du willst.« Ich richtete mich wieder auf, straffte die Schultern und stellte mir vor, ich wäre Doktor Dodenbaum. »Wer nicht sagt, was er will, kriegt auch nicht, was er will!« Tatsächlich kam ich mir dabei sehr gelehrt vor. Vielleicht war das hohe Stundenhonorar am Ende ja doch noch für irgendwas gut?

Ich konzentrierte mich schnell wieder auf Lovi. »Wenn du also nicht willst, dass dich jemand mit einem Puppenkochlöffel haut, dann musst du das zuerst einmal sagen.«

Lovi nickte bedächtig. »Ich sage es einfach.«

»Sehr gut! Willst du es gleich mal ausprobieren?«

Er runzelte die Stirn. »Aber hier ist doch weit und breit kein Kochlöffel in Sicht.«

»Dann stellst du dir eben vor, ich hätte einen Kochlöffel.«

Wieder zögerte er, aber dann zuckte er einfach mit den Schultern. »Also gut. Ich will nicht, dass du mich mit dem Kochlöffel haust.«

»Sehr gut«, lobte ich ihn, obwohl er unbedingt noch ein wenig an seiner Entschlossenheit feilen musste. »Du musst es natürlich viel lauter sagen, sonst hört ja keiner auf dich.«

Ruckartig riss Lovi sich von mir los und brüllte mich völlig unvermittelt auf offener Straße an: »ICH WILL NICHT, DASS DU MICH MIT DEM KOCHLÖFFEL HAUST!«

Er war dabei tatsächlich so laut und überzeugend, dass ich selber zusammenzuckte – und leider war ich nicht die Einzige, die ihn gehört hatte. Mehrere Leute blickten uns im Vorbeigehen verstört an, und eine andere Mutter blieb sogar kurz neben uns stehen.

»Man sollte das Jugendamt informieren«, zischte sie, bevor sie ihr eigenes Kind weiterzog.

»Es ist nicht so, wie Sie denken! Das war nur ... ein Spiel«, japste ich ihr hilflos hinterher, sah aber nur noch, wie sie empört den Kopf schüttelte.

Lovi biss sich schuldbewusst auf die Unterlippe. »Hab ich was falsch gemacht?«

»Nein, Schätzchen, du hast überhaupt nichts falsch gemacht«, versicherte ich ihm und ging noch einmal vor ihm in die Hocke. »Ich hab einfach nicht nachgedacht, okay?«

Als er nickte, nahm ich seine Hand und wir spazierten eilig weiter. Nicht dass am Ende tatsächlich noch jemand das Amt informierte, wenn wir länger an dieser Straßenecke verweilten. Auf einmal sah ich es bildlich vor mir: Vater schmorte im Thaiknast, Mutter wurde vom Jugendamt an die Leine gelegt – meine Kinder hatten die allerbesten Startchancen für eine Karriere im Untergrund.

Ich schüttelte die bösen Bilder hastig ab und wendete mich an Lovi. »Ort und Zeit waren vielleicht nicht ganz richtig für diese Übung, aber immerhin weißt du jetzt, wie man sagt, was man will – oder eben nicht.«

Lovi schien aber noch nicht so richtig überzeugt. »Und was mache ich, wenn die anderen nicht auf mich hören?«

Natürlich wog ich die Frage und deren möglichen Antworten einen Moment lang sorgsam ab, aber dann blieb ich noch einmal stehen und sah meinen Sohn eindringlich an. »Dann musst du dich wehren.«

»Wehren?«

»Ja«, flüsterte ich. »Du musst einfach zurückhauen.«

Lovi blickte mich verunsichert an. »Aber man soll doch nicht hauen.«

»Eigentlich sollst du niemanden schlagen, das stimmt. Aber wenn dich der andere zuerst haut oder nicht auf dich hört, dann ist das schon in Ordnung. Ausnahmsweise.«

»Ausnahmsweise?«

Ich nickte, als müsste ich mir die Sache selbst bestätigen. »Das nennt man Selbstverteidigung. Und Selbstverteidigung ist etwas sehr, sehr Gutes! Da gibt es sogar Kurse für.«

Lovi sah immer noch skeptisch aus. »Ich weiß nicht, ob ich das kann, Mama.«

»Vielleicht kannst du es nicht von jetzt auf gleich. Aber man kann es üben, und dann wird man mit der Zeit immer besser.«

»Im Verhauen?«

»Darin, für deine Bedürfnisse einzustehen. Und unter uns …« Vorsichtshalber flüsterte ich noch etwas leiser. »Einige Menschen haben es durchaus verdient, verhauen zu werden.« Sofort schweiften meine Gedanken zu Simon. In den letzten beiden Tagen hatte ich mich oft danach gesehnt, ihn mit meinen kleinen, untrainierten Fäusten zu malträtieren. Auch jetzt schossen mir sofort wieder Tränen in die Augen, wenn ich nur daran dachte, was er mir angetan hatte – Tränen der Verzweiflung, aber auch der Wut.

»Ich kann's ja mal probieren«, murmelte Lovi und holte mich damit zurück ins Hier und Jetzt.

»Was?«

»Mich zu verteidigen.«

Ich drückte meine Tränen weg und lächelte ihn stolz an. »Ich bin mir ganz sicher, dass du das hinkriegst. Und denk dran: Es muss nicht von Anfang an perfekt klappen. Bisher ist noch kein Meister vom Himmel gefallen.«

Der Spielplatz war schon ziemlich voll, als wir ankamen, aber Lovi schnappte sich einfach die kleine Schaufel, die ich immer in der Tasche hatte, und verzog sich umgehend in die Sandkiste.

Ich setzte mich auf eine Bank vor dem Gebüsch und beobachtete ihn ein bisschen beim Buddeln. Er war ganz vertieft in seine eigene Welt, so als gäbe es außer ihm und der Schaufel nichts anderes von Bedeutung.

Wann hatte ich so einen Moment zuletzt in meinem Leben gehabt?

Alles, was ich tat, erfüllte einen Zweck: einkaufen, arbeiten, Essen kochen, die Katze füttern. Selbst wenn ich aufs Dessert verzichtete, steckte eine Absicht dahinter. Wann hatte ich das letzte Mal etwas getan, was keinen praktischen Sinn erfüllt hatte, etwas, das mir einfach nur Spaß bereitete?

Ich ertappte mich dabei, wie ich anfing, meinen Sohn zu beneiden – da trippelte er plötzlich nervös auf mich zu.

»Ich muss mal, Mama.«

»Kein Problem. Wir gehen einfach kurz ins Gebüsch.«

Noch so eine Sache, um die ich die Männer insgeheim beneidete. Warum wurde es den Kerlen so viel leichter gemacht, ihre Duftmarke zu setzen? Im Grunde war es doch kein Wunder, dass wir Frauen uns so schwer damit taten, uns zu behaupten, wo wir nicht mal zielgerichtet im Strahl pinkeln konnten!

Als wir wieder aus dem Gebüsch herauskamen, hockte ein fremder Junge mit Lovis Schaufel in der Sandkiste und buddelte an seiner Burg herum. Er saß mit dem Rücken zu uns und schien keinen Gedanken darauf zu verwenden, dass hier irgendwo ein anderes Kind stecken könnte, dem Schaufel und Bauwerk gehörten.

Lovi schluckte und fasste nach meiner Hand.

Ich drückte seine Finger und ging neben ihm in die Hocke.

»Meinst du nicht, das hier wäre eine gute Gelegenheit?«

Lovi sah mich verständnislos an.

»Um zu üben, was wir vorhin besprochen haben«, sagte ich. »Auf dem Weg hierher.«

Mein Sohn riss alarmiert die Augen auf. »Du meinst, ich soll ihn verhauen?«

»Nein! Du holst dir nur deine Schaufel zurück«, stellte ich klar und boxte ihm aufmunternd gegen die Schulter.

Lovi kniff die Augenbrauen zusammen und blinzelte verunsichert zu dem fremden Jungen hinüber. »Ich weiß nicht ...«

»Du könntest es zumindest probieren, oder? Du wirst sehen: Übung macht den Meister. Und so schwer ist es eigentlich gar nicht.«

»Nicht schwer?«

»Nein«, ermutigte ich ihn. »Du gehst einfach rüber und bittest den Jungen ganz freundlich, dir deine Schaufel zurückzugeben. Das kriegst du hin, oder?«

Lovi zögerte und nickte schließlich.

»Ich glaube an dich«, flüsterte ich und gab ihm einen Kuss auf die Stirn. Angespannt sah ich zu, wie er langsam auf den Jungen zuging. Etwa eine Armlänge hinter dem Rücken des Fremden blieb er stehen und drehte sich noch einmal zu mir um. Sein Blick war sorgenvoll, aber als ich ihm zunickte, gab er sich einen Ruck und murmelte: »Darf ich bitte meine Schaufel zurückhaben?«

Dann passierte: nichts ...

Der Junge reagierte nicht auf Lovis Bitte, nein, er schien sich nicht einmal angesprochen zu fühlen. Verunsichert drehte Lovi sich ein weiteres Mal zu mir um.

»Vielleicht hat er dich nicht gehört«, zischte ich ihm zu und ermutigte ihn mit einem Blick, es gleich noch einmal zu probieren.

Ich konnte sehen, wie sich Lovis Brustkorb hob und wieder senkte, beinahe spürte ich sogar seinen rasenden Puls. Aber dann traute er sich tatsächlich noch einmal, diesmal sogar etwas lauter.

»Kann ich bitte meine Schaufel wiederhaben?«

Aber der Junge reagierte immer noch nicht.

Verdammt – was stimmte nicht mit den Kindern von heute?

Lovi blickte mich verstört an, und mit einem Mal packte mich erst recht Entschlossenheit!

»Aller guten Dinge sind drei«, rief ich ihm zu und hoffte, dass der fremde Junge mich auch hörte.

Lovi war die ganze Sache nicht geheuer, das spürte ich. Aber er durfte sich jetzt auf keinen Fall entmutigen lassen – er brauchte ganz dringend eine positive Erfahrung in puncto Selbstbehauptung! Wenn er merkte, dass es klappte, würde er besser darin, für seine Bedürfnisse einzustehen.

Zum Glück wagte er tatsächlich noch einen weiteren Vorstoß.

»Hey«, sagte er diesmal so laut, dass der Junge es auf gar keinen Fall nicht hören konnte. »Das da ist meine Schaufel, und ich möchte sie bitte wiederhaben!«

Sehr gut! Klare Botschaft, keine Missverständnisse.

Aber was machte der verfluchte Schaufeldieb? Nichts!

Jetzt reichte es mir! Wie sollte ich meinem Kind denn beibringen, sich nicht alles gefallen zu lassen, wenn der Rest der Welt sich wie ein gigantisches, ignorantes Arschloch aufführte?

Mit einem Mal brannten alle Sicherungen bei mir durch. Ich war so wütend, dass ich aufsprang und nach vorne an die Seite meines Sohnes schnellte.

»Was hast du eigentlich für ein Problem, verdammt?!«, brüllte ich das fremde Kind an. »Hast du nicht gehört, dass Lovi seine Schaufel zurückwill?! Also beweg endlich deinen Hintern von seiner Burg weg – sonst kriegst du es mit mir zu tun!«

Ich wusste, dass ich zu laut war. Und ich ahnte auch, dass die Vehemenz meines Einsatzes nicht angemessen war. Der fremde Junge allerdings regte sich noch immer nicht!

Dafür schoss im nächsten Augenblick eine Frau von der Seite heran und sah mich völlig verstört an.

»Tut mir leid«, stotterte sie und riss den Jungen an sich. »Maxi hat sein Hörgerät nicht an ...«

Als der Kleine sich auf ihrem Arm erschrocken zu mir umdrehte, konnte ich es auch sehen.

Ein Hörgerät. Das konnte doch nicht wahr sein.

Ich hätte gar nicht so tief graben können, wie ich jetzt gerade ganz dringend im Boden versinken wollte ...

Mal ehrlich …

Gibt es so etwas wie ein Abo für Ins-Fettnäpfchen-Treten? Denn dann würde ich es jetzt wirklich gerne kündigen!!!

Je mehr ich mich anstrenge, es »richtig« zu machen, desto mehr setze ich es so richtig in den Sand …

Ich will mein Geld zurück, jetzt sofort!

Am besten trägst du einfach gar keine Unterwäsche

Den Heimweg legten Lovi und ich schweigend zurück. Erst als wir uns zu Hause im Flur die Schuhe von den Füßen streiften, stieß Lovi ein tiefes Seufzen aus.

»Ich weiß, du hast es nur gut gemeint.« Dann verschwand er in seinem Zimmer – und ich fühlte mich noch viel beschissener als zuvor.

Warum musste denn bloß jeder einzelne Versuch, etwas richtig zu machen, so richtig nach hinten losgehen?

Zu allem Überfluss schoss jetzt natürlich auch noch Karlie aus ihrem Zimmer und begrub mich unter einem Haufen lautstarker, wenn auch unverständlicher Beschimpfungen.

Irgendwann hatte sie sich zumindest so weit beruhigt, dass ich ein paar zusammenhängende Sätze ausmachen konnte.

»Was hast du dir dabei gedacht?!«, kreischte sie mich mit wut-verzerrtem Gesicht an. »Du bist einfach nicht aufgetaucht!«

»Es tut mir leid, es gab einen …«, setzte ich an, aber sie ließ mich nicht ausreden.

»Kannst du dir vorstellen, wie ich mich gefühlt habe?! Du hast mir versprochen zu kommen, du hast versprochen, mich zu ver-teidigen – und dann tauchst du einfach nicht auf?!«

»Ich wollte …«

»Du hast nicht einmal abgesagt! Weißt du, was die jetzt von mir denken?«

»Ich werde …«

»ICH HASSE DICH, HÖRST DU?! ICH HASSE …«

»VERDAMMT, KARLIE, HALT DEN MUND!!!« Jetzt war ich es,

die ihr schreiend ins Wort fiel. Tatsächlich verstummte sie endlich und blinzelte mich überrascht an.

»Ich hatte einen echt schlimmen Tag, okay? Und es tut mir furchtbar leid, dass ich dich in der Schule hab hängen lassen, aber es ist ein Notfall dazwischengekommen.«

»Ein Notfall?« Karlies eiskalte Stimme versetzte mir kleine, nüchterne Messerstiche zwischen die Rippen. »Und was soll das bitte für ein Scheißnotfall gewesen sein?«

Ich konnte deinem Lehrer nicht unter die Augen treten, weil ich ihn gestern noch schamlos angebaggert habe und hinterher aus meiner Unterwäsche geschnitten werden musste, schoss es mir spontan durch den Kopf. Aber ich fürchtete, mit der Wahrheit würde ich mir nur noch mehr Probleme aufhalsen.

»Es ging ... um deinen Vater«, sagte ich schließlich – und das war tatsächlich ja nur halb gelogen. Immerhin war Simon schuld an der ganzen Misere hier!

Karlie wägte meine Worte sorgsam ab, aber eine gehörige Portion Skepsis blieb natürlich. »Was ist mit Papa?«

»Nichts«, sagte ich aus einem mütterlichen Reflex heraus.

»Nichts?«

»Er hat ein paar Probleme in Thailand«, rückte ich mit der Sprache raus. »Aber du musst dir keine Sorgen machen.«

Karlie runzelte verständnislos die Stirn. »Ich dachte, Papa ist in Nicaragua.«

»Das dachte ich auch. Aber dann ... haben sich seine Pläne geändert. Ein paarmal sogar. Deshalb wird er auch morgen noch nicht nach Hause kommen.«

Meine Teenietochter verschränkte misstrauisch ihre Arme vor der Brust. »Warum habe ich das Gefühl, dass du mir nicht die ganze Wahrheit erzählst?«

Stöhnend verdrehte ich die Augen und marschierte in die Küche. »Weil ich deine Mutter bin, Karlie. Es ist mein Job, dich vor der ganzen Wahrheit zu beschützen!«

Karlie folgte mir. »Heute Mittag hättest du mich in der Schule beschützen sollen – vor meinem verdammten sexistischen Arsch-loch-Lehrer!«

Einen Augenblick hielt ich inne, dann zog ich einen Küchen-stuhl zurück und ließ mich mit einem Seufzen darauf hinabsin-ken. »Es tut mir wirklich leid, okay? Ich mache es wieder gut.«

»Und wie?«

»Ich schreibe deinem Lehrer eine Mail. Und dann machen wir einfach einen neuen Termin aus.« Es fiel mir schwer, dabei über-zeugend zu klingen, weil ich natürlich wusste, dass ich für eine neue Verabredung mit Karlies Lehrer mindestens (A) ein neues Gesicht, (B) einen neuen Körper und (C) eine gehörige Portion Selbstbewusstsein brauchen würde. Und leider war gerade nichts davon in Sicht …

Karlie starrte mich eine Weile nachdenklich an und presste dann die Lippen aufeinander. »Ich verzeih dir das trotzdem nicht!«

Dann stampfte sie davon und verschanzte sich mal wieder lautstark in ihrem Zimmer.

Ich tat, was ich in solchen Situationen immer tat, und holte mir eine große Packung Hörncheneis aus dem Kühlfach, um dann bei Ruben nach dem Rechten zu sehen.

Seine Darmprobleme hatte der Kater offenbar gut im Griff, und damit sich das nicht wieder änderte, teilte ich vorsorglich mein Notfalleis nicht mit ihm. Allerdings war er von meinem Ver-antwortungsbewusstsein nicht sonderlich angetan und streunte mit empört erhobenem Schwanz um mich herum, während ich auf dem Dielenboden von Frau Schultes Wohnung drei Cornettos in mich hineinstopfte.

»Vielleicht denke ich einfach zu viel nach«, murmelte ich irgendwann mit vollem Mund. »Ich glaube jedenfalls nicht, dass Vivien allzu lange darüber grübelt, was richtig oder falsch sein könnte. Vielleicht muss ich einfach ... mutiger sein, impulsiver! Und ein bisschen gleichgültiger. Denn über meine Gefühle macht sich offenbar ja auch niemand Gedanken: Karlie nicht, Vivien nicht – und Simon erst recht nicht.«

Einen Moment lang war ich derart in meine Gedanken vertieft, dass ich nicht bemerkte, wie Ruben nun doch an meinem Eis schleckte. Die Quittung dafür konnte ich morgen vermutlich von den Fliesen kratzen.

Aber wenigstens hatte ich jetzt einen Plan: Ab sofort würde ich nicht mehr nachdenken, sondern einfach tief in meinen Bauch hineinhorchen, auf was der gerade Lust hatte. Und tatsächlich verriet mir mein Bauch jetzt sehr genau, auf was ich gerade so gar keine Lust hatte: weitere Dates!

Als ich zurück in unsere Wohnung kam, schnappte ich mir mein Handy und schickte Karo eine Nachricht, dass ich müde war und Stress mit den Kindern hätte und sie deshalb nicht mehr vorbeikommen müsse, um mir diese blöde Partnersuche-App einzurichten.

Kaum war die Nachricht verschickt, klingelte das Festnetztelefon.

Ich verdrehte die Augen und richtete mich innerlich bereits auf ein hartnäckiges Umstimmungsmanöver meiner besten Freundin ein.

»Vergiss es! Ich habe heute keine Lust mehr, mir fremde Männer anzusehen!«, blaffte ich darum so entschieden wie möglich in den Hörer.

Nur um im nächsten Augenblick festzustellen, dass es gar nicht Karo am anderen Ende der Leitung war.

»Fremde Männer?«, wiederholte Sylvia meine Worte, und offenbar war sie dabei sogar zu verblüfft, als dass sie empört hätte klingen können.

»Entschuldige bitte, Sylvia«, versuchte ich die Sache wieder geradezurücken. »Ich dachte, du wärst Karo.«

»Und warum solltest du dir mit dieser Karo fremde Männer ansehen?«, hakte meine Schwiegermutter nach und lachte jetzt doch etwas pikiert auf.

»Es geht um ... eine Story. Bei der Arbeit.«

»Deine Arbeit dreht sich darum, dir mit deinen Freundinnen fremde Männer anzusehen?«

Langsam, aber sicher riss mir der Geduldsfaden. »Was willst du, Sylvia?« Mir war bewusst, dass ich dabei nicht gerade freundlich wirkte – aber im Grunde wollte ich im Moment ohnehin nur eines: Sie so schnell wie möglich wieder loswerden!

Meine Schwiegermutter räusperte sich. »Ich will dich gar nicht lange stören. Ich habe nur lange nichts von Simon gehört und wollte fragen, ob alles gut ist?«

Da war er wieder, dieser Stich in meiner Herzgegend.

Ich rang mit mir und schaffte es tatsächlich, ein paar Worte über meine Lippen zu pressen. »Alles gut bei Simon.«

Sylvia schwieg einen Moment in der Leitung. »Bist du sicher?«

»Natürlich bin ich sicher!«

»Es ist nur so, dass ...«, fuhr meine Schwiegermutter fort. »Normalerweise meldet er sich regelmäßig bei mir, wenn er im Ausland ist.«

»Vielleicht hat er gerade einfach keinen Bock auf *normalerweise*«, platzte es aus mir heraus.

»Wie bitte?« Sylvia klang überrascht.

»Na ja«, fuhr ich hastig fort, damit der Mut mich nicht wieder verließ. »Vielleicht genießt Simon gerade eine Happy-End-Massage in Thailand und will dabei einfach nicht an seine Mutter denken?«

»Aber …« Meine Schwiegermutter wirkte tatsächlich sprachlos. »Aber er ist doch gar nicht in Thailand.«

»Mir ist scheißegal, wo er ist, Sylvia – und mir ist auch scheißegal, was er dort treibt und wie er da wieder rauskommt! Aber wenn es dir nichts ausmacht, würde ich jetzt gerne meine Ruhe haben. Im Gegensatz zu dir habe ich nämlich alle Hände voll zu tun mit meinem Job und den beiden Kindern. Und deshalb würde ich jetzt wahnsinnig gerne meinen Feierabend genießen!« Ohne noch ein weiteres Wort meiner Schwiegermutter abzuwarten, knallte ich den Hörer zurück auf die Station. Und zum ersten Mal an diesem Tag hatte ich das Gefühl, tatsächlich tief durchatmen zu können.

Den Rest des Abends verbrachte ich mit kochen, aufräumen und damit, mein schlechtes Gewissen zu verdrängen.

Weil Karlie ihre Zimmertür gar nicht mehr öffnete, kroch ich irgendwann zu Lovi ins Bett und kuschelte mich an meinen Sohn. Auch er hatte ganz offensichtlich Schwierigkeiten einzuschlafen.

»Willst du über heute reden?«, schlug ich vorsichtig vor, war allerdings ziemlich erleichtert, als er mit einem kaum merklichen Kopfschütteln ablehnte.

Trotzdem drückte ich ihn noch, so fest es ging, an mich. Hier in diesem Kinderbett schien alles so viel einfacher – zufrieden sein schien einfacher. Warum konnte ich eigentlich nicht für immer hier liegen blieben?

Irgendwann räusperte Lovi sich aber doch noch.

»Was ist eine ›Happy-End-Massage‹, Mama?«

Alarmiert zuckte ich zusammen. »Hast du mein Telefonat mit Oma gehört?«

Er nickte vorsichtig.

Ich atmete tief durch. »Ein Happy End ist, wenn am Ende alles gut wird. So wie in den Filmen, die wir uns manchmal im Kino anschauen.«

Lovi zögerte. »Wird bei uns auch alles gut?«

Ich musste mich kräftig zusammenreißen und meine Tränen runterschlucken. »Natürlich wird alles gut«, flüsterte ich. Und dann gab ich ihm einen Kuss und versuchte ganz hartnäckig, selbst daran zu glauben.

Am nächsten Morgen brachte ich Lovi früher als sonst in die Kita und meldete mich krank. Tatsächlich brummte mein Schädel, als wäre er mit einem Presslufthammer bearbeitet worden. Aber viel mehr noch als Ruhe brauchte ich heute etwas Zeit. Zeit, um Pläne zu schmieden, und Zeit, um mein neues Leben wieder in die Spur zu bringen. Denn mal ehrlich: Die Bilanz der letzten Tage sah gruselig aus ...

Irgendwie war mir die »wilde Lexie« auf schmerzhafte Weise entglitten. Konnte es sein, dass es allen so erging, die ihr Leben ändern wollten? Tat es am Anfang vielleicht immer weh, eine andere zu sein?

Alles, was ich wollte, war, mir mein Leben zurückzuerobern – aber dabei wollte ich ganz sicher nicht so eine lächerliche Figur abgeben!

Auf eines konnte ich heute jedenfalls verzichten: lästige Fragen von meinem Chef. Denn genau genommen war ich mit meiner Gewinnerstory noch nicht eine Zeile weitergekommen ...

Jetzt war Schluss, jawohl! Schluss mit Zweifeln, Schluss mit Straucheln und hoffentlich auch endlich Schluss mit Fremdschäm-Momenten!

Karlie war mir heute Morgen erfolgreich aus dem Weg gegangen. Und weil es nichts Besseres gab, als mit einem durch und durch positiven Gefühl in den neuen Tag zu starten, holte ich mir zum Frühstück ein Eis aus dem Tiefkühlfach und setzte mich damit an den Schreibtisch.

Dann starrte ich eine gefühlte Ewigkeit auf ein weißes Blatt auf dem Laptop.

Als ich das dritte Frühstückseis verdrückt hatte, war das verfluchte Dokument immer noch leer – aber wenigstens rief Karo an.

»Stör ich dich gerade?«

Ich seufzte. »Ich würde liebend gerne Ja sagen, aber ich hänge schon seit einer Stunde vor meinem Laptop rum und hole mir ein Eis nach dem anderen aus der Küche.«

»Du bist zu Hause?«

»Hab mich krankgemeldet.«

»Wunderbar!« Karo klang begeistert. »Dann lass uns gemeinsam joggen gehen.«

»Musst du denn nicht arbeiten?«

»Ich mach heute Homeoffice«, sagte meine beste Freundin eine Spur zu heiter. Karo ging heute nicht ins Büro? Das sah ihr kein bisschen ähnlich ...

»Ist wirklich alles okay bei dir, Karo?«

»Natürlich. Ich hol dich in einer Viertelstunde ab – dann kann ich dich auch gleich auf den neusten Stand bringen.«

»Den neusten Stand?« Das klang verdächtig ...

»Schmeiß dich in dein Trainingsoutfit«, erwiderte Karo, ohne meine Frage zu beantworten. »Ich bin gleich unten vor deiner Tür.«

Dann legte sie einfach auf.

Mir fielen auf Anhieb mindestens drei Gründe ein, warum ich

auf keinen Fall mit ihr joggen gehen sollte: Erstens sagte mir irgendetwas, dass mir das, was Karo zu erzählen hatte, kein bisschen gefallen würde, zweitens besaß ich gar kein Trainingsoutfit – und drittens war ich nicht mal ansatzweise in Form oder in der Lage, mit Karo Schritt zu halten. Noch dazu mit drei Portionen Eis im Bauch ...

Trotzdem war der Gedanke, mich körperlich zu ertüchtigen, gar nicht so verkehrt. Stand Sport nicht auch irgendwo auf der To-do-Liste der neuen Lexie?

Außerdem hatte ich ohnehin noch immer keinen blassen Schimmer, womit ich die Story des Jahrhunderts eigentlich unterfüttern sollte, ohne als komplette Vollidiotin dazustehen. Also konnte ich auch genauso gut mit meiner besten Freundin joggen gehen.

Ich warf mir eine von Simons Jogginghosen über, schlüpfte in meine Sneakers und schlurfte durch das Treppenhaus nach unten.

Karo war bereits da und hüpfte sich schon mal auf der Stelle warm.

»Du arbeitest also im Homeoffice? Einfach so?«, hakte ich misstrauisch nach, um mich noch ein bisschen vor der drohenden Anstrengung zu drücken.

Aber Karo lief einfach direkt los. »Ich erzähl dir mehr, wenn du mich einholst!«

Mir blieb also nichts anderes übrig, als mich meinem Schicksal zu stellen und tatsächlich hinterherzulaufen. »Jetzt sag schon! Warum bist du nicht im Büro?«

Karo straffte die Schultern und versuchte vergebens, sich ihre Unsicherheit nicht anmerken zu lassen. »Mein Hormonhaushalt ist ein wenig durcheinander. Keine große Sache.«

»Geht es auch ein bisschen genauer?«

Sie stöhnte leise auf. »Neuerdings vertrage ich Kaffee nicht

mehr so gut, und ein paarmal ist mir im Büro schwindelig geworden. Nichts, worüber du dir Sorgen machen müsstest.«

»Ich kenne dich jetzt über zwanzig Jahre, Karo«, japste ich,
weil mir bei dem Tempo kaum Zeit zum Atmen blieb. »Du hast
dich noch nie krankgemeldet. Also ja, ich mache mir Sorgen!«

Karo blieb so abrupt stehen, dass ich von hinten in sie hin-
einrasselte. Sie blickte mich ernst an. »Jetzt mach nicht so ein
Drama daraus. Ich war bereits beim Arzt und hab ein paar Unter-
suchungen gemacht. Die Ergebnisse stehen zwar noch aus, aber
mir geht's auch so schon viel besser. Vermutlich bin ich einfach
ein bisschen überarbeitet, hab zu viele Termine im Büro – und das
Letzte, was ich jetzt noch gebrauchen kann, ist eine Freundin, die
mir noch mehr Stress bereitet.«

»Okay, okay.« Als Zeichen des Friedens hob ich meine Hände.

Karo zögerte einen Augenblick, dann blitzte schon wieder ein
verräterisches Lächeln auf ihren Lippen auf.

»Das Beste weißt du ja noch gar nicht«, sagte sie und zog zufrieden das Smartphone aus ihrer Laufhose. »Ich habe zwei Dates
für dich arrangiert!«

»Wie bitte?« Jetzt war ich es, der das Lachen verging.

»Keine Sorge, ich habe die Kerle gründlich gecheckt. Wir haben sogar eine Weile hin- und hergeschrieben.«

»Was denn für Kerle?!«

»Juan und Martin«, verkündete Karo stolz und hielt mir ihr
Display hin. »Martin triffst du heute Abend beim Italiener an der
Ecke, und Juan lädt dich auf einen Quickie zum Lunch ein. Ihr
trefft euch bei ihm zu Hause, aber keine Panik: Ich habe ihn auf
Herz und Nieren geprüft. Außerdem weiß ich, wo er wohnt, und
hetze ihm das SEK auf den Hals, wenn du dich nicht spätestens
um zwei bei mir meldest!«

Ich hatte immer noch keinen blassen Schimmer, wovon sie sprach – doch so langsam beschlich mich eine böse Ahnung.

»Du hast mich bei dieser Partnersuche-App angemeldet?«

Karo zuckte ertappt mit den Schultern, sah aber nicht besonders schuldbewusst aus. »Wir dürfen keine Zeit verlieren, Lexie. Die Sache mit der Verandabar hat dich ziemlich runtergezogen. Du brauchst dringend ein Erfolgserlebnis.«

»Ich will aber keine fremden Männer mehr treffen!«

»Kann ich verstehen«, beruhigte Karo mich. »Und deshalb habe ich die beiden auch schon ein bisschen kennengelernt für dich. Glaub mir, ich habe gestern noch mindestens zwanzig Typen in deinem Namen aussortiert. Aber die beiden hier wirken wirklich nett!«

»Nett?«

»Du musst natürlich davon ausgehen, dass die Fotos, die sie eingestellt haben, nicht echt sind – aber hey! Bei deinem Bild habe ich ja auch ein bisschen geschummelt.« Sie zwinkerte und hielt mir ihr Handy noch dichter vor die Nase. Fassungslos betrachtete ich das Foto, das auf ihrem Display aufleuchtete.

»Das bin nicht ich, Karo – das bist du!«

»Touché«, sagte sie und grinste. »Aber alle Fotos, die ich von dir hatte, waren entweder verschwommen oder du hast den Bauch so unvorteilhaft über die Hose hängen lassen.«

»Ich ...« Wusste absolut nicht, was ich noch sagen sollte.

Offenbar merkte nun auch Karo, dass ich von der ganzen Sache nicht halb so begeistert war wie sie.

»Komm schon, Lexie. Es geht doch nur darum, ein bisschen Spaß zu haben. Vielleicht können dir Juan und Martin dabei helfen. Es sagt ja auch keiner, dass ihr Sex haben müsst! Du könntest einfach mal wieder ein bisschen flirten, ein Glas Wein trinken – dich fallen lassen.«

Am liebsten hätte ich mich gleich hier fallen lassen – und zwar auf den Asphalt zu meinen schmerzenden Füßen!

Wie konnte sie mich bitte mit wildfremden Männern verabreden, wo ich mich gerade erst aus einem Schlüpfer hatte rausschneiden lassen?

Ich wäre wahnsinnig gerne wütend auf sie gewesen – aber leider regte sich in meinem Inneren bereits ein anderer beunruhigender Gedanke. Im Grunde hatte Karo nämlich recht: Ich brauchte ganz dringend ein Erfolgserlebnis – ob mit Sex oder ohne.

Zerknirscht nahm ich ihr das Handy ab. »Nur fürs Protokoll: Ich zwänge mich nicht wieder in Shapewear!«

»Nur fürs Protokoll«, erwiderte Karo und zwinkerte. »Am besten trägst du einfach gar keine Unterwäsche. Dann spart ihr im Zweifelsfall wertvolle Zeit und kommt gleich zur Sache.«

Bademantel des Grauens

Es ist die eine Sache, sich für ein Date mit einem Mann vorzubereiten, den du kennst – aber noch mal etwas ganz anderes, wenn
du nicht weißt, worauf du dich einlässt!

Nach der Joggingrunde mit Karo nahm ich mir noch mindestens sieben Mal hartnäckig vor, auf gar keinen Fall zu diesem
Blinddate in die Wohnung eines vollkommen fremden Mannes zu
gehen – nur um mir hinterher doch noch die Beine zu rasieren
und mir eine frische Jeans aus dem Schrank zu ziehen.

Ich wollte endlich Spaß haben, ja. Aber mehr noch wollte ich
mich ehrlich gesagt von meinem gebrochenen Herzen ablenken.

Heute wäre Simon eigentlich nach Hause gekommen. Heute
hätte mein Leben endlich wieder entspannter ablaufen sollen, mit
einem menschlichen Auffangbecken im Hintergrund, meinem
Seelentröster. Und mit einem Mal überkam mich ein seltsames
Gefühl. Es war weder Wut noch Trauer wie in den letzten Tagen,
sondern ein Anflug von Zweifeln. Was, wenn doch alles nur ein
Missverständnis war? Wenn Simon mich gar nicht betrogen hatte,
wenn wirklich alles ganz anders war, ganz plausibel und vor allem
harmlos ...?

Außerdem kam mir plötzlich auch die Praxis in den Sinn.
Noch war sie planmäßig geschlossen, aber nächste Woche schon
würden Patienten vor der Tür stehen und vergeblich auf ihre Be-
handlungen warten, Menschen, die auf Hilfe angewiesen waren
und nun wirklich nichts dafürkonnten, dass meine Welt gerade
heillos im Chaos versank ...

Ich hatte es weiß Gott nicht vorgehabt, aber auf einmal griffen
meine Hände wie fremdgesteuert nach dem Handy und wählten

die Nummer unseres Anwaltes. Aber anstelle von Doktor Henkel meldete sich nur ein Anrufbeantworter und versprach einen Rückruf, wenn ich eine Nachricht hinterließ.

»Hier ist ... Alexa Ehrlich, es gibt ein Problem mit ...«, setzte ich nach dem Piepton an, verstummte aber schnell wieder. Wie sollte ich bitte einigermaßen würdevoll in Worte fassen, was in meinem Kopf vorging? *Mein Mann wurde auf einer illegalen Sexparty in Thailand verhaftet, wie können wir ihn freikaufen?* War diese Angelegenheit wirklich ein Fall für den Anrufbeantworter? Und vielmehr noch: Wollte ich Simon überhaupt da rausholen? Während ich hier über die richtige Wortwahl nachdachte, kam meine Wut jedenfalls siedend heiß zurück! Es war doch lächerlich anzunehmen, dass alles nur ein Irrtum war! Die Stichworte »Thailand«, »Drogen« und »Sexparty« ließen keine Zweifel daran, dass mein Mann mich belogen und betrogen hatte – und deshalb zischte ich nur noch ein zorniges »Scheiß auf Simon!« ins Handy und beendete den Anruf dann.

Ich würde mich jetzt endlich amüsieren, jawohl! Und wer war dafür bitte besser geeignet als ein Mann mit dem feurigen Namen Juan?

Juan wohnte in einem hässlichen Klinkerbau an einer vierspurigen Hauptstraße und hieß mit Nachnamen Jürgens. Natürlich hätte mich das gleich misstrauisch werden lassen sollen – aber tatsächlich witterte ich erst Betrug, als ich meinen Finger auf seine Klingel legte.

Er öffnete allerdings schneller, als ich die Flucht ergreifen konnte, und so stellte ich mich meinem Schicksal und trat ins kühle Treppenhaus.

Im zweiten Stock erwartete mich eine offene Wohnungstür – und ein Mann, der definitiv nicht nach »Juan« aussah, überraschenderweise aber auch nicht nach einem Totalreinfall. Er hatte dunkelblonde Locken, braune Augen und ein einladendes Lächeln auf dem unrasierten Gesicht. Das Einzige, was mich irritierte, war sein Outfit. Statt Hose und Shirt trug er nämlich nur eine Art Bademantel …

»Schön, dass du da bist«, sagte er und winkte mich über die Türschwelle. Tatsächlich wirkte er dabei so harmlos und nett, dass ich keinen Gedanken daran verschwendete, mich hier eventuell gerade schnurstracks ins Elend zu stürzen. »Ich hoffe, du magst Franzbrötchen. Sind grad ganz frisch aus dem Ofen.«

»Du weißt, wie man Frauen willkommen heißt«, antwortete ich und legte zwinkernd meinen Mantel ab. Sofort stieg mir der Geruch von warmem Zimt und Zucker in die Nase, und ich fühlte mich umgehend zu Hause. Hungrig folgte ich Juan Jürgens in die Küche. Seine Wohnung war nicht groß, aber geschmackvoll eingerichtet.

»Sorry«, fuhr er fort, während er die Kaffeemaschine anwarf. »Ich wollte mir eigentlich noch was überwerfen, aber dann habe ich beim Training die Zeit aus den Augen verloren.«

»Mich stört das nicht«, beruhigte ich ihn und warf einen Blick auf die angekündigten Franzbrötchen. Eis zum Frühstück, warme Zimtteilchen zum Mittagessen – dieser Tag hier könnte sich tatsächlich zu einem Highlight entwickeln. Zumindest in kulinarischer Hinsicht.

Außerdem gefiel mir der Anblick der strammen Waden, die unter Juans Bademantel hervorblitzten.

»Und … was machst du so beruflich, Juan?«, tastete ich mich vorsichtig voran.

Er lachte auf und hob ertappt die Hände. »Okay, okay, du hast mich erwischt. Ich heiße Jan und nicht Juan. Am Anfang war es nur ein Tippfehler, aber dann fand ich es ganz lustig. Juan klingt irgendwie verwegen, findest du nicht?«

»Das schon«, sagte ich und stimmte in sein Lachen ein. »Aber Jan gefällt mir auch.«

»Da haben wir wohl beide Glück gehabt«, erwiderte er und setzte sich mit zwei Kaffeebechern zu mir an den Tisch. »Du siehst nämlich ganz anders aus als auf den Fotos und gefällst mir trotzdem ziemlich gut.« Er zwinkerte.

Einen kurzen Moment trafen sich unsere Blicke und blieben aneinander hängen. Wie konnte ich mich hier nur so wohl fühlen, obwohl ich Jan doch gar nicht kannte?

Vielleicht war es der verführerische Duft der Franzbrötchen – und zum Glück verstand endlich auch Jan, wonach mein Herz begehrte.

»Greif zu, solange sie noch warm sind.«

Darum ließ ich mich nicht zweimal bitten. Als mir beim ersten Biss in das warme Hefeteigteilchen ein lustvolles Stöhnen entwischte, musste Jan schmunzeln.

»Also gut, Alexa, lass uns über dich reden.«

»Sag bitte Lexie«, korrigierte ich ihn mit vollem Mund. »Sonst denke ich, ich müsste noch Klopapier besorgen.«

Wieder lachte er laut auf und blickte mich geradezu fasziniert an. »Also dass du Humor hast, stimmt schon mal. Aber auf die Sache mit dem Bungee-Jumping wäre ich ehrlich gesagt nicht gekommen.«

»*Bungee-Jumping*?« Vor Schreck verschluckte ich mich an einem Zimtbissen.

»Hast du im Fragebogen geschrieben. Dass du ein großer *Tatort*-Fan bist und schon drei Mal Bungee-Jumpen warst.«

Verdammt. Was hatte Karo denn noch alles über mich erzählt? In Wahrheit hatte ich seit zehn Jahren keinen *Tatort* mehr gese-

hen und kriegte schon Höhenangst, wenn ich mich auf die Zehen-
spitzen stellte – aber das konnte ich jetzt wohl schlecht zugeben.

»Na ja.« Ich räusperte mich in der Hoffnung, ein wenig geheimnisvoll zu klingen. »Stille Wasser sind eben tief ...«

Jan musterte mich einen Augenblick und hob dann amüsiert
die Augenbrauen. »Deine Hobbys sind genauso echt wie dein Pro-
filbild, richtig?«

Zerknirscht verzog ich das Gesicht. »Jetzt hast du mich wohl
ertappt.«

Zum Glück sah er nicht aus, als würde er mir die Sache übel
nehmen. Er grinste ein bisschen schelmisch und griff sich selbst
eines der Franzbrötchen.

»Stimmt denn wenigstens die Sache mit dem Sex?«

Ich konnte mein Dekolleté zwar gerade nicht sehen, war mir
aber ziemlich sicher, dass der Streuselkuchen wieder erbarmungslos zuschlug. »Welche Sache meinst du denn genau?«,
hakte ich vorsichtig nach, dabei wollte ich die Antwort eigentlich
gar nicht wissen.

Jan holte sein Handy raus und öffnete die Dating-App. »Du
hast geschrieben, Sex beim ersten Date wäre kein Tabu für dich.«

»Richtig! Absolut! Kein Tabu!« Ich nickte vehement, auch um
mir einzureden, dass ich tatsächlich jederzeit bereit wäre für hemmungslosen Geschlechtsverkehr mit einem vollkommen Fremden.

Die neue Lexie hat Spaß!

Die neue Lexie hat Sex!

*Die neue Lexie hat absolut keine Sorgen, dabei als notgeiles Flittchen rü-
berzukommen! Ha!*

Jan schien mir meine Entschlossenheit jedenfalls abzuneh-
men. »Und stimmt es auch, dass du aufgeschlossen bist für neue
Wege?«

Neue Wege? Was sollte das denn jetzt schon wieder heißen? Ich musste ganz, ganz dringend überprüfen, was Karo in mein Profil geschrieben hatte! Aber jetzt gerade half mir das natürlich auch nicht weiter.

»Neue Wege klingt gut«, sagte ich eine Spur zu enthusiastisch. »Man könnte sogar sagen, ›neue Wege‹ ist mein zweiter Vorname.«

Autsch. Damit war ich eindeutig übers Ziel hinausgeschossen ...

Jan schien mit meiner Antwort trotzdem ganz zufrieden. Er lächelte mich eindringlich an und lehnte sich auf seinem Stuhl zurück.

»Dann wird es dich sicher nicht schockieren, wenn ich dir sage, dass ich auf Strapse stehe.«

In diesem Augenblick war ich unfassbar dankbar, dass ich mich heute nicht wieder in fleischfarbene Konturunterwäsche gezwängt hatte und er nicht noch Exotischeres im Sinn hatte.

»Strapse sind super, ehrlich, ich steh auf Strapse.« Was in Wahrheit nur halb gelogen war. Das eigentliche Problem war aber ein anderes.

»Ich ... war nicht darauf vorbereitet, dass wir jetzt gleich ... du weißt schon. Deshalb trage ich nur ganz normale Unterwäsche.«

In Jans Blick funkelte plötzlich etwas Geheimnisvolles auf. »Ich spreche doch nicht von dir«, raunte er mir mit tiefer Stimme zu, stand auf und streifte sich unvermittelt den Bademantel ab. Und als ich sah, wie er in der nächsten Sekunde in der allerschönsten Damenunterwäsche vor mir stand, fiel mir vor Schreck mein zerkautes Franzbrötchen aus dem Mund ...

»Du bist einfach aus der Wohnung gerannt?!« Obwohl ich Karo am anderen Ende der Leitung gar nicht sehen konnte, kriegte ich unmissverständlich mit, wie sie sich wegschmiss vor Lachen.

»Natürlich bin ich weggerannt!«, brüllte ich in den Hörer. »Der Kerl stand in Spitzenwäsche vor mir!«

»Nobody's perfect«, japste meine beste Freundin – aber mir war immer noch nicht zum Lachen zumute.

»Verdammt, Karo! Wie konntest du denn diesen ganzen Mist über mich in das Profil schreiben?«

»Du hast doch gesagt, dass du jetzt neue Wege gehen willst. Das ›wilde Tier in dir‹, du erinnerst dich?«

»Aber trotzdem musst du nicht gleich behaupten, ich würde mich regelmäßig an ein Gummiseil knüpfen und in die Tiefe springen! Das erweckt doch einen total falschen Eindruck von mir!«

»Es macht dich interessanter«, verteidigte sich Karo. »Und das ist alles, was zählt.«

Ich stieß einen Laut aus, der sich irgendwo zwischen Grunzen und Ächzen bewegte. »Ich wollte doch einfach nur ein bisschen Spaß haben! Und was ist das Ergebnis? Ein abgeschleppter Wagen, ein Ohnmachtsunfall vor dem Chemielehrer meiner Tochter und jetzt auch noch ein falscher Juan in Strapsen. Diese Bilanz ist echt kacke!«

»Du hattest einfach Pech«, versuchte Karo mich aufzumuntern. »Das Date heute Abend läuft bestimmt besser.«

»Das Date heute Abend läuft besser, weil ich nicht hingehen werde!«

»Natürlich gehst du hin«, erwiderte sie. »Dieser Martin macht wirklich einen vernünftigen Eindruck. Der wird dir gefallen.«

»Vergiss es, Karo. Vielleicht haben wir die Sache auch einfach ganz falsch angepackt. Wer sagt denn, dass man unbedingt flirten oder Sex haben muss, um Spaß zu haben?«

Jetzt war es tatsächlich einen erstaunlich langen Moment still in der Leitung. Dann stieß Karo eine Art Schnalzlaut aus. »Ich bitte dich: Spaß ohne Sex ist wie Pizza ohne Käse. Das ist praktisch unmöglich.«

Praktisch unmöglich war auch, darüber noch weiter mit meiner besten Freundin zu diskutieren.

»Ich kann heute Abend gar nicht ausgehen. Oder willst du etwa wieder in Lovis Bett einschlafen?«

»Sorry, ich muss heute passen«, gab Karo zu. »Marc und ich gehen ins Theater. Aber ich habe mich schon um eine Lösung für dein Problem gekümmert«, verkündete sie stolz.

»Ist ja toll. Bis eben wusste ich nicht mal, dass ich ein Problem habe – und jetzt krieg ich gleich noch die passende Lösung obendrauf!«

Karo ignorierte meine kleine Spitze. »Ich habe deine Mutter angerufen.«

»Was?!«

»Regina nimmt sich heute Zeit für die Kinder. Sie hat sogar extra eine Verabredung für dich abgesagt. Also mach jetzt ja keinen Rückzieher.«

Ich konnte es nicht fassen. Ich hatte ja nicht einmal gewusst, dass Karo überhaupt die Telefonnummer meiner Mutter besaß, geschweige denn, dass sie so unverschämt sein könnte, sie über meinen Kopf hinweg mit der Betreuung meiner Kinder zu beauftragen!

Offenbar merkte Karo jetzt auch, dass ich nicht ganz so begeistert war von ihrem Engagement.

»Komm schon, Lexie. Es hätte alles auch viel schlimmer kommen können. Ich hab schließlich nicht deine Schwiegermutter gebucht.«

»Herzlichen Dank auch!«, blaffte ich sie an. »Aber zufällig bin ich gerade nicht allzu gut auf meine Mutter zu sprechen.«

»Hat sie dir wieder eine Tantramassage aufs Auge gedrückt?«

»Viel schlimmer: Sie manipuliert meinen Vater! Er hat endlich mal jemanden kennengelernt und ...«

»Glaub mir, Lexie«, unterbrach sie mich. »Jede vernünftige Frau manipuliert ihren Mann auf die eine oder andere Weise. Also gib deiner Mutter eine Chance und sei pünktlich um acht im La Stella.« Dann legte sie einfach auf.

Ich wusste gar nicht, worüber ich mich am meisten aufregen sollte. Darüber, dass sie mich (A) einfach ein zweites Mal ungefragt verabredet hatte, (B) meine Mutter mit ins Boot geholt hatte oder darüber, dass sie (C) am Ende ganz eventuell sogar recht haben könnte mit dieser Manipulationsgeschichte.

Ich hatte Simon niemals manipuliert. War deshalb vielleicht alles aus dem Ruder gelaufen? Hatte ich ihm damit signalisiert, dass es in Ordnung wäre, mich zu betrügen?

Auf jeden Fall kochten jetzt all meine Gefühle wieder brühwarm hoch. Heute hätte er eigentlich nach Hause kommen sollen. In ein paar Stunden hätten wir ihn gemeinsam vom Flughafen abgeholt. Ob es ihm wohl gut ging ...?

Nein, er hatte es verdient, in der Hölle zu schmoren, redete ich mir krampfhaft ein, während ich mein Spiegelbild in einem der umliegenden Schaufenster suchte. *Er hat es verdient, er hat es verdient, er hat es verdient!*

Und *ich* hatte es verdient, endlich Spaß zu haben und mein Leben wieder in den Griff zu bekommen!

Vielleicht war dieses zweite Date heute Abend tatsächlich keine schlechte Idee. Irgendwann musste ich doch auch mal Glück haben, oder?

Leider war meine Oberschenkelmuskulatur dabei nicht auf meiner Seite. Die kurze Joggingrunde am Morgen hatte ihre Spuren hinterlassen – in Form eines heftigen Muskelkaters. Meine Oberschenkel brannten, als hätte Lucky Luke darauf ein Bison flambiert, um sich seine Zigarette anzustecken.

Wie auf rohen Eiern schleppte ich mich vom heimischen Schreibtisch, auf dem noch immer keine Gewinnerstory produziert worden war, in die Küche und wieder zurück.

Weil ich meiner Mutter heute ohnehin nicht aus dem Weg gehen konnte, bat ich sie kurzerhand, Lovi auch aus der Kita abzuholen. So sparte ich mir wenigstens den Wackelpudding-Walk durch den Stadtteil. Außerdem musste ich mit meiner Energie haushalten und konnte dabei auf Kurt und Konsorten gut und gerne verzichten.

Karlie war offensichtlich noch immer schwer beleidigt und schrieb mir nur eine kryptische SMS, dass sie heute bei einer Freundin übernachten würde. Ich hätte wahnsinnig gerne protestiert, wusste aber, worauf das hinauslaufen würde. Am Ende würde sie mich ja doch nur noch schrecklicher finden als zuvor. Außerdem sehnte ich mich ganz nebenbei nach etwas positivem Zuspruch, und den konnte ich von ihr ganz sicher nicht erwarten.

Immerhin bewegte mich mein schlechtes Gewissen dazu, ihrem Lehrer endlich eine Mail zu schreiben. Ich entschuldigte mich brav für meine Abwesenheit, schob irgendeinen halbherzigen Notfall vor und versprach dann, mich zu melden, sobald ich mich wieder in der Lage sehen würde, einen neuen Gesprächstermin zu vereinbaren. Was definitiv niemals der Fall sein würde! In Wirklichkeit wusste ich längst, wie diese Sache enden würde: Irgendwann würde Simon zurückkehren, und dann würde ich ihn nötigen, die Angelegenheit in die Hand zu nehmen. Karlies Lehrer würde niemals erfahren, dass die Mutter seiner Problemschülerin eine notorische Aufreißerin in zu enger Unterwäsche war, und einer verheißungsvollen Zukunft meiner Tochter als Nobelpreisträgerin würde nichts mehr im Weg stehen!

Alternativ konnte es natürlich sein, dass Simon im Thaiknast verrecken würde und irgendwann einfach Gras über die Sache wuchs … Aber ob so oder so: Karlie würde mich für beide Varianten vermutlich bis an ihr Lebensende verachten.

Um mir vor meinem Date noch ein bisschen Seelentrost zu verschaffen, schleppte ich mich mit meinen schmerzenden Beinen in den vierten Stock und sank in Frau Schultes Flur auf den Boden. Ruben ahnte natürlich nicht, dass ich heftige Schmerzen hatte, und ließ sich in alter Gewohnheit auf meinem Schoß nieder. Ich stieß einen Schrei aus, der direkt aus der Hölle kam. An Streicheleinheiten für meine geschundene Seele war also auch hier nicht zu denken. Irgendwann schaffte ich es unter großem Geächze zumindest, mich vom Boden aufzuraffen und den verwirrten Kater mit dem Nötigsten zu versorgen.

Kaum war ich wieder in unserer Wohnung, kam meine Mutter mit Lovi aus der Kita. Am liebsten hätte ich mich jetzt nur noch auf mich und mein bevorstehendes Spaßprojekt konzentriert, aber ich schaffte es leider nicht, meine Mutter und meinen Unmut ihr gegenüber auszublenden. Nach zehn Minuten hartnäckigen Schweigens meinerseits fiel auch bei ihr endlich der Groschen, dass hier irgendetwas nicht stimmte.

»Ist alles in Ordnung, Schätzchen?«

Warum bitte fragte alle Welt ständig, ob »alles in Ordnung« sei, wo sie doch alle genau wissen mussten, dass gerade nichts, aber auch *gar nichts* in Ordnung war?!

Egal. Jetzt half nur der Frontalangriff. Mit hochgezogenen Augenbrauen sah ich meine Mutter an.

»Ich finde das nicht okay, Mama!«

»Was?«

»Dass du dich in Papas Angelegenheiten einmischst!«

»Angelegenheiten?«

»Jetzt tu nicht so, als wüsstest du von nichts! Ich war dabei, als es Probleme mit deiner Spülmaschine gab.«

Meine Mutter runzelte die Stirn. »Seit wann interessierst du dich für meine Spülmaschine?«

»Seit du sie missbrauchst, um Papa wieder an dich zu ketten!«

»Wie bitte?« Sie wirkte ernsthaft überrascht.

»Ach komm, es ist doch kein Zufall, dass ich dir erzähle, dass Papa eine neue Frau kennengelernt hat und du genau jetzt seine Hilfe brauchst!«

»Aber ... meine Spülmaschine ist tatsächlich kaputt.«

»Dann ruf einen Handwerker, aber lass Papa in Ruhe glücklich werden!«

Das hatte gesessen. Meine Mutter starrte mich mit offenem Mund an. Das Schweigen, das sich anschloss, war wirklich hartnäckig – aber erstaunlicherweise hatte ich das erste Mal nicht das Bedürfnis, frühzeitig einzuknicken und eine Entschuldigung zu murmeln. Am Ende war es sogar meine Mutter, die das Schweigen brach. Sie räusperte sich ein paarmal und schenkte sich ein Glas Wasser ein.

»Falls es dich interessiert: Ich wünsche mir nichts sehnlicher, als dass dein Vater glücklich wird. Aber diese andere Frau ...«

»Ich wusste es«, setzte ich kopfschüttelnd an, aber meine Mutter unterbrach mich direkt.

»Ich bin noch nicht fertig! Meine Spülmaschine ist tatsächlich kaputt, und ja, ich hätte auch einen Handwerker rufen können. Stattdessen habe ich deinen Vater angerufen, weil ich weiß, dass er mir gerne hilft. Und was diese Frau betrifft ...«

»Du lässt ihn in Ruhe, verstanden?«

»Du hörst mir ja gar nicht zu!«

»Weil ich davon nichts hören will! Papa hat das Recht, sich neu zu verlieben, und damit basta!«

Der Blick, den wir wechselten, hätte ein blutiges Steak gefrieren lassen können.

Irgendwann ließ ich seufzend die Schultern hängen.

»Weißt du was? Ich bleibe einfach hier heute Abend.«

»Unsinn«, winkte sie ab. »Soweit ich Karo richtig verstanden habe, ist dieser Termin wichtig für deine Arbeit.«

Das hatte sie meiner Mutter erzählt? Ich musste ungläubig auflachen und setzte mich müde auf einen der Küchenstühle.

»Ich kann mich ohnehin kaum bewegen, alles tut weh.«

Meine Mutter zögerte einen Augenblick, dann setzte sie sich zu mir. »Ich hab's ja gesagt: Ab vierzig geht alles bergab.« Geradezu versöhnlich legte sie ihre Hand auf meine. In welchem Film war ich hier bitte gelandet? Ich hatte meiner Mutter zum ersten Mal offen und ehrlich meine Meinung gegeigt – und sie war nicht einmal böse? Entweder hatte die »neue Lexie« es tatsächlich so richtig drauf, oder aber meine Mutter hatte in Wirklichkeit noch ganz andere Leichen im Keller als die, die ich gerade ausgegraben hatte. Ich war aber zu erschöpft, um jetzt noch weiter herumzubohren, und erwiderte deshalb einfach ihren Händedruck.

»Das hier hat nichts mit dem Alter zu tun, Mama. Ich war heut Morgen joggen mit Karo.«

Jetzt verzog sie mitleidig das Gesicht. »Am besten nimmst du eine Schmerztablette, Schätzchen.«

»Es ist nur ein Muskelkater.«

»Tut es weh oder tut es weh?«

»Es tut weh«, gab ich zu.

Meine Mutter strich mir liebevoll übers Haar. »Lass es dir von deiner weisen Mutter gesagt sein: Es gibt Schmerzen, die man nicht mit Medikamenten betäuben kann. Und für alles andere gibt es Ibuprofen!«

Sie grinste – und ich konnte nicht anders als zurückzugrinsen.

Eigentlich hätte ich gerne darauf verzichtet, vor meinem Date noch Schmerztabletten einzuwerfen. Aber als ich kurz darauf kaum noch eigenständig vom Klo hochkam, sah ich ein, dass meine Mutter vielleicht recht hatte.

Im Arzneischrank über der Waschmaschine fand ich zum Glück eine Packung Paracetamol – die allerdings seit zwei Jahren abgelaufen war.

Wie konnte es sein, dass ich einen Arzt im Haus hatte, aber nicht ein einziges vernünftiges Schmerzmittel?

Vielleicht war das alles ein Zeichen. Vielleicht wollten mein Muskelkater und die fehlenden Schmerzmittel mir zuflüstern, dass es am besten wäre, wenn ich die Verabredung heute Abend einfach absagen und vergessen würde.

Mit letzter Kraft schleppte ich mich ins Schlafzimmer. Eventuell bunkerte Simon in seinem Nachttischschrank ja noch einen Geheimvorrat an Kopfschmerztabletten. Aber statt einer Packung Aspirin bekam ich in der vollgestopften obersten Schublade nur etwas anderes zu greifen – etwas, das meinen Schmerz nur vergrößerte: einen Prospekt über ein teures »Romantik-Resort« in Thailand ...

Der Anblick von Palmen, Sonnenuntergängen und halb nackten Liebespärchen versetzte mir einen Schlag in die Magengrube.

Bisher war ich davon ausgegangen, Simon wäre nach Thailand geflogen, um spontan ein bisschen Spaß zu haben. Aber diese Werbebroschüre hier deutete darauf hin, dass alles lange geplant war ...

Und plötzlich regte sich ein noch viel schlimmerer Verdacht

in mir: Was, wenn er gar nicht alleine nach Thailand gereist war? Gab es vielleicht eine andere Frau, mit der er sich diese romantische Auszeit hatte gönnen wollen?

Dieser Gedanke und die dazugehörigen Bilder, die nun in meinem Kopf aufploppten, schmerzten noch viel mehr als alles, was ich zuvor gefühlt hatte.

Nicht wieder heulen, nicht wieder heulen, nicht wieder heulen!

Nein, verdammt – ich würde mich nicht noch tiefer runterziehen lassen! Ich musste jetzt an mich denken und an nichts anderes!

Entschlossen schleppte ich mich zurück ins Bad und warf gleich drei Schmerztabletten ein. Immerhin waren sie abgelaufen und vermutlich nicht mehr vollständig wirksam. Außerdem galt: Viel hilft viel! Und ich war gerade dankbar für jeden Strohhalm, an dem ich mich festkrallen konnte.

Muskelkater konnte ich jetzt jedenfalls nicht mehr gebrauchen, nein. Ich würde es heute krachen lassen, dass sich die Balken bogen!

Vielleicht ist da zu viel Laktose in der Soße

Wir trafen uns bei dem kleinen Italiener in der Nähe der Kita. Rein äußerlich war Martin so gar nicht mein Typ – allerdings fragte ich mich auch, ob ich überhaupt so etwas wie einen Typen hatte. Ich hatte ja nicht einmal eine Lieblingsfarbe, geschweige denn Lieblingssongs, Lieblingsfilme oder Lieblingskaschmirpullover.

Und genau genommen war ich schon so lange mit Simon zusammen, dass ich mir seit Ewigkeiten nicht mehr die Frage gestellt hatte, was mir an einem Mann gefiel ...

Martin jedenfalls war obenrum schon ziemlich kahl, verfügte dafür aber über tadellose Manieren. Er begrüßte mich mit einem kleinen, unaufdringlichen Blumenstrauß, rückte mir galant den Stuhl zurecht und bestellte gleich zwei Gläser Wein für uns.

»Ganz schön gewagt, dass du den Wein bestellst«, rutschte es mir mit einem neckischen Zwinkern raus – und im Bruchteil einer Sekunde nahm Martins Kahlkopf die Farbe einer überreifen Tomate an.

»O Gott. Bist du etwa ...?«, stammelte er und beugte sich dann flüsternd zu mir vor. »Hast du ein Alkoholproblem?«

Es dauerte einen Augenblick, bis bei mir der Groschen fiel.

»Nein!« Ich versuchte, amüsiert aufzulachen, fürchtete aber, dass ich dabei ziemlich dümmlich rüberkam. »Ich fand es nur gewagt, weil du dich mit der Bestellung über die Emanzipation hinwegsetzt.«

»Emanzipation?« Martin warf seine große Stirn in Falten.

»Mit der Weinbestellung. Du weißt ja gar nicht, ob ich überhaupt Wein will. Das ist ziemlich traditionell. Altmodisch. Reaktionär ...?« *Halt die Klappe, Lexie!*

Martin brauchte einen Moment, bevor er sich räusperte.

»Entschuldigung. Ich wollte einfach nur höflich sein.«

»Höflich ist super, ehrlich. Höflich ist toll! Lass uns einfach vergessen, was ich gesagt habe«, schlug ich vor. »Ich bin ein bisschen aufgeregt.«

Das wiederum brachte Martin zurück in die Spur.

»Kein Problem.« Mit einem Lächeln, das wohl bescheiden wirken sollte, reichte er mir die Speisekarte. »Die meisten Frauen werden nervös, wenn sie mich sehen.«

Wie bitte? Meinte der das ernst? Hätte ich jetzt bereits mein Glas Wein in der Hand gehabt, hätte ich mich garantiert daran verschluckt.

Martin war nett, ja, zuvorkommend und hatte zweifelsohne Benehmen – aber er war definitiv kein Mann, bei dessen Anblick die Frauen scharenweise in Ohnmacht fielen. Wie kam es eigentlich, dass wir Frauen uns schon wegen eines einfachen Pickels im Gesicht am liebsten lebendig begraben lassen würden und Männer sich trotz Bierbauch und Glatze noch für ein durchaus passables Ryan-Gosling-Double hielten?

Die Journalistin in mir wäre dieser Sache jetzt wahnsinnig gerne auf den Grund gegangen, kriegte aber von der »neuen Lexie« einen Maulkorb verpasst. Immerhin war ich hier, um (A) das »wilde Tier« aus dem Gehege zu lassen, um (B) hemmungslosen Spaß zu haben – und nicht zuletzt, um (C) zu vergessen, dass mein Mann mich vorsätzlich betrogen hatte!

Sollte Martin sich doch für ein Puszta-Schnitzel halten, solange ich dabei auf meine Kosten kam.

An genau dieser Stelle hakte die ganze Geschichte allerdings ein bisschen. Denn der gute Martin war nicht nur aufrichtig überzeugt von sich, sondern hörte sich auch unheimlich gerne reden und war dabei leider sterbenslangweilig. Ich war jedenfalls ziemlich schnell dankbar, dass er Wein bestellt hatte, und orderte auch gleich eine zweite und dritte Runde, weil sein monotoner Monolog ohne Alkohol kaum auszuhalten war.

Er machte irgendetwas mit IT, züchtete mit beeindruckender Leidenschaft Goldfische und begleitete seine Mutter zweimal im Jahr auf eine Duty-Free-Reise nach Helgoland. Puh ...

Es gibt ja unendlich viele Definitionen von »Spaß haben« – aber leider ließ sich keine einzige davon auf diese Verabredung hier anwenden.

Trotzdem hielt ich mich krampfhaft an meinem Vorsatz und meinem Weinglas fest. Wenigstens spürte ich meinen Muskelkater nicht mehr, die Tabletten wirkten also. Wenn ich nun nur oft genug pseudointeressiert mit dem Kopf wippte und zwischendurch ein bisschen lachte, würde ich am Ende vielleicht trotzdem noch entlohnt. Mittlerweile war ich sogar so angetrunken, dass ich mir tatsächlich glaubhaft einreden konnte, Martin wäre ein ganz heißer Fang.

Doch als ich meinen dritten Bissen Spaghetti Carbonara hinunterschluckte, merkte ich plötzlich, dass ich neben der Gefahr, vor Langeweile einzuschlafen und an meiner Sahnesoße zu ersticken, noch ein anderes Problem hatte. Ein Problem in der Darmgegend. Und es war schlagartig ziemlich dringend.

Verdammt – das konnte doch nicht wahr sein!

Einen Moment lang versuchte ich, die Krämpfe einfach wegzuatmen, aber dann hielt ich es nicht mehr aus. Mitten in Martins Ausschweifungen über ökologisch wertvolles Premium-Goldfischfutter stieß ich meinen Stuhl zurück und rannte mit verkniffenem Gesicht Richtung Toilette.

Unglücklicherweise war das hier ein kleines Restaurant – familiär. Deshalb gab es auch nur ein einziges Damenklo, das direkt neben dem Garderobenhaken am Gastraum lag. Und zu allem Überfluss war dieses Klo gerade besetzt ...

Mein Schließmuskel machte mir allerdings unmissverständlich klar, dass ich keine Zeit hatte zu warten. Verzweifelt hämmerte ich gegen die Holztür, kriegte aber keine Antwort. Zum Glück öffnete sich in diesem Moment die Tür des Herrenklos nebenan. Ich schob mich ächzend an dem verdutzten Kerl im Tweed-Sakko vorbei, stieß ihn über die Schwelle nach draußen und knallte die Tür hinter mir zu. Keine Sekunde zu früh! Ich schaffte es gerade noch, meine Hose runterzureißen, da platzte es auch schon mit einem gehörigen Knall aus mir heraus.

Das mussten die verfluchten Schmerztabletten sein. Vielleicht hätte ich doch nicht gleich drei auf einmal einwerfen sollen ...?

Ich war weiß Gott nicht stolz darauf, aber es knallte und krachte eine ganze Weile unter mir in der Schüssel, als hätte ich ein illegales Feuerwerk gezündet. Am liebsten hätte ich die ganze Angelegenheit so stilvoll und leise wie möglich hinter mich gebracht, aber die heftigen Darmkrämpfe, die das Trauerspiel begleiteten, entlockten mir immer wieder animalische Stöhnlaute.

Keine Ahnung, wie lange ich am Ende über der Schüssel hockte, aber irgendwann beruhigte sich mein Darm wieder, und ich konnte aufstehen. Verdammt, das war definitiv nichts, was ich allzu schnell wiederholen wollte ...

Als ich allerdings die Toilettentür öffnete und in die vielen konsternierten Gesichter im angrenzenden Gastraum blickte, war ich doch kurz geneigt, im Erdboden zu versinken. Gegebenenfalls auch für den Rest meines Lebens!

Zum Glück stellte nun offenbar auch der Kellner fest, dass das hier für alle Beteiligten unfassbar peinlich war, und legte schnell Musik auf. Wäre natürlich schöner gewesen, wenn er das schon vor zehn Minuten getan hätte. Aber immerhin brachten die italienischen Mittelmeerklänge die Restaurantbesucher nun endlich dazu, sich wieder ihren Tellern und eigenen Problemen zu widmen.

Nur Martin wirkte noch etwas von der Rolle, als ich mich zurück zu ihm an den Tisch setzte. Um die peinliche Verlegenheit zwischen uns zu überbrücken, hielt ich ihm schnell mein Glas hin, damit er mir aus der Flasche, die in der Zwischenzeit auf unserem Tisch gelandet war, nachschenken konnte.

»Vielleicht ist da zu viel Laktose in der Soße«, flüsterte er, während er sich zu mir vorbeugte.

»Wie bitte?«

»Milchzucker«, erklärte er. »In deiner Carbonara-Soße. Bei meinen Fischen ist das jedenfalls fatal ...«

Ich wusste gar nicht, was mich jetzt gerade am meisten verstörte: die Vorstellung von durchfallgeplagten Goldfischen oder die Tatsache, dass er meinen kleinen Totalausfall tatsächlich noch ernsthaft erörterte. Schnallte dieser Kerl denn nicht, dass man solche Vorfälle aus Anstand totschwieg?

Na ja. Ich war nun bereits so tief gesunken, dass ich den Rest jetzt auch noch über mich ergehen lassen konnte. Außerdem gab es ja eine Menge Wein – und ehrlich gesagt überlebte ich die nächsten zwei Stunden überhaupt nur mit Alkohol.

Wegen des kleinen perestaltischen Notfalls traute ich mich nicht mehr, meine Spaghetti noch aufzuessen – wollte beim potenziellen bevorstehenden Beischlaf schließlich nicht in Martins Bett kacken.

Martin redete und redete und redete, während ich trank und trank und trank. Zwischendurch warf ich immer mal ein freundliches Lachen ein, hatte aber keinen blassen Schimmer, ob es an der richtigen Stelle war. Natürlich flackerte auch immer mal der

Gedanke auf, die ganze Sache einfach abzubrechen und alleine nach Hause zu torkeln. Aber dann musste ich jedes Mal mit brutaler Schonungslosigkeit an Simon und den Romantik-Prospekt denken und bestellte mir lieber schnell noch einen Wein. *Ich werde Spaß haben, verdammt, und wenn ich dafür hinterher eine Entzugstherapie machen muss!!!*

Am Ende war ich tatsächlich so betrunken, dass ich Martins Kopf doppelt sah. Aber abgesehen davon fühlte ich mich gut, ja: Ich fühlte mich großartig!

Dass irgendetwas nicht stimmte, stellte ich erst fest, als Martin nach der Rechnung winkte und auf Nachfrage des Kellners verkündete, dass wir getrennt zahlen würden.

Das konnte er doch unmöglich ernst meinen! War das vielleicht die Quittung dafür, dass ich eingangs darauf hingewiesen hatte, selbst bestellen zu können? Ging er deshalb davon aus, dass ich jetzt auch selbst zahlen wollte? Oder war der Kerl schlicht und ergreifend zu knauserig, um die schätzungsweise vier Flaschen Wein zu bezahlen, die ich geleert hatte, um seine Selbstbeweihräucherung zu ertragen?

So kurz vor dem Ziel wollte ich aber auf keinen Fall die Flinte ins Korn werfen.

»Ich zahle alles«, verkündete ich großmütig.

Martin wirkte verblüfft. »Das musst du nicht ...«

»Ich mach es aber – weil ich es kann!« *Ha!*

Und mehr noch: Ich schlug sogar ein großzügiges Trinkgeld obendrauf. Konnte schließlich nicht mit Sicherheit sagen, wie es hinter der Tür der Herrentoilette aussah ...

An der Garderobe war Martin jedenfalls wieder ganz Gentleman und half mir in den Mantel. Ich taumelte ein bisschen vor und zurück, weil ich die Öffnung für den zweiten Arm nicht sofort fand. Aber als endlich alles fest verschnürt war, hakte ich mich bei Martin ein und zwinkerte ihm verschwörerisch zu.

»Ist es weit zu dir nach Hause?«

Mit einem Mal wirkte er seltsam verhalten und vor allem wortkarg. Umständlich streifte er meinen Arm ab.

»Ich finde, wir sollten nichts überstürzen.«

»Wie bitte?« Ich hatte leider keine Kontrolle mehr über meine Mimik, fürchtete aber, dass mir gerade so ziemlich alles aus dem Gesicht rutschte.

»Na ja«, stammelte Martin weiter. »Wir hatten doch ... einen wirklich schönen Abend. Und ich bin kein Mann für schnelle Nummern. Ich lasse es lieber ... langsam angehen.« Er lächelte, als wäre er darauf auch noch stolz.

Langsam? Wollte der Typ mich verarschen? Ich war vielleicht betrunken, ja, aber ganz sicher nicht blöd!

»Das meinst du nicht ernst, oder?«, platzte es schließlich aus mir heraus, und ich merkte, wie sich ein hysterisches Lachen meine Kehle hinaufdrängte. »Weißt du, wie ›langsam‹ dieser Abend für mich vergangen ist?! Sehr langsam – eine altersschwache Schildkröte ist ein Rennpferd gegen deine lahmen Geschichten!«

Martin blickte sich erschrocken zu den anderen Gästen um. Offenbar war ich ganz schön laut – und ich fing gerade erst an!

»Denkst du ernsthaft, das hier hat mir Spaß gemacht?«

»Bitte, Alexa, vielleicht können wir ...«, versuchte er mich flüsternd zu beruhigen, aber ich war nicht mehr zu bremsen. Das bengalische Feuer war wieder entfacht!

»Wir können jetzt vögeln gehen, ja!«, führte ich seinen Satz laut und deutlich fort. »Denn nur dafür habe ich mir den ganzen Scheiß doch angehört! Denkst du denn, es interessiert mich, wo deine Mutter ihren Doppelkorn kauft oder wie oft du deinen Fischen die Schuppen kämmst? Nein, ich habe genickt und gelächelt und getrunken, weil ich Sex will, verdammt! Ist das so schwer zu verstehen? Welchen Teil von *Sex* verstehst du nicht? S – E – X!«

Martin war jetzt tatsächlich zu Stein erstarrt, genau wie der Rest der Restaurantbesucher. Alle glotzten mich völlig entgeistert an.

Doch bevor ich noch darüber nachdenken konnte, ob ich mich eventuell für meinen Auftritt schämen sollte, bemerkte ich, dass zwei neue Gäste in der offenen Restauranttür standen: Kurt und Delia ...

Ich schloss die Augen und flehte das Universum an, das alles hier ungeschehen zu machen – aber natürlich scherte sich das Universum mal wieder einen feuchten Dreck um meine Wünsche. Und so öffnete ich die Augen irgendwann wieder, rang mir ein verzweifeltes Lächeln ab und raunte Kurt und seiner Frau zu: »Es ist nicht so, wie es aussieht ...«

Mal ehrlich ...

Wie schwer kann es bitte sein, einen einigermaßen vernünftigen Kerl für eine absolut unvernünftige Affäre zu finden?!?!

Haben Sie schon mal über eine Kur nachgedacht?

Der nächste Morgen wurde begleitet von Kopfschmerzen, die direkt aus der Hölle kamen. Ich stand trotzdem extrafrüh auf und brachte Lovi überpünktlich in die Kita, in der Hoffnung, um diese Uhrzeit noch niemandem in der Garderobe zu begegnen.

Obwohl ich ziemlich betrunken gewesen war, erinnerte ich mich schmerzhaft genau daran, was gestern im Restaurant geschehen war. Und weil ein Umzug nach Uganda auf die Schnelle leider keine Option war, lautete mein Motto: *ausweichen und flüchten!*

Tatsächlich war Lovi das erste Kind heute Morgen. Selbst Katja hatte sich noch nicht richtig umgezogen, da schickte ich ihn bereits in den Gruppenraum.

»Wichtiges Meeting«, schob ich vorsorglich als Erklärung vor.

»Und Simon ist immer noch unterwegs?«, hakte sie neugierig nach.

Sofort wallte wieder Zorn in mir auf. »Simon wird noch eine ganze Weile unterwegs sein, ja.« *Unterwegs in die Hölle!* Und dann gab ich Lovi schnell einen Kuss und verschwand nach draußen.

Das Problem mit Alkohol ist ja, dass er irgendwann wieder aus dem Blutkreislauf verschwindet – und mich machte das jedes Mal wahnsinnig sentimental. Anstatt jetzt also innerlich zu kochen wie eine Gulaschkanone, heulte ich auf dem Weg in die Redaktion wie ein Schlosshund.

Am liebsten hätte ich mich auch heute wieder krankgemeldet, aber ich fürchtete, das wäre zu viel des Guten. Musste schließlich immer noch meinen Job retten – wenn meine Ehe und meine Würde schon hoffnungslos verloren waren …

»Du siehst echt scheiße aus«, begrüßte mich K.J., als ich ihm auf dem Flur über den Weg lief.

»Kleine Erkältung«, schniefte ich und wischte die letzten Tränen hastig in meinen Ärmel.

»Das ist ja doof«, sagte er und verzog das Gesicht. »Eigentlich hatte ich ein Attentat auf dich vor.«

Ich sah ihn fragend an.

Er seufzte. »Gerard kommt heute für einen Überraschungsauftritt in die Stadt ...«

»Justin Gerard?!« Meine Verzweiflung war wie weggeblasen.

»Ja, und wir schicken natürlich auch jemanden zur After-Show-Party. Du wirst es nicht glauben, aber Gerard hat ausdrücklich nach dir verlangt.«

Wie bitte? Ich blickte ein paarmal rechts und links über meine Schulter, bevor ich verstand, dass er tatsächlich mich meinte.

»Er hat ... nach mir verlangt?«

»Offenbar hast du einen bleibenden Eindruck hinterlassen neulich.« K.J. grinste schief und zuckte mit den Schultern. »Ich könnte natürlich auch Vivien schicken ...«

»Auf keinen Fall!«, schoss es wie eine Feuersalve aus mir heraus. »Ich krieg das schon hin.«

»Meinst du denn, du bist heute Abend wieder fit genug?«

»Für Justin Gerard wäre ich auch in drei Minuten wieder fit!«

»Das ist die richtige Einstellung!« K.J. boxte mir eine Spur zu grob gegen den Oberarm. Er wollte schon wieder weiter, da fiel ihm offenbar noch etwas ein. »Wie geht's mit deiner Story voran?«

»Gut«, log ich wie aus der Pistole geschossen. »Sehr gut sogar.«

»Kann ich schon mal was lesen?«

»Nein!«

K.J. blinzelte mich verstört an. »Nein ...?«

»Der Knalleffekt ist größer, wenn es eine Überraschung bleibt«, sagte ich mit der größtmöglichen Überzeugung. »Du wirst dich also noch bis Montag gedulden müssen.«

Er zögerte einen Augenblick, schluckte den Köder dann aber und verschwand achselzuckend den Flur hinab.

Ich musste mich noch ein paarmal kneifen, um glauben zu können, was hier gerade passiert war. Justin Gerard kam in die Stadt – und er hatte ausdrücklich nach mir verlangt!

Natürlich fragte ich mich kurz, wie er nach Lexie Ehrlich fragen konnte, wo er mich doch eigentlich für Lucy hielt, und womit ich mich für diese Ehre qualifiziert hatte. Aber dann schmiss ich meine blöden Selbstzweifel einfach über Bord und redete mir ein, dass ich schlicht und ergreifend eine Wahnsinnsjournalistin war, die dieses Vergnügen mehr als verdient hatte, jawohl!

Trotzdem benötigte ich nun erst mal einen starken Kaffee.

Als ich in die Küche kam und mir die größte verfügbare Tasse griff, entdeckte ich neben der Zuckerdose ein herrenloses Smartphone. War das nicht Viviens Handy ...?

Ich war mir ziemlich sicher, dass es meiner jungen Kollegin gehörte, und ließ es in meine Tasche gleiten. Sobald mein Kaffee durchgelaufen war, würde ich es ihr vorbeibringen. Diese Nettigkeit konnte ich mir heute getrost leisten. War schließlich Lexie Ehrlich, die Frau, nach der sich Justin Gerard verzehrte!

Doch so weit kam es gar nicht. Kaum hielt ich die heiße Kaffeetasse in der Hand, stolperte Vivien hinter mir in die Küche. Sie wirkte irgendwie gehetzt, aufgelöst – und besorgt.

»Hast du mein Handy gesehen?«

Ich zog amüsiert die Augenbrauen in die Höhe. »Ich wünsche dir auch einen wunderschönen guten Morgen, Vivien.«

Vivien sah mich zerknirscht an. »Tut mir leid. Ich hab mein

blödes Handy irgendwo verloren, und da sind all die Aufzeichnungen für meine Story drauf.«

Mein Interesse war geweckt. »Du meinst für die Story, mit der du dich um die Festanstellung bewirbst?«

Mit einem Seufzen ließ Vivien sich auf einen der Stühle sinken. So hilflos kannte ich sie gar nicht. »Ich habe haufenweise Fotorecherche betrieben und Interviews aufgenommen. Ich sag dir, Lexie: Ich stehe ganz kurz davor, diese Frau zu entlarven!«

»Welche Frau?«

»Na, die *Mal-ehrlich*-Autorin!«, zischte sie und vergrub stöhnend ihr Gesicht in den Händen.

Vor Schreck verschluckte ich mich am Milchschaum. »Du ... wolltest über *Mal ehrlich* berichten?« Verdammt. Warum hatte ich davon nichts gewusst?

Vivien beantwortete meine Frage im nächsten Moment. »Du bist ja gleich abgehauen bei der Konferenz am Montag, aber ja. Ich finde diese Frau total spannend – und K.J. fand es auch gut.« Sie schloss die Augen und atmete tief durch. »Aber das bringt mich jetzt auch nicht weiter, solange ich meine Aufzeichnungen nicht wiederfinde. Scheiße, Lexie, ich bin die ganze Woche durch die Stadt getingelt, hab jede Toilette unter die Lupe genommen – und jetzt soll alles umsonst gewesen sein?«

Sie sackte auf dem Stuhl zusammen wie ein Häufchen Elend. Natürlich war mein erster Impuls, sie zu erlösen, in meine Tasche zu greifen und ihr ihr Telefon zu geben. Aber dann schoss mir plötzlich ein anderer Gedanke durch den Kopf.

Ich konnte ihr das Handy unmöglich aushändigen. Erstens würde ich Gefahr laufen, dass sie mich auf die letzten Meter doch noch enttarnte, und diese Blöße wollte ich mir nicht geben. Und zweitens verschaffte es mir doch eindeutig einen Vorteil, wenn sie ihre Aufzeichnungen nicht wiederkriegte. Denn dann konnte sie ihre Story nicht überzeugend abliefern, und mir stand nichts mehr im Wege!

Ich hätte lügen müssen, wenn ich behauptet hätte, dass sich das hier gut anfühlte. Aber trotzdem ließ ich Viviens Handy da, wo es war. War das nett von mir? Ganz sicher nicht. Aber auf der anderen Seite hatte mich das Viel-zu-nett-Sein ja erst in diese bescheidene Lage hier gebracht. Und deshalb klammerte ich mich jetzt auch an meiner heißen Kaffeetasse fest und zuckte unschuldig mit den Schultern.

»Ich hab dein Handy leider nicht gesehen. Aber wer weiß: Vielleicht taucht es ja bei meinen Quarkbällchen wieder auf?« Dann zwinkerte ich kameradschaftlich und verschwand so schnell wie möglich aus der Küche.

Ganz kurz regte sich die alte Lexie in mir – die, die sofort ein schlechtes Gewissen bekam, auf der Stelle umdrehen und sich entschuldigend vor Viviens Füße schmeißen wollte. Aber zum Glück brachte ich diese Lexie mit einem beeindruckenden Tigerfauchen wieder zum Schweigen.

Bedauerlicherweise stellte ich im nächsten Moment aber fest, dass ich nicht etwa, wie beabsichtigt, nur im Geiste gefaucht hatte, sondern in echt – und zwar laut und deutlich!

Beauty-Tina, die gerade an mir vorbeiging, sah mich jedenfalls äußerst irritiert an. »Alles okay bei dir, Lexie?«

Einen Augenblick hielt ich ertappt inne, aber dann grinste ich so breit wie möglich. »Mir ging's nie besser.«

Tina runzelte zwar noch immer die Stirn, doch davon ließ ich mich jetzt nicht mehr aufhalten. *Lexie Ehrlich was on fire!*

Kaum hatte ich meine Bürotür hinter mir geschlossen, ließ ich mich auf meinen Schreibtischstuhl plumpsen und atmete ein paarmal tief durch.

Warum war es bitte so schwer, für die eigenen Interessen zu kämpfen, ohne sich komplett scheiße zu fühlen?

Denn ich konnte es nicht leugnen: Es fühlte sich nach wie vor bescheiden an, Vivien belogen zu haben. Ich redete mir hartnäckig ein, dass Vivien ihr Handy (A) schließlich eigenhändig verloren hatte und sich außerdem (B) meinen Job krallen wollte. Letzteres konnte ich unter gar keinen Umständen zulassen! Wer wäre ich denn noch, wenn ich nicht mal mehr Redakteurin bei der GLORIA war? Neu anzufangen war ziemlich schwer, das wurde mir gerade mehr als schmerzlich bewusst. Meine Oberschenkel brannten nämlich immer noch vom Joggen, und mein Schädel dröhnte, als hätte sich darin ein Schwarm Presslufthammer eingenistet.

Nein, es war wirklich vollkommen in Ordnung, dass ich Vivien nun nicht half – immerhin hatte sie auch nie etwas anderes getan. Sie hatte sich immer genommen, was ihr gefiel. Und jetzt war ich eben an der Reihe. Wenn ich schon alles andere verlieren sollte: Diese Festanstellung gehörte mir!

Blöderweise war ich mit meiner eigenen Geschichte noch immer nicht weitergekommen. Was nützte es mir, Vivien auszuschalten, wenn ich selber nichts in der Hand hatte, womit ich K.J. überzeugen konnte?

Ich ließ meinen Kopf gerade auf die Tischplatte sinken, als mein Handy zu klingeln begann.

Es war eine Auslandsnummer, ziemlich lang – und auf einen Schlag war der Schmerz mit aller Wucht zurück. Das war mit Sicherheit Simon ...

Ich musste schlucken und versuchte die Tränen, die sich ganz automatisch in meine Augenwinkel drängten, zurückzuhalten.

Wieso konnte er mich nicht einfach in Ruhe lassen? Ich konnte es mir nicht leisten, mich jetzt noch ausbremsen oder runterziehen zu lassen, nein. Ich brauchte all meine Kraft, um zumindest meinen Job zu retten! Und wer wusste schon, was Simon mir jetzt wieder erzählen wollte! Ich war jedenfalls nicht stark genug, um ihm entgegenzutreten. Deshalb drückte ich den Anruf eiskalt weg, genau wie die heißen Tränen in meinen Augen.

Ich war Lexie Ehrlich – und ich hatte heute Abend ein Date mit Justin Gerard, jawohl! Weil ich aber auch dafür etwas Unterstützung gebrauchen konnte, öffnete ich mein Telefonbuch und wählte eine andere Nummer.

»Sie sind auf der Suche nach Sex?« Doktor Dodenbaum hob überrascht die Augenbrauen, senkte den Kopf und blickte mich über seinen Brillenrand hinweg an.

Ich nickte und wirkte dabei vielleicht ein klein bisschen trotzig. Jedenfalls nahm mein Therapeut im nächsten Augenblick seine Brille ab und räusperte sich verunsichert. Dann breitete sich tatsächlich ein verlegenes Lächeln auf seinem Gesicht aus.

»Nun ja, ich fühle mich geschmeichelt, aber ...«

Ich benötigte einen Augenblick, bevor ich verstand, worauf er hinauswollte – aber dann schüttelte ich krampfhaft den Kopf und lachte los.

»Um Gottes willen, nein! Ich will doch keinen Sex mit *Ihnen!*«

Mein glockenhelles Lachen brachte ihn offenbar aus dem Konzept.

»Ich bin hier, um zu reden«, fuhr ich schnell fort. »Dafür bezahle ich Sie schließlich – und zwar nicht zu knapp.«

Auf einmal wirkte er regelrecht eingeschnappt. »Nur um das klarzustellen, Frau Ehrlich: Sie bezahlen mich für meine fachmännische Behandlung als ausgebildeter Psychotherapeut.«

»Ganz genau. Nichts anderes habe ich behauptet.«

»Doch«, widersprach Dodenbaum und setzte sich seine Brille

zurück auf die Nase. »So, wie Sie es sagen, klingt es, als würden Sie mich für eine einfache Dienstleistung bezahlen. Dabei ist mein Einsatz viel komplexer – vielschichtiger. Sie bezahlen mich dafür, dass ich Ihrer Seele beim Heilen helfe.«

Meiner Seele beim Heilen? Meinte er das ernst?

Auf einmal war ich mir ziemlich sicher, dass ich meinen Therapeuten erstmals durch Karos Augen sah, und dass er vermutlich einen winzig kleinen Penis hatte. Letzteres Thema zu vertiefen würde ihn am Ende aber wahrscheinlich glauben lassen, ich hätte doch Interesse an Sex mit ihm, deshalb ließ ich den Gedanken an seine »Ausstattung« jetzt auch lieber schnell fallen und murmelte: »Tut mir leid, wenn ich Sie gekränkt habe. Ich schätze Sie natürlich für Ihre Professionalität und sehe Sie keinesfalls als einfachen Dienstleister.« Eigentlich hätte ich ihm auch gerne noch gesagt, dass er sich endlich seine Nasenhaare entfernen sollte und dass hundertfünfzig Euro definitiv zu viel waren für seine Arbeit, aber die Sache mit dem Sex hatte ihm offenbar schon genug zugesetzt.

Außerdem konnte ich immer noch etwas Zuspruch gebrauchen, deshalb hatte ich schließlich um diesen Notfalltermin gebeten.

»Ich suche nach Spaß«, sagte ich hastig, um das Gespräch wieder in die richtige Bahn zu leiten.

Dodenbaum griff wie immer zu seinem Notizblock. »Und Spaß bedeutet für Sie Sex?«

»Na ja, Sex macht auf jeden Fall Spaß«, gab ich zu, weil das zumindest früher der Fall gewesen war.

»Und warum haben Sie nicht einfach Sex mit Ihrem Mann?«

»Weil mein Mann in einem Gefängnis in Thailand festsitzt.«

Das hatte gesessen. Vor Schreck fiel Doktor Dodenbaum sein Block aus der Hand. Er hob ihn hektisch vom Boden auf – aber ich hatte längst gesehen, dass er mal wieder nur Galgenmännchen daraufgekritzelt hatte.

Er räusperte sich ertappt. »In einem Gefängnis in Thailand, sagen Sie?«

»Ich bin nicht hier, um über meinen Mann zu reden.«

»Aber ... er ist ganz offensichtlich in Not«, wendete Dodenbaum ein, und so langsam platzte mir der Kragen.

»Mein Mann ist ein Betrüger – und *ich* bin in Not, sieht das denn keiner?!«

Dodenbaum kratzte sich verunsichert am Kinn. »Und wie sieht Ihre Not genau aus?«

»Ich musste meine Ehe an den Nagel hängen und stehe kurz davor, meinen Job zu verlieren – obwohl ich Viviens Handy geklaut habe!«

»Vivien?« Doktor Dodenbaums Irritation wurde sekündlich größer.

»Vivien ist meine Kollegin«, schnaufte ich.

»Und Sie haben ihr Handy geklaut, weil ...?«

»Weil ich nicht mehr nett bin, verdammt! Ich bin ein wildes Tier, und ich nehme mir, was mir gefällt! Aber leider brauche ich dafür erst mal Sex – und Spaß!« Mein Gott, war das denn wirklich so schwer zu verstehen?

Mein Therapeut sah mich jedenfalls an, als spräche ich plötzlich Hindi. Irgendwann räusperte er sich und krallte die Finger um seinen Notizblock.

»Haben Sie schon mal über eine Kur nachgedacht?«

Ich runzelte überrascht die Stirn. »Gibt es da denn Sex?«

»Nein, aber Erholung, Frau Ehrlich. Sie wirken sehr angespannt.«

»Ich *bin* angespannt – weil mein Leben gerade den Bach runtergeht! Wären Sie etwa nicht angespannt, wenn sich Ihre Frau in den Thaiknast gevögelt hätte?«

»Ich habe keine Frau.«

Mit einem lauten Ächzen lehnte ich mich auf dem Behandlungsstuhl zurück. »Und vielleicht liegt genau da das Problem!«

Dodenbaum blinzelte mich verständnislos an. »Das Problem?«

»Dass Sie mir auch nach unzähligen Therapiestunden und Tausenden von Euros nicht helfen können! Vielleicht müssten Sie erst einmal etwas von uns Frauen verstehen, bevor Sie uns und sich einreden, uns helfen zu können!«

Mit einem Mal war Dodenbaum blass wie ein Kreidefelsen. »Wie bitte?«

»Denken Sie denn, ich merke das nicht?«

»Was ...?«, stammelte er und war offensichtlich bemüht, wieder etwas Autorität zurückzuerlangen – aber ich hatte ihn längst durchschaut.

»Dass Sie bescheuerte Strichmännchen auf Ihren Block kritzeln und so tun, als würden Sie sich Notizen machen! Ich bin vielleicht gutmütig, aber nicht blind – und im Übrigen auch nicht blöd!«

Dodenbaums Gesichtsfarbe wechselte von weiß zu feuerquallenrot. »Aber ... ich ... ähm ...«, stotterte er – und mir riss endgültig der Geduldsfaden.

»Denken Sie denn ernsthaft, Sie können mir mit diesen Kalendersprüchen helfen?! ›Sag, was du willst, dann kriegst du, was du willst.‹ Ich will mein verdammtes Leben zurück – und was kriege ich stattdessen? Es gibt da draußen nicht einen einzigen vernünftigen Kerl für eine Affäre, wussten Sie das? Ich will meinen Job behalten, kriege aber nicht eine einzige gute Zeile aufs Papier! Ich will meinem Mann in den Allerwertesten treten, aber mein verfluchtes Bein reicht leider nicht bis Thailand! Was sagen Sie jetzt? Hab ich genug gesagt, was ich will?!«

Dodenbaum starrte mich an, als hätte ich ihn mit einer Heißluftpistole an die Wand getackert. Irgendwann schaffte er es zumindest, laut zu schlucken, und dann öffnete sich sogar sein Mund.

»Ich möchte, dass Sie jetzt gehen, Frau Ehrlich.«

Echt jetzt? Das war alles, was er dazu zu sagen hatte? Ich konnte mich nicht länger zusammenreißen und lachte los.

»Nein, wissen Sie was, Doktor Dodenbaum? *Ich* möchte jetzt gehen. Und ich hätte genau genommen schon viel früher gehen sollen. Aber bevor ich mich jetzt für alle Zeiten aus dem Staub mache, möchte ich Ihnen sagen, dass Ihre Nasenhaare so lang sind, dass man sie vermutlich mit Ihrem Schamhaar verknoten könnte, ohne dass Sie sich bücken müssten! Und außerdem glaube ich, dass Sie einen absolut kleinen Penis haben.«

Mit einem Ruck erhob ich mich vom Ledersessel und marschierte auf die Tür zu. In letzter Sekunde fiel mir noch etwas ein.

»Nur dass Sie es wissen: Ich werde auf keinen Fall für diese Stunde hier bezahlen!«

»Sie sind aber vertraglich verpflichtet zu ...«

»›Vertraglich verpflichtet‹ kann mich mal!«, unterbrach ich ihn und verschwand mit einem beeindruckenden Türknallen aus dem Behandlungszimmer.

Eher etwas Schlichtes, bitte!

Auf der Fahrt zurück ins Büro stellte ich mein Handy aus. Das Letzte, was ich jetzt gebrauchen konnte, waren weitere Anrufe von Simon oder Doktor Dodenbaum. Ehrlich gesagt gab es gerade überhaupt niemanden, mit dem ich sprechen wollte – nicht einmal Karo.

Jetzt hatte ich also nicht nur (A) keine intakte Ehe mehr, sondern auch noch (B) nicht mal mehr einen Therapeuten, dem ich darüber die Ohren hätte vollheulen können. Aber irgendwie hielt sich meine Trauer gerade ziemlich in Grenzen. Irgendwo tief in meinem Inneren hatte ich schon lange Zweifel daran gehegt, ob Doktor Dodenbaums Ansätze mir wirklich helfen konnten. Ich meine, mal ernsthaft: Ich hatte unzählige Stunden vor dem Spiegel verbracht und mir eingeredet, ein Puszta-Schnitzel zu sein! Wer so etwas glaubte, hatte es vermutlich sogar verdient, teures Lehrgeld zu zahlen ...

In diesem Moment vibrierte Viviens Handy in meiner Tasche. Ich warf einen schuldbewussten Blick auf das Display und sah, dass Tina bei ihr anrief. Und nicht nur das, nein: Als die Vibration verstummte, verriet mir der Bildschirm, dass sie ganze zwölf Mal bei Vivien angerufen hatte. Was konnte denn bitte so dringend sein, dass man jemanden zwölf Mal anrief?

Auf die Schnelle fiel mir nur eine plausible Erklärung ein: Vermutlich benutzte Vivien Tinas Telefon und rief ihre eigene Nummer an, in der Hoffnung, das Handy irgendwo klingeln zu hören.

Bevor ich jetzt doch noch wieder anfangen konnte, mich mies zu fühlen, schob ich das Smartphone extratief in meine Handtasche, bis es irgendwo unter alten Taschentüchern und Bonbonpapieren verschwand.

Trotzdem konnte ich meine Gedanken nicht von Vivien lösen. Während ich meine Abrechnung mit Doktor Dodenbaum kein bisschen bereute, fühlte es sich noch immer blöd an, Vivien belogen zu haben. Wie konnte es bitte sein, dass sich das eine Nicht-nett-Sein viel weniger beschissen anfühlte als ein anderes? Lag es vielleicht daran, dass mein Therapeut die Abreibung verdient hatte und Vivien nicht?

Ich zuckte erschrocken zusammen, als ich mich bei diesem Gedanken ertappte. Natürlich hatte Vivien einen Denkzettel genauso verdient – immerhin hatte sie all die Jahre ihre makellosen Ellenbogen ausgefahren!

Außerdem hätte sie mir mit ihrer Story über *Mal ehrlich* nicht nur den Job vor der Nase wegschnappen können, sondern hätte mich auch vor aller Welt als aufmüpfige Toilettenschmiererin entlarvt! Und das wäre eindeutig zu viel des Guten gewesen. Nein, es war absolut richtig, das Handy vorübergehend zu verwahren.

Kaum war ich zurück im Büro, holte mich das Vivien-Phantom allerdings schon wieder ein – in Form von Tina. Erst rannte sie beinahe in mich hinein und hielt mich dann angespannt am Arm zurück.

»Hey, hast du Vivien gesehen?«

Ich zuckte möglichst unbeteiligt mit der Schulter. »Heute Morgen, ja. Aber jetzt komme ich gerade erst von einer Recherche zurück.« *Recherche* – das klang gut. Professionell und irgendwie wichtig.

Tina schien sich dafür jedoch nicht sonderlich zu interessieren. »Das ist echt merkwürdig. Sie ist seit Stunden wie vom Erdboden verschluckt ...«

Tatsächlich wunderte mich, dass Viviens Abwesenheit sie derart aus dem Konzept brachte.

»Sieh doch mal auf der Toilette nach«, flüsterte ich und zwinkerte verschwörerisch. »Vielleicht ist sie wieder mit K.J. abgetaucht, um ... du weißt schon, was.«

Tina sah mich völlig verstört an. »Was meinst du?«

»Komm schon, das ist doch kein Geheimnis.« Kameradschaftlich puffte ich ihr meinen Ellenbogen in die Seite.

Aber Tina stand offenbar auf dem Schlauch. »Was soll kein Geheimnis sein?«

Ich rollte amüsiert mit den Augen. »Na, dass sie ein Verhältnis mit K.J. hat.«

Tina schüttelte den Kopf. »Blödsinn, das bildest du dir nur ein.« Ihr ungläubiges Lächeln wirkte allenfalls hilflos. Am liebsten hätte ich sie in den Arm genommen und fest an mich gedrückt. Vor wenigen Tagen war ich selbst noch so ein naives Schäfchen gewesen, das nur an das Gute im Menschen glaubte. Aber mittlerweile war ich darüber hinausgewachsen – ich war *über mich* hinausgewachsen.

»Ich habe sie erwischt«, flüsterte ich Tina zu und setzte noch mal einen extraernsten Blick auf. »In flagranti.«

»Wie bitte?« Tina zog die Augenbrauen so weit in die Höhe, dass ihr beinahe die Brille von der Nase rutschte. »Du hast sie erwischt? Beim Sex mit K.J.?«

Im Grunde hatte ich sie natürlich nur bei dem Danach erwischt – aber das ließ sich jetzt nicht so eindrucksvoll erzählen.

»Auf frischer Tat«, sagte ich deshalb und grinste schief. »Neulich auf dem Damenklo ...«

Tina zögerte, schüttelte dann aber den Kopf und ging gedankenversunken weiter.

Einen ganz kurzen Moment fühlte ich mich wieder mal mies.

Es war die eine Sache, ihr das Handy zu klauen – aber noch mal eine ganz andere, Gerüchte über sie zu verbreiten. Auf der anderen Seite hatte ich mir diese Gerüchte ja nicht ausgedacht, sie hatte sie selbst unterfüttert. Und außerdem würde Vivien hier bald ohnehin nur noch als freie Mitarbeiterin herumlaufen, insofern würden ihr diese Geschichten wohl nicht ewig anhängen. Deshalb schüttelte ich mein schlechtes Gewissen jetzt auch extraschnell ab. Auf meinem Weg zum Triumph konnte ich es heute wirklich nicht mehr gebrauchen.

Nach der Arbeit schob ich Viviens Handy in meine Schreibtischschublade und schaltete mein eigenes Telefon wieder ein. Ich musste nämlich dringend mit Karo reden. Allerdings war ich mir nicht sicher, ob das wirklich meine beste Freundin war, die nach einer halben Ewigkeit endlich den Anruf annahm. Sie klang müde und gereizt, nein, in Wirklichkeit klang sie wie ein Mensch gewordener Mülleimer bei vierzig Grad im Schatten.

»Was ist?«, murmelte sie und konnte dabei offenbar nicht einmal die Kraft aufbringen, mich eindrucksvoll anzublaffen.

»Ich brauch ganz dringend deine Hilfe.«

Einen Augenblick blieb es still in der Leitung, dann ging mir langsam die Geduld aus. »Bist du noch da?«

Karo seufzte. »Es ist grad schlecht, Lexie, ich kann nicht …«

»Justin Gerard ist heute in der Stadt!«, unterbrach ich sie aufgeregt, weil uns nicht viel Zeit blieb. »Und stell dir vor: Er will, dass ich zur After-Show-Party komme. Er hat sogar ausdrücklich nach mir gefragt!«

Wieder war es eine Weile leise am anderen Ende, aber dann räusperte sich Karo. »Das freut mich für dich, wirklich. Klingt super.«

»Super ist gar kein Ausdruck – das ist meine Chance! Deshalb musst du mir jetzt auch helfen. Ich brauche ganz dringend ein passendes Outfit und eine neue Frisur. Vielleicht sollte ich auch untenrum was machen lassen?«

»Untenrum?« Karo klang, als wäre sie eher irritiert als begeistert. Seit wann war sie denn so eine Spaßbremse?

»Jetzt tu nicht so, als wüsstest du nicht, wovon ich spreche.« Natürlich war das kindisch, aber ich konnte mir ein Kichern nicht verkneifen. Und dann fiel mir noch etwas ein. »Hey! Ich könnte doch K.J. fragen, ob ich noch jemanden mitbringen kann. Ich meine, Justin Gerard hat höchstpersönlich nach mir gefragt, da werde ich doch sicher meine beste Freundin mitnehmen dürfen!«

Eigentlich hätte ich an dieser Stelle ein bisschen Begeisterung oder ein Feuerwerk an guter Laune und Dankbarkeit erwartet, aber stattdessen stieß Karo nur ein leises Stöhnen aus.

»Lexie, ich …«

»Du hast das so was von verdient, Karo, so oft, wie du mir schon aus der Patsche geholfen hast.«

»Aber ich kann heute nicht ausgehen.«

»Unsinn«, ignorierte ich ihren Einwand. »Du und ich und Mister Ladykiller persönlich – das wird der Hammer!«

»Verdammt, Lexie, hast du mir eigentlich zugehört?!« Auf einmal war von Seufzen und Räuspern nichts mehr zu hören. Karo brüllte mich an, als hätte ich mir mit ihrer Zahnbürste die Hornhaut entfernt.

Ganz kurz war ich wie vor den Kopf gestoßen, aber dann lachte ich los.

»Welche Laus ist dir denn über die Leber gelaufen?«

»Ich hab dir gesagt, ich kann heute nicht ausgehen!«

»Und ich dulde keine Ausreden! Du kannst doch an jedem anderen Abend mit Marc ins Theater oder mit Tarek in die Kiste.

Aber heute biete ich dir die Chance auf die Party des Jahrhunderts.«

»Aber ich fühle mich scheiße«, fauchte Karo. »Und wenn du in der Lage wärst, einfach mal zuzuhören, anstatt dich auf deinen Partymist zu konzentrieren, hättest du das vielleicht auch mitbekommen!«

»Partymist?« Hatte sie das wirklich gerade gesagt? Ich machte doch nur das, was sie sonst immer tat – und auf einmal beschlich mich ein unguter Gedanke. »Kann es sein, dass du eifersüchtig bist?«

»Was?!« Karo klang fassungslos.

»Weil ausnahmsweise mal ich diejenige mit den guten Optionen bin?«

»Spinnst du jetzt vollkommen?«

»Gib es ruhig zu! Du kommst nicht damit klar, dass ich diesmal im Mittelpunkt stehe und es nicht nur um dein Sexleben geht! Aber ich hätte wirklich mehr von dir erwartet.«

»Du hast sie doch nicht mehr alle!«, schmetterte Karo mir entgegen. »Ich stehe nie im Mittelpunkt – es geht doch immer nur um dich!«

Jetzt blieb mir tatsächlich die Luft weg. »Wie bitte?«

»Entweder ich muss dich aufbauen, weil du überall nur verarscht wirst, oder ich soll dir helfen, dich von alledem frei zu machen! Aber wenn es wirklich um mich gehen würde, wüsstest du, dass ich gerade dringend eine Freundin gebrauchen könnte!«

»Wunderbar!«, blaffte ich zurück. »Ich könnte rein zufällig nämlich auch meine beste Freundin gebrauchen. Aber alles, was ich kriege, ist eine Furie, die mich beschimpft!«

»Weißt du was, Lexie? Du kannst mich mal!«

»Nein, du kannst mich mal!«, erwiderte ich.

Aber Karo knurrte nur noch »Leck mich!« und legte dann auf.

Obwohl es in der Leitung nur leise klickte, knallte es noch eine ganze Weile in meinen Ohren. Ihre Reaktion war nicht nur überraschend, sondern auch verletzend.

Eigentlich hatte ich es doch gut gemeint. Ich wollte nach all den Rückschlägen endlich ein bisschen Spaß haben – und hätte sie sogar mitgenommen. Und was machte sie? Warf mir ernsthaft vor, eine schlechte Freundin zu sein! Das war doch lächerlich …

Aber davon durfte ich mich jetzt nicht runterziehen lassen. Ich hatte immer noch die einmalige Chance auf einen grandiosen Abend. Und die würde ich mir sicher nicht entgehen lassen, nur weil Karo schlechte Laune hatte.

Endlich hatte ich mal das Gefühl, dass es wieder bergauf ging in meinem Leben. Ich hatte Doktor Dodenbaum abserviert (lange überfällig!), mir einen kleinen, wenn auch unfeinen Vorteil gegenüber Vivien erschlichen (es kann nur eine gewinnen!) und würde heute Abend Justin Gerard treffen (wo krieg ich auf die Schnelle neue Brüste her?). Aber ich wusste auch, dass jeder noch so kleine Erfolg auf wackeligen Füßen stand – immerhin gab es noch Simon, der in einer Thaiknastzelle schmorte. Und der unschöne Zusammenstoß mit Kurt und Delia gestern schwelte auch noch brühwarm in meinem Unterbewusstsein …

Nein, ich konnte jetzt nur noch die Flucht nach vorne ergreifen und auf meiner kleinen Erfolgswelle surfen, solange es ging. Und wenn Karo mich dabei nicht unterstützen wollte, dann würde ich es eben alleine durchziehen.

Einen Friseurtermin bekam ich auf die Schnelle nicht mehr, aber immerhin konnte mich Chantal vom Riowaxing Salon kurzfristig dazwischenschieben. Tatsächlich ging mir erst, als ich auf ihrer Liege saß, auf, dass es Menschen gab, die sich hauptberuflich mit Schamhaar beschäftigten.

»Hast du besondere Wünsche?«

»Na ja«, murmelte ich und tat so, als wüsste ich über die Möglichkeiten Bescheid. »Ich will einfach das, was alle wollen.«

Chantal legte ihre glatte Stirn in Falten – und lachte dann ungeniert los.

»Du hast keine Ahnung, oder?«

Ertappt schüttelte ich den Kopf.

»Kein Problem«, erwiderte sie, öffnete eine Schublade und zog einen Hefter mit Fotografien heraus. Als sie mir das Ding in die Hand drückte, eröffnete sich vor meinen Augen ein gigantisches Repertoire aus Intimfrisuren.

»Die Möglichkeiten sind grenzenlos«, flötete Chantal und zwinkerte mir zu.

Und tatsächlich wurde ich beinahe erschlagen von schlechten Fotografien und überraschenden Optionen. Ich konnte wählen zwischen dem radikalen Hollywood Cut, der Landebahn, dem Schnäuzer, der Affenschaukel, der Venusmuschel und abenteuerlichen Schnitten, die sich Banana Split, Kamikaze oder auch Knusperfritte nannten ...

Als ich die Mappe einmal durchgeblättert hatte, war ich immer noch nicht schlauer, aber vermutlich mal wieder knallrot.

»Und? Ist was dabei für dich?«, hakte Chantal grinsend nach.

Ich gab ihr den Hefter zurück und zuckte mit der Schulter. »Am liebsten irgendwas Schlichtes, bitte.«

»Hab ich mir schon gedacht«, sagte sie und zwinkerte gleich noch mal – diesmal aber eher entschuldigend. »Soll ich den Bart denn auch gleich entfernen?«

Ich blinzelte sie irritiert an. »Den Bart?«

»Na, deinen Oberlippenbart«, klärte sie mich auf.

Erschrocken tasteten meine Finger meine Oberlippe ab. Ich

hatte einen Bart? Warum zum Teufel hatte mir das denn noch keiner so offen gesagt?

Offenbar sah ich derart verstört aus, dass Chantal Mitleid bekam und abwinkte.

»Weißt du was? Die Oberlippe geht aufs Haus.«

Und weil das wirklich ein netter Zug von ihr war, und ich ohnehin noch viel zu perplex war, um zu protestieren, nickte ich jetzt einfach dankbar und ließ sie mit ihrer Arbeit beginnen.

Über das, was dann passierte, möchte ich wirklich nicht weiter ins Detail gehen. Nur so viel sei gesagt: Es war schmerzhaft – sehr, sehr schmerzhaft. Warum zur Hölle tun wir Frauen uns so eine Prozedur nur freiwillig an?

Wenigstens konnte sich das Ergebnis sehen lassen. Als ich mich endlich von Chantals Liege hochkämpfte, hatte ich nicht nur keinen Bart mehr, sondern auch äußerst gepflegtes Schamhaar. Ich ging zwar nicht ernsthaft davon aus, dass Justin Gerard sich heute Abend davon überzeugen wollte, aber immerhin war ich für jede Eventualität gerüstet. Und das fühlte sich verdammt gut an!

Was sich hingegen nicht so gut anfühlte, waren die anhaltenden Schmerzen im Genitalbereich und der Muskelkater in meinen Oberschenkeln. Ich stakste aus dem Waxing Salon wie ein Cowgirl auf rohen Eiern. So konnte ich Lovi unmöglich aus der Kita abholen …

Na gut, auch die Vorstellung, in der Garderobe in Kurt oder Delia hineinzustolpern, trug ein wenig zu meiner Entscheidung bei, meinen Vater kurzfristig um Hilfe zu bitten.

Er klang müde und ein bisschen traurig, sagte mir aber trotzdem seine Hilfe zu. Und er erklärte sich sogar bereit, heute Abend zu babysitten. Merkwürdig war seine Stimmung dennoch. Konnte es sein, dass es bei allen anderen gerade schlecht lief, während es bei mir endlich ein Stück bergauf ging?

Ich wusste zwar nicht genau, was meinen Papa beschäftigte, nahm mir aber fest vor, es herauszufinden. Aber jetzt musste ich mir erst mal noch ein passendes Outfit für heute Abend besorgen.

Erstaunlicherweise wurde ich gleich im ersten Laden fündig. Die Verkäuferin schleppte etwa zehn Kleider an, die sich auf einer Skala von unscheinbar bis ba-da-boom bewegten, und ich entschied mich am Ende für ein silberfarbenes Paillettenkleid und pinke Riemchensandalen. Wenn ich untendrunter schon eher schlicht auftrat, konnte es obendrüber ruhig eine Diskokugel sein!

Als ich mit meiner Glitzerbeute nach Hause kam, war von Lovi und meinem Vater noch nichts zu sehen. Vermutlich hatten sie noch den Umweg über den Spielplatz genommen.

Dafür war Karlie ausnahmsweise zu Hause, und kaum hatte ich meine Tüten im Flur abgelegt, stürmte sie aus ihrem Zimmer und blaffte mich an.

»Wann hast du vor, mit meinem Scheiß-Lehrer zu sprechen?!«

»Ja, danke«, erwiderte ich und schenkte ihr ein Lächeln. »Ich hatte einen ereignisreichen Tag und freue mich auch, dich zu sehen.«

Aber Karlie ging nicht darauf ein, sondern verschränkte nur wütend die Arme vor der Brust und schenkte mir einen Killerblick.

Ich seufzte. »Ich kümmere mich darum, sobald ich wieder etwas Luft habe, okay?«

»Und wann soll das bitte sein? Wenn ich ins Rentenalter eintrete?«

»Wenn dein Vater wieder da ist«, erwiderte ich, aber Karlie beschwichtigte das nicht so richtig.

»Und das ist wann?«

»Keine Ahnung, Karlie!«, blaffte ich zurück. So langsam reichte es mir! »Du kennst doch deinen Vater! Er muss erst die Welt retten, und wenn er damit fertig ist, hat er vielleicht auch Zeit, sich mal wieder um seine Familie zu kümmern!«

Tatsächlich zeigte mein Trotz Wirkung. Karlie zuckte kurz zusammen und schien über meine Worte nachzudenken. Doch dann trat schon wieder diese tiefe Falte zwischen ihre Augenbrauen.

»Ihr beide seid echt kacke!«, schimpfte sie und verschwand mit dem obligatorischen Knall in ihrem Zimmer.

Ja, vielleicht war ich kacke. Aber immerhin sah ich dabei aus wie eine Diskokugel!

What is the word for »Autoknast«?

Als mein Papa und Lovi vom Spielplatz kamen, merkte ich sofort, dass mein Vater wirklich nicht gut drauf war. Er wirkte irgendwie zerstreut und unkonzentriert, und als Lovi sein Witzebuch rausholte und ihn bat, daraus vorzulesen, klang das, als würde er aus einer Packungsbeilage zitieren. Ich hatte mich am Telefon also nicht geirrt.

»Stimmt was nicht, Papa?«, hakte ich nach, als Lovi endlich in sein Zimmer abzwitscherte.

»Nein, nein, alles gut«, erwiderte mein Vater – aber er war ein genauso schlechter Lügner wie ich.

»Komm schon, spuck's aus. Ich bin's, deine Lieblingstochter.«

Meinem Vater entlockte dieser müde Scherz nicht mal ein kleines Lächeln. Er rang mit sich, das konnte ich sehen.

»Ist es etwa wegen dieser Frau aus dem Internet?«, bohrte ich weiter nach, und tatsächlich zuckte er kurz zusammen. »Läuft es etwa nicht mehr gut zwischen euch?«

Mein Papa zögerte, dann stieß er ein tiefes Seufzen aus. »Ich dachte schon, dass es gut laufen würde. Wir waren gestern Abend sogar verabredet.«

Ein ungläubiges Lächeln breitete sich auf meinem Gesicht aus. »Ihr wart verabredet? Live und in Farbe?«

»Allerdings«, bestätigte mein Vater, sah dabei aber kein bisschen begeistert aus.

Plötzlich beschlich mich ein unguter Gedanke. »O nein – sag bloß, sie ist nicht dein Typ? Hat sie geschummelt bei ihrem Foto?«

»Das kann ich dir nicht sagen.« Mein Papa seufzte ein weiteres Mal. »Sie ist nämlich nicht aufgetaucht.«

»Wie bitte?«

»Brigitta«, sagte mein Vater. »Sie ist einfach nicht gekommen. Eine volle Stunde saß ich im Restaurant, dann bin ich nach Hause gegangen ...«

Das konnte doch nicht wahr sein. Diese Frau hatte meinen Vater hängen lassen – sie hatte ihn einfach versetzt?

Ich suchte noch nach den richtigen Worten, um diese verdammte Brigitta (A) absolut angemessen zu beschimpfen und zum Teufel zu wünschen, und meinem Vater (B) gut zuzureden, aber da murmelte er bereits weiter.

»Ich frage mich die ganze Zeit, ob ich vielleicht etwas Falsches geschrieben habe.«

»Nein, du hast gar nichts falsch gemacht, Papa«, widersprach ich vehement. Wenn es jemand nicht verdient hatte, versetzt und enttäuscht zu werden, dann ja wohl mein Papa! Bestand die Welt da draußen denn wirklich nur noch aus ignoranten Arschlöchern?

Betroffen legte mein Vater seine Stirn in Falten. »Aber wenn ich nichts falsch gemacht habe, warum hat sie dann nicht einmal abgesagt?«

Das konnte ich ihm leider auch nicht beantworten. »Vielleicht weil sie ein rücksichtsloses Miststück ist?«

»Lexie!« Mein Papa sah mich vorwurfsvoll an. »So spricht man nicht von Frauen!«

»Tut mir leid. Aber diese Brigitta hat dich definitiv nicht verdient. Du wirst sicher eine bessere Frau kennenlernen! Lass mich mal dein Profil sehen.«

Mein Vater schüttelte betrübt den Kopf. »Geht nicht. Ich habe mich da schon wieder abgemeldet und alles gelöscht.«

»Was? Aber du kannst doch nicht einfach so den Kopf in den Sand stecken, nur weil sich die erste Frau als Reinfall entpuppt.«

»Das war nicht nur ein Reinfall, Lexie.« Mein Papa holte tief

Luft. »Ich hatte richtig … Schmetterlinge im Bauch. Und jetzt fühlt es sich an, als hätte die jemand totgeschlagen. Dafür bin ich einfach zu alt, verstehst du? Ich kann so was nicht mehr so gut wegstecken.«

Ich konnte ihn verstehen, ja, aber mich machte das alles vor allem traurig – und wütend! Warum wurden nur immer die Guten versetzt?

Offenbar sah mein Vater mir an, dass ich schwer betroffen war. Beinahe tröstlich legte er seinen Arm um mich und drückte mich an sich.

»Mach dir keine Sorgen um mich, Schätzchen. Der Abend war am Ende trotzdem noch ganz nett.«

Ganz nett? Was sollte das denn nun wieder heißen? Ich blickte ihn misstrauisch an, bis sich irgendwann ein seltsames Lächeln auf seinem Gesicht ausbreitete.

»Deine Mutter hat noch angerufen, und wir haben fast zwei Stunden telefoniert.«

»Wie bitte?« Jetzt war ich völlig fassungslos. »Was soll das heißen, ihr habt telefoniert?«

»Na ja. Wir hatten unsere Hörer in der Hand und …«

»Ich weiß, was telefonieren ist, Papa!«, unterbrach ich ihn ungehalten. »Aber was soll der Mist? Macht ihr das etwa öfter?«

»Nein«, gab er zu. »Aber es war trotzdem sehr nett. Genau der Trost, den ich gestern Abend gebrauchen konnte.«

Das konnte doch nicht wahr sein. Ich sah meinem Vater an, dass er mit »nett« mehr als nur »nett« meinte. Er machte sich wieder Hoffnungen – aber das durfte nicht passieren! Meine Mutter nutzte ihn doch nur aus, sie war eifersüchtig, weil er endlich jemanden kennengelernt hatte und … O nein. Plötzlich kam mir ein schrecklicher Gedanke. Konnte es etwa sein, dass …? *Verflucht!*

»Steckst du dahinter, Mama?«, brüllte ich von der Taxirückbank in mein Handy, sodass der Fahrer vorne erschrocken zusammenzuckte.

Im Telefon an meinem Ohr rauschte es wie unter einem Wasserfall.

»Wo bist du, Liebes? Ich höre dich nur ganz schlecht ...«

»Wag es jetzt ja nicht, vom Thema abzulenken!«, schrie ich, und tatsächlich verstummte das Rauschen im Bruchteil einer Sekunde. »Hast du dich in Papas Liebesleben eingemischt?!«

»Was? Ich weiß ehrlich gesagt nicht, wovon du sprichst.« Sie lachte auf, aber es klang viel zu hilflos, als dass ich ihr geglaubt hätte.

»Hör auf mit dem Mist, Mama!« Ich konnte es nicht fassen, ich konnte es einfach nicht fassen! »Ich hab zwar keine Ahnung, wie du es konkret angestellt hast, aber du hast irgendwie Kontakt zu Brigitta aufgenommen und sie dazu gebracht, Papa zu versetzen, oder? Nur deinetwegen ist sie nicht zum Date erschienen – weil du nämlich eifersüchtig bist!«

Einen Moment lang war es tatsächlich still in der Leitung, aber dann hörte ich meine Mutter schwer atmen.

»Erstens habe ich Brigitta zu gar nichts gebracht. Und zweitens ist das alles viel komplizierter, als du ...«

Ich stieß einen wütenden Schrei aus, der sie mitten im Satz unterbrach.

»Verdammt, Mama! Hast du sie nicht mehr alle?!«

»Ich habe doch gerade gesagt, dass ...«

»Und ich glaube dir kein Wort! Weißt du, was ›kompliziert‹ ist für dich? Dass Papa endlich wieder glücklich werden könnte – und das kotzt mich so was von an!«

Beim Worten »kotzen« zuckte der Taxifahrer vorne ein weiteres Mal alarmiert zusammen, aber darauf konnte ich jetzt keine

Rücksicht nehmen. Meine Mutter plapperte nämlich schon ungeniert weiter.

»Aber das stimmt doch gar nicht, mein Schatz. Lass mich
doch bitte …«

»Nein, ich lasse dich nicht aussprechen, und ich lasse dich
auch nichts erklären, Mama! Weißt du was: Im Grunde will ich
überhaupt nichts mehr von dir hören! Mach mit Santosh, was du
willst, aber lass Papa verdammt noch mal in Ruhe! Für mich bist
du gestorben!«

Am liebsten hätte ich den Hörer mit Schmackes zurück auf
die Station geknallt, aber das ging beim Handy ja leider nicht.
Deshalb sank das Telefon in meiner zitternden Hand nun auch
einfach ohne Knall in meinen Schoß. Ich schloss die Augen und
versuchte, mein Schnauben in den Griff zu kriegen. Zum ersten
Mal in fast vierzig Jahren hatte ich meiner Mutter schonungslos
die Meinung gegeigt – und nicht nur das, nein: Ich hatte sie zur
Schnecke gemacht für das, was sie meinem armen Papa antat! Eigentlich hätte ich stolz auf mich sein müssen – Doktor Dodenbaum wäre es mit Sicherheit gewesen. Und trotzdem fühlte ich
mich jetzt alles andere als gut … Was war das nur für ein verrückter Tag? Ich hatte nicht nur meinen Therapeuten zum Teufel ge-
jagt, sondern mich auch mit Karo gezofft und zu allem Überfluss
gleich noch meine Mutter aus meinem Leben geschmissen. Und
das erste Mal seit Tagen beschlich mich ein seltsamer Gedanke:
Was, wenn ich auf dem Holzweg war? Was, wenn es mich am Ende
gar nicht glücklich machte, ein »wildes Tier« zu sein?

Bevor ich dieser Frage weiter auf den Grund gehen konnte,
räusperte sich der Taxifahrer vorne auf seinem Sitz.

»Ich muss nicht kotzen, keine Sorge«, blaffte ich ihn an und
öffnete meine Augen wieder.

»Wir sind da«, murmelte er. Und tatsächlich merkte ich erst

jetzt, dass er angehalten hatte und wir vor der After-Show-Location im Freihafen standen.

Das hier war nicht der richtige Zeitpunkt, um alles infrage zu stellen. Immerhin sah ich noch immer aus wie ein Tischfeuerwerk – und ich war verdammt noch mal gewillt, es heute Nacht krachen zu lassen!

Draußen vor der Partylocation musste ich mich trotzdem noch einen Augenblick sortieren. Zum einen hatte mich das Telefonat mit meiner Mutter nämlich nachhaltig runtergezogen, und zum anderen hatte ich massive Schwierigkeiten, das Gleichgewicht auf meinen knallbonbonfarbenen Endlosabsätzen nicht zu verlieren. Ich konnte es mir nicht leisten, gleich zu Beginn in eine Riesenblamage hineinzustolpern, deshalb gönnte ich mir den Moment und fokussierte mich auf meine Mission. Da drinnen wartete die Party des Jahres auf mich – und Mister Hauptgewinn Justin Gerard! Ganz ehrlich: Wann, wenn nicht heute, sollte ich den Spaß meines Lebens haben?

Ich schaltete vorsorglich mein Handy aus, weil ich mich jetzt weder von meiner Mutter noch von Karo oder gar Simon aus dem Konzept bringen lassen wollte, atmete ein paarmal tief durch – und schmiss mich dann ins Getümmel.

Es gibt ja so Frauen, die betreten einen Raum und scharen sofort einen Haufen Menschen um sich, als wäre es das Natürlichste der Welt, eine Art fleischgewordener Magnetismus. Karo war so eine Frau. Sie traf auf eine Gruppe wildfremder Menschen, und im Nullkommanichts hatte sie mindestens zehn neue Freunde. Ich hingegen gehörte leider nicht zu dieser Sorte Frauen ...

In der Oberstufe war ich jahrelang in Matthias Schmidt aus meinem Deutsch-Leistungskurs verknallt gewesen. Aber der gute

Matze hatte erst auf der Abi-Abschlussfeier bemerkt, dass ich überhaupt existierte. Und das auch nur, weil ich zuvor kopfüber in die Bowle gestolpert war ...

Ich war einfach keine Frau, die die Aufmerksamkeit anderer auf sich zog. Wenn ich ehrlich war, war mir zu viel Aufmerksamkeit sogar unangenehm. Das allerdings vertrug sich nicht allzu gut mit dem »wilden Tier«, das ich heute Nacht unbedingt von der Leine lassen wollte.

Selbst wenn ich privat vielleicht leise Zweifel hegte, ob das hier der richtige Weg war für mich, musste ich K.J. am Montag immer noch eine Geschichte liefern. Und wo hätte ich besseres Futter dafür finden können als hier? Nein, das war meine Chance – und ich würde sie mir ganz sicher nicht entgehen lassen.

»*Ich bin ein wildes Tier, ich bin ein wildes Tier* ...«, wiederholte ich ein paarmal leise, während ich mich an der Bar anstellte, um endlich einen ersten Drink zu ergattern. Aber offenbar war ich dabei nicht leise genug, denn sofort hefteten sich die Blicke zweier Männer auf mich. Sie sahen nicht einmal schlecht aus, runzelten aber amüsiert die Stirn.

»Ein wildes Tier also?«, fasste der Größere der beiden zusammen und zwinkerte seinem Freund belustigt zu. Und damit hatte er seine Chance vertan. Was ich jetzt nämlich definitiv nicht brauchte, waren zwei aufgeblasene Gockel, die sich über mich lustig machten!

»Ich wüsste nicht, was Sie das angeht!«, blaffte ich ihn an.

Tatsächlich wirkte er kurz überrascht von meiner trotzigen Reaktion, nein, geradezu verunsichert. Er räusperte sich im nächsten Moment jedenfalls und korrigierte sein Lächeln.

»Tut mir leid. Dürfte ich Ihnen zur Entschädigung einen Drink spendieren?«

Meinte der das ernst?

»Die Getränke sind umsonst!«, klärte ich ihn fassungslos auf. »Und wenn Sie ernsthaft denken, wir Frauen wären so leicht zu haben, dann haben Sie Ihre Hausaufgaben nicht gemacht.« Selbstbewusst schob ich mich an der Schlange der Wartenden vorbei, schnappte mir ein Weinglas vom Tresen und verschwand unter lautstarken Protesten im Gedränge.

Karo hatte mir mal erzählt, dass es Männer erst recht anspornte, wenn sich eine Frau rarmachte. Aber als ich die beiden Kerle einen Augenblick später von meinem neuen Posten aus beobachtete, hatten sie mich offenbar bereits vergessen und baggerten die nächste Frau an.

Aber mich kratzte das nicht sonderlich. Einen Kerl, der mich auf einen Drink einladen wollte, den er nicht einmal bezahlen musste, konnte ich nun wirklich nicht gebrauchen. Außerdem war ich ja überhaupt nur wegen eines einzigen Mannes hier. Aber wo zum Teufel steckte mein Hauptgewinn nur? Das kurze Konzert, das Justin Gerard heimlich gegeben hatte, war lange vorbei. Mittlerweile hätte er sich doch ausgelassen auf der Party amüsieren müssen. Aber egal, wo ich hinsah, ich konnte den großen Superstar weit und breit nirgends entdecken. Auf einmal fiel mir noch eine weitere Ungereimtheit auf: K.J. hatte doch gesagt, Justin hätte eigens nach mir gefragt – dann müsste er jetzt seinerseits doch auch Ausschau halten nach mir. Allerdings wusste er vermutlich nicht, wie ich aussah. Er kannte nur meine Softpornostimme und meinen Namen – oder zumindest den, den er mir im Interview verpasst hatte. Sollte ich mich vielleicht als »Lucy« vorstellen?

Dazu hätte ich aber erst mal mit jemandem ins Gespräch kommen müssen. Was sich leider als schwierig erwies, weil hier irgendwie jeder jemanden zu kennen schien – nur ich nicht.

Ein paarmal stellte ich mich einfach heimlich zu einer Gruppe dazu und versuchte, an den richtigen Stellen mitzulachen, aber trotzdem nahm kein Schwein Notiz von mir. Mein einziger Verbündeter an diesem Abend war mein Weinglas – und das wurde laufend aufgefüllt. Kaum war der Pegel im Glas auf ein Drittel gesunken, pirschte sich jemand von der Seite heran und füllte das Glas ungefragt wieder auf. Zweimal versuchte ich halbherzig zu protestieren, aber es brachte nichts. Der einzige Weg, die Kellner vom Nachfüllen abzuhalten, wäre gewesen, nicht weiterzutrinken – aber dazu fühlte ich mich zu einsam. Und war ich nicht ausdrücklich hergekommen, um Spaß zu haben?

Irgendwann hatte ich jedenfalls keine Ahnung mehr, wie spät es war und wie viele Gläser ich schon geleert hatte – aber solange ich mich noch auf meinen Schuhen halten konnte, war alles in Ordnung. Tatsächlich war ich offenbar so angeheitert, dass ich mich schließlich sogar auf die vollgedrängte Tanzfläche wagte und meinen Diskokugelkörper lustvoll im Takt hin und her warf. Vielleicht zog ich so ja endlich die Aufmerksamkeit von Mister Gerard auf mich? An meinen Glitzerhüften konnte jedenfalls keiner vorbeischauen.

Nach einer Weile stellte ich fest, dass wirklich immer mehr Blicke an mir hafteten – ich konnte nur nicht sagen, ob sie wohlwollend waren.

Aber das war mir egal, ich ließ sie jetzt raus, die Tigerlady! Vielleicht war es am Ende nur der Alkohol in meinem Blut, aber das hier fühlte sich gut an. Ich war verschwitzt, betrunken, aber irgendwie glücklich – bis ich plötzlich doch noch ein bekanntes Gesicht am Rande der Tanzfläche entdeckte: Kurt …

Das konnte doch nicht wahr sein! Was zur Hölle trieb der denn hier? Von allen Menschen, die ich gerade unter gar keinen Umständen treffen wollte, rangierte Kurt auf der Poleposition. Einen Augenblick prüfte ich meine Optionen, doch noch ungesehen davonzukommen, aber natürlich hatte er mich längst entdeckt und winkte mir wild wedelnd zu. Im nächsten Moment setzte er sich auch schon in Bewegung und schob sich zwischen den anderen verschwitzten Tänzern durch auf mich zu. Ich musste hier weg, nein: *Ich musste hier so schnell wie möglich weg!*

Um erst mal aus seinem Sichtfeld zu verschwinden, ließ ich mich auf alle viere fallen. Was zugegebenermaßen nicht die intelligenteste Idee war – weil ich dabei nämlich spürte, wie mein Paillettenschlauchkleid eindrucksvoll über dem Hintern riss.

Jetzt half nur noch eines: die Flucht nach vorne!

In Rekordgeschwindigkeit kroch ich zwischen den anderen Partygästen hindurch, um zu verhindern, dass Kurt einen ungeschönten Blick auf meinen Hintern erhaschen konnte. Er hatte schon meine Würde dahinschwimmen sehen – jetzt sollte er nicht auch noch meinen Po angucken dürfen!

Erst am Rande des Saals kam ich wackelig zurück auf die Beine. Von Kurt war glücklicherweise weit und breit nichts zu sehen, offenbar hatte er mich tatsächlich aus den Augen verloren.

Trotzdem musste ich hier raus. Ich entdeckte einen kleinen Seitenausgang und nahm ohne nachzudenken eine Wendeltreppe, die nach oben führte. Als ich die nächstbeste Tür aufstieß, stellte ich fest, dass ich auf dem Dach gelandet war.

Die Aussicht über den nächtlichen Freihafen war beeindruckend – aber noch viel schöner war die frische Luft. Ich atmete ein paarmal tief durch und schloss die Augen, aber mir wurde sofort schwindelig. Kein Zweifel, ich war wirklich hackedicht …

»Are you okay?«

Bildete ich mir jetzt etwa schon Stimmen ein? Erschrocken riss ich die Augen wieder auf, blickte mich alarmiert zu allen Seiten um und sah, dass ich tatsächlich nicht alleine hier oben war. An einen Lüftungsschacht gelehnt saß noch jemand anderes.

»Tut mir leid, ich … wollte nicht stören.«

»No problem.« Der Jemand schob seinen Kopf aus dem Schatten und verlor dabei beinahe das Gleichgewicht. Ich sah, dass er eine Flasche in der Hand hielt, die vermutlich hochprozentigen Alkohol enthielt. Denn der fremde Jemand war selbst ziemlich betrunken. So richtig geschockt war ich aber erst, als ich feststellte, dass es sich um keinen Geringeren als Justin Gerard handelte!

»Mister … Gerard. Justin! I'm sorry, I just …« Ich lachte, obwohl es mal wieder absolut keinen Anlass dafür gab. Er wiederum betrachtete mich nur sehr eindringlich aus seinen dunklen Augen.

Lag es am Alkohol in meinem Blut, oder war der Kerl wirklich noch heißer als dieser unanständige Herzog aus *Bridgerton*? Im Bruchteil einer Sekunde ploppten in meinem Kopf bonbonfarbene Bilder von Justin Gerard und mir auf – mit, vor allem aber ohne üppige Kostümierung.

Ertappt schüttelte ich meine sündigen Gedanken ab und rieb meine Hände am gerissenen Diskokugelkleid ab.

»It's me … Lexie. I mean … Lucy! You can call me Lucy. Meinetwegen können Sie mich sogar nennen, wie Sie wollen …«

Jetzt musste er tatsächlich lachen. Er gluckste ein bisschen und kicherte, und ich war mir plötzlich ziemlich sicher, dass er sogar noch viel betrunkener war als ich.

»Wir können Deutsch reden.« Seine Stimme klang rau, und er hatte einen kleinen, sexy Akzent – aber tatsächlich sprach Justin Gerard erschreckend gut Deutsch. Ich war derart überrascht, dass mir der Mund aufklappte, aber kein einziges Wort über meine Lippen kam.

»Drink?«, fragte Justin und hielt seine Flasche in die Luft.

Ich zögerte – aber dann nickte ich und setzte mich vorsichtig in Bewegung. *Jetzt bloß nicht hinknallen!* Sicherheitshalber kickte ich meine Schuhe von den Füßen und ließ mich schließlich neben

Mister Gerard an den Lüftungsschacht sinken. Wenn ich mit dem Rücken am Schacht lehnte, hatte er wenigstens keine Chance, den Riss über meinem Hintern zu sehen. Ich nahm ihm selbstbewusst die Flasche aus der Hand und trank einen großen Schluck. *Wuäh!* Das Zeug brannte in der Kehle wie Essigreiniger ...

Justin lachte auf beim Anblick meines Gesichtsausdrucks.

»Gutes Zeug, oder?«

Ich konnte es noch immer nicht fassen. Er sprach Deutsch – nicht akzentfrei, aber dennoch erstaunlich fehlerfrei!

»Wie kommt es, dass du ...?«

»Dass ich deine Sprache spreche?«

Ich nickte neugierig, und er zuckte mit den Schultern.

»Eigentlich ist es auch meine Sprache. Ich bin deutsch – zumindest wurde ich hier geboren.«

Das musste ein Scherz sein. »Aber ... warum weiß keiner was davon?«

»Weil es nicht gerade sexy ist, deutsch zu sein. Zumindest nicht für eine internationale Karriere.« Er griff sich die Flasche zurück und nahm seinerseits einen großen Schluck. »Außerdem bin ich schon mit zwölf Jahren rübergegangen nach Kanada.«

Deshalb also der leichte Akzent. Ich hatte trotzdem noch mindestens dreißig Fragezeichen im Kopf.

»Warum bist du denn nicht unten auf deiner Party?«, hakte ich nach, und er musterte mich einen Augenblick nachdenklich.

»Verdammt, ist der Kerl heiß ...« Oje – hatte ich das gerade etwa laut gesagt?

Offenbar ja, denn er brach schon wieder in ein glucksendes Lachen aus.

»Tut mir leid«, versuchte ich mich schnell zu erklären. »Ich bin betrunken und ... wollte das eigentlich nur denken, aber ...«

»Du bist echt lustig!«, unterbrach er mich. »Lucy heißt du?«

»Nein, Lexie. Eigentlich Alexa.«

Er verzog das Gesicht. »Autsch ...«

»Ja, ich weiß. Amazon hat mein Leben versaut.«

Wieder lachte er auf – und mittlerweile beschlich mich das Gefühl, dass er mich tatsächlich witzig fand.

»Also, Lexie. Was treibt dich aufs Dach?«

Ich seufzte eine Spur zu laut. »Ein Kerl natürlich.«

»Dein Mann?«

»Gott bewahre! Wir hatten ein einziges Mal Sex. Das war vor ungefähr hundert Jahren und hat nichts bedeutet, aber er macht immer noch ein Riesending daraus.«

Justin gab mir verständnisvoll die Flasche zurück. »Das kenne ich, total lästig. Mein Sexleben wird mir auch ständig vorgekaut! Ich bin erleichtert, dass ich nicht der Einzige bin, dem es so geht.«

Moment mal. So, wie er das sagte, klang es ja beinahe, als hätten der großartige Justin Gerard und ich etwas gemein. Darauf musste ich erst mal einen extragroßen Schluck trinken. Erst als ich die Flasche wieder senkte, fiel mir ein, dass ich mich noch gar nicht zu erkennen gegeben hatte.

»Wir haben übrigens telefoniert.«

Er antwortete mit einem irritierten Stirnrunzeln.

»Das Interview«, fuhr ich fort. »Für die GLORIA.«

Justin zuckte teilnahmslos mit den Schultern und stieß auf. »Ich führe hundert Interviews am Tag.«

»Aber du hast ausdrücklich nach mir gefragt«, sagte ich, kam mir bei seinem ahnungslosen Blick aber umgehend ziemlich dämlich vor. »Ist ja auch egal«, beendete ich die peinliche Situation schnell und trank noch einen Schluck. Vermutlich war er so betrunken, dass er sich gerade nicht einmal an den Namen seiner Mutter erinnert hätte. Wie sollte er sich da an »Lucy« erinnern?

»Wir wissen jetzt also, warum ich hier oben bin«, versuchte

ich das Gespräch in eine neue Richtung zu lenken. »Bleibt immer noch die Frage, warum *du* nicht unten mit den anderen feierst. Ist immerhin deine Party, oder?«

»Bullshit«, erwiderte Justin müde. »Nichts davon ist wirklich für mich. Die Leute feiern sich selbst. Wo ich dabei bleibe, ist völlig egal.«

Er schnappte sich die Flasche zurück und trank. Das klang für mich irgendwie nach einer mittelschweren Depression …

Ich hätte so ziemlich alles für möglich gehalten – aber sicher nicht, dass jemandem wie Justin Gerard sein Leben nicht gefiel.

»Hey, so schlimm wird es schon nicht sein«, versuchte ich ihn aufzumuntern. »Du hast doch alles, was man sich wünschen kann.«

»Ach ja?« Er runzelte die Stirn, und auf einmal hatte sein Blick nichts mehr von Ladykiller, nein. Plötzlich wirkte er eher wie ein kleiner Junge. »Ich habe vielleicht alles – aber nichts davon ist echt.«

Oha …

Bevor ich etwas erwidern konnte, sprach er schon weiter. »Alle lieben mich, ja, aber meistens bezieht sich das doch nur auf meinen Namen und mein Geld. Ich kann mir nie sicher sein, welchen Teil von mir die Leute wirklich lieben. Den echten Justin oder das Drumherum.«

»Das klingt mies.«

»Glaub mir, es ist mies.« Wieder trank er. »Nichts, was du an mir siehst, ist wirklich echt. Ich kann dir nicht einmal sagen, wann ich zuletzt echten Spaß hatte.«

Jetzt musste ich tatsächlich laut loslachen.

»Was ist so witzig daran?«, fragte er unsicher und stupste mich an.

»Nichts«, flunkerte ich schnell – dabei war gerade ziemlich

vieles amüsant. Zum Beispiel die irrsinnige Vorstellung, dass Justin Gerard sein Leben nicht ausstehen konnte und ewig keinen Spaß mehr gehabt hatte!

Er lehnte sich seufzend zurück gegen den Schacht.

»Du kannst dir gar nicht vorstellen, wie gerne ich ein ganz normales Leben führen würde – so wie du.«

Ungläubig schüttelte ich den Kopf. »Glaub mir, so ein *normales* Leben ist auch kein Zuckerschlecken.«

Und dann erzählte ich ihm von meinem Leben.

Ich berichtete ihm von Simon im Thaiknast und von K.J., der auf seine Jahrhundertstory wartete. Ich erwähnte Karlies Riesenpenis und meine Mutter. Nicht einmal Rubens Katzendurchfall ließ ich aus ...

»Wow«, fasste Justin zusammen, als ich endlich fertig war. »Wie schaffst du es, bei alledem nicht durchzudrehen?«

Gute Frage. Auch wenn ich nicht sofort eine Antwort parat hatte.

»Na ja«, sagte ich irgendwann. »Ich denke, ich gebe einfach die Hoffnung nicht auf.«

»Die Hoffnung?«

»Dass alles besser werden kann, wenn ich es nur anpacke.«

Justin musterte mich anerkennend und nickte. »Das ist stark, Lexie. Echt stark.«

Ich hätte lügen müssen, wenn ich behauptet hätte, dass sich seine Worte nicht wie ein Ritterschlag anfühlten. Lexie Ehrlich war stark! So hatte das noch keiner formuliert. *Ich bin stark, ich bin stark, ich bin stark!*

Na gut, im Moment war ich außerdem auch stark betrunken, und über meinem Hintern klaffte noch immer ein Riss in der Größe der Sankt-Andreas-Spalte – aber irgendwas ist immer!

»Hey!« Auf einmal schoss mir eine Idee durch den Kopf, und

ich rammte Justin überschwänglich meinen Ellenbogen in die Seite. »Wir könnten doch gemeinsam durchbrennen und ein bisschen Spaß haben. Echten Spaß!«

Er schielte mich überrascht an. Vielleicht war er aber auch nur zu betrunken, um noch geradeaus gucken zu können.

»Meinst du das ernst?«

»Und ob ich das ernst meine. Ich zeige dir mein Leben, und wir hauen ein bisschen auf die Kacke!«

»Das ... wäre wunderbar!« Er rutschte sichtlich nervös auf seinem Hosenboden hin und her. »Hast du denn ein Auto zum Durchbrennen?«

Verdammt – ich hatte gleich gewusst, dass die Sache einen Haken hatte ...

»Ja, ich habe ein Auto«, gab ich zerknirscht zu. »Aber es steht seit Tagen im Autoknast.«

»Autoknast?« Seinem verständnislosen Blick nach ein Wort, das in Justins aktivem Wortschatz nicht vorkam.

»Der Wagen wurde abgeschleppt, und jetzt müsste ich eigentlich hinfahren und ihn wieder freikaufen.«

»Verstehe ...« Plötzlich blitzte etwas auf in seinen Augen. War es Begeisterung oder einfach nur der blanke Wahnsinn? Jedenfalls drückte er mir plötzlich seine Flasche in die Hand und zwinkerte unkoordiniert. »Dann sollten wir deinen Wagen schleunigst befreien, findest du nicht?«

Ich verschluckte mich am Essigreiniger. »Du meinst ... *jetzt*?«

Aber anstatt einer Antwort schlich sich nur ein schelmisches Grinsen auf sein Gesicht.

Mal er – ehr – ECHT JETZT!!!

Ich nehme mir, was mir gefällt – weil ich ein verdammter SUPER-STAR bin!!! (Warum gibs eigentlich keine weibliche Form von »Su-perstar«? Supastaaa? Superstaiiiir?!)

Cyndi Lauper, mein Filmriss und ich

Das Nächste, was ich wahrnahm, war, dass ich in eine Decke gewickelt auf einer Art Pritsche lag. Verdammt. Wo war ich hier gelandet – und vor allem wie?

Nur eines wusste ich ganz sicher: Ich hatte höllische Schmerzen! Nicht nur mein Schädel fühlte sich an, als könnte er jeden Moment explodieren wie ein rohes Ei in der Mikrowelle, nein, auch der Rest meines Körpers tat wahnsinnig weh. Was war denn nur passiert …?

Behutsam hob ich meinen Kopf und blinzelte gegen das grelle Licht an. Ein Blick unter die schmuddelige Wolldecke zeigte, dass ich diesmal zumindest nicht aus meiner Unterwäsche geschnitten worden war. Ich verbuchte das vorsichtshalber schon mal als Teilerfolg. Nach einem Krankenhaus sah das hier übrigens auch nicht aus. Die Wände und der Boden waren weiß gekachelt, aber definitiv nicht sauber und steril genug, um als Behandlungszimmer durchzugehen.

Erst als ich mich aufrichtete, bemerkte ich noch eine zweite Pritsche, die vorne neben der Tür stand. Und auf der hockte Cyndi Lauper. Also vermutlich nicht die echte Cyndi Lauper, aber eine Frau, die ihr verdammt ähnlich sah. Ihre rosa Vokuhila-Matte war vermutlich jedenfalls direkt aus den Achtzigern angereist, und ihr ausgewaschener Blazer war mindestens drei Nummern zu groß und erlaubte die berechtigte Frage, ob sie überhaupt noch etwas darunter trug. An ihren nackten Strohhalmbeinen konnte ich zumindest nicht den Hauch einer Hose oder eines Rockes erahnen.

Außer Cyndi Lauper und mir war der Raum leer. Kahl, kalt und grell. Und plötzlich kam mir ein ganz schrecklicher Gedanke.

Konnte es etwa sein, dass ich tot war? Dass das hier das Warte-zimmer war, bevor entschieden wurde, ob ich nach oben fahren oder den Aufzug in den Abgrund nehmen würde?

Offenbar deutete die gute Cyndi das Entsetzen auf meinem Gesicht richtig, denn auf einmal öffnete sich ihr Mund und spuckte ein einzelnes Wort aus: »Ausnüchterungszelle.« Ihre Stimme klang wie eine Gemüseraspel.

Ich räusperte mich und verlagerte mein Gewicht auf den ande-ren Arm. »Wie bitte?«

»Das hier ist die Ausnüchterungszelle«, klärte sie mich auf und lachte heiser. »Hast wohl ein bisschen über die Stränge ge-schlagen, was?«

Hatte ich das? Ich hatte ehrlich gesagt keinen blassen Schim-mer …

Krampfhaft versuchte ich, mein Gehirn zu aktivieren, aber alles, was ich vor meinem inneren Auge sah, war seltsam ver-schwommen und dumpf.

Nur ganz langsam drängten sich einzelne Erinnerungsfetzen zurück in mein Gedächtnis.

Ich hatte mich in einem Taxi mit meiner Mutter gestritten.

Dann hatte ich mich auf dieser unsäglichen Party betrunken.

Ich war vor Kurt weggerannt und … das Dach!

Spielte mein Kopf mir nur einen blöden Streich, oder hatte ich dort oben tatsächlich Justin Gerard getroffen? Aber wenn dem so sein sollte: Wie kam ich dann bloß hierher? Und warum war ich alleine …?

Cyndi Lauper war meine einzige Chance, den Filmriss zur Hölle zu jagen.

»Haben Sie …?«, versuchte ich es, brauchte aber noch einen Anlauf, weil meine Stimme ganz belegt war. »Ist Justin Gerard auch hier?«

Cyndi hob ihre Augenbrauen und blickte mich ernst an.

»Klar. Natürlich ist Justin Gerard auch hier.«

»Gott sei Dank.« Erleichtert lehnte ich mich mit dem Rücken an die kalte Kachelwand. »Ich dachte schon, ich hätte mir das alles nur eingebildet.«

»Ja«, fuhr meine Zellengenossin fort und begann plötzlich schallend zu lachen. »Er ist nur schnell aufs Klo mit Mick Jagger und Elton John. Du kennst ja die Kerle – ständig wollen sie ihre Briefmarkensammlung vergleichen.«

Mein Lächeln verebbte. Sie hatte mich nur auf den Arm genommen, natürlich, sie hatte mich eiskalt verarscht und fand das alles auch noch lustig.

Trotzig verschränkte ich die Arme vor der Brust. »Ich war wirklich mit Justin Gerard unterwegs. Glaube ich zumindest ...«

Aber irgendwie lachte Cyndi Lauper jetzt nur noch herzhafter auf.

Also: *keine Konversation mehr in der Ausnüchterungszelle!* Würde ich mir merken.

Während Cyndis Lachen in einen bellenden Husten überging, schloss ich die Augen. Wie hatte es nur so weit kommen können?

Ich meinte nicht nur den Umstand, dass ich ohne Erinnerungen an die letzte Nacht hier in dieser Zelle für Schwerstalkoholiker saß, sondern auch alles drum herum.

Vor zwei Wochen war mein Leben doch noch gut gewesen. Ein bisschen langweilig und normal vielleicht, aber immerhin keine Vollkatastrophe. Aber dann war diese Sache mit dem Job und Simon dazwischengekommen und ...

Simon. Beim bloßen Gedanken an ihn schossen mir wieder Tränen in die Augen. Simon war an alledem schuld, ja. Aus Rache an meinem Mann hatte ich versucht, mich zu ändern, und hatte dabei ein Monster erschaffen. Denn anders konnte man dieses Häufchen Elend hier doch nicht bezeichnen, oder?

Karo war enttäuscht von mir, Karlie hasste mich, mit meiner Mutter hatte ich mich zerstritten, und Lovi hatte ich allerhöchstens bloßgestellt in den letzten Tagen, aber ganz sicher nicht unterstützt. Und dann hatte ich auch noch Viviens Handy gestohlen, um mir einen Vorteil zu erschummeln.

Ich hatte mein Leben zurückhaben wollen, ja – aber ich wollte dabei doch nicht die Leben der anderen zerstören!

Eins konnte ich jedenfalls ganz sicher sagen: Das hier fühlte sich kein bisschen gut an.

Und mehr noch: Wenn das hier wirklich die »neue Lexie« war, dann wollte ich sie ganz schnell wieder loswerden. Diese Bilanz war wirklich ernüchternd ...

Jetzt, wo auf einmal so viel Ruhe und Zeit zum Nachdenken blieben, stellte ich erschüttert fest, wie groß der Schmerz in mir tatsächlich war. Nicht nur in meinem Kopf und meinen Gliedern, sondern auch der Schmerz in meiner Seele.

Es tat weh, dass Simon mich derart betrogen hatte. Und es tat auch weh, dass ich vielleicht meinen Job verlieren würde. Warum bloß hatte ich diesen Schmerz so lange verdrängt und in Wut und Tatendrang erstickt?

In diesem Moment jedenfalls öffneten sich plötzlich alle Schleusen, und ich heulte los wie ein Seehundbaby, das in den Dünen ausgesetzt worden war.

Cyndi Lauper sah erst konsterniert zu mir rüber, stand dann aber auf und stakste los, um sich neben mich zu setzen.

»Hey, ist ja schon gut«, versuchte sie mich zu beruhigen. »Wenn es dir so wichtig ist, glaube ich dir eben, dass du mit dem Gerard unterwegs warst.«

»Es geht doch gar nicht um Justin Gerard«, schluchzte ich. »Es geht darum, dass ich nicht nur meinen Job verliere, sondern auch meinen Mann! Und am allerschlimmsten ist, dass ich dabei mich selbst verloren habe!« Verzweifelt lehnte ich meinen Kopf an Cyndis Schulter und heulte ihren schmuddeligen Blazer voll.

Beinahe liebevoll tätschelte sie mein Vogelnest. »Aber du bist doch hier.«

»Das hier, das bin doch nicht ich!«, protestierte ich schniefend. »Das hier ist vielleicht die ›neue Lexie‹ – aber die gefällt mir überhaupt nicht. Sie hat es nämlich verkackt. Alles völlig verkackt. Sie wollte ihr Leben wieder kontrollieren, und wo ist sie jetzt? In einer Ausnüchterungszelle, ohne Erinnerung – und alle Leute hassen sie!«

»Ich hasse dich nicht«, wendete Cyndi tröstlich ein. »Zumindest solange du nicht noch mal deinen Schnodder an meiner Jacke abwischst.«

»Du kennst mich doch gar nicht!«

»Aber ich sehe so was, glaub mir.«

»Was siehst du?«, hakte ich irritiert nach und zog vorsorglich den Rotz hoch.

»Dass du eine von den Guten bist.«

»Du meinst, dass ich zu blöd für diese Welt bin, oder?«

»Nein«, korrigierte sie mich. »Ich sehe, dass du ein gutes Herz hast. Jemandem wie dir würde ich sofort meine Kinder anvertrauen.«

Ich blickte sie misstrauisch an. »Du hast Kinder?«

»Nein«, gab Cyndi zu und grinste. »Aber wenn ich welche hätte, würde ich nicht eine Sekunde zögern.«

»Das ist ... was Gutes, oder?«

»Das ist viel mehr. Es ist ... eine Gabe, die du da hast! Die Gute-Mensch-Gabe.«

Einen Augenblick hielt ich inne und versuchte, meine Gefühle zu sortieren, aber dann schmiss ich mich schluchzend in ihren Schoß.

In diesem Moment öffnete sich die Tür, und ein Mann in Uniform blinzelte uns an.

»Alexa Ehrlich? Da ist jemand für Sie.«

Cyndi Lauper riss die Augen auf. »Alexa? Ernsthaft?«

»Wag es ja nicht!« Ich warf ihr einen warnenden Blick zu, stand auf und tapste auf die Tür zu. Aber offenbar konnte Cyndi sich nicht länger zusammenreißen.

»*Alexa – dein Kleid hat einen Riss überm Arsch!*«, brüllte sie mit verstellter Stimme, und ich sah genau, wie nun auch der Wärter neben mir grinste.

Das war natürlich nicht mal ansatzweise witzig, entsprach aber leider der Wahrheit …

»Da gibt es nichts zu lachen!«, blaffte ich den Polizisten dennoch an und bestand mit einem Kopfnicken darauf, dass er vor mir ging. Nicht dass mir der Kerl noch auf den Hintern starrte!

Ich war so damit beschäftigt, die Pobacken würdevoll zusammenzukneifen, dass ich erst im letzten Moment darüber nachdachte, wer mich hier wohl raushole. Am höchsten standen die Chancen, dass es Karo war, vielleicht sogar meine Mutter. Aber als ich in das kleine Büro am Ende des Flurs trat, stellte ich mit Schrecken fest, dass es jemand anders war: Kurt …

Eine halbe Stunde und einen Stapel Entlassungspapiere später ließ ich mich auf den Beifahrersitz in Kurts Kombi fallen. Mit einem trotzigen Knall zog ich die Tür hinter mir zu.

Kurt hatte bereits hinter dem Lenkrad Platz genommen und blickte mich zerknirscht an.

»Ich hoffe, du hast eine gute Erklärung!«, blaffte ich ihn an, aber Kurt zuckte nur unschuldig mit den Schultern.

»Na ja, du hast dich selber in diese …«

»Ich meine nicht die Sache mit der Zelle!«, unterbrach ich ihn lautstark. »Warum bist du hier, Kurt? Woher wusstest du, dass *ich* hier gelandet bin?«

Stöhnend ließ er sich in seinen Sitz zurücksinken. »Das ist eine längere Geschichte …«

»Ich habe Zeit!« Zumindest ging ich davon aus. Mein Vater passte schließlich auf die Kinder auf und würde vermutlich davon ausgehen, dass ich bei einer Freundin versackt war.

Kurt zierte sich trotzdem noch ein bisschen. Er rieb sich mit den Händen über die Augen, seufzte und öffnete dann endlich den Mund.

»Eigentlich war ich hier, um Justin rauszuholen.«

»*Justin Gerard?!*« Wenn das stimmte, waren wir also tatsächlich zusammen unterwegs gewesen. Allerdings erklärte das noch lange nicht, welche Rolle Kurt in dieser Geschichte spielte.

Er nickte ertappt und legte die Hände aufs Lenkrad, als wäre es ein Rettungsreifen.

»Ich bin Justins deutscher PR-Berater.«

»Wie bitte?« Ich konnte es nicht fassen. Deshalb war er also auf der Party gewesen. »Aber … wieso hast du nichts gesagt?«

»Weil ich nicht wollte, dass du weißt, dass ich meine Finger im Spiel habe.«

Plötzlich kam mir eine ganz ungute Ahnung. »Warte mal. Heißt das etwa, du hast …?«

»Ich habe explizit dich für das Interview neulich angefragt, ja. Und auch für die After-Show-Party habe ich ausdrücklich dich einladen lassen.«

Das konnte doch nicht wahr sein. Aber es erklärte natürlich, warum Justin keinen blassen Schimmer gehabt hatte von irgendeiner Lucy, die er eingeladen haben sollte.

Und trotzdem verstand ich den Zusammenhang nicht. »Aber ... wieso?«

Bevor Kurt aber seinen Mund öffnen konnte, fügten sich die seltsamen Puzzleteile doch noch zusammen – und ergaben ein Bild, das mir nicht gefiel.

»O nein, sag nichts!«, fuhr ich ihn entschieden an. »Sprich es bitte nicht aus, dann können wir so tun, als ob diese ganze Sache gar nicht existieren würde!«

»Alexa, ich ...«

»Vergiss es, Kurt«, fiel ich ihm ins Wort. »Du stehst nicht auf mich, und wir werden auch ganz sicher nicht noch einmal Sex haben, hast du das verstanden?!«

Tatsächlich hielt er jetzt irritiert inne. Und dann breitete sich ein amüsiertes Lächeln auf seinem Gesicht aus.

»Natürlich stehe ich nicht auf dich«, sagte er, und es fiel ihm offenbar schwer, nicht darüber zu lachen. »Ich bin schließlich glücklich verheiratet.«

Sollte ich ihm das wirklich glauben? Seine Erheiterung schien jedenfalls echt zu sein.

»Aber warum hast du dann ...?«

Jetzt seufzte er zumindest. »Ich habe gedacht, dass ich dir das irgendwie schuldig bin. Weil ich dir das Leben echt schwer gemacht habe mit diesen alten Geschichten über uns beide. Ich wollte das wirklich nicht, das musst du mir glauben! Ich hätte ja niemals gedacht, dass das so eine Eigendynamik entwickeln würde und ... ich wollte es irgendwie wiedergutmachen.«

O mein Gott. Das alles war also eine Art Entschuldigung?! Wenn ja, war diese allerdings mächtig nach hinten losgegangen ...

Stöhnend ließ ich mich in den Sitz zurücksinken. »Das sind ganz schön viele Informationen auf einmal.«

Kurt sah mich zerknirscht von der Seite an. »Bist du jetzt böse auf mich?«

»Nein«, sagte ich und meinte es tatsächlich so. »An dem Ereignis, das die Geschichten ausgelöst hat, bin ich schließlich nicht ganz unbeteiligt. Immerhin bin ich damals mit dir in die Kiste gestiegen.«

Ich rang mir ein hilfloses Lächeln ab, aber in diesem Moment legte sich schon wieder ein wahnsinnig gequälter Ausdruck auf Kurts Gesicht.

»Das ist es ja …«, murmelte er kleinlaut. »Wir hatten gar keinen Sex damals.«

»Was?!« Der Abgrund hätte gar nicht so tief sein können, wie ich hätte fallen wollen. »Aber … wir … ich bin … wir waren …«

»Betrunken, ja«, beendete Kurt mein Gestammel. »Sehr sogar. Ich habe dich mit zu mir nach Hause genommen, aber du bist sofort ins Koma gefallen. Ich hab dich dann noch notdürftig entkleidet und ins Bett gesteckt – aber ich selbst habe auf der Couch gepennt.«

Das konnte doch nicht wahr sein! Der größte Schandfleck meines Lebens war am Ende gar keiner?!

Ich musste mich erst mal sammeln, das war einfach zu viel.

»Aber warum hast du mir dann eingeredet, wir hätten Sex gehabt?«, hakte ich irgendwann nach.

»Weil ich total verknallt in dich war und gehofft hatte, du überlegst es dir vielleicht noch mal«, gab Kurt zu. »Hast du aber nicht. Hast dich nie wieder gemeldet und meine Anrufe ignoriert. Und als ich dich dann in der Kita wiedergesehen habe, da …« Er hielt die Luft an.

»Da hat dir dein Ego einen Arschtritt verpasst«, beendete ich den Satz für ihn.

Er nickte zerknirscht. »Es sollte ja nur ein Spaß sein, ich habe Anschluss gesucht und ...«

»Einfach mal aller Welt erzählt, wir hätten Sex gehabt!«

»Es tut mir leid, Lexie, wirklich.« Sein gequälter Gesichtsausdruck ließ keinen Zweifel daran, dass er es ernst meinte. Er wirkte aufrichtig betroffen. »Ich dachte, ich kann es wiedergutmachen, indem ich dich in meine Agentur abwerbe oder dir zumindest Gerard zuspiele. Aber ich konnte ja nicht ahnen, dass so etwas hier passiert ...«

Mit einem Mal machte sich noch ein weiteres ungutes Gefühl in mir breit.

»Was meinst du denn genau mit ›so etwas hier‹ ...?

Und als ich seinen verzerrten Blick sah, wusste ich, dass mir die Antwort nicht gefallen würde ...

Chronik des Schreckens

Ich möchte wirklich nicht zu sehr ins Detail gehen – im Grunde bin ich froh über jede Einzelheit, die ich selbst nicht kenne. Denn das, was Kurt mir nun berichtete, hörte sich an wie ein Protokoll des Schreckens und der Peinlichkeit.

Ich erinnerte mich ja noch vage daran, dass ich mich gemeinsam mit Justin Gerard auf dem Dach der Partylocation bis zum Kontrollverlust betrunken hatte und wir dann gemeinsam beschlossen hatten, mein abgeschlepptes Auto abzuholen. Wenn ich Kurt nun aber Glauben schenken durfte, waren wir anschließend tatsächlich nach Tiefstack gefahren. Weil der Autoknast nach Mitternacht aber geschlossen hatte, mussten wir kurzerhand über den Zaun des Parkplatzes klettern und haben dort meinen Wagen geknackt, weil ich leider keinen Schlüssel dabeihatte. Bei dem Versuch, mit unserer alten Familienkutsche durch die Schranke zu brettern, waren wir dann von der Polizei aufgegabelt worden. Die uns aufgrund unseres enormen Alkoholpegels erst mal in zwei Ausnüchterungszellen gesteckt hatte ...

Der Sand der gesamten Sahara hätte nicht gereicht, um meinen Kopf tief genug zu vergraben.

»Keine Sorge«, versuchte Kurt mich zu beruhigen. »Es wird keine Anzeige geben. Das haben Gerards Leute schon geregelt.«

Ich wollte gar nicht wissen, wie dieses »geregelt« genau aussah, und machte mir auch so schon genug Sorgen. Selbst wenn ich juristisch nicht belangt würde: Wie hatte mein Leben nur zu so einer »Chronik des Schreckens« werden können?

»Kann ich noch irgendetwas für dich tun?« Kurt sah mich an

wie ein begossener Pudel. Er merkte offenbar, wie schwer mir das alles zusetzte.

»Ich weiß nicht«, flüsterte ich kraftlos. »Fahr mich einfach nach Hause.«

Die ganze Fahrt über sprach keiner von uns ein Wort. Erst als ich vor unserem Haus aus dem Wagen steigen wollte, fiel mir noch etwas ein.

»Ich brauche deine Hilfe nicht, verstanden? Ich will nicht, dass du noch irgendwas wiedergutmachst, und ich will auch nicht bei dir in der Agentur arbeiten, also benimm dich einfach wie ein ganz normaler Mensch und nicht wie ein Riesenarsch, okay?«

Kurt öffnete den Mund, um etwas zu erwidern, aber dann schloss er ihn wieder und nickte einfach wortlos.

»Ach ja«, knurrte ich. »Und danke.«

»War das Mindeste, was ich tun konnte«, sagte er mit einem versöhnlichen Lächeln, und ich schlug endlich die Tür hinter mir zu.

Ich wartete trotzdem noch, bis er am Ende der Straße verschwunden war, bevor ich auf unsere Haustür zuging.

Es war bereits zehn, mein Vater würde sich sicher schon Sorgen machen, dass ich mich noch nicht gemeldet hatte. Erst jetzt fiel mir ein, dass ich gestern vor der Party mein Handy ausgeschaltet hatte und er mich nicht einmal hatte erreichen können. Aber es sah nicht so aus, als wäre die Wohnung in der Zwischenzeit abgebrannt. Also ließ ich das Handy aus, nahm mir die Schuhe von den Füßen und schleppte mich barfuß die Treppen hinauf.

In der Wohnung war es verdächtig ruhig. »Ich bin wieder da«, rief ich, nachdem ich meine Schlüssel auf der Kommode abgelegt hatte. Aber ich bekam keine Antwort. Konnte es sein, dass alle noch schliefen?

»Hey, ihr Schlafmützen«, rief ich und ging Richtung Schlafzimmer. »Habt ihr eure Mutter etwa gar nicht ver...?«

Weiter kam ich nicht, weil tatsächlich jemand im Schlafzimmer stand. Allerdings war es jemand, mit dem ich weiß Gott nicht gerechnet hatte – und dessen Anwesenheit mir jetzt den Boden unter den Füßen wegzog.

»Lexie ...« Simon schob sich unsicher die Hände in die Hosentaschen.

Er sah müde aus, mitgenommen.

Ich versuchte zu schlucken, aber meine Kehle war viel zu trocken.

Mit einem Mal drehte sich wieder alles um mich herum – und ich war mir ziemlich sicher, dass das nicht am Restalkohol lag.

Ich stützte mich an der Wand ab und versuchte, ruhig zu atmen. Doch als Simon ein paar Schritte auf mich zu tat, schnellte ich vor und stieß ihn zurück.

»Fass mich nicht an!« Jedes meiner Worte klang wie ein Sprengsatz.

»Lexie, lass mich doch ...«, versuchte Simon es ein weiteres Mal, aber ich schrie, so laut es ging, und brachte ihn damit zum Schweigen.

»Ich will es nicht hören! Ich will keine Erklärung hören, und erst recht keine Entschuldigung! Ich will kein einziges Wort von dir hören!« Meine Stimme überschlug sich. Und wieder schossen mir Tränen in die Augen und liefen brennend heiß über mein Gesicht. Ich spürte, wie meine Knie bebten und meine Finger zitterten.

Was fiel ihm ein, verdammt? Was fiel ihm nur ein, hier aufzutauchen – nach allem, was er mir angetan hatte?!

»Ich hasse dich!«, platzte es aus mir heraus, und weil ich immer noch die pinken Sandalen in der Hand hielt, warf ich sie kurzerhand nach ihm. »Wie konntest du nur?! Du hast mich belogen und ...«

»Aber es ist doch alles ganz anders!«, brüllte nun auch Simon und packte mich am Oberarm. Ich riss mich umgehend wieder los.

»Vergiss es, ich glaub dir kein Wort mehr! Und ich bin auch nicht bereit, mir länger deine Lügen anzuhören!«

Ehe ich mich's versah, war ich wieder an der Wohnungstür und stampfte barfuß zurück ins Treppenhaus. Simon eilte hinter mir her.

»Lass mich in Ruhe!!!«, schmetterte ich ihm wutentbrannt entgegen – und er blieb tatsächlich stehen und ließ mich davonlaufen.

Leider hatte ich keine Ahnung, wo ich jetzt hinsollte. Das war einfach zu viel, zu viel auf einmal und zu viel für den Zustand, in dem ich mich gerade befand. Ehrlich gesagt fiel mir auf die Schnelle nur ein Ort ein, an dem ich mir etwas Sicherheit versprach – aber ich wusste wirklich nicht, ob ich dort gerade willkommen war.

Trotzdem stand ich fünfzehn Minuten später vor der Haustür von Karo und Marc. Ich musste es einfach versuchen.

»Alles in Ordnung bei dir?«, fragte Marc, als sein besorgter Blick auf meine nackten Füße hinabglitt.

Ich gab mir Mühe, nicht gleich wieder in Tränen auszubrechen. »Ist Karo da?«

Er zögerte einen Augenblick, aber dann öffnete er die Tür ganz und winkte mich herein. »Eigentlich will sie gerade alleine sein. Aber ich habe den Eindruck, dass ihr beide euch ein bisschen was zu erzählen habt.«

Er schnappte sich seine Jacke, nickte in Richtung Schlafzimmer und verschwand ins Treppenhaus. Ich hätte ihn allein schon dafür küssen können, dass er den gigantischen Riss über meinem Hinterteil unkommentiert ließ.

Ich musste mich einen Moment sammeln, bevor ich es schaffte, ins Schlafzimmer zu tapsen.

Karo lag im Bett, hatte sich die dicke Daunendecke bis zum Kinn hochgezogen und sah ziemlich mies aus. Es kostete mich etwas Überwindung, standhaft zu bleiben und sie nicht gleich fest an mich zu drücken – aber ich brauchte erst eine wichtige Antwort. Deshalb verschränkte ich vorsorglich die Arme vor der Brust.

»Sag bitte nicht, dass du dafür verantwortlich bist?«

Karo warf mir einen ziemlich finsteren, aber genauso empörten Blick zu. »Wofür?«

»Dass Simon wieder zurück ist.«

»Simon ist wieder da?« Sie richtete sich irritiert im Bett auf und hatte offenbar nicht mal mehr die Kraft, mich dabei anzuknurren. Ihre Überraschung wirkte jedenfalls derart echt, dass ich ihr abnahm, nichts damit zu tun zu haben.

»Eigentlich sollte mein Vater auf die Kinder aufpassen«, berichtete ich widerwillig. »Aber als ich eben nach Hause gekommen bin, waren sie nicht da – dafür stand Simon im Schlafzimmer.«

»Warte mal ...« Karo wirkte jetzt vollends verwirrt. »Du bist eben gerade erst von dieser Party zurückgekommen?« Kein Wunder, dass sie das nicht nachvollziehen konnte. Sonst war ich schließlich immer diejenige, die spätestens um 21 Uhr nach Hause wollte.

»Das ist eine längere Geschichte«, murmelte ich. Und irgendwie hatte ich das Gefühl, dass etwas anderes gerade noch viel wichtiger war. »Du siehst scheiße aus.«

»Danke für das Kompliment.« Karo zögerte, klopfte mich

dann aber zu sich aufs Bett. »So wie du aussiehst, gewinnst du heute aber auch keinen Blumentopf mehr.«

Ich ließ mich neben sie aufs Bett fallen und grinste schief. »Das sagst du nur, weil du mich noch nicht von hinten gesehen hast.«

Sie blickte mich neugierig an, aber ich schüttelte den Kopf und griff nach ihrer Hand.

»Zuerst du. Was ist los, Karo?«

Sie zögerte schon wieder. »Können wir nicht erst über dein Hinterteil reden?«

»Nein«, sagte ich bestimmt. »In letzter Zeit war immer ich zuerst dran. Ich glaube, jetzt muss ich mich mal um dich kümmern.«

Karo hielt die Luft an – und dann begann sie tatsächlich zu heulen.

»Ich habe dir doch von dieser Untersuchung erzählt. Gestern Mittag, kurz bevor du angerufen hast, um mich zu dieser Party zu überreden, hat mein Arzt angerufen und mir das Ergebnis mitgeteilt ...«

O nein. Mein Herz krampfte sich zusammen. *Bitte, bitte, bitte lass es nichts Schlimmes sein!* Ich konnte jetzt unmöglich noch um meine beste Freundin bangen!

Aber während ich noch stumme Stoßgebete verschickte, platzte es auch schon aus Karo heraus: »Ich bin schwanger, Lexie.« Ihre Worte verschwammen mit den Schluchzern, die sich ihre Kehle hinaufdrängten – und ich war mir ziemlich sicher, dass ich mich verhört hatte.

»Wie bitte?«

»Schwanger, Lexie – *schwanger!*«, wiederholte sie laut und überdeutlich, sodass überhaupt kein Zweifel mehr blieb.

»Du meinst ... mit einem Baby?« Das musste ein Irrtum sein, ein verspäteter Aprilscherz.

»Nein, mit einer Wassermelone«, zischte sie und funkelte mich erwartungsvoll an. »Natürlich mit einem Baby, was denn sonst?«

Ich stand trotzdem noch auf dem Schlauch.

»Aber du ... verhütest doch.«

»Ja«, schniefte Karo. »Doppelt und dreifach sogar. Aber irgendwie ist wohl doch was durchgerutscht.«

Ungläubig lehnte ich mich gegen den Kopfteil ihres Bettes. »Wow, das ist ...«

»Eine Katastrophe, ich weiß.« Karo schluchzte hemmungslos auf und vergrub ihr Gesicht in meinem Schoß.

»Nein, das ist wunderbar!«

»Wunderbar?« Meine beste Freundin richtete sich auf und blickte mich völlig verstört an. Aber ich konnte nicht anders, als über beide Backen zu strahlen.

»Ja, das ist fantastisch!«

»Ich weiß ja nicht einmal, von wem das Baby ist ...«, erwiderte sie missmutig, doch meine Begeisterung konnte sie dadurch nicht mehr schmälern.

»Was sagt Marc denn dazu?«

Karo lehnte sich neben mich ans Polster und schniefte.

»Er würde es gerne behalten. Egal, ob er der leibliche Vater ist oder nicht.«

»Das ist doch toll, Karo. Ihr kriegt das schon hin!«

»Meinst du?« Wieder blickte sie mich skeptisch an. »Ich glaube, ich wäre eine ganz furchtbare Mutter ...«

»Spinnst du? Du wärst die allerbeste – Karlie und Lovi lieben dich!«

»Weil ich die verrückte Patentante bin!«

»Weil du toll bist, Karo!«

Wieder nahm ich ihre Hand und drückte sie sacht, aber bestimmt. Und tatsächlich schien mein Zuspruch Wirkung zu zeigen.

»Ich weiß nicht«, murmelte Karo nach einer Weile und seufzte. »Meine Mutter ist völlig eingegangen, nachdem mein Vater uns damals verlassen hat. Und dann ist sie gestorben, als ich gerade siebzehn war. Ich weiß gar nicht, wie das geht – Mutter sein.«

»Glaub mir, keine von uns weiß das am Anfang«, beruhigte ich sie. »Aber dann fangen wir einfach an und irgendwie läuft es schon.«

Karo runzelte die Stirn und betrachtete mich eingehend. »Du siehst ehrlich gesagt nicht so aus, als würde es laufen …«

»Hey!« Ich schlug ihr an den Oberarm. »Das ist eine ganz andere Geschichte.«

Karo grinste schief. »Willst du sie mir erzählen?«

Ich zögerte – und stimmte dann in ihr Grinsen ein. »Nur, wenn wir uns eine Pizza ins Bett bestellen.«

»Es ist gerade erst halb elf.«

»Gewöhn dich besser dran«, sagte ich und zuckte mit der Schulter. »Mutter sein bedeutet ein Leben im Ausnahmezustand.«

Tatsächlich verdrückte Karo am Ende viel mehr Pizzastücke als ich – was aber auch daran liegen mochte, dass ich fast ununterbrochen redete. Von Justin Gerard auf dem Dach natürlich und von alldem, was Kurt mir heute Morgen erzählt hatte. Von Cyndi Lauper in der Ausnüchterungszelle und von Simon in unserem Schlafzimmer …

Als ich endlich fertig war, war das Pizzastück in meiner Hand eiskalt, aber irgendwie fühlte ich mich erleichtert. Es tat gut, eine Freundin wie Karo zu haben.

Sie wischte sich den Mund mit einer hauchdünnen Papierserviette ab und hob feierlich die Hände. »Ich schwöre: Mit Simons Rückkehr habe ich nichts zu tun!«

Nachdenklich holte ich Luft. »Ich dachte nur, weil du ja meintest, der Thaiknast wäre kein Zuckerschlecken ...«

»Und das war es auch ganz sicher nicht«, sagte Karo und legte ihre Hand auf meine. »Was willst du denn jetzt tun?«

»Keine Ahnung. Ich kann ihm vermutlich nicht ewig aus dem Weg gehen.« Aber plötzlich kam mir ein Gedanke. »Andererseits muss ich die Angelegenheit auch nicht jetzt sofort klären. Er ist wieder da – schön für ihn! Dann kann er sich um die Kinder und den Haushalt kümmern. Und ich nehme mir erst mal eine kleine Auszeit.«

»Meinst du das ernst?« Karo sah mich überrascht an.

»Aber hallo!«, erwiderte ich. »Ich werde den Teufel tun, nun alles zu überstürzen. Es geht hier schließlich um den Rest meines Lebens.«

Meine beste Freundin lächelte verschwörerisch. »Wenn das so ist: Unser Gästezimmer ist frei ...«

»Du willst, dass ich bei euch einziehe?« Damit hatte ich nicht gerechnet.

»Wieso nicht? Es ist ja nicht für immer. Und ich kann in den nächsten Tagen bestimmt auch die eine oder andere Aufmunterung gebrauchen.«

Ungläubig starrte ich sie an – und dann drückte ich sie überschwänglich an mich.

»In meinem Leben gibt es bestimmt hunderttausend Dinge, die nicht gut laufen. Aber bei einer Sache habe ich einen Volltreffer gelandet: meiner besten Freundin.«

»Das kann ich nur erwidern«, sagte Karo und drückte mich zurück, wohl auch, um nicht gleich wieder loszuheulen.

Tatsächlich lösten wir uns erst wieder voneinander, als Karos

Handy auf dem Nachttisch klingelte. Sie griff sich das Telefon und blickte irritiert auf das Display. Mir schwante nichts Gutes …

»Sag bitte nicht, dass das Simon ist.«

»Nein«, erwiderte Karo und hielt mir den Bildschirm hin. »Es ist deine Mutter.«

Wo ist die versteckte Kamera?

Wir trafen uns auf neutralem Boden – was so viel hieß wie: im Café.

Als ich den Gastraum betrat, saß meine Mutter bereits an einem der Tische und spielte nervös an ihren Armreifen herum. Ihr gequälter Blick ließ keinen Zweifel daran, dass sie ein mächtig schlechtes Gewissen hatte. Am liebsten wäre ich jetzt ohne Einschränkungen böse auf sie gewesen, aber leider fühlte ich mich selbst auch nicht ganz unschuldig.

»Ich habe dir schon deinen Kuchen bestellt«, murmelte sie versöhnlich und klopfte zaghaft auf den Stuhl neben sich. »Heute kriegst du das Schokoplättchen!«

Ich zögerte einen Augenblick, setzte mich dann aber tatsächlich neben sie. Mir war klar, dass ich noch immer furchtbar aussah. Karo hatte mir zwar einen Jogginganzug von Marc rausgesucht, damit ich nicht mehr als Diskokugel mit Riss über dem Hintern herumlaufen musste, aber für meinen derangierten Kopf hatten wir so schnell leider keinen Ersatz gefunden.

Allerdings schien sich meine Mutter gar nicht allzu sehr für mein Äußeres zu interessieren. Stattdessen knibbelte sie noch ein bisschen an ihren Fingernägeln herum und seufzte dann.

»Ich muss dir was sagen, Schätzchen.« Offenbar lag ihr tatsächlich etwas auf dem Herzen, denn sie seufzte gleich ein zweites Mal. »Natürlich weiß ich, dass du es nicht ausstehen kannst, wenn ich mich in deine Angelegenheiten einmische, aber ...«

»Schon okay, Mama«, lenkte ich müde ein. »Ich bin dir nicht böse, dass du Karo angerufen hast, um mit mir zu sprechen. Mein

Handy war ja aus – und ich kann verstehen, dass du nach unserem Streit gestern Redebedarf hattest.«

Eigentlich hätte sie jetzt erleichtert wirken sollen, aber stattdessen holte sie noch einmal tief Luft und blinzelte mich zerknirscht an. »Das mit dem Anruf bei Karo meinte ich gar nicht ...«

»Nicht?« Ich legte überrascht meine Stirn in Falten.

Verunsichert legte meine Mutter ihre Hände um die Teetasse, die vor ihr auf dem Tisch stand. »Nein. Ich meinte diese Sache zwischen deinem Vater und ...«

»Verdammt, Mama«, unterbrach ich sie. »Du hast also doch was damit zu tun, oder?«

Ertappt biss sie sich auf die Unterlippe. Dann endlich nickte sie und gab es zu.

Ich stöhnte, aber meine Mutter fuhr hektisch ihren Arm aus und griff nach meinem Handgelenk. »Bitte, Lexie, es ist wirklich nicht so, wie du denkst. Und ich möchte, dass du mich diesmal ausreden lässt!«

Letzteres fiel mir ehrlich gesagt schwer. Mit einem ernsten Blick gewährte ich ihr trotzdem, eine Erklärung abzugeben.

Meine Mama presste kurz ihre Lippen aufeinander. »Ich habe etwas mit Brigitta zu tun, ja«, gab sie schließlich zu. »Aber es ist ganz anders, als du denkst.«

»Ich bin gespannt«, sagte ich erwartungsvoll und musste mich sehr zusammenreißen, um nicht wieder wütend zu werden.

Sie schloss für einen Moment die Augen und blinzelte mich dann betroffen an. »Ich habe deinem Vater vor ein paar Wochen diesen Partnersuche-Account eingerichtet, weil ich fand, dass es an der Zeit wäre, dass er mal jemand Neues kennenlernt.«

»Du warst das?« Das war mir neu – und es überraschte mich. »Davon hat er mir gar nichts gesagt.«

»Wir sind zwar geschieden, aber immer noch füreinander da«,

erwiderte sie. »Und nur weil wir deine Eltern sind, erzählen wir dir bei Weitem nicht alles, Lexie.«

Was sollte das denn jetzt wieder bedeuten? Meine Eltern hatten Geheimnisse vor mir? Dieser Umstand wurmte mich tatsächlich ein bisschen.

»Also gut«, fuhr ich fort, weil ich jetzt auch den Rest hören wollte. »Du hast ihm also den Zugang eingerichtet.«

»Richtig«, bestätigte meine Mutter. »Und dann habe ich ihn ermutigt, ihn auch zu nutzen und Frauen anzuschreiben. Ich habe mir so sehr gewünscht, dass er sich endlich wieder verliebt. Aber es war … schwierig.«

»Schwierig?« Ich runzelte die Stirn.

»Dein Vater hat viele Talente, mein Schatz, aber neue Leute kennenzulernen gehört leider nicht dazu.«

Das kam mir nur allzu bekannt vor …

»Und was hast du nun mit Brigitta zu tun?«, hakte ich nach.

Sie holte noch einmal tief Luft. »Ich wollte ihm ein bisschen auf die Sprünge helfen. Wollte, dass er endlich ein Erfolgserlebnis verbuchen kann und ein wenig Übung bekommt, und deshalb habe ich …« Sie verstummte. Aber ich ahnte bereits, worauf sie hinauswollte.

»Du hast ihn angeschrieben. Als *Brigitta* …«

Meine Mutter sah mich gequält an und nickte unglücklich. »Ich habe natürlich ein falsches Foto benutzt …«

»Verdammt, Mama«, unterbrach ich sie und lehnte mich ächzend auf meinem Stuhl zurück. »Was hast du dir nur dabei gedacht?«

»Ich wollte doch nur …«

»Du hast ihn verarscht – du hast mit seinen Gefühlen gespielt! Das ist doch kein Spiel, Mama. Es geht um sein Herz!«

»Aber ich habe doch gar nichts gespielt«, platzte es nun aus ihr heraus. »Das ist ja das Verrückte!«

Ich blinzelte sie verständnislos an. »Wie meinst du das?«

Sie seufzte und vergrub ihr Gesicht in den Händen. Dann fasste sie sich wieder.

»Am Anfang war es nur ein Spaß, um ihn zu motivieren. Aber dann ... haben wir uns Nachrichten geschickt. Er hat mir zugehört und ... hat mir Gedichte geschickt, und da habe ich gemerkt, dass ...« Meine Mutter brach wieder ab.

Ich sah sie fassungslos an. »Du willst mich verarschen, oder?«

»Nein, mein Schatz«, seufzte sie. »Ich habe mich in deinen Vater verliebt ...«

War ich hier bei der versteckten Kamera gelandet? Das war ... wahnsinnig. Verrückt! Vor allem aber war es derart absurd, dass ich lachen musste.

»Aber Papa liebt Brigitta, Mama, und nicht dich! Er denkt, du bist eine andere – und in die hat er sich verliebt!«

Zerknirscht hielt sie sich an ihrer Teetasse fest. »Deshalb habe ich mich ja auch wieder abgemeldet ...«

Jetzt machte auf einmal alles Sinn.

Brigitta, die meinen Vater versetzt hatte – weil ich meine Mutter am Abend der Verabredung zum Babysitten gebraucht hatte. Der Anruf meiner Mutter bei meinem Vater, nachdem Brigitta ihn versetzt hatte ...

»Das ist verrückt, das weißt du, oder?«, fragte ich sie, als auch der letzte Groschen gefallen war.

Sie zuckte mit den Schultern und wirkte dabei plötzlich wie ein kleines Mädchen. »Das Leben ist eben verrückt, Lexie – und die Liebe erst recht. Ich hätte ja selbst niemals damit gerechnet, dass ich noch einmal so für deinen Vater empfinden würde.«

Ich wusste nicht, was ich dazu noch sagen sollte. Jedes Kind wünschte sich tief im Herzen, dass die eigenen Eltern sich liebten und für immer und ewig zusammenblieben – aber dass die beiden nun wieder zusammenfinden sollten, acht Jahre nach der Scheidung? Keine Ahnung, was ich davon halten sollte …

»Du musst Papa die Wahrheit sagen.«

»Natürlich, das habe ich fest vor. Aber erst wollte ich mit dir reden.«

»Sag bloß, du hast dir meinen Segen erhofft?« Jetzt auf einmal interessierte sie sich dafür, was ich gut fand?

Meine Mutter zögerte. Dann seufzte sie noch einmal und spielte unsicher an ihren Armreifen herum. »Ich würde mich tatsächlich über deinen Segen freuen, ja. Aber da ist ehrlich gesagt noch etwas anderes, was ich dir sagen muss.«

Ich lachte vorsorglich auf. »Hast du wieder einen Gutschein für meine Chakren erbeutet?«

Meine Mutter bemühte sich, in mein Lächeln einzustimmen, wirkte dabei aber ziemlich hilflos.

»Nein, Schätzchen, aber ich habe noch etwas anderes getan. Und ich glaube wirklich, es ist das Richtige – auch wenn du das auf den ersten Blick vielleicht nicht so siehst.«

Jetzt war ich ernsthaft besorgt. Aber bevor ich noch weiter nachhaken konnte, was sie damit bitte meinte, hörte ich bereits, wie die Tür des Cafés aufging. Und dann betrat Simon das Lokal …

Das konnte unmöglich ihr Ernst sein!

Fassungslos heftete sich mein Blick an meine Mutter. »Du warst das? Du hast ihn zurückgeholt?!«

»Wir machen alle Fehler«, flüsterte meine Mutter. »Bitte hör dir wenigstens an, was er zu sagen hat.«

Ich konnte es nicht glauben! Am liebsten wäre ich aufgesprungen, hätte den Tisch umgeworfen und Simon durch eines der

Fenster gestoßen – am besten gleich gemeinsam mit meiner Mutter!

Aber mein Schock saß viel zu tief.

Und außerdem hatte sie recht. Irgendwann musste ich mich dieser Aussprache ohnehin stellen – also konnte ich es genauso gut jetzt gleich hinter mich bringen.

Trotzdem warf ich meiner Mutter noch mal einen extrafinsteren Blick zu, als sie sich vom Tisch erhob und entschuldigend zurückzog. Erst als sie durch die Tür nach draußen verschwunden war, gab Simon sich einen Ruck und näherte sich meinem Tisch.

Er sah immer noch furchtbar aus, mindestens genauso mitgenommen wie ich – aber im Gegensatz zu mir hatte er das auch verdient!

Als er sich endlich auf einen freien Stuhl setzte, lehnte ich mich ächzend zurück und verschränkte vorsorglich die Arme vor der Brust.

Ein paar Sekunden lang ging sein Mund auf und wieder zu, ohne dass ein Wort über seine Lippen kam.

Normalerweise war ich in solchen Situationen immer diejenige, die das Bedürfnis hatte, die peinliche Stille zu beenden – aber jetzt dachte ich gar nicht daran. Ich hatte bereits alles gesagt, was ich sagen wollte. Punkt.

Doch ausgerechnet als sich endlich ein leises »Lexie …« über Simons Lippen schlich, rauschte plötzlich die Kellnerin von der Seite heran. Es war eine andere als beim letzten Mal – aber als sie das Stück Torte vor mir abstellte, sah ich, dass wieder kein Schokoplättchen obendrauf lag.

»Wo ist meine Schokolade?«, hakte ich freundlich, aber bestimmt nach, bevor sie mir einen guten Appetit wünschen konnte.

Ihr Lächeln verebbte und wich Unsicherheit. »Schokolade …?«

»Meine Mutter hat für mich bestellt«, stellte ich klar. »Und zwar ausdrücklich ein Stück mit einem Schokoplättchen.«

Simon lachte verunsichert auf und wendete sich an die Bedienung. »Kein Problem, ich nehme einfach dieses Stück hier ...«

»Nein«, widersprach ich ihm und wendete mich wieder an die Kellnerin. »Wenn es Ihnen nichts ausmacht, hätte ich gerne das Stück, das für mich bestellt wurde – mit Schokolade obendrauf.« Ich lächelte sie selbstbewusst an, und tatsächlich lächelte sie im nächsten Moment zurück und nahm den Teller wieder an sich.

»Natürlich, kein Problem.«

Zufrieden sah ich zu, wie sie hinter ihrem Tresen verschwand.

Als ich mich zu Simon umdrehte, blickte er mich verblüfft an.

»Wow, du hast dich ... verändert.«

Wollte er mich jetzt verarschen? Wie hätte ich mich denn bitte *nicht* verändern können bei allem, was er mir angetan hatte?

Sofort war mein Zorn zurück und manifestierte sich in der Falte zwischen meinen Augenbrauen.

»*Ich bin ein Puszta-Schnitzel!*«, sagte ich – aber es klang eher, als würde ich knurren.

Simon wirkte irritiert. »Wie bitte?«

Vermutlich dachte er, er hätte sich verhört – deshalb wiederholte ich es jetzt laut und deutlich: »*Ich bin ein Puszta-Schnitzel!*«

»Okay ...« Ohne Zweifel war er maximal verstört und hatte keinen blassen Schimmer, wovon ich redete.

»Das habe ich bei Doktor Dodenbaum gelernt«, klärte ich ihn großmütig auf.

Nun wirkte er fast ein bisschen erleichtert. »Du warst also bei deinem Therapeuten?«

»Ja«, gab ich zu. »Um ihn zu feuern.«

Simon verschluckte sich und hustete, obwohl er noch gar nichts im Mund hatte.

»Ich meine, mal ehrlich«, zischte ich ihm zu. »Würdest du jemandem hundertfünfzig Euro die Stunde geben, damit er dir einredet, du wärst ein extrascharfes Paprika-Schnitzel?«

Völlig unvermittelt platzte ein Lachen aus Simon heraus. Erst als er meinen giftigen Blick bemerkte, verging ihm das Lachen wieder, und er blinzelte mich ertappt an.

In diesem Moment kam auch die Kellnerin ein zweites Mal an unseren Tisch und stellte das neue Stück Kuchen vor mir ab. Auf dem Sahnehäubchen lag nicht nur ein, sondern gleich noch ein zweites Schokoplättchen.

Sie schien mir den Einwand auch gar nicht übel zu nehmen.

»Ich hoffe, es schmeckt dir«, sagte sie, zwinkerte freundlich und verschwand wieder.

Und ich fühlte mich ... gut. Es hatte geklappt, ja – und es hatte nicht einmal wehgetan.

Offenbar deutete Simon das zufriedene Lächeln auf meinen Lippen allerdings falsch. »Du siehst toll aus, Lexie.«

Sofort verfinsterte sich mein Blick wieder. Ich saß ganz sicher nicht hier, um mich weiter belügen zu lassen.

»Erzähl keinen Mist! Ich sehe aus wie ein Ameisenhügel in einem Jogginganzug.«

Simon lächelte schief, aber dann zeichnete sich wieder die Erschöpfung auf seinem Gesicht ab. »Ich meine es ernst, Lexie, du ... bist irgendwie anders.«

»*Irgendwie anders?*« Sofort bäumte sich wieder eine Tsunami-große Wutwelle in meinem Inneren auf. »Verdammt, Simon! Du hast mich angelogen und betrogen – wie um alles in der Welt sollte ich denn jetzt noch dieselbe sein wie vor zwei Wochen?!«

Außer uns waren nur wenige Gäste im Café – und die sahen nun alle zu uns hinüber. Aber mir war das egal. Ich hatte gerade ganz andere Probleme als zu viel Aufmerksamkeit.

Simon beugte sich flüsternd zu mir vor: »Ich habe dich belogen, ja – aber nur, weil das alles eine Überraschung werden sollte!«

»Ja, klar«, blaffte ich ihn an. »Überraschung: Ich rette gar keine Waisenkinder, sondern vergnüge mich auf Sexpartys in Thailand!«

Simon vergrub sein Gesicht in den Händen. Dann atmete er tief durch und sah mich völlig erschöpft an.

»Darf ich es bitte erklären, Lexie?«

»Erklären?!« Das war doch lachhaft!

»Hör mir einfach in Ruhe zu – und hinterher kannst du mich immer noch beschimpfen und hassen und zum Teufel wünschen, wenn du willst!«

Als sich unsere Blicke trafen, spürte ich, dass sich mein Kiefer versteifte und mir wieder Tränen in die Augen stiegen. *Nicht heulen – jetzt bitte bloß nicht losheulen!*

Ich nickte einigermaßen gefasst – und dann begann Simon zu erzählen.

»Ich war tatsächlich nicht in Nicaragua, sondern in Thailand«, gab er zu. »Und ich war nicht alleine da.«

Das Romantik-Resort ... Mein Herz zog sich schmerzhaft zusammen. Mit einem Mal war ich mir nicht so sicher, ob ich die Wahrheit wirklich wissen wollte, ob ich sie schon ertragen konnte.

Aber Simon redete bereits weiter. »Tommy hat mich begleitet.«

»Tommy?«, unterbrach ich ihn überrascht. Dann hatte ich mich also tatsächlich nicht verhört am Telefon. Aber wenn Tommy ihn nach Thailand auf diese Sexparty begleitet hatte, dann ...

O nein. Ich blinzelte Simon völlig verdattert an.

»Heißt das etwa, Tommy und du ... ihr seid ... also ihr beide habt ...?«

Es dauerte einen Moment, aber dann verstand Simon, worauf ich hinauswollte. Erschrocken schüttelte er den Kopf. »Nein, Tommy und ich sind kein Paar.«

Ich kniff meine Augen zu schmalen Schlitzen zusammen und musterte ihn.

»Wirklich, das musst du mir glauben! Ich habe Tommy gebeten, mich zu begleiten, weil ich seinen Rat haben wollte. Und weil er mein Trauzeuge werden soll ...«

»Dein Trauzeuge?« Simon wollte heiraten? Jetzt verstand ich gar nichts mehr.

»Ich habe dir doch eine richtige Hochzeit versprochen, Lexie«, sagte Simon, beugte sich vor und griff vorsichtig nach meinen Händen. »Damals, vor fünfzehn Jahren. Und ich fand, dass es endlich an der Zeit ist, dieses Versprechen einzulösen.«

»Was?« Ich verstand noch immer nicht so ganz, worauf er hinauswollte.

»Es sollte natürlich eine Überraschung sein. Zu deinem vierzigsten. Ich wollte mit dir und den Kindern nach Thailand fliegen und dort endlich deine Traumhochzeit feiern. Am Strand, im Sonnenuntergang – mit einem Champagner sprühenden Elefanten im Hintergrund. So wie du es eigentlich schon längst verdient hättest, Lexie. Du tust so viel für unsere Familie – du bist unser Anker! Unser Fundament. Ganz ehrlich: Ohne dich würde gar nichts laufen.«

Jetzt war ich vollends verwirrt. Und mir fehlten die Worte.

»Aber ... du wurdest verhaftet, Simon.«

Er lehnte sich mit einem tiefen Seufzen zurück.

»Tommy und ich haben uns Locations für die Strandhochzeit angesehen und sind dabei über eine Party gestolpert. Es wurden offenbar Drogen konsumiert, die Hälfte der Leute war nackt. Wir wollten sofort wieder gehen, als jemand nach einem Arzt rief. Einer der Partygäste war kollabiert. Ich konnte doch nicht einfach weglaufen, Lexie – ich habe einen hippokratischen Eid geleistet!« Unglücklich vergrub er sein Gesicht in den Händen. Erst nach einer Weile schaffte er es weiterzureden. »Ich bin also hin und habe mich um die Erstversorgung gekümmert. Aber in diesem Augenblick wurde die ganze Party plötzlich von der Polizei gesprengt. Die Thaipolizisten haben uns nicht geglaubt, dass wir nur zufällig vor Ort waren, und haben uns eingebuchtet wie alle anderen. Und dann saßen wir erst mal fest …«

Das war zu viel für mich. Das waren einfach zu viele Informationen, als dass ich noch hätte folgen können.

Simon hatte mich überraschen wollen.

Und er hatte nur helfen wollen auf dieser Party …

Es war ein Missverständnis – *war* es wirklich ein Missverständnis?

»Du warst plötzlich nicht mehr erreichbar«, murmelte Simon und riss mich damit aus meinen Gedanken.

Meine Kehle war staubtrocken. »Ich … hab gedacht, du betrügst mich, Simon. Bei deinem Anruf hast du von Thailand, Drogen und Sex gesprochen. Wie sollte ich das bitte unter einen Hut bringen, der dich nicht in ein beschissenes Licht rückt? Und mich als totale Idiotin dastehen lässt …«

Ein weiteres Mal griff Simon nach meiner Hand, diesmal energischer. »Aber du bist doch keine Idiotin!«

Mein erster Impuls war, die Hand wieder wegzuziehen. Doch als ich Simons Blick sah, ließ ich sie liegen.

Er meinte das alles offenbar ernst.

Und ich glaubte ihm, dass er die Wahrheit sagte.

»Das ist alles ... ziemlich viel für mich«, brachte ich irgendwann über die Lippen.

»Kann ich mir vorstellen. Ich wüsste ehrlich gesagt nicht, wie ich an deiner Stelle reagiert hätte.«

Plötzlich konnte ich meine Tränen nicht mehr zurückhalten. Aber zum ersten Mal seit Langem waren es keine wütenden Tränen, die auf der Haut brannten, nein. Diese hier waren leise und warm.

»Ich habe eine ziemlich schwere Zeit durchgemacht, Simon, die letzten Tage waren ...« Leider fand ich nicht einmal annähernd ein Wort, das passend gewesen wäre, um alles, was passiert war, zu beschreiben.

»Es tut mir so leid, Lexie«, flüsterte Simon, und tatsächlich liefen auch ihm Tränen über das Gesicht. »Es tut mir so unendlich leid. Das hier sollte eine Überraschung für dich werden, und stattdessen habe ich dir eine Katastrophe beschert.«

Eine Katastrophe, ja, so konnte man es wohl bezeichnen.

Eine Weile saßen wir uns wortlos gegenüber und heulten gemeinsam, aber dann zog ich meine Hand doch noch unter seiner weg.

»Ich brauche ein bisschen Zeit.«

»Und das heißt?« Er sah mich verunsichert, geradezu erschrocken an.

»Ich glaube dir, dass du die Wahrheit sagst«, versuchte ich ihn zu beruhigen. »Aber ich kann die letzten Tage nicht einfach aus meinem Gedächtnis löschen. Ich muss einen Weg finden, damit klarzukommen – auch mit dem, was ich getan habe. Diese Woche hat Spuren hinterlassen, Narben.«

Simon nickte. »Natürlich, das kann ich verstehen.« Dann schluckte er. »Und ... wo gehst du hin?«

»Karo hat angeboten, dass ich ein paar Tage bei ihr im Gäste-zimmer unterkommen kann.«

Ganz kurz spielte ich mit dem Gedanken, Simon von der Schwangerschaft zu erzählen – aber dann verwarf ich ihn wieder. Das würde jetzt nur ablenken und in eine falsche Richtung füh-ren.

Ich meinte es ernst.

Ich brauchte jetzt Zeit für mich. Selten hatte ich das so klar ge-sehen.

Zum Abschied drückte Simon mich an sich, und wir beide hatten Tränen in den Augen.

»Sag den Kindern, dass ich sie lieb hab«, flüsterte ich. Und dann ging ich, ohne mich noch mal zu ihm umzudrehen.

Mal ehrlich …

Vielleicht sind wir am stärksten, wenn wir uns am schwächsten fühlen.

Vielleicht müssen wir durch die Nacht gehen, um ein Licht zu sehen.

Vielleicht müssen wir erst das Gefühl haben, alles zu verlieren, bevor wir erkennen, wofür es sich zu kämpfen lohnt.

Vielleicht ist es egal, was die anderen von uns denken – solange wir selbst wissen, wer wir sein wollen.

Vielleicht ist »vielleicht« nur ein anderes Wort für »auf jeden Fall«. Und wir sind endlich bereit, die Fragezeichen zu löschen?

Berühmt wider Willen

Mein Handy ließ ich auch den Rest des Tages aus, ich konnte jetzt nämlich wirklich keine Ablenkung gebrauchen, nein: Ich hatte eine Mission. Und deshalb verkroch ich mich mit einer großen Kanne Tee und Karos Laptop ins Gästezimmer und schrieb endlich meinen Artikel.

Jetzt ist Schluss.

Es war merkwürdig, aber auf einmal sah ich alles ganz klar, und die Worte sprudelten nur so aus mir heraus, als wären sie schon immer da gewesen. Allerdings war das, was sich dort auf dem leeren Blatt Papier formierte, nicht das, was ich die ganze Zeit über erwartet hatte. Das, was ich mir nun wie selbstverständlich von der Seele schrieb, war eher eine Art Abrechnung – mit der Gesellschaft, aber auch mit mir selbst. Denn ja, auch ich hatte Fehler gemacht. Eine ganze Menge sogar ...

Ich hatte sie in der Absicht gemacht, mich endlich zu befreien – dabei hatte ich mich im Grunde nur selbst verraten. Mich und meine Prinzipien.

Ich musste keine schlechtere Version meiner selbst werden, um glücklich zu sein. Genau genommen lag das Glück doch direkt vor meinen Füßen. Vielleicht war es nicht das »große Glück«« der anderen Leute, aber es war meins.

Was mich jedenfalls kein bisschen glücklich gemacht hatte, war, über die Stränge zu schlagen. Ich wollte mich nicht in einen Riesenschlüpfer zwängen, um mich schlank zu fühlen. Und ich wollte auch keinen Sex mit anderen Männern. Das mochte Karo zufrieden machen, aber mich nicht.

Ich wollte nicht die Ellenbogen ausfahren müssen, um mich

auf der Arbeit ganz nach vorne zu kämpfen. Ich wollte einfach für das wahrgenommen werden, was ich gerne tat: gute Arbeit leisten. Auf gar keinen Fall aber wollte ich eine Frau sein, die einer Kollegin das Handy stahl, um daraus einen Vorteil für sich zu ziehen.

Ich war Lexie Ehrlich, verdammt noch mal.

Und jetzt war endlich Schluss damit, eine andere sein zu wollen.

Denn mal ehrlich: Solange wir krampfhaft versuchen, eine andere zu sein, können wir unseren eigenen Wert in dieser Welt doch gar nicht erkennen!

Als ich mir alles von der Seele geschrieben hatte, spielte ich kurz mit dem Gedanken, den Absatz über Viviens gestohlenes Handy wieder rauszunehmen. Aber dann schloss ich die Augen und drückte einfach auf *Senden*, bevor ich noch länger darüber nachdenken konnte. K.J. sollte seine Story bekommen, ungeschönt und ehrlich.

Zufrieden klappte ich meinen Laptop zu und stellte fest, dass ich erleichtert war. Ich hatte endlich alle Karten auf den Tisch gelegt.

Den Rest des Wochenendes lümmelte ich mit Karo auf der Couch. Wir zogen uns (A) ein Dutzend Netflix-Serien rein, machten (B) ein Spiel daraus, die Worte »Simon« und »Baby« nicht zu erwähnen, und verdrückten (C) so viele alte Schoko-Osterhasen, dass uns beinahe eigene Löffel wuchsen.

Meine Gedanken schweiften natürlich trotzdem noch oft zu Simon – und zu den Kindern. Ich hoffte, er brachte ihnen schonend bei, dass ich ein paar Tage wegbleiben würde. Außerdem war ich immer wieder geneigt, ihm Nachrichten zu schicken, um ihm zu erklären, was er wann und wo finden und beachten musste, aber zum Glück konnte ich dem Impuls jedes Mal widerstehen. Er würde das alles schon schaffen – er war schließlich ihr Vater und kein im Dschungel ausgesetzter Goldfisch.

Und siehe da: Je länger ich mich im Nichtstun übte, desto größer wurde meine Gelassenheit.

Richtig aufgeregt war ich erst wieder am Montagmorgen.

Heute würde K.J. verkünden, wer seinen Job behalten durfte. Aber noch hatte ich meinen Posten nicht verloren, also machte ich mich auf den Weg ins Büro. Ich kam allerdings mächtig zu spät, weil ich erst ewig brauchte, bis ich in Karos Kleiderschrank etwas fand, was mir einigermaßen passte, und dann noch eine gefühlte Ewigkeit an der U-Bahn-Station stehen blieb und mit dem Bedürfnis rang, doch wieder abzuhauen. Ich hatte sogar das Gefühl, dass mir die Leute um mich herum seltsame Blicke zuwarfen und tuschelten – grad so, als hätten sie mich durchschaut.

Als ich dann doch endlich im Aufzug in die Redaktion hochfuhr, klopfte mein Herz wie wild. Aber erstaunlicherweise bemerkte ich im Spiegel, dass vom Streuselkuchenausschlag keine Spur war.

Kaum hatte sich die Aufzugtür geöffnet, hob Svenja am Empfangstresen den Blick. Einen Moment lang starrte sie mich regungslos an – doch dann breitete sich plötzlich ein fettes Grinsen auf ihrem Gesicht aus.

»Krasse Nummer, Lexie. Glückwunsch!« Sie schüttelte ungläubig lächelnd den Kopf. »Stille Wasser sind tief ...«

Ich verstand nur Bahnhof.

Glückwunsch? Was meinte sie denn bitte damit?

Unsicher trat ich auf den Flur und tapste auf mein Büro zu. Unterwegs begegneten mir noch ein paar andere Kolleginnen und Kollegen. Einige nickten mir anerkennend zu, andere warfen sich genervte Blicke zu und verdrehten die Augen. Und wieder andere klopften mir gratulierend auf die Schulter.

Ich war verunsichert, nein, mehr noch: höchst verstört.

Bis in mein Büro schaffte ich es gar nicht, weil plötzlich K.J. auf den Flur trat. Bei meinem Anblick hielt er erst eine Sekunde überrascht inne, doch dann breitete sich ein schmieriges Grinsen auf seinem Gesicht aus, und er streckte die Arme von sich, als hätte er gerade eine singende Waschmaschine gewonnen.

»Da ist sie ja, die Frau der Stunde!«, brüllte er, als wollte er sicherstellen, dass auch ja keiner meine Ankunft verpassen konnte.

Bevor ich irgendetwas erwidern konnte, kam er mit großen Schritten auf mich zugestürmt, schlang seine Arme um mich und drückte mich an sich, dass mir die Luft wegblieb.

»Lexie McSexy!«, schrie er über den Flur, sodass es in meinen Ohren klingelte. »So viel Einsatz hätte ich dir gar nicht zugetraut!«

»Einsatz?« Umständlich löste ich mich aus seiner Umarmung und blinzelte ihn verständnislos an.

»Du hast dir eiskalt den Job gekrallt, meine Liebe – herzlichen Glückwunsch!« Mit einem laut schallenden Lachen drehte er sich zu den anderen um, die vor ihren Büros herumlungerten. »Dieses Wildtier hier hat sich die letzte Festanstellung unter den Nagel gerissen! Ich bitte um eine kräftige Runde Applaus!«

Tatsächlich klatschten jetzt alle, allerdings hielt sich die aufrichtige Begeisterung dabei in Grenzen. Aber wie sollte es auch anders sein? Dass ich den sicheren Job hatte, bedeutete eben auch, dass sie alle ihn *nicht* hatten …

Moment. Ich hatte den Job.

Ich hatte den Job!

Ich hatte den Job, ich hatte den Job, ich hatte den Job!

Es dauerte einen Augenblick, bis ich das wirklich realisierte.

War es nicht das, was ich mir die ganze Zeit gewünscht hatte, das Ziel, auf das ich fieberhaft hingearbeitet hatte?

Aber warum fühlte es sich dann nicht gut an? Wieso konnte ich meinen Erfolg nicht richtig genießen?

Irgendwann schlug K.J. mir seine Hand auf den Rücken, und ich rang mir doch noch ein bemühtes Lächeln ab.

»Das heißt also, du mochtest meinen Artikel?«

»Deinen Artikel?« Einen Moment lang wirkte er, als wüsste er gar nicht, wovon ich redete. Aber dann lachte er laut auf und winkte ab. »Nee, das war totaler Müll! Ich hab ihn nur bis zur Hälfte gelesen. Da sehen wir jetzt einfach mal großzügig drüber hinweg. Selbst die beste Journalistin greift mal tief ins Klo, nicht wahr?«

Jetzt verstand ich gar nichts mehr.

»Aber ... wenn ich den Job nicht wegen meiner Story kriege, warum denn dann?«

K.J. blickte mich mit hochgezogenen Augenbrauen an. Dann schlug er mir ein weiteres Mal auf den Rücken und stieß ein donnerndes Lachen aus.

»Ist sie nicht witzig, Leute? Denkst du denn ernsthaft, wir lassen das *Mal-ehrlich*-Phänomen einfach so ziehen? Wir sind vielleicht ein bisschen oberflächlich, Lexie, aber sicher nicht dämlich!« Er schüttelte belustigt den Kopf, als wäre er ein Wackeldackel.

Mir blieb die Luft weg. Das *Mal-ehrlich*-Phänomen?

»Woher weißt du, dass ich ...«, setzte ich verunsichert an, aber da würgte K.J. mich bereits ab und zückte sein Smartphone.

»An so was hätte ich nun wirklich als Allerletztes gedacht, als ich dich zu dieser Party mit Gerard geschickt habe. Du hast uns alle mächtig überrascht, Lexie, das muss ich dir schon lassen.«

Noch immer schwer amüsiert öffnete er ein YouTube-Video und hielt mir das Display unter die Nase.

Ich hätte gerne schlucken wollen, aber plötzlich war meine Kehle viel zu trocken.

Das da auf dem Video ... das war ich!

Offenbar hatte Justin Gerard mich nicht nur (A) gnadenlos abgefüllt, sondern meinen Ausnahmezustand (B) auch noch brühwarm gefilmt – und (C) online gestellt! Richtig schwindelig wurde mir aber erst, als ich sah, wie viele Leute das Protokoll meiner Schmach bereits angeklickt hatten: *siebenhunderttausend.*

Na super. Jetzt wussten also siebenhunderttausend Menschen, dass ich betrunken in den Autoknast eingebrochen war, meinen eigenen Wagen geknackt hatte, um anschließend mit Vollgas durch die Schranke zu preschen – Tendenz steigend. Am schlimmsten aber war: Vorher hatte ich noch etwa dreizehn fremde Autos auf dem Parkplatz großflächig mit einer ziemlich peinlichen *Mal ehrlich*-Botschaft beschmiert:

Mal er – ehr – ECHT JETZT!!!
Ich nehme mir, was mir gefällt – weil ich ein verdammter
SUPERSTAR bin!!! (Warum gibs eigentlich keine weibliche Form von
»Superstar«? Supastaaa? Superstaiiiir?!)

Am liebsten wäre ich vor Ort und Stelle im Erdboden versunken.

K.J. hingegen fand die ganze Angelegenheit offensichtlich so richtig fantastisch. Er lachte jedenfalls noch immer viel zu laut und klopfte auf meinen Rücken, bis ich das Gefühl hatte, dass die Partie zwischen meinen Schulterblättern taub wurde. Dann endlich forderte er die anderen auf, sich wieder an die Arbeit zu machen.

»Und du lässt dich heute ein bisschen feiern«, flüsterte er mir zu und zwinkerte aufdringlich, bevor er in sein Büro verschwand.

Feiern? Meinte er das ernst?

Nichts hiervon fühlte sich danach an, gefeiert werden zu müssen.

Ich hatte den Job für meine Arbeit bekommen wollen, für die Story des Jahrhunderts – die ich im Übrigen noch immer sehr gelungen fand. Ganz sicher aber hatte ich nicht befördert werden wollen, weil ein betrunkener Superstar mich beim Autoknacken gefilmt und dabei mein geheimes Alter Ego enttarnt hatte ...

Kein Wunder, dass ich mich nicht freuen konnte. Das alles hier war irgendwie nicht richtig.

Erst mal brauchte ich jetzt einen kräftigen Kaffee. Ein Schnaps wäre natürlich auch in Ordnung gewesen, aber den fand ich hier im Büro eher nicht.

Als ich durch die Tür der Redaktionsküche stolperte, platzte ich mitten hinein in eine ziemlich hitzige Diskussion zwischen Vivien und Tina.

Sobald sie mich im Türrahmen bemerkten, verstummten sie augenblicklich – aber es bestand trotzdem kein Zweifel daran, dass sie gerade ein heftiges Streitgespräch geführt hatten. Tinas Augen funkelten vor Wut hinter ihrer Riesenbrille, und Vivien sah echt mies aus. Die Haare ungemacht, und nicht einmal ihr Lächeln saß heute da, wo es hingehörte. So hatte ich sie noch nie gesehen.

Bevor ich nachhaken konnte, ob ich störte oder wieder gehen sollte, riss Tina sich bereits zusammen und schenkte mir ein gequältes Lächeln.

»Glückwunsch, Lexie. Ich wusste immer, dass du es draufhast.« Dann schob sie sich an mir vorbei nach draußen.

Vivien lehnte sich seufzend gegen den Küchentresen und fuhr

sich mit den Händen über das müde Gesicht. Dann endlich rang auch sie sich ein Lächeln ab.

»Ja, Glückwunsch, Lexie, du hast es verdient.« Sie rieb sich mit einem unsicheren Lachen über den Ellenbogen. »Ich hatte durchaus ein paar heiße Spuren – aber dass du hinter Mal ehrlich steckst … Darauf wäre ich nie gekommen.«

Sie wirkte aufrichtig beeindruckt. Aber auch aufrichtig geknickt. Und weil ich mich noch immer nicht über meinen Erfolg freuen konnte, schloss ich die Tür hinter mir und sah Vivien mitleidig an.

»Alles okay bei Tina und dir?«

Vivien zögerte, dann stöhnte sie plötzlich ziemlich laut – und mit einem Mal glitzerten sogar ein paar Tränen in ihren Augenwinkeln.

»Irgendjemand hat Tina erzählt, ich hätte mit K.J. auf der Toilette gevögelt.«

Ich zuckte ertappt zusammen. »Irgendjemand …?«

Vivien schniefte. »Tina meint, es spielt keine Rolle, wer es war. Aber der- oder diejenige war offensichtlich sehr überzeugend.«

»Und warum … macht das Tina so wütend?«, hakte ich zaghaft nach und versuchte mich an einem Lächeln. Aber die Luft war verdammt dünn …

Vivien biss sich auf die Unterlippe und hielt inne. Dann verschränkte sie hilflos die Arme vor der Brust und seufzte.

»Wir sprechen hier im Büro eigentlich nicht darüber, weil wir kein Gerede wollen, aber Tina und ich …«

O shit. Noch während sie verstummte, setzten sich die Puzzleteile in meinem Kopf zusammen, und mir ging ein Licht auf.

»Ihr habt … du meinst, ihr seid …?«

»Wir sind ein Paar, ja«, gab Vivien zerknirscht zu. »Obwohl ich jetzt wohl eher sagen muss, wir *waren* ein Paar. Tina ist ziemlich außer sich, wir streiten schon seit Tagen.«

Ich konnte es nicht glauben. Wie konnte ich denn bitte derart falschgelegen haben? Und was zum Teufel hatte mich geritten, solche Gerüchte zu verbreiten?

Ich fühlte mich extramies …

Und trotzdem verstand ich eine Sache noch nicht so ganz.

»Aber neulich kam K.J. doch aus dem Damenklo und du hast …« Während mir die Worte ausgingen, sah ich auf Viviens Gesicht, wie diesmal sie zu schalten schien. Fassungslos starrte sie mich an.

»Sag nicht, du warst das!«

Warum sollte ich jetzt noch lügen?

»Es tut mir leid, Vivien, ich dachte wirklich …«

»Dass ich ein Schmierpaket wie K.J. auf der Toilette vögeln würde?«, unterbrach sie mich wütend. »Ernsthaft?! Selbst wenn ich hetero wäre, würde ich lieber abstinent leben, Lexie! Was denkst du denn bitte von mir?!«

»Na ja«, gab ich unglücklich zu. »Du bist eben ziemlich ehrgeizig und …«

»Ehrgeizig, ja«, fuhr sie mir energisch ins Wort. »Aber doch kein Flittchen!«

Eine unendlich lange Weile blickte sie mich ungläubig an. Irgendwann hielt ich die Situation nicht mehr aus.

»Es tut mir wahnsinnig leid, Vivien. Wenn du willst, rede ich mit Tina und kläre alles auf.«

»Nein«, erwiderte sie müde und senkte endlich ihren Laserblick. »Das mach ich schon selber …« Mit einem tiefen Seufzen ging sie an mir vorbei, blieb an der Küchentür aber noch einmal stehen und drehte sich zu mir um. »Danke.«

Ich sah sie verständnislos an. »Danke?«

»Dass du ehrlich warst«, sagte sie und verschwand dann auf den Flur hinaus. Und ich war mal wieder allein. Allein mit einem großen Sack Schuldgefühle.

War ich denn wirklich ehrlich gewesen?

Wenn du ihm das Herz brichst,
brech ich dir das Knie

»Willst du mich verarschen, Lexie? Was soll das heißen – du kündigst?« K.J. sah mich an, als hätte ich gerade auf seinen Schreibtisch uriniert. »Ich hab dir gerade erst die Festanstellung verpasst, die alle haben wollten! Das ist praktisch eine Beförderung!«

Eigentlich hätte ich aufgeregt sein sollen, aber stattdessen war ich ruhig, nein, geradezu gelassen.

»Ich weiß, aber ehrlich gesagt will ich diese Beförderung gar nicht.«

K.J. starrte mich einen Moment ungläubig an, dann stieß er wieder ein bellendes Lachen aus. »Natürlich willst du sie. Alle wollen diese verdammte Festanstellung! Du hast letzte Woche sogar in einen Plastikapfel gebissen dafür.«

»Letzte Woche wollte ich den Job noch, ja«, gab ich zu. »Aber ich wollte ihn für meine Story bekommen, und nicht für ein peinliches YouTube-Video.«

»Du kriegst die Stelle doch nicht wegen des Videos«, lenkte K.J. halbherzig ein. »Du kriegst sie, weil du die *Mal ehrlich*-Autorin bist, Lexie. So eine Stimme können wir unmöglich ziehen lassen.«

In der Tat machte mich diese Begründung ein bisschen stolz. Aber leider reichte dieser Stolz nicht aus, um meine Entscheidung zu ändern.

»Ich habe den Posten trotzdem nicht verdient.«

»Doch, hast du«, widersprach K.J. mir.

Seufzend griff ich in meine Tasche und legte das Handy vor meinem Chef auf den Tisch. K.J. sah mich irritiert an.

»Was ist das?«

»Viviens Smartphone.«

»Und warum zur Hölle gibst du mir ihr Smartphone?«

»Weil ich es gestohlen habe. Wenn du meinen Artikel zu Ende gelesen hättest, wüsstest du das.«

»Was?« Jetzt sah er mich tatsächlich ungläubig an, und ich nutzte das Überraschungsmoment, um weiterzureden.

»So etwas macht man nicht, darüber müssen wir nicht streiten. Das ist ein guter Grund, mich zu feuern.«

Völlig perplex wanderte K.J.s Blick vom Handy zu mir und wieder zurück. »Aber …«

»Es gibt noch mehr Gründe, Vivien den Posten zu übertragen«, fuhr ich hastig fort. »Sie ist eine super Journalistin. Vivien ist ehrgeizig und schnell, und sie lebt für ihren Job. Sie hat wirklich erstklassig recherchiert für ihre Story – und wenn ich ihr das Handy nicht gestohlen hätte, hätte sie dir mit Sicherheit einen Wahnsinnsartikel geliefert.« Ich holte tief Luft. »Und außerdem hat sie natürlich eine Entschädigung verdient.«

»Eine Entschädigung?« K.J. runzelte die Stirn.

»Weil ich Tina erzählt habe, sie hätte dich auf dem Damenklo gevögelt.«

Jetzt klappte K.J. die Kinnlade runter. Ich hatte sogar das Gefühl, dass er mit einem Mal einen heftigen Streuselkuchen-Ausschlag hatte.

»Aber …« Er japste, bekam offenbar aber nicht genug Luft, um weiterzureden.

»Mach dir keine Hoffnungen, Klaus-Jürgen: Vivien würde dich nicht mal mit einer Kneifzange anfassen. Du bist nicht ihr Typ.« Ich grinste. »Aber dass ich solche Lügen verbreitet habe, ist natürlich Verleumdung. Du hast keine andere Wahl, als mich rauszuwerfen.«

K.J. wirkte einen Moment wie versteinert. Doch dann schüttelte er seine Verwirrung ab und visierte mich zwischen zusammengekniffenen Augen an. »Verstehe, Lexie. Du willst mehr Geld.«

»Wie bitte?« Ich war derart überrascht, dass ich lachen musste. »Ich will, dass du mich rauswirfst und Vivien die Stelle gibst.«

Aber mein Chef hörte mir gar nicht zu. »Wie viel?«

Das konnte doch nicht wahr sein. Jetzt wollte ich die Stelle unbedingt loswerden, und er bot mir eine Gehaltserhöhung? Warum zur Hölle hatte Doktor Dodenbaum mir nicht beigebracht, dass man so Verhandlungen führte?

Vor ein paar Wochen hätte ich mich vermutlich gefreut – aber jetzt wollte ich K.J.s Geld nicht. Und ich wollte auch nicht länger für ihn arbeiten.

»Tut mir leid, Klaus-Jürgen, aber es wird Zeit, aus meiner Komfortzone rauszutreten. Damit ich endlich wieder glücklich werden kann.«

Mit einem Mal fühlten sich Karos Worte richtig an. Und mehr noch: Zu gehen fühlte sich richtig an.

Ich zwinkerte K.J. noch einmal zu, drehte mich um und verschwand aus seinem Büro.

Auf dem Flur stolperte ich prompt in Tina hinein – aber eigentlich kam mir das ganz gelegen.

»Bitte verzeih mir, ich habe nur Mist erzählt«, gab ich ohne Umschweife zu.

Tina runzelte die Stirn. »Mist?«

»Vivien«, sagte ich und grinste. »Vertrau ihr einfach, sie sagt die Wahrheit.« Ich wollte bereits weitergehen, da fiel mir noch etwas ein. »Und wenn du schon mit ihr sprichst, sag ihr doch bitte, dass ihr Handy bei K.J. auf dem Tisch liegt. Sie hat die Festanstellung!«

Und bevor Tina noch etwas erwidern konnte, drehte ich mich um und ging.

Als ich unten vor dem Bürogebäude auf die Straße trat, streckte ich mein Gesicht der Sonne entgegen, schloss die Augen und atmete tief durch.

Jetzt war ich also arbeitslos.

Ich hatte mich lange nicht so gut gefühlt!

Und weil ich jetzt gerade einen Lauf hatte und ohnehin nicht wusste, wo ich so früh am Tag hätte hingehen sollen, machte ich mich kurzerhand auf den Weg zu Karlies Schule. Immerhin hatte ich hier auch noch eine Rechnung offen …

Natürlich bekam ich doch noch kurz Muffensausen, als ich vor der Schule ankam. Aber wenn ich das Herz meiner Tochter zurückgewinnen wollte, musste ich jetzt da durch.

Offenbar war gerade keine Pause, denn die Flure waren menschenleer. Ich klopfte am Lehrerzimmer, aber es machte keiner auf. Also tat ich das Einzige, was mir so spontan noch in den Sinn kam: Ich ging hoch zu den Chemieräumen. Und siehe da: Ich hatte endlich mal Glück!

Gleich hinter der ersten Tür, die ich aufriss, traf ich auf mein falsches Blind Date. Diesmal war unsere Zusammenkunft weniger intim als in der Bar – immerhin saßen noch an die dreißig Schülerinnen und Schüler vor ihm. Karlie konnte ich auf den ersten Blick nicht ausmachen, offenbar war das hier nicht ihre Klasse.

»Was soll denn …?«, setzte Herr Lohmeyer an, doch dann erkannte er mich offenbar. »Sind Sie nicht …?«

»Die Frau, die sich beim Date mit Ihnen ins Krankenhaus hat einliefern lassen, weil sie fast an ihrem Riesenschlüpfer erstickt wäre, ja«, gab ich unumwunden zu und erntete die ersten Lacher aus der Klasse. »Könnten wir vielleicht kurz unter vier Augen reden?«

Herr Lohmeyer räusperte sich. Offenbar war er kein Freund von Überraschungen. »Das geht nicht. Ich unterrichte gerade.«

»In Ordnung«, sagte ich und betrat den Raum, um die Tür hinter mir zu schließen. »Dann machen wir es eben unter sechzig Augen. Was hab ich schon zu verlieren?«

Mister Chemielehrer wirkte perplex, geradezu überrumpelt. »Das hier ist wirklich nicht der Raum für private Angelegenheiten«, murmelte er, doch ich winkte sofort ab.

»Ich bin auch nicht aus privaten Gründen hier, versprochen. Meinetwegen können Sie jeden Abend alleine in Bars sitzen und Servietten falten.« Wieder kamen verstohlene Lacher aus der Klasse. »Ich bin wegen meiner Tochter hier.«

»Ihre Tochter?« Jetzt war seine Verwirrung perfekt.

»Meine Tochter, ja«, stellte ich klar. »Sie wissen schon: die kleine Schmiererei an der Tür vorletzte Woche?«

Endlich ging ihm ein Licht auf. »Moment. Wollen Sie etwa sagen, Karlie Ehrlich ist Ihre …«

»Sie ist meine Tochter, jawohl«, gab ich zufrieden zu. »Um genau zu sein, ist sie sogar meine Lieblingstochter. Wobei das natürlich einfach zu sagen ist, wenn man nur eine hat.« Ich zwinkerte und hörte schon wieder, wie die Schülerinnen und Schüler im Raum kicherten. Aber davon durfte ich mich jetzt nicht ablenken lassen. »Karlie ist eine wunderbare Tochter, die beste. Und ich mache mir ehrlich gesagt etwas Sorgen darüber, was sie zu Hause über Ihren Unterricht erzählt …«

»Wie bitte?« Er wirkte empört – aber gleichzeitig etwas blass um die Nasenspitze.

»Nun ja«, fuhr ich selbstbewusst fort. »Sie erzählt von sexis-

327

tischen Bemerkungen, die den Eindruck erwecken, dass Sie den Mädchen in Ihrer Klasse nicht allzu viel zutrauen.«

Das Raunen, das nun durch das Klassenzimmer ging, bestätigte mir, dass Karlie die Wahrheit gesagt hatte. Ich funkelte Herrn Überheblich-Lohmeyer entschlossen an.

»Ernsthaft: Finden Sie das angemessen? Frauen fliegen zum Mond und werden Bundeskanzlerin. Was wir ganz sicher nicht verdient haben, sind Männer, die uns einreden wollen, beim Denken zu versagen. Und wenn Sie sich derart über die Mädchen lustig machen, muss ich daraus schließen, dass Sie entweder ein paar handfeste Komplexe haben, ein Problem mit Frauen oder einen sehr, sehr kleinen Penis. Vielleicht aber auch alles zusammen.« Ich zwinkerte ihm mitfühlend zu – und die Klasse war kaum noch zu halten.

Herr Lohmeyer allerdings lief plötzlich feuerrot an und begann zu zittern. Und dann holte er doch tatsächlich aus und warf einen nassen Tafelschwamm nach mir! Zum Glück schaffte ich es, geschickt auszuweichen, und fühlte mich wie Keanu Reeves in *Matrix*.

»Frau Ehrlich!«, kreischte Mister Papierserviette und funkelte mich an, jetzt offenbar wieder um Contenance bemüht. »Ihre Tochter hat einen gigantischen Phallus an Schuleigentum geschmiert!«

»Erstens sollte es ein Mittelfinger werden, aber die Farbe hat leider nicht für die beiden äußeren Finger gereicht«, verteidigte ich meine Tochter unter dem Lachen der Klasse. »Und zweitens finde ich, dass eine Frau sich eben Gehör verschaffen muss, wenn ein Kerl nicht zuhören will. Ich für meinen Teil möchte jedenfalls nie wieder mitkriegen, dass meine Tochter oder irgendein anderes Mädchen frauenfeindliche Sprüche von Ihnen zu hören bekommt, verstanden? Sonst komme ich nämlich wieder! Und glauben Sie mir: Ein gigantischer Riesenpenis an der Wand wäre dann Ihr geringstes Problem.«

Ich lächelte noch einmal extrafreundlich und verschwand dann aus dem Chemieraum. Als ich die Tür hinter mir zuzog und tief durchatmete, wurde innen auf einmal applaudiert. Galt das etwa mir?

Karlies Chemielehrer brüllte ein paarmal hilflos: »Schluss jetzt!« und »Ruhe!«, aber die Schülerinnen und Schüler reagierten nicht auf ihn, sondern klatschten und johlten unbeirrt weiter. Schade, dass Karlie nicht hier war. Sie wäre mit Sicherheit stolz auf mich gewesen.

Dummerweise schwand meine Überzeugung, das Richtige getan zu haben, mit jedem Schritt, den ich anschließend zurücklegte.

Als ich endlich durch Karos Wohnungstür stolperte, war ich mir sogar ziemlich sicher, es wieder einmal vollkommen versemmelt zu haben.

Karo, die noch immer im Bett lag, amüsierte sich zumindest köstlich, als ich mich zu ihr in die Federn schmiss und von meinem Tag berichtete.

»Du hast dem Kerl einen zweiten Riesenpenis angedroht?«

»Eigentlich habe ich ihm eher die Dienstaufsichtsbehörde angedroht – wenn auch durch die Blume.« Ich warf mich seufzend zurück ins Kissen. »Findest du, ich habe übertrieben?«

Karo musterte mich einen Augenblick von der Seite. Dann grinste sie und stupste mich begeistert an. »Ich finde dich *fantastisch*, Lexie Ehrlich!«

Ich lächelte sie dankbar an. »Bin mir nur nicht sicher, ob Karlie das genauso sieht.«

»Machst du Witze?«

»Nein, mache ich nicht. Sie ist fünfzehn, Karo. Sie findet alles peinlich, was ich tue. Was, wenn ich wieder alles falsch gemacht und sie für alle Zeiten bloßgestellt habe? Was, wenn sie mich jetzt ihr Leben lang hasst?«

Das Seufzen, das sich meine Kehle hinaufdrängte, war so tief und zerklüftet wie der Grand Canyon.

Karo nahm meine Hand und lächelte liebevoll. »Glaub mir, Lexie: Wenn ich auch nur eine halb so gute Mutter werde wie du, kann sich mein Baby sehr, sehr glücklich schätzen.« Sie drückte mich an sich – und plötzlich fiel mir etwas auf.

»Warte mal. Heißt das, du … hast dich entschieden, das Baby zu bekommen?«

Karo zögerte und nickte dann unsicher. »Ich denke schon. Marc und ich kriegen das schon irgendwie hin, oder?«

Ich stieß einen kleinen Freudenschrei aus und fiel ihr um den Hals. Endlich mal wieder gute Neuigkeiten!

»Das wird wundervoll, Karo! Ihr werdet großartige Eltern sein!«

Karo blinzelte mich skeptisch an. »Na ja. Wenn nicht, haben wir immer noch dich zum Aushelfen.«

»Ihr habt sogar ziemlich viel von mir – immerhin bin ich jetzt arbeitslos.«

Obwohl ich das mit einem gewissen Stolz verkündete, merkte Karo, dass das alles doch ziemlich viel auf einmal für mich war.

Vorsichtig legte sie ihre Hand auf mein Knie. »Was machst du denn jetzt?«

»Keine Ahnung.«

»Und zu allem Überfluss kann ich dir nicht mal mehr mit deinen Dates weiterhelfen. Mir ist nämlich zum Kotzen zumute.«

Jetzt musste ich doch wieder lachen. »Kein Problem, ich will ohnehin keine fremden Leute mehr treffen. Ich glaube, ich date mich jetzt einfach mal eine Weile selbst.«

»Du datest dich selbst?« Karo hob belustigt die Augenbrauen.

Ich zuckte mit den Schultern. »Das macht man in der Regel doch so, wenn man jemanden kennenlernen möchte, oder? Und ich möchte eben gerade am liebsten mich selbst kennenlernen.«

»Das finde ich gut, Lexie«, sagte Karo und drückte ein weiteres Mal meine Hand. »Das finde ich richtig, richtig gut.«

Den restlichen Tag verbrachten wir beide im Bett und kicherten wie zwei verliebte Schulmädchen. Und wir überlegten uns Namen fürs Baby!

Irgendwann traute ich mich sogar, mein Handy wieder anzumachen. Erstaunlicherweise waren dort aber gar keine zweihundert wütenden Anrufe in Abwesenheit eingegangen.

Doktor Henkel hatte endlich seinen Anrufbeantworter abgehört und bot – offenbar besorgt über mein unzweideutiges »Scheiß auf Simon!« – seine Dienste an – obwohl er ausdrücklich »nicht auf Scheidungen spezialisiert« war. Vivien hatte mir eine Nachricht auf die Mailbox gesprochen. Sie nahm meine Entschuldigung und die Festanstellung an und wünschte mir alles Gute. Und ich glaubte ihr sogar, dass sie das ernst meinte.

Meine Mutter lud mich für morgen zu Kaffee und Kuchen ein – bei sich zu Hause. Das wollte schon etwas bedeuten, denn normalerweise empfing sie zu Hause keine Gäste.

Von Karlie war keine Nachricht gekommen – aber dafür von Simon.

Ruf doch mal an, wir vermissen dich.

Ich rang mit mir, schaffte es aber einfach nicht anzurufen. Noch nicht.

Ich brauch noch etwas Zeit, tippte ich und war überrascht, als schon nach wenigen Sekunden eine Antwort kam.

Kein Wunder – nach dem Raketenauftritt heute ☺

O nein. Er wusste also von der Chemiesache …

Tut mir leid. Ich habe gekündigt und wollte hinterher gleich noch den Rest aus der Welt schaffen. Ist Karlie böse auf mich?

Diesmal brauchte er ein bisschen für seine Antwort.

Machst du Witze? Ihre Mutter ist die Heldin der ganzen Schule! Sie war nie stolzer auf dich, Lexie. Ernsthaft: Ich musste sie davon abhalten, sich deinen Namen auf den Oberarm tätowieren zu lassen ;-)

Ich musste lachen. Weil diese Vorstellung lustig war, aber auch, weil ich erleichtert war.

Trotzdem gab es immer noch einen Haufen Dinge, die ich verbockt hatte.

Hast du das YouTube-Video gesehen?

Wieder dauerte es, bis Simon antwortete.

Ja, schrieb er dann.

Und?, hakte ich vorsichtig nach.

Er ließ mich ein bisschen zappeln, aber dann leuchtete seine Antwort auf:

Ich würde sagen, wir brauchen wohl ein neues Auto …
☺

Und wieder musste ich lachen.

Wir lieben dich, Lexie.

Ich atmete tief durch. Meine Finger zitterten, als ich eine letzte Nachricht schickte.

Ich vermisse euch auch, Simon.

Dann legte ich das Handy weg. Was war das nur für ein verrückter Tag?

Als ich am nächsten Morgen in Karos Gästebett aufwachte, musste ich mich erst einmal orientieren. Doch Stück für Stück kam meine Erinnerung zurück.

Ich musste heute nicht ins Büro.

Genau genommen musste ich nie wieder ins Büro, wenn K.J. nicht auf der ordnungsgemäßen Beendigung unseres Arbeitsverhältnisses bestand. Was nach meinem Auftritt gestern wohl nicht der Fall sein würde.

Um die ungewohnte Abwesenheit von Aufgaben erträglicher zu machen, beschloss ich, in Ruhe zu frühstücken und hinterher durch das Schanzenviertel zu bummeln. Nachdem ich Karo mit frischen Pancakes versorgt hatte, fühlte sie sich sogar stabil genug, um mich zu begleiten.

Ich konnte mich beim besten Willen nicht daran erinnern, wann ich das letzte Mal ohne Zeitdruck durch die Straßen gestromert war. Und genauso wenig konnte ich mich erinnern, wann ich mich das letzte Mal so befreit gefühlt hatte.

Karo drängte mich dazu, ein paar Klamotten anzuprobieren, die ich mir selbst niemals ausgesucht hätte – aber ich war überrascht, wie gut ich mir darin gefiel. Am Ende gab ich definitiv zu viel Geld für neue Sachen aus, aber es fühlte sich gut an. Ich investierte schließlich in mich!

Anschließend schleppte Karo mich sogar noch spontan zum Friseur, um endlich das Vogelnest auf meinem Kopf in Form zu bringen.

Als wir bei einem der Portugiesen auf dem Schulterblatt ein kleines Mittagessen einwarfen, wirkte auch meine beste Freundin wie ein neuer Mensch.

»Ich muss nachher noch zum Gynäkologen«, sagte sie mit vollem Mund. »Hast du Lust, mich zu begleiten?«

»Würde ich gerne«, gab ich zerknirscht zu. »Aber heute Nachmittag kann ich leider nicht.«

Karo witterte sofort ein Abenteuer und hob neugierig die Augenbrauen. »Sag bloß, du hast ein Date mit dir selbst?«

»Schön wär's«, korrigierte ich sie. »Ich hab ein Date mit meiner Mutter.«

Karo hielt einen Moment inne, dann legte sie ihre Hand auf meine.

»Sei nicht so streng mit ihr, Lexie. Sie hat sicher nichts von alledem mit böser Absicht gemacht. Und ganz ehrlich?« Sie seufzte und ließ die Schultern sinken. »Ich wäre froh, wenn ich noch eine Mutter hätte. Selbst wenn sie so durchgeknallt wäre wie deine.« Sie lächelte, aber ich bemerkte auch die Wehmut und Sehnsucht in ihrem Blick.

Ich wusste, dass Karos Mama früh gestorben war und davor

jahrelang mit Depressionen zu kämpfen gehabt hatte. Aber Karo sprach nicht gerne darüber. Trotzdem musste ich nachhaken.

»Vermisst du sie?«

Karo seufzte. »Im Grunde weiß ich ja gar nicht, wer meine Mutter überhaupt war. Ich kenne nur die Version, die übrig geblieben ist, nachdem mein Vater uns hat sitzen lassen. Aber ja, ich schätze, ich vermisse sie.« Plötzlich drängten sich Tränen in ihre Augenwinkel. »Ich meine, mal ehrlich: Ich habe mir jahrelang eingeredet, ich dürfte mich nicht nur auf einen einzelnen Mann verlassen, weil er mich verletzen könnte, so wie es ihr passiert ist. Aber jetzt beschleicht mich das Gefühl, dass ich mich geirrt haben könnte. Vielleicht hatte ich einfach nur Angst vor meinen Gefühlen ...«

Ich konnte ihr ansehen, wie schwer ihr dieses Eingeständnis fiel.

»Hey«, flüsterte ich liebevoll, lehnte mich zu ihr vor und griff mir ihre Hände, bis sie mir in die Augen sah. »Du wirst Fehler machen als Mama, Karo – aber das ist ganz normal. Da führt einfach kein Weg dran vorbei. Und ich kann dir auch nicht garantieren, dass nicht auch mal irgendwas gewaltig schieflaufen wird. Aber mit einem bin ich mir ganz sicher: dass Marc bei diesen Fehlern an deiner Seite stehen wird! Er ist ein toller Kerl, und das weißt du auch. Und außerdem könnt ihr ja trotzdem noch haufenweise Sex haben.«

Karo sah mich skeptisch an.

»Na ja, zumindest *regelmäßig*«, gab ich zu und zwinkerte. Und jetzt lachte endlich auch sie wieder lauthals los.

Überraschenderweise war mein Herz tatsächlich ganz ruhig und warm, als ich am Nachmittag bei meiner Mutter vor der Tür stand und die Klingel betätigte. Ich war bereit, ihr zu verzeihen.

Doch als sich die Wohnungstür öffnete, stand da gar nicht meine Mutter, sondern mein Vater. Und hinter ihm quoll eine dichte Rauchwolke aus der Küche …

»Lexie«, hustete mein Papa und winkte mich hinein.

»Was machst du denn hier?«, fragte ich überrascht – aber in diesem Augenblick stolperte bereits meine Mutter aus der verqualmten Küche. Sie hatte sich tatsächlich eine Schürze umgebunden und hielt ein Blech in den Händen. Und darauf befand sich eine undefinierbare, schwarz verbrannte Masse.

Trotzdem hellte sich der Blick meiner Mutter auf, als sie mich auf der Türschwelle entdeckte.

»Da bist du ja, mein Schatz. Schau mal: Ich habe Kuchen gebacken!«

Kuchen? Verstört wanderte mein Blick von meiner Mutter zum Blech über meinen Vater und wieder zurück. Und auf einmal konnten wir uns nicht mehr halten und prusteten gemeinsam los vor Lachen.

Erst als wir die ganze Wohnung gelüftet und den verkohlten Teig im Müll entsorgt hatten, kehrte wieder Ruhe ein.

»Tut mir leid«, gab meine Mutter zerknirscht zu, als wir uns gemeinsam an den Küchentisch setzten. »Ich wollte einmal alles richtig machen. Kuchen backen, Kaffee kochen – wie eine Mutter das eben macht. So, wie es in normalen Familien läuft. Aber jetzt habe ich es wieder vermasselt …« Sie wirkte aufrichtig geknickt.

Und mit einem Mal musste ich wieder lächeln.

»Du bist die wunderbarste nichtnormale Mutter der Welt, Mama. Und ich will gar keine andere haben als dich!«

»Wirklich?« Überrascht blickte sie mich an. »Meinst du das ernst?«

Ich nickte – aber dann fiel mir noch etwas ein.

»Das ändert natürlich nichts daran, dass du Papa belogen hast.«

Meine Mutter seufzte und blickte ertappt zu meinem Vater. Doch der griff jetzt tatsächlich nach ihrer Hand.

»Deine Mutter hat mir bereits alles erzählt, Lexie.«

»Und du bist nicht böse auf sie?«, hakte ich überrascht nach.

Mein Vater atmete tief durch.

»Natürlich war ich am Anfang etwas irritiert. Und auch ein bisschen wütend, ja. Aber die Gefühle, die da zwischen uns waren, die waren echt – das war keine Lüge. Und das ist am Ende doch das Einzige, was zählt, oder?«

Ich musste schlucken. »Heißt das … ihr seid jetzt wieder zusammen?«

»Nein«, antwortete mein Papa. »Das wäre überstürzt. Wir wollen es langsam angehen. Das alles war schließlich nur online, ich habe keine Ahnung, ob es auch in echt funktionieren könnte.«

»Aber wir wollen es probieren«, sagte meine Mutter und sah dabei fast ein bisschen aufgeregt aus. »Aber nur, wenn du nichts dagegen hast.«

»Ihr wollt meinen Segen?« Meinte sie das ernst? In den letzten Jahren hatte sie sich nie sonderlich dafür interessiert, was ich von ihren Ideen und »Möglichkeiten« hielt. Und trotzdem konnte ich ihr jetzt irgendwie nicht böse sein. Meine Eltern so zu sehen, aufgeregt wie zwei verknallte Teenager, zauberte mir ein Lächeln aufs Gesicht.

»Meinetwegen«, sagte ich schließlich. »Ich stehe euch nicht im Weg. Aber zwei Bedingungen habe ich!«

Meine Eltern blinzelten mich verunsichert an.

»Erstens hätte ich gerne vernünftigen Kuchen, also läuft jetzt einer von euch los und besorgt welchen.«

Meine Mutter kicherte. »Und zweitens?«

Ich beugte mich zu ihr vor und deutete warnend mit dem Finger auf sie.

»Wenn du Papa noch einmal das Herz brichst, breche ich dir das Knie!«, raunte ich mit verstellter Mafiosi-Stimme.

Einen kurzen Augenblick starrten mich meine Eltern geschockt an – aber dann brach mein Vater in schallendes Gelächter aus. Und meine Mutter und ich stimmten heiter mit ein.

Darf ich Ihnen das »Tschüs« anbieten?

Ich gebe es zu: Ein bisschen genoss ich das Leben so ganz allein – vielleicht sogar ein bisschen mehr. Ich konnte essen, wann und was ich wollte, tagsüber auf dem Sofa rumhängen und fernsehen, und ich konnte stundenlang spazieren gehen.

Simon respektierte meinen Wunsch nach Freiraum und ließ mich tatsächlich in Ruhe. Trotzdem ertappte ich mich mit der Zeit immer öfter dabei, wie ich auf mein Handy schielte, ob er mir vielleicht eine Nachricht geschickt hatte. Irgendwann konnte ich nicht mehr leugnen, dass ich ihn vermisste. Und noch schlimmer vermisste ich Karlie und Lovi.

Meine Mailfunktion hatte ich mittlerweile abgestellt, weil doch ziemlich viele Menschen auf das YouTube-Video von Justin reagierten und mir aufdringliche Anfragen schickten. Etliche Journalisten wollten mich interviewen oder zumindest zu einer kurzen Stellungnahme bewegen, aber ich hatte im Moment einfach keine Lust darauf, meinen Senf dazuzugeben. Erst einmal musste ich herausfinden, wie ich selbst zu alledem stand und was ich eigentlich über mein Leben dachte. Wie sollte Letzteres aussehen in den nächsten Jahren? Womit könnte ich mein Geld verdienen?

Karo hatte mir zwar angeboten, mich als Nanny einzustellen – aber das war nichts für mich.

Mitte der Woche schrieb Kurt mir eine SMS und fragte, ob alles in Ordnung sei. *Hab dich lang nicht mehr in der Kita gesehen.*

Ich könnte natürlich bei ihm in der Agentur anheuern, aber auch das fühlte sich nicht richtig an. Deshalb antwortete ich ihm einfach, dass alles bestens sei und ich mir nur eine kurze Auszeit gönne, um den ganzen Trubel zu verdauen. Was ja nicht einmal gelogen war.

Am Donnerstag kam eine Nachricht von Karlie.

Kommst du zur goldenen Hochzeit?

Verdammt, die hatte ich bei all dem Chaos tatsächlich vergessen. Wenn ich auf eine Sache ganz sicher nicht heiß war, dann meinen Schwiegereltern unter die Augen zu treten ...

Ich weiß noch nicht, schrieb ich zurück.

Es dauerte einen Moment, dann folgte Karlies Antwort.

Wir vermissen dich.

Jetzt schossen mir wieder Tränen in die Augen.

Ich vermisse euch auch.
Danke, Mama.

Danke? Wofür ...?

Du weißt schon, antwortete sie. *Du bist die coolste Mutter der ganzen Schule* ☺

Mein Herz legte einen kleinen Cha-Cha-Cha aufs Parkett. Und das alles ohne die Hilfe von Doktor Dodenbaum! Wer hätte bitte gedacht, dass all das die ganze Zeit über in mir geschlummert hatte?

Zur goldenen Hochzeit meiner Schwiegereltern wollte ich trotzdem nicht gehen. Ich konnte Sylvias hochgezogene Augenbrauen gerade nicht gebrauchen – und vermutlich hatte sich das Justin-Gerard-Video mittlerweile auch bis nach Blankenese durchgeschlagen.

Außerdem wusste ich einfach nicht, wie ich Simon gegenübertreten sollte. Die letzten Wochen hatten ihre Spuren hinterlassen, auch wenn ich mir mittlerweile ganz sicher war, dass er die Wahrheit gesagt hatte.

Er hatte mich überraschen wollen. Aber das war nun mal reichlich nach hinten losgegangen ...

Nein, eigentlich war ich mir ganz sicher, dass ich nicht zu der Feier gehen würde. Doch dann schickte Karlie mir am Freitagabend noch eine weitere Nachricht – eine Nachricht aus vier Worten, die mir den Boden unter den Füßen wegzog: *Der Kater ist tot.*

Ruben war tot? Nein, das konnte nicht sein – das durfte nicht sein! Sofort schrillten in meinem Kopf eine Million Alarmglocken. Das war meine Schuld, verdammt – ich war schuld daran! Ich hatte Simon nicht noch mal ausdrücklich gesagt, dass er sich jeden Tag um den Kater kümmern musste. Ich hätte das klarmachen müssen, ganz klar! Und jetzt war der arme Ruben ganz sicher meinetwegen verhungert – oder verdurstet?

Von einer Sekunde auf die andere heulte ich los wie ein Baby. Und bevor ich noch darüber nachdenken konnte, hatte ich tatsächlich Simons Nummer gewählt.

Als er mich am Telefon weinen hörte, war er sofort alarmiert.

»Was ist los, Lexie? Geht's dir nicht gut?!«

Aber bis auf ein hemmungsloses Schluchzen kam nicht viel über meine Lippen.

»Okay!«, sagte Simon entschlossen. »Du sagst mir jetzt sofort, wo du bist, und ich komme vorbei!«

»Nein«, presste ich endlich hervor und wischte meinen Schnodder am Ärmel ab. »Nein, nein, es ist nur ... Karlie hat mir geschrieben. Ruben ist tot ...«

»Ruben?« Simon hatte offenbar keine Ahnung, von wem ich redete.

»Der Kater«, klärte ich ihn vorwurfsvoll auf. »Von Frau Schulte!«

»Ach der ...«, sagte er und klang beinahe erleichtert. »Ja, das stimmt. Ich dachte, dir wäre etwas passiert ...«

Ich schniefte trotzdem noch mal auf. »Ist er ... ist er meinetwegen gestorben?«

»Was?« Simon wirkte überrascht, aber auch amüsiert.

»Ihr habt vergessen, ihn zu füttern, oder?«, fuhr ich fort. »Das ist ja sonst immer meine Aufgabe und jetzt ...«

»Niemand hat ihn vergessen, Lexie«, beruhigte Simon mich. »Karlie war jeden Tag oben bei ihm – manchmal sogar zweimal. Aber heute Morgen lag er ganz friedlich zusammengerollt auf dem Sofa. Wir haben noch den Tierarzt gerufen, aber der Kater war einfach alt. Und offenbar hatte er schon länger Probleme mit dem Darm.«

Daran konnte ich mich lebhaft erinnern ...

»Es ... hätte also nichts geändert, wenn ich da gewesen wäre?«, hakte ich sicherheitshalber noch mal nach.

Er seufzte. »Nein, es hätte nichts geändert.«

Der Verlust tat zwar immer noch weh, aber jetzt spürte ich zumindest auch etwas Erleichterung.

»Ich wusste gar nicht, dass du so sehr an dieser Katze hängst«, sagte Simon irgendwann.

»Das wusste ich auch nicht«, gab ich zu. »Aber Ruben war eben ein guter Zuhörer.«

Simon lachte leise auf. »Ein guter Zuhörer?«

»Lachst du mich jetzt etwa aus?«

»Nein«, flüsterte Simon sanft. »Das würde ich nie tun. Es ist ein großes Talent, zuhören zu können.«

Eine Weile schwiegen wir uns durch den Hörer an. Dann räusperte Simon sich. »Wegen morgen, Lexie ...«

»Ich weiß, die Kinder würden sich freuen, wenn ich komme«, unterbrach ich ihn.

»Ich würde mich auch freuen, aber das wollte ich gar nicht sagen.« Er holte Luft. »Ich kann es verstehen, dass dir das zu viel ist. Also hab bitte kein schlechtes Gewissen, wenn du nicht kommst.«

Plötzlich zog und kribbelte es ganz heftig in meiner Herzgegend. Warum musste er denn nur so verdammt nett und verständnisvoll sein? Das machte es jedenfalls sehr schwer, ihn lange doof zu finden ...

Tatsächlich vertagte ich die Entscheidung erst mal auf den nächsten Morgen. Aber als ich am Samstag die Augen aufschlug, wusste ich auf einmal ganz sicher, dass ich zu dieser Feier gehen würde. Ich konnte mich schließlich nicht ewig verstecken – und außerdem fühlte ich mich gerade ziemlich gut. Besser konnte es eigentlich nicht werden.

Dank der Shoppingtour mit Karo hatte ich sogar ein richtig schickes Outfit, in dem ich mich nicht nur wohlfühlte, sondern auch noch aussah wie ein Puszta-Schnitzel: absolut scharf!

Selbst Karo war beeindruckt. Sie wollte mir zum Abschluss sogar noch ein neues Paar High Heels andrehen, aber weil ich ihr noch nicht einmal das letzte Paar ersetzt hatte und ich mich noch immer vor der Höhenluft fürchtete, entschied ich mich dafür, heute einfach mal bei mir und meinen Sneakers zu bleiben.

Natürlich war ich trotzdem noch mächtig aufgeregt, als der Taxifahrer in Blankenese vor dem Haus meiner Schwiegereltern hielt.

Sylvia hatte das Haus opulent dekorieren lassen, und im Sekundentakt spazierten neue Leute auf die Eingangstür zu.

»Die Uhr läuft noch«, erinnerte mich der Taxifahrer nach ein paar Minuten.

»Ich weiß«, seufzte ich und straffte meine Schultern.

»Unangenehme Angelegenheit?«

»Ich fürchte, man empfindet mich hier als die unangenehme Angelegenheit«, gab ich zu und schenkte ihm ein zerknirschtes Lächeln.

»Sie sehen toll aus. So unangenehm können Sie gar nicht sein!« Er zwinkerte mir durch den Rückspiegel zu, und natürlich gab ich ihm ein extrafettes Trinkgeld.

Im Grunde hatte er ja recht: Ich musste mich für nichts schämen. Na ja, für *fast* nichts ...

Den Weg durch die vordere Haustür wollte ich trotzdem nicht einschlagen. Stattdessen schlich ich mich den schmalen Heckenweg an der linken Hausseite entlang und fühlte mich prompt wie ein Eindringling.

Die Party im Garten auf der Rückseite war bereits in vollem Gange. Unter den Ahornbäumen war ein herrschaftliches Buffet aufgebaut worden, und zwischen den zahlreichen illustren Gästen liefen befrackte Kellner herum und verteilten Champagnerflöten.

Rechts vom Büffet war eine kleine Bühne errichtet worden, auf der eine Jazzcombo musizierte.

Ich musste zugeben: Das alles hier sah richtig nett aus! Der einzige Haken waren natürlich meine Schwiegereltern ...

Ich entdeckte Sylvia und Heinz inmitten ihrer Gäste. Heinz betrank sich stumm lächelnd, während Sylvia mit großen Gesten erzählte und lachte. Sie sah aus wie ein bunt gefiederter Papagei. Vielleicht kompensierte sie durch ihre Kostümierung und ihr Make-up ja die Tatsache, dass sie niemals nach Nicaragua reisen würde?

Auf einmal entdeckte ich auch Simon mit den Kindern, und mein Herz stolperte augenblicklich aus dem Takt. Sie sahen zauberhaft aus.

Karlie und Lovi hatten sich richtig schick gemacht, und auch Simon war offenbar noch mal beim Friseur gewesen. Liebevoll griff er nach Lovis Hand und begleitete ihn zum Trampolin. Aber anstatt nur Lovi durch das Netz zu helfen, kletterte er selbst mit auf das Trampolin und zog am Ende sogar Karlie mit sich. Als sie Hand in Hand zu hüpfen begannen, hüpfte mein Herz mit.

»Champagner?« Einer der Kellner riss mich aus meinen Gedanken, und ich nahm mir tatsächlich ein Glas. Doch kaum hatte ich es auf Ex hinuntergekippt, stellte ich fest, dass Sylvia mich entdeckt hatte. Ihr Blick haftete an mir wie klebriges Baumharz.

Sie rang sich ein gespieltes Lächeln ab – und bewegte sich dann tatsächlich auf mich zu.

Mein Herz rutschte zwischen meine Knie. Ich konnte jetzt nicht mit ihr reden – noch nicht, nein. Ich musste hier weg!

Hastig stellte ich mein leeres Glas auf einer Hecke ab und suchte mir einen Fluchtweg. Letzterer führte mich ins Haus hinein. Rastlos suchte ich nach einem guten Versteck, huschte schließlich die geschwungene Treppe hinauf und riss die Tür zum Badezimmer auf.

Erschrocken stellte ich fest, dass sich hier schon jemand anderes versteckte: Eine junge Frau mit blonden Haaren stand am Fenster und lächelte mich überrascht an.

»Entschuldigung«, stotterte ich, während ich leise die Tür hinter mir schloss. »Ich wollte mich nur …« *Vor meiner Schwiegermutter verstecken?* Das konnte ich ja schlecht laut aussprechen …

Zum Glück war das auch gar nicht nötig, denn die junge Frau winkte bereits freundlich ab.

»Kein Problem, ich sollte auch gar nicht hier sein. Musste mich nur mal kurz da unten rausziehen. Meine Eltern haben mich gezwungen herzukommen.« Sie rollte mit den Augen und war mir sofort sympathisch.

345

»Willkommen im Club«, erwiderte ich mit einem Zwinkern. »Ich versuche, mich hier vor meiner Schwiegermutter zu verstecken.«

Plötzlich legte sich ein nachdenklicher Ausdruck auf das Gesicht der Fremden – gefolgt von einem ungläubigen Lächeln.

»Moment. Bist du etwa … Lexie? Lexie Ehrlich?«

Mist. Zu früh gefreut … Natürlich hatte auch sie mein Video gesehen.

Ich schenkte ihr ein zerknirschtes Lächeln. »Erwischt. Und du bist …?«

»Lisa«, sagte sie und drückte mich überschwänglich an sich.

»Warte mal: Lisa?« Ich rückte sie irritiert von mir ab. »Du meinst, Simons Ex-Freundin Lisa?«

Sie hob ertappt die Hände. »Unsere Eltern sind befreundet. Da kommst du nie wieder raus.«

»Na ja«, murmelte ich. »Du hast vermutlich nicht viel auszuhalten. Sylvia liebt dich immer noch heiß und innig.«

Lisa hielt inne und sah mich mit hochgezogenen Augenbrauen an.

»Machst du Witze? Sylvia konnte mich noch nie ausstehen! Die war froh, als es endlich vorbei war. Keine Frau ist gut genug für ihren Kronprinzen.«

Mein Mund klappte auf, und ich fürchtete, dass ich dabei nicht besonders vorteilhaft aussah. Aber ich konnte einfach nicht glauben, was sie da sagte.

»Aber … sie leiert mir jetzt seit fünfzehn Jahren vor, wie wundervoll du warst!«

Lisa lachte, als wüsste sie genau, wovon ich sprach.

»Lass mich raten. Sie nennt dich beim Namen der Ex-Freundin?«

Ich nickte überrascht. »Sie nennt mich Lisa, ja.«

Lisa grinste. »Und ich war jahrelang Saskia.«

Unglaublich. Fünfzehn Jahre war ich davon ausgegangen, dass Sylvia mich nicht leiden konnte – dabei konnte sie einfach gar keine Frau an der Seite ihres Sohnes ausstehen!

Das machte es ehrlich gesagt viel weniger persönlich und fühlte sich deshalb wie eine riesige Erleichterung an.

Ich lachte ungläubig auf, und Lisa stimmte herzlich mit ein. Doch dann wurde sie plötzlich wieder ernst und musterte mich nachdenklich.

»Ich hab dein Video gesehen. Auf YouTube.«

Na toll. Also doch …

Ich verzog vorsorglich das Gesicht. »Ich weiß, ich hab mich nicht gerade mit Ruhm bekleckert.«

»Ich fand es eigentlich ganz witzig«, gab Lisa zu und zuckte mit den Schultern. »Außerdem bist du das Köpfchen hinter *Mal ehrlich*. Das ist ziemlich genial.«

Mein erster Impuls war, das Kompliment runterzuspielen – aber dann lächelte ich einfach und sagte: »Danke.«

Wieder zögerte Lisa. Sie griff in ihre Umhängetasche und hielt mir beinahe schüchtern eine Visitenkarte hin.

»Du kriegst sicher Hunderte Angebote gerade, aber … Ich arbeite bei einem Verlag. Und ich könnte mir gut vorstellen, dass du ein Buch schreibst.«

»Ein Buch?«, stammelte ich verwundert.

»Du hast eine Stimme – und das ist, was alle hören wollen.« Sie zwinkerte mir zu und öffnete die Tür. »Denk in Ruhe darüber nach. Vielleicht rufst du mich nächste Woche mal an? Ich würde mich freuen!«

Dann ging sie. Und ich konnte es nicht fassen: *Lexie Ehrlich und ein Buch?* Wieso eigentlich nicht …?

Als ich mich irgendwann wieder nach unten in den Garten wagte, herrschte dort noch viel dichteres Gedränge als zuvor.

Simon und die Kinder konnte ich leider nirgendwo sehen, aber dafür betrat Sylvia gerade die kleine Bühne und griff sich beherzt das Mikrofon.

Das traf sich gut, weil sie dann ja nicht gleichzeitig hinter mir herlaufen konnte. Weniger gut war allerdings, was sie in der nächsten Sekunde verkündete.

»Liebe Freunde, darf ich einen Moment um eure Aufmerksamkeit bitten? Ich möchte jetzt einen ganz besonderen Programmpunkt dieser Feierlichkeit ankündigen – einen, der mir sehr viel bedeutet! Natürlich, die Band spielt ganz wunderbar – aber es gibt hier noch zwei Menschen im Publikum, die uns ebenfalls etwas vorspielen wollen. Und ich kann euch gar nicht sagen, wie sehr ich mich über diese persönliche Darbietung freue!«

Augenblicklich krampfte sich mein Magen zusammen. Mir schwante nichts Gutes. Sie meinte doch nicht etwa …?

Tatsächlich entdeckte ich in diesem Moment Klarabella, die sich mit ihrer Flöte neben der Bühne bereithielt. Und jetzt konnte ich hinter ihrem Rücken auch noch Lovi erkennen. Das konnte doch nicht wahr sein! Wie konnte Sylvia es nur wagen?!

Ich schnappte nach Luft, wappnete mich dafür, gleich nach vorne zu preschen und meine Schwiegermutter eigenhändig von der Bühne zu zerren – da tauchte plötzlich Simon neben mir auf.

»Ich kann nicht glauben, dass sie das tut!«, zischte er und sah tatsächlich fassungslos aus.

»Hast du ihr nicht noch mal klargemacht, dass das nicht geht?!«, fauchte ich ihn an, und Simon fauchte genauso energisch zurück:

»Doch, das habe ich!«

»Ich bitte um tosenden Applaus für meinen Enkel Lovi und

unsere wunderbare Nachbarstochter Klarabella«, fuhr Sylvia zufrieden fort. Im nächsten Moment setzte wirklich Applaus ein, einige Gäste pfiffen und jubelten sogar.

Klarabella hatte sich bereits auf der Bühne bereitgestellt, Lovi aber stand noch immer daneben und klammerte sich an seiner Blockflöte fest. Obwohl etliche Meter zwischen uns lagen, konnte ich förmlich spüren, wie heftig sein kleines Herz pochte.

Ich konnte einfach nicht glauben, dass meine Schwiegermutter ihm das wirklich antat. Er würde sich blamieren – nicht nur ein bisschen, sondern bis auf die Knochen! Das konnte ich unmöglich zulassen.

In diesem Augenblick spürte ich auf einmal Simons Ellenbogen in meiner Seite. Wir wechselten einen intensiven Blick – und dann schlich sich plötzlich ein breites Grinsen auf unsere Gesichter.

»Zwei Doofe, ein Gedanke?«, fragte er, und ich nickte entschlossen.

Dann legte ich meine Hand in seine, und wir stürmten gemeinsam nach vorne auf die Bühne.

Bevor Lovi und Klarabella ihre Blockflöten auch nur an ihre Lippen setzen konnten, rissen wir ihnen die Instrumente auch schon aus den Händen und schoben die verdatterten Kinder sanft von der Bühne runter.

Simon schnappte sich das Mikrofon.

»Eine echte Überraschung ist nur dann gelungen, wenn sie dich auf kaltem Fuß erwischt, richtig, Mama?« Er zwinkerte Sylvia grinsend zu.

Die wirkte mit einem Mal nicht mehr ganz so begeistert. Ehrlich gesagt sah sie eher aus wie ein Gespenst.

»Aber ... ich ... wir ...«

Doch Simon bügelte ihr Gestotter einfach ab, indem er sich wieder an das gesamte Publikum richtete.

»Ich bitte um Applaus für meine wunderbare Ehefrau! Die Mutter meiner Kinder, die Eroberin meines Herzens, die Cocktailkirsche auf meinem Bananensplit: Lexie Ehrlich!«

Tatsächlich lachten jetzt nicht nur alle herzhaft auf, nein, sie klatschten auch für mich. Aber Simon war noch nicht fertig.

»Ihr könnt es ihr nicht ansehen, aber: Sie wird in wenigen Wochen vierzig. Dabei ist sie noch immer so knackig wie erntefrischer Sellerie! Sie bringt selbst Popstars zum Schmelzen, macht auch vor Schranken keinen Halt – und ganz nebenbei ist sie auch noch die schönste, klügste und witzigste Frau der Welt!«

Wieder wurde das Publikum laut, lachte und applaudierte um die Wette. Und ich wurde tatsächlich ein bisschen rot.

Bevor ich jetzt noch wieder schüchtern werden konnte, schnappte ich mir das Mikro aus Simons Hand.

»Vielen Dank für die Blumen! Aber ich stehe ja nicht alleine hier vorne. Also hebt bitte eure Hände und Stimmen für den Mann meiner Träume, den Fels in meiner Brandung – und den Kerl, der sich gerade erst aus einem Thai-Gefängnis befreien konnte: Simon Ehrlich!«

Die meisten Gäste hielten meine Ansprache offenbar für einen Scherz und lachten lauthals los. Nur Sylvia stand das Entsetzen ins Gesicht geschrieben. Aber darauf konnte ich jetzt keine Rücksicht nehmen.

»In den letzten Tagen war ich vielleicht ein bisschen abgelenkt, aber: Es gibt keinen Mann, mit dem ich mich hier lieber blamieren würde!«

Und das war die Wahrheit, das erkannte ich jetzt.

Simon sah mich gerührt an – und in unserem Blickwechsel lag unendlich viel Liebe.

Eigentlich musste ich gar nicht wissen, wer ich sein wollte oder was ich in Zukunft tun würde. Es reichte schon, zu wissen, dass ich ihn dabei an meiner Seite haben wollte.

Und deshalb nickte ich ihm jetzt auch auffordernd zu – und wir begannen endlich zu spielen.

Ich muss vermutlich nicht erwähnen, dass es das schrecklichste Flötenspiel aller Zeiten wurde. Wir waren so schlecht, dass die Gäste es schon wieder kultig fanden und am Ende sogar noch nach einer Zugabe grölten.

»Tut mir leid, das geht nicht«, wies Simon ihre Bitte entschieden zurück. »Wir beide haben jetzt nämlich schon was anderes vor.«

Dann nahm er mir die Blockflöte ab, warf beide Instrumente in hohem Bogen in die Hecke hinter uns, zog mich dicht an sich heran – und küsste mich endlich.

Jetzt ist Schluss, schoss es mir durch den Kopf, während etwa hunderttausend Schmetterlinge durch meinen Bauch jagten. *Schluss mit Zweifeln!*

Ich wusste ganz genau, was ich wollte:

Das hier!